MINGUOWUXIAXIAOSHUO
DIANCANGWENKU

民国武侠小说典藏文库

朱贞木卷

虎啸龙吟

（第二部）

朱贞木 著

中国文史出版社

目　　录

第三集

第四集

第五集

第六集

第三集（接第一部）

第六回

了了恩仇，侠士肺肝原铁铸
依依惜别，佳人顾盼总情痴

前面逃的两个矮汉在前，头陀在后，蹿房越脊已逃到堡门不远。不料前面远远一堵高墙上，现出两个俏佳人来，各横短剑迎头拦住，一声娇喝道："贼徒到此，还想逃命不成!"

喝声未绝，玉臂齐挥，镖弹交下。这样前后夹攻，三个奸细不由得魂飞胆落。前面两个矮汉虽然矫捷非凡，禁不得镖发连珠，弹如密雹，躲过了镖，躲不了弹，一个惊慌失措，腿肚上各中了几颗莲子弹，两腿一软，便一齐骨碌碌滚下屋去，下面湖勇们一声呐喊，一窝蜂赶将过来，便把两矮汉四马攒蹄捆将起来。那屋上还剩一个披发头陀，看得伙伴被擒，急得一声怪吼，把手上一支蛟筋藤蛇棍舞得呼呼山响，没命地冲向前去，镖弹像雨点般打在身上，竟一点伤他不得，直被他纵上堡墙，跳落堡外。

黄九龙、王元超、滕巩、舜华、瑶华合在一处，一起追出堡外，眼看他翻山越岭，捷逾猿猴，直追出三座碉垒将近湖岸，黄九龙首先追及，喝一声："贼头陀还往哪里跑!"白虹剑电也似的向前扫去。

那头陀却识得厉害，并不回头招架，只双足一点，直蹿出丈许远，已到湖岸茅亭底下，一转身屹然立住，瞪着一双圆彪彪的怪眼，把藤蛇棍啪的向地上一击，大声喊道："来，来，来！俺再与你战三百合，教你识得俺飞虎头陀的手段。”

黄九龙大怒，一声厉喝，把白虹剑一挺，使个玉女穿梭的招数，连人带剑直搠将进去。飞虎头陀却也了得，一个滑步避将开去，一紧手中藤蛇棍，翻臂一撒，使个“乌龙扫地”，缠将过来。顿时剑如银龙，棍似怪蟒，一来一往斗将起来。

讲到这飞虎头陀，本领原非小可，手上一支蛟筋藤蛇棍软硬兼全，不惧宝剑，同黄九龙白虹剑足可支持一气。不过飞虎头陀仗的是全身刀枪不入同蹿房越脊的轻身功夫，讲到剑术怎及得黄九龙内家精奇？十几招以后，就逼得他手忙脚乱只有招架，步步后退。这时，王元超、滕巩、舜华、瑶华率领着许多湖勇一齐赶到，四面散开，包围过去。

飞虎头陀一看不对，恰好被黄九龙剑光渐渐逼退到水边，那头陀看得明白，哈哈一声狂笑道：“俺要失陪了。”脚跟一垫劲，并不转身，整个身子像箭也似的直向后面水波上平射过去，扑通一声，浪花一涌一落，那头陀立时踪影全无。

黄九龙道：“看不出这头陀还精通水性，此人在单天爵那边早晚是个祸根，慢慢想法总有一天要把他除掉。”

王元超道：“今晚这三个奸细来得非常兀突，既然柳老道下书定约，怎么又做出这样冒昧的事来？令人有点难以索解了。”

滕巩、舜华、瑶华都一起称怪，黄九龙笑道：“今天差一点着了这头陀的道路，说起来又要佩服俺们大师兄的奇妙布置。因为各处山寨的更楼瞭台差不多都设在门楼岩口左右，独有俺大师兄察看此地形势，教俺设在堡内最高处所，一直可望到十里开外，为全堡耳目。早晚更番守望，内设巨钲、号角、金锣三样器具，火警鸣钲，聚兵鸣角，遇刺客、奸细鸣锣。火生何处，兵来何方，刺客多少，只要辨别声音，细数几下就可明白。别处山寨的更楼瞭台，往往设于寨岩前面，易为奸细所制，一进门，先把更夫瞭卒捆缚起来便可为所欲为了。今晚这贼头陀同那两个猴儿般的汉子，一进堡，就把看守门楼上的几个湖勇用鸡鸣香熏翻，捆了手足。

“万不料俺后面瞭台上，正有一个头目带着四个湖勇上台替班，早已借着月光，看清门楼上有三个鬼鬼祟祟的黑影直向厅屋奔来，立时鸣锣如雷，惊醒大众，接着又是铛铛铛三下，俺就知道来了三个奸细，急急奔出，提剑跳上厅屋，正把三个奸细截住，就杀起来。一忽儿滕老丈同你先后到来，把他们杀跑。可是没有两位女英雄赏他们几颗连珠弹，那两个瘦汉轻身功夫着实可以，恐怕同贼头陀一起跑掉了。俺总以为柳摩霄吃足苦头，暂时定然无虞，哪知稍一疏忽，几乎着了道儿。这三个奸细不言而喻，定是想劫夺被擒的几个洞庭寨主，不过细想起来，柳摩霄何至于这样冒昧？恐怕其中另有别情吧。”

滕巩道：“好在俺们已擒住两个，不难从这两人身上讨出口供来。”

黄九龙、王元超齐声道：“对，俺们就此回堡审他一审。”

说罢一起回转堡中，就在大厅屏风前点起两行臂膊粗的大烛，横列一张长桌，蒙着火红锦帷，上面设了一排虎皮交椅，黄九龙居中，滕巩、舜华、瑶华、王元超、痴虎儿依次坐下，后面侍立着一排头目，左右雁翅般排着几十个抱刀湖勇，倒也威风凛凛，不亚于森罗殿上。

黄九龙喝一声：“带奸细！”阶下春雷价齐声答应，登时一阵吆喝，簇拥着两个反剪的短小精悍的汉子来到公桌下面。

两汉腿上虽然吃着莲子弹，依然精神奕奕，挺立如山。黄九龙等仔细一打量，两汉身材面目长得一模一样，却无凶恶邪气，不禁暗暗称奇。黄九龙剑眉一挑，砰的一声，以拳抵桌，厉声喝道：“你们二人姓甚名谁，籍贯何处，受何人指使，来此意欲何为？快快从实招来，如有半句虚言，立时叫你们身首异处。”

哪知这两人听得黄九龙一番叱问，满不在乎，只各人瞪着两只黑漆似的眼珠，目光灼灼，只管打量上面坐的几个人。看到滕巩，两人露着微笑，互相目示，口中一阵咿咿呀呀，不知说的是什么。滕巩早已看清这两人，在大战提镇衙门时候，同红娘子交手的就是这两人，忙向黄九龙耳边低说了几句。

黄九龙微微点头，心里也打了一个主意，却又故作怒容，一声大喝道：“该死的东西，既然被擒，还不俯首乞命，从实招来，难道不怕死吗？”

黄九龙一声喝毕，两人仰天打了一个哈哈，脖子一伸，似乎表示伸颈就戮的意思，口内依然一声不响。黄九龙猛地一抬身，铮的一声掣出那柄白虹剑来，右臂一伸，闪电似的一道白光奔向两人中间，亮银似的剑锋倏卷倏舒，宛如怪蟒吐芯一般，顿觉冷气飕飕，逼人眉宇。

两人初见这把奇异长剑，不由得脸上现出惊惶神气，向两旁一躲，一忽儿又竖眉瞪目，露出强项态度，各把脖子伸得长长的，向剑锋奔凑过来。黄九龙哈哈一声大笑，只一掣，那把剑缩了回去，依旧盘在腰间。两人诧愕之间，黄九龙托地一跃，隔桌跳将出来，亲自把两人捆索解去，向两人一竖大拇指，呵呵大笑道："两位端的英雄了得！俺们恨的是单天爵擅作威福，居心叵测。柳摩霄无端侵犯，情理难恕，同诸位有何怨仇可言？而且俺可以斗胆说一句，单天爵无非用势力、耍手腕来笼络江湖好汉，助他多行不义，柳摩霄也是一鼻孔出气，无非互相利用，讲不到义气两个字上去。两位一脸英雄气概，怎么也被他们利用？实在可惜之至！"说到此处连连叹息。

这时滕巩、王元超、云中双凤也一同下座，同两矮汉施礼，一面指挥湖勇撤去公案，请两矮汉高坐。这一来把两汉弄得莫名其妙，苦于哑巴说不出话来，急得连连反手指口，咿咿呀呀地一阵乱嚷。黄九龙等这才明白，两人都是哑巴，未免肚里暗笑，却又一时想不出探他口气的法子，眉头一皱，想了一个计，问两人能否以笔代口。哪知两人原是乡下老憨，只认得西瓜大的几个字，怎能笔谈？除却写出"严东关祝一郎、祝二郎"几个字外，只急得两人双手乱摇。

可是哑巴也有通谈的门道，只看他伸出两手，东一指，西一指，比画了半天，黄九龙等沉住气，领会他比画的意思，居然也略略懂得一点大概，知道这两人同单天爵、柳摩霄认识得没有几天，对于单、柳两人行为一概不知，又从这两人面上神气，看出对于自己非常钦服，又看得两人这种诚恳之态，武艺也算不差，颇有联络之意。恰好滕巩、王元超也有此心，说话之间把单天爵、柳摩霄恶劣行为尽情说了一番，劝两人不要助纣为虐，玷污了自己的江湖名气，又从话里套话，劝他们在湖堡多盘桓几时，多结交几个朋友。这样三言两语，尤其是讲到彼此武功，说得两人五体投地，两人互相咿呀一阵，倏地立起身来，向黄九龙拜伏在地。黄九龙大喜，忙两手扶起，极力安慰一番，又向两人说明白武功宗派，同座几个人的来历。两人格外心悦诚服，高兴非凡，但是黄九龙想打听范高头父女情形同单天爵叫他们来堡是何主意，因为东关双哑初次见面，哑巴的手势不熟，双方费了九牛二虎之力，依然难以完全了解，只有暂时罢休，等二师兄回来再定主意。当晚就请东关双哑在客馆睡了一宵。

第二天，众人只盼望甘疯子到来，哪知望到日影过午还是消息沉沉，个个焦急非凡。黄九龙心想，二师兄绝不致失陷在单、柳二人手上，再细细向东关双哑打探，问他们在江宁有没有看到甘疯子这般模样的人，双哑一味摆头摇手，再问范高头父女是否关在监牢，双哑又把手乱摇。黄九龙索性一句句地探问，看双哑摇手不摇手，来猜度江宁的消息。这个法子倒也不错，比较昨晚毫无头绪的进步得多了，果然从这样一问摇手里，探出惊人消息来了。

黄九龙问到范高头父女既然不关在监牢，难道柳摩霄因为要调换几个寨主就待如上宾么，双哑又把头摇个不住，众人惊异起来。双哑看得众人惊异，肚内明白，恨不得剖腹相告，却苦于说不出来。祝一郎低头一想，忽然伸开左臂，竖着大拇指兼小指，中间三指握得紧紧的，又把自己的头发揪下几根来，用右手拈了一根，在大拇指上缠了几道，又在小指上照样缠了一道，缠毕把大拇指同小指向桌上一抵，两只眼却骨碌碌向众人乱转，口内大声结结巴巴地嚷了一阵，似乎叫众人注意他两个指头。黄九龙等不知他是何用意几乎要笑出来，忍住笑，看变戏法似的看他做出甚样把戏来。

祝一郎却凝神望日地把左手两指抵在近身的桌边以后，突然伸长右臂，一俯身从右面桌边底下也昂起一个拇指，一个小指来。昂起以后，猛可里两指一跃而出，发疯似的把右手两指搭在左边桌上的两指上，一阵爬剔，钩去发丝，四指相合，疾跃而起，在桌面上一蹦一跳，同向右边桌面跳下而没。

祝一郎表演这番指头活剧以后，向众人又一阵咿哑，似乎问众人明白不明白。只你看俺，俺看你，皱着眉，瞪着眼，想不出所以然来。只笑倒了舜华、瑶华姊妹俩，背转身，抿着嘴吃吃地笑个不止。这当口，痴虎儿也坐在滕巩肩下，这位傻哥有时却比聪明的还聪明，蓦地跳起身来，拍手大笑道："俺明白了。"

众人忙问："你怎么明白？"

痴虎儿大笑道："妙，妙！范老丈父女已逃出江宁了。"

众人大惊，忙问怎讲。痴虎儿笑着向祝一郎一指道："这位起初用头发捆缚起来的意思大拇指是范老丈，小指是红娘子。后来右手两指也是一老一少的两位英雄，把范老丈父女救走了。"

众人一想，果然很像。祝一郎、祝二郎听得痴虎儿说得不错，满面欣悦之色，连连向痴虎儿跷着大拇指。众人看双哑情形，证明范老丈父女确已被人救走，个个惊喜非凡，滕巩说道："这样说起来，救范老丈的老少英雄定是少室山人师徒二人了，但是甘老英雄同东方杰怎么还不见回来呢？就是少室山人救出范氏父女以后，也应急速到堡才是，此刻都未到来，恐已另生枝节。"

话还未了，急匆匆趋进几个湖勇，大声说道："范老英雄们回来了。"

众人大喜，忙一齐迎了出去。

将出厅门，已见一群人从广坪甬道上过来，为首一个白面长须，道冠朱履，料是少室山人，紧跟着范高头父女，却都衣冠不整，满面颓丧之象，最后却是东方杰陪着一个气概昂藏、背负长剑的少年。众人迎下台阶，恭身肃客。

黄九龙首先趋上一步，向少室山人施礼道："久仰道长盛名，今日得蒙光临，又蒙搭救范老英雄，实在感幸之至。"

两人揖让之间，滕巩已一把抓住范老丈手臂，哽咽得说不出话来。舜华、瑶华也握着红娘子的手互相对泣。

范高头一跺脚，大声说道："老朽万不料死里逃生，还能见众位一面，没有这位道长师徒二人相救，这几根老骨头早已同亡婿相见黄泉路上了。"

说到亡婿两字，后面红娘子已顿足号啕起来，却又想起此地并非自己家中，忙又极力忍住，只一把眼泪一把鼻涕，向众人哀哀欲绝。舜华、瑶华一边一个把她挟上台阶，跟着众人一起走进厅内。

湖勇们忙调椅添座，分献香茗，众人又重新一一施礼，依次落座。红娘子起初进来只顾哭泣并未留神，此时抹干眼泪四面一看，猛见痴虎儿肩旁坐着两个异样短瘦汉子，正是江宁血战时用两柄匕首绊住自己的凶汉。仇人相见，分外眼红！也不问如何会坐在此地，倏地跃起戟指叱道："这两个凶徒正是江宁一党，如何在此？快把他们捆起来！"

范高头闻声惊视，似乎也依稀认得，刚想启问，滕巩忙立起身来，两手一摇，向范高头父女婉转说明情由。东关双哑有口难言，只向范高头、红娘子作揖谢罪，少室山人也从中解围，说了既往不咎、不知不罪的话。红娘子无奈，只好把气压了下去。

黄九龙向东方杰问道："俺们二师兄怎的没有同回呢？"

少室山人不等东方杰答言，向众人微笑道："其中详情，容贫道奉告吧。贫道师徒二人自从与滕老先生分别，依然回到提镇衙门暗地里探着。只见单天爵的一班狐群狗党已经救熄后堂火苗，打扫净大堂前尸首，在大堂上设起公案桌，标兵、胥吏排列得威武异常。俺们知道要审范老先生了。果然一忽儿，单天爵翎顶辉煌坐出堂来，后面拥着许多不三不四的江湖人物。这番情形，俺知道先回湖的四位贵堡好汉已报告得详细，毋庸多叙。那时范老丈临刑当口，几乎把俺们急死，急得不管好歹，先用屋瓦延宕一阵。万不料幸而这样一延宕，柳摩霄不先不后到来，大喊刀下留人。

"俺们起初诧异非常，猜不透是何用意。后来在单天爵密室上面，听得柳摩霄说出在太湖失败，失陷了几个寨主，要彼此调换的话，才明白他们的诡计。那时俺师徒俩分头去寻找范老先生监禁所在，想看看有无下手机会。哪知踏遍牢狱，一间间仔细探听，竟无范老先生的踪影，却在一间营房上面听出一个自称鬼面金刚的人同贵堡四位好汉说话，一忽儿五人出衙，骑着快马走了。那时天已大亮，知道范老先生已无危险，可以暂时离开，于是俺师徒俩包好兵刃，纵下屋来，仗着无人认识，大大方方走出城来。俺们寄寓所在是城外一个破庙内的观音阁。这座破庙香火毫无，除了几个乞丐在大殿角落里煨狗肉、捉虱子以外，终年看不见人影的。尤其是庙后那座观音阁，因为没有楼梯，阁外人迹不到，俺师徒二人寓在这种地方最好没有。

“哪知天下真有意想不到的事，俺师徒俩刚飞身入阁，突见范老先生父女两人垂头闭目，盘膝而坐。俺们大惊！还未开口，范老先生父女已拱手起立，悄悄呼出俺师徒贱名来，又递过一个纸条与俺。俺一看上面写着：‘别来无恙。匆匆未能谋一面，甚歉。范氏父女请携之回湖，甚感，甚感！瓢奉启。’俺一看恍然大悟，原来就是贵堡主的老师陆地神仙，不是他老人家哪有这样广大神通！还记得那年俺云游云南，碰见他老人家一次，深蒙他殷殷循诱，时刻铭心，讲起来俺也可算他老人家的私淑弟子，可惜他老人家不知为了何事，这样神龙见首不见尾，竟不能谋一面。当时俺们问范老先生他老人家怎样能在青天白日救出两位来……”

少室山人说到此处，范高头接着叹了一口气，说道：“到现在俺才知人外有人，天外有天。像他老人家的本领才算得绝顶功夫。俺父女俩起初自问必死，想不到柳摩霄异想天开，救下仇人的命来，弄得老朽如腾云一般。等到被他们推推拥拥，关入后面一座地窖里，似乎地窖里面是条狭长的地道，却是漆黑一片，看不分明，而且依然脚镣手铐转动不得。

“隔了不到顿饭时光，忽觉眼前白光一闪，一阵风拂面而过，就听到耳边有人道：‘俺来救你们二人出去。’说了这句，就觉得那人用手在镣铐上一拂，立时寸断，但是俺父女手足都已麻木得不能动弹，寸步难移。那人似已知道，又替俺们略一按摩，立时四肢回复过来，跟着那人走出地窖。一看这人须眉奇古，体貌清癯，真是一派仙风道貌，令人肃然起敬。

“俺那时还神志未清，认不出就是令师，正想俯身下拜，他老人家向地窖口七倒八歪躺着的许多兵勇一指道：‘这班人暂时被俺点了睡穴，不久即醒，快跟俺走，免得再妄动干戈。’

"说到此处，远远有人声到来，他老人家不由分说，像拎小鸡似的一手一个把俺父女俩夹在胁下，立时腾身而起，只一起一落，就飞出好几层屋脊出去，这种轻身功夫不是目见，谁也不信。俺一眨眼便在衙外僻道内，他老人家依然把俺父女俩夹在胁下，飞出城外，直到观音阁上始放下俺们来。这一路飞行，俺只觉天风贯耳，有眼难睁，宛如腾云驾雾般，片刻之间，迷迷糊糊就到了阁上。那时晓日初升，衙内街上岂无人见？何以他老人家一路自在飞行，毫无阻碍？现在俺还疑惑是仙人缩地之法，并非轻身功夫哩。"

少室山人大笑道："没有这种功夫还能称陆地神仙吗？可是功夫还是俺们浅薄，未能窥其奥秘，便疑为神仙一流。其实古时聂隐娘、空空儿、虬髯公、摩勒之类都有这种功夫，大约身法、步法快到极点，便似电掣云驰一般，即使有人看见，只见一道白烟而已。至于单天爵那边，他老人家能够在青天白日下出入自如，定有奇妙布置，一半慑于他老人家的威名，哪敢轻捋虎须咧！"

范高头道："可不是！那时他老人家在观音阁上把俺放下，俺才认清就是多年不见的老友，俺格外惊喜异常。他对俺们说道：'俺们在此相见也是事有凑巧，可惜俺有要事在身，未能送你回湖。好在少室山人师徒不久即至，请他们送你们回去好了。单天爵那儿俺已有警告，地窖里面也有布置，一时尚不致发现。此地又异常僻静，暂时可以无虞。你们等到今晚夜深人静时，再同少室山人回湖去好了。'说罢，掏出两颗丹药同一封信、一张纸条来，把两粒丹药赏俺父女俩每人一颗，说是'你们父女两人急痛伤肝，一夜苦战，元气大伤，吃了丹药，方免疾病'。这一封信，嘱咐回湖后面交甘老英雄，一张纸条交与少室山人。吩咐清楚，俺父女正伏地拜谢，哪知一抬身，已不见他老人家的踪影了。那时俺父女俩身体疲乏已极，困饿交攻，忙将丹药吞下，盘膝定神。果然丹药如神，非但不知饥饿，而且精神陡长。后来从这位道长知道这种丹药名叫辟谷丸，是用深山千年黄精和茯苓、何首乌等宝贵药材制炼而成的。俺们吞下丸药没多久，这位道长同这位东方豪兄果然到了，俺递过那张纸条，彼此就在阁上席地而坐，商量晚上依照陆地神仙指示，一同回堡。又问起滕巩老弟，知道也蒙少室道长搭救脱险，只可怜那铁桨冯义，碎身殉主，尸骨无存。”

范高头边说，边又老泪纵横，仰天大哭，红娘子也伏身抽咽起来，众人又纷纷劝住，勉抑悲声。

他又继续说道：“俺们四人在观音阁上商量定当，先由少室道长师徒二人重新翻身进城探看动静，顺便购买一点治饥食物，到了日落灯上，回转阁来却多了两人。原来少室道长出城回来，凑巧路上碰着甘老英雄同这位东方杰兄，他们手足相逢，果然喜出望外，就是道长同甘老英雄也是多年阔别，重逢旧雨，一同邀到阁上，见着老杇父女又是一番惊喜。据甘老英雄意思，想在走马换将以前，出奇制胜独立救出老杇父女，使单天爵、柳摩霄无可挟制，失败到底。万不料令师略一举手，就把老杇父女救出来了。其实甘老英雄到江宁去的当口并不对诸位说明，正是他别存深意、体贴入微之处。他完全因为老杇活了这么大，从前在江湖上也有点小名气，不幸在江宁跌翻在后生小辈手内，还同着一个青年孀女被人挟制着走马换将，何等难堪！所以他立意要在事先把老杇父女搭救出来，这番深情厚谊教老杇父女如何报答？但是这位甘老英雄当老杇掏出陆地神仙手札来，他接过拆开一看，猛可里把手上一封信向老杇一掷，匆匆说声‘请转交俺师弟们一看便知，此刻俺有要事恕不奉陪了’，说着举手一拱，一跃身，飞出阁外走得无影无踪。他这样一走真弄得俺们莫名其妙，也不知道信内有如何要紧事，使他走得这样慌忙。”范高头边说边把那封信拿出来，送与黄九龙。

黄九龙就把自己师父的手谕摊在桌上，与众同观，只见上面写道：“余自雁岩来，湖堡近状甚悉。单、柳癣疥之疾，不戢将自焚，世事不可知，干戈将匝地。汝辈当务其大者、远者，毋负此大好湖山，使先贤先烈窃笑于地下焉。近有要图，需疯子，速来宁毋忽。来春雁岩之会举行于堡，汝师母将与会，事无巨细，悉取决于是。范翁长者，宜加优礼，少室翁功行精进，宜勤求教。潜蛟谨厚，从龙湫甚勤。痴虎纯孝坚苦，天生铁骨，汝辈加以启迪，当崭然露头角。双凤婉嫕可喜，返命时，元超当随行报使，师母有所命，弗辞。余事九龙便宜行之，不赘。

瓢字。”

众人一同看罢，凡在信内提及的几个人各有不同表示：范高头自是感激；少室山人自然谦让；滕巩看得赞扬儿子，也是暗暗欣喜。唯独舜华、瑶华、王元超三人心里起了一阵莫名其妙的感触，心想俺们三人的婚姻竟是鬼使神差一般，事事都如此巧地凑在一起。信内又单单差王元超同她们随行报命，并不顾虑到男女同行不便的一层，岂非怪事？但是众人倒也并不注意。

当下黄九龙笑道：“俺同五师弟回堡以后，原有专函到灵岩寺四师弟处通知一切，所以敝老师知道此地情形。可是敝老师到雁岩，四师弟回信没有提起，想是新近的事。何以匆匆又到江宁？信内还说近有要图需二师兄相助，未知究系何事？忖度函内大意，明年湖堡盛会，师母也要驾临，这倒是一桩稀罕事儿，难道两位老人家已和好如初了吗？”

范高头摇头道：“这倒未必。据老朽猜想，此番令师匆匆赴宁，或者就因为多年没有解决的事已有眉目，不久就可解决。又预料此事解决以后，夫妻定可和好，所以信内说明来年千手观音与会的话，看起来定是此事无疑的了。”

舜华、黄九龙、王元超齐声问道：“此事日前老丈也曾提及，究竟其中有何纠葛，老丈可否见告？”

范高头连连摇手道：“不能说，不能说！此事奇特得很，不到可说的时候万不能说。何况老朽所知也是一点影儿，何敢乱谈？据老朽所料，明年此地盛会，他们两位老人家必定会当众宣布圆满解决，那时诸位就可明白，现在且把这事放在一边，老朽此刻想和众位暂行告辞，同小女回柳庄一行。亡婿不幸尸骨难回，小女也应设灵成服，剪纸招魂，稍尽夫妻之义。”言罢又簌簌泪下，垂首无言。

红娘子倏地立起，一迈步趋向下面，冲着黄九龙泪流满面地跪在地下，呜咽说道：“堡主大仁大义，可怜未亡人丈夫死得凄惨，不报此仇誓不做人。昨晚未亡人一时急痛神迷，几乎让老父同罹入难，葬送恶贼手里，此刻想来兀自心惊肉跳。现在未亡人只求堡主善视老父，使他长受堡主爱护，得保天年。未亡人来生定当变牛变马，报答不尽。至于未亡人性命，早已置之度外，无论迟早，不计利害，誓必手刃仇人然后甘心。”

这时黄九龙惊慌失措，不便用手搀扶，只有遥遥地对跪，口中连连说道：“姑奶奶千万不要如是，一切事都包在黄某身上，快请起来。”

恰好双凤已飞步近前，把红娘子从地上扶起，众人又纷纷劝说一番。黄九龙立起身来略一沉思，便向身旁湖勇低低嘱咐了几句，几个湖勇领命趋出，然后向范高头说道：“老丈同姑奶奶回庄设灵自是正理，就是俺们也要执绋告奠的。但是两位饱受虚惊，精神太乏，俗话说得好：留得青山在，不怕没柴烧。报仇有日，还请节哀保身为是。至于设灵招魂一切琐事，俺已着人预备去了，老丈同姑奶奶权且在敝堡屈居一宵，明晨俺们一同陪老丈回庄便了。”

范高头明白黄九龙这番厚意，恐怕他回去睹物伤情，尤其是女人心窄，难免发生意外岔儿，堡中人多，又有双凤劝慰，自然好得多了。范高头想到人家体贴周至，不觉感激涕零，只有连连拱手道谢。红娘子早由双凤扶入她们住的楼上，细细劝慰去了。

这里黄九龙又说起柳摩霄走马换将的事来，且看他今晚换不出来，如何下台。

少室山人笑道：“这事想起来还有点不明，昨晨贫道师徒同范老先生父女，后来又添上东方杰兄，为慎重起见，在观音阁上足足守了一昼夜，直到今天丑时正才促程赶来。在阁上淹留时节，俺师徒二人进城打探了几次，似乎提镇衙门静悄悄的没有动静，城门口也无兵弁盘诘，却因白天未便进衙，竟探不出实在消息。但是昨晚此地又闹奸细，难道单、柳二人发现范老先生走后也派人到此，想依样画葫芦不成?”

这时东关双哑在座从旁听得，连连摇手，表示所说不对，却又无法说出实情，众人只可一笑作罢。

少室山人接着笑道：“柳摩霄今晚又是一个难题没有交卷，可是依贫道愚见，正与尊师相合，罪止为首，似可不为已甚。”

黄九龙连连点首道：“道长所见极是，且看他们来意如何便了。”

这时东方杰正同他兄弟娓娓清谈，忽听少室山人说到这上头，二人突然计上心来，略一接耳，一起肃然起立，由东方杰向黄九龙道：“堡主可否现刻就将淫贼盖赤凤赐予不才兄弟二人，稍泄多年之恨？”

黄九龙方要开口，少室山人不明原因，便问何事。东方豪便向他老师婉陈一番，他一听自己门徒尚有这段因果夹在中间，倒有点不便开口了。

黄九龙却说道：“论到这淫贼，罪恶滔天，与几个洞庭寨主不能一概而论，就算没有东方兄弟一段因果，也当为天下人除害，所以在下早已允许东方兄手刃仇人，未知道长以为如何？”

少室山人同他徒弟东方豪到江宁去探访东方杰本为此事，岂有不赞成之理？却因自己说过不为已甚，虽有黄九龙一段解说，终觉有点碍口，只好说一句“全凭堡主主持”。

黄九龙一笑，从身边掏出一面尖角令旗交与东方杰，悄悄吩咐道：“你们二人拿着俺的令旗到监禁处所提出盖赤凤来，寻个僻静地方随你们怎样处治便了，却不要令红娘子知道，你明白俺的意思吗？”

东方杰满心畅快，连连答应，暗地招呼了东方豪，带着令旗一同出去了。其实范高头在座上看得一清二楚，知道黄九龙恐怕自己同女儿伤感，所以叫东方杰弟兄暗地处治盖赤凤，用心何等周全，益发感激入骨。

当晚黄九龙在大厅上盛设宴席，一半为少室山人洗尘，一半替范高头父女压惊。首席自然是少室山人，次席范高头，东方豪新到，坐了第三席，其余滕巩、红娘子、舜华、瑶华、东方杰、祝一郎、祝二郎、痴虎儿依次礼坐，下面黄九龙、王元超并坐相陪，执壶劝酒。这一席酒，英雄相聚，本应兴高采烈，无奈范氏父女兀自愁眉苦脸，连众人也提不起兴致来，幸而少室山人倜傥不凡，议论风生，谈些奇闻异俗，一席的人无不倾心侧耳，钦佩非常。

正在杯酒谈心当口，左右忽报江宁下书人到来。黄九龙笑向众人道：“消息来了，诸位只管畅饮，俺去周旋一下再来奉陪。”说毕即匆匆迈步出厅。

隔了许久，笑嘻嘻提着一个长方包袱进来，呵呵笑道：“柳摩霄、单天爵也只有这点胆量，被俺老师略施警戒，就吓得胆小如鼠了。”

一席的人听得突兀，个个停杯，仰身齐问所以。黄九龙把包袱向旁条几上一放，依然入座，先向众人敬了一巡酒，然后微笑道：‘此刻江宁来了两个人，一个是先已来过的鬼面金刚，一个是单天爵手下的一名守备叫作余得胜，绰号余二麻子，口称他们两人奉命送回范老先生的红毛宝刀和红娘子的双刀同镖囊，说是本来预备在今天晚上送回范氏父女，不料昨晚夜深时节被少室山人师徒劫走，想是已回湖堡，所以范老先生父女的军器特地专程送来。彼此既然解除误会，从此无论江宁、洞庭，对于贵堡绝不会再生纠葛。希望贵堡看在江湖义气面上，将洞庭几位寨主交与他们两人带回。俺一听他们口气，明白柳摩霄今晚难以践约，自己只好不露面，差这两人言甘辞卑地来乞情了。”

少室山人笑道：“怎么救出范老先生牵在贫道身上？而且他们怎知贫道的贱号呢？”

黄九龙笑道：“自然其中另有别情。俺一听他们口吻，就知道其中还有波折，因为来的二人是单、柳两人各自派了一个体己人来的，像单天爵这种趾高气扬的人，不受极大的挫折，不会低首下气的。俺察看来的二人中，那余二麻子是个草包，比鬼面金刚笨得多。俺故意恭维他一阵，设法把他一人调到别间屋内，细细地套出江宁实情。果然那余二麻子被俺几顶高帽子一套，口沫四喷，直言无隐。原来敝老师在地穴内救范老先生当口，在墙壁上写了‘救老英雄者少室山人’一行字，单天爵在内衙起火以后本已得着部下报告，大堂前飞下一道一俗，救了使单剑的人，后来大堂上飞瓦也有见着道长及令徒的，自然深信不疑了。”

少室山人笑道：“他老人家想是故意如此，让他们不知他亲自前往。”

黄九龙笑道：“据余二麻子说，单天爵自从发现范老先生父女逃走，震怒异常。柳摩霄格外焦急得坐立不安，飞虎头陀自告奋勇同祝家弟兄直赶到湖堡来，这就是昨晚这儿捉奸细的事了。最好笑那飞虎头陀三人来湖以后，敝老师却仍隐身在提镇衙门，而同单天爵开一个大玩笑。据说飞虎头陀转身一刹那，单天爵在一角文书上想用一颗官印，哪知印匣内变了一块石头，一颗江宁提镇的官印踪影全无。这一下不亚于失掉单天爵的命根，做官没有印把子如何当得？吓得单天爵六神无主，连姨太太的马桶内都找，哪有印的影儿。柳摩霄、醉菩提这班人也是面面相觑，爱莫能助，但已觉到失掉得蹊跷，定关系着范老先生的事。最苦的是单天爵失掉了官印，一面暗暗搜寻不敢声张，倘若被上司知道，立时要参劾的，只有哑巴吃黄连，一面想法，一面暗暗搜寻。

“不意在全衙翻箱倒柜，单天爵坐在签押房长吁短叹，五内如焚当口，忽然一抬头，屋顶天窗下面粘着一张纸条随风飘动。单天爵大惊，一纵身取下来一看，只见上面写道：‘欲寻回尔印，革面洗心，取尔首级，如扑一蝇！’下面又署着少室山人四字。单天爵看了这张纸条，出了一身冷汗。明白外边能人很多，自己同柳摩霄这点本事也算说得过去，左右还有不少奇才异能之人，竟被那少室山人来无踪、去无影地随意出入，假使要俺脑袋真也容易，越想越怕，不觉气焰全无，知道太湖帮不易招惹，不如急急趁波收帆。恰好柳摩霄也是惊弓之鸟，急想保全几个寨主性命，也顾不得平日威风，就各人派了一个心腹来此求和了。”

黄九龙说到此地，少室山人大笑道：“这倒好！贫道本是一个默默无闻的人，这样张冠李戴，大出风头，真是意料所不及的，就怕将来纸老虎戳穿，倒难为情了。但是黄兄应许他们的要求没有呢？”

黄九龙笑道：“应许是应许，可是有两桩事要他们照办：第一桩，江宁水陆兵弁同洞庭喽啰们此后不准踏进太湖地界，窥探本湖动静，一经查出，格杀不论；第二桩，金昆秀、冯义两人尸首急速改用上好棺木盘殓，克日运到柳庄。棺木哪一天到，人哪一天放。俺说了这番话，那两人没口地应许，就此得了回话，匆匆辞去了。”

合席的人听得金昆秀尸骨能够运回来，齐声赞美，范高头、红娘子自然感谢异常，当席议定，索性等棺木运到柳庄再举行吊奠。黄九龙又向范高头道：“老丈、姑奶奶现在先顾办丧事，使死者稍可瞑目，至于报仇的事不必急急从事，也不怕单天爵逃上天去。俺这样向他们一说，单天爵定以为俺们从此不致与他为难，防卫自然渐渐松懈下来，那时俺们想个别样稳妥法子，暗地到江宁把单天爵脑袋拿来，岂不易如反掌？”

此言一出，范高头、红娘子眉头立展，连连点头，众人也附和着，照此行事万无一失。这一席话，范高头、红娘子总算得到报仇机会，也不能不强作笑容，同众人勉饮几杯。等到酒阑席散，黄九龙等送少室山人、范高头到厅旁客馆住宿，红娘子同双凤一起，东方豪自然同他老兄东方杰抵足联床，诸事停当，一宿无话。

第二天午后，江宁果真又派鬼面金刚、余二麻子护送两口棺木来到。黄九龙早已指挥几个头目派好执事人等，在柳庄范宅内外搭起丧棚，设好灵帏，高僧、高道梵乐喧天，门外鼓乐吹打迎送，倒也有一番哀荣之概。两口棺木到门，红娘子一身麻衣，哭得死去活来，范高头哭了女婿，又抚着铁桨冯义的棺材，捶胸大恸。堡中从黄九龙以次，全体更番吊奠。说也奇怪，两口棺材原是一东一西停放，众人虽然一样拜奠，可是全湖头目和湖勇们在冯义棺前格外虔诚哀肃。范高头抚棺痛哭当口，竟有不少湖勇暗洒同情之泪，大约因为冯义忠心为主，捐躯殉身，格外难能可贵。

等到纷纷祭奠告毕，黄九龙拜托少室山人、滕巩等在柳庄照顾，自己同王元超回堡把监禁的几个洞庭寨主同那位守备沈奎标一齐释放，并将各人兵器也一一送还。当日把这班人交与鬼面金刚、余二麻子原船送回，只有把盖赤凤一人推说当场被杀，同战死几位的尸身业由本堡一齐在山后深埋安葬。两人也不敢深究，就此拜别下船，扬帆回江宁去了。后来探得这班人放回，当晚发现一颗官印仍旧好端端地搁在印匣内。单天爵经过这回教训，再也不敢得罪湖堡，连那册秘籍暂时也不敢妄想了。

现在且说湖堡自范宅丧务告竣，少室山人在太湖各处名胜之地游览了几天，把东方豪留在堡中，独自向黄九龙等告辞，依然天涯海角地云游去了。少室山人一走，云中双凤也想回去复命，暗地同王元超商量妥当，由王元超乘机向黄九龙说道：“现在江宁这桩事总算了结，师母那方面的事也应该早为取决。不过老师手谕，命俺陪双凤同去复命，在小弟想来，彼此男女有别，一路同行，殊嫌不妥，而且怎么复命，老师又没有明白指示，如何向师母开口呢?”

黄九龙呵呵笑道："这事俺早和范老丈商量好了。先头师母命双凤捎来的一封信，盛气凌人，无非她老人家故意如此，并非真心要夺湖堡。至于要俺收罗海上群雄，俺们原是求之不得的事，只要海上好汉真心聚义，共商大举，肯听约束，俺们何乐不为？所难这班人出没海上，良莠不齐，万一引狼入室，贻害俺们根本，这就是可虑之处了。现且一步步去做，昨天为此事私下同范老丈商量了一个办法，由范老丈写好一封详函，把其中顾虑的所在一一写入，交双凤去面交师母，且看师母怎样说法。至于五弟你顾虑到男女同行不便，吾辈磊落丈夫，何虑小节？师命为重，大事要紧，何必拘拘于此。"

黄九龙说出这番大道理，王元超听得满身舒服，几乎要手舞足蹈起来，不料黄九龙边说边把两只精光炯炯的眼珠盯在他的面上，忍不住哧的一声笑了出来。王元超面上一红，急问师兄为何发笑。

黄九龙支吾了半晌，面色一整，低低说道："吕氏姊妹武功着实了得，贤弟能够设法把她们留在堡中，俺们岂不又多些臂膀，但是怎能留得住呢？"

王元超一听，心想此话突然而来，何以先笑后说，难道俺们的事已被师兄窥破，故意如此试探吗？想到此地，不觉心头突突乱跳，满脸忸怩之色。黄九龙看他难以为情，肚内暗笑，慌忙用话推宕开去，微笑道："这无非随口说说，未必办得到。现在堡中多了东关双哑、东方弟兄同滕氏父子、范氏父女，都是将来好臂膀。愚兄想把全湖各山头划分几个山寨，建筑分堡，水上也同样多添战船，火器扩充起来。希望大师兄能够到来，就可向他讨教进行计划了。"两人说了一阵不要紧的话，也就各自走开。

到了第二天，吕舜华、吕瑶华就向黄九龙告辞要返回云居山去，提起海上群雄安置的事来，黄九龙推心置腹地说出自己同范老丈商量的一番主意，舜华、瑶华非常赞成，情愿在千手观音面前极力疏通。正这样说着，范高头同红娘子从柳庄到来，彼此谦让就坐。舜华看见红娘子一身缟素，不觉笑道："现在应该称白娘子，不应该再称红娘子了。"

红娘子笑道："是啊，红娘子三个字，应该送与两位了。"

两人一听话中有话，很不是味儿，狠狠地啐了一口，正想反唇，范高头已回头向她们说道："此刻听堡主所说，两位贤侄女就要回去复命，未便强留。那海上群雄的事，老朽同黄堡主已商量过几次，现在老朽备了一封信在此，托两位转陈千手观音。信内说明处理海上的事，仍请两位从中婉言疏通。"说罢从怀里拿出一封信来。

舜华接在手内，两面一看，里外封得结实，还盖上骑缝名章，好像信内有秘密要事，恐怕寄书人私自拆看一般。舜华看得奇怪却又不便明问，只好收在身旁，谈些离别的话。

红娘子坐在一旁却不断暗揾泪珠，呜咽说道："两妹要事在身，愚姊未便相留，但是彼此相处几日，气味相投，情胜手足，尤其这几天愚姊惨遭大故，若非两妹深情婉劝，正言开导，愚姊也许早行拙志，做了不孝不义的人了。"边说边拉着双凤的玉手，抽抽咽咽，若不胜情。舜华、瑶华也是黯然强笑劝慰。

范高头长叹一声道："两位侄女此番来此没有好好款待，反而生出逆心的事来，弄得家人少欢，真是从何说起？"

黄九龙急用话岔开谈些别事，就在这天大设筵席饯行。

席散，双凤结束停当，外披风氅，仍旧用自己带来的两匹俊驴代步。王元超师命在身，也装束整齐，腰挂长剑，外披紫呢子裹圆，又从厩中选出一匹兰筋竹耳、通体雪白的高头大马，交与湖勇系在屋外，与众人告别一番，同吕氏姊妹走出湖堡来。众人一齐送出堡外，独有红娘子牵着舜华、瑶华，叮咛再三，然后挥手扬鞭，两驴一马泼剌剌跑出三重碉垒。

第七回

花好月圆，有情人终成眷属
兰因絮果，让老僧脱却皮囊

却说王元超同吕氏姊妹辞别出来，三人两驴一马，迤逦行来已到湖岸，选了一只极大的渡船，连人带牲口一齐渡过湖去，弃船登岸复又上骑前进。王元超领头，舜华、瑶华紧随在后，一路行来，彼此并未说话。照说在堡中人多碍口，未便畅谈，原毋庸说，此刻三人联骑长行，没有局外人打扰，理应畅谈无忌的了。哪知三人出得堡来，直到此刻已走了十几里路，各人骑在牲口上，除出几句客气关照的话以外，谁也不好意思张口说到姻缘的事上去，只心里突突地跳得慌，心里越跳，喉咙里越发堵住了。虽然这样哑声儿踱行，心里尽管跳得慌，回味却是甜津津的，身上十万八千个毛孔都活泼泼的，满布着无穷快乐，脸上谁也矜持不住，自然而然地喜冲冲露着无穷笑意。王元超口虽讷讷，头却一步一回，表示他关照殷勤。他一回头，姊妹俩情不自禁地嫣然低鬟，回眸一笑，这一笑也就心心相印胜于千言万语了。在这山巅水涯、疏林夕照之间，宝马名姝，鞭丝剑匣，闭目一想这段奇旅风光，那位王郎无俦艳福，左右逢源，也就领略不尽哩。

三人行行重行行，向前望去，已看到浙江省的长兴县城。一轮赤血似的红日挂在城楼角上，照得一条长长官道变成满地黄金之色，四周却是暮霭苍苍，炊烟四起。王元超心里一转，正想缓辔谈话，恰好舜华蛮靴一夹，驴蹄嘚嘚赶上前来，迎身笑道："元超兄，敝乡云居山到过没有？"

王元超笑道："浙江沿海一带只游览过温、台两地，故乡较近的象山港、三门湾等处反而足迹不至，岂不可笑！不过从小就晓得象山港里面有座极深的山峰叫作云居山，跨着奉化、宁海两县。每听得到过此山的人讲说，端的峰峦奇秀，仙灵福地，不亚于天台、普陀、雁荡等处咧！"

舜华笑道："仁者见仁，智者见智，山水之胜也是随人而异的。俺们姊妹俩生长在云居山上，天天在山中跑，觉得毫无引人入胜之处。这几天在太湖东、西二山同湖心马迹山玩了几天，便觉得耳目一新，处处都有恋恋不舍之象。"

王元超听她赞扬太湖，心里有句话刚到喉头忽又咽了下去，忙改口东拉西扯，细谈各处胜景。后面瑶华也听了出神，手上鞭缰都忘了控勒，一马二驴任它款款行去。

却不知行近城郊，官道上两头来往的人渐渐多了起来。看他们一男二女，气概装束迥自不凡，却看不出是何路数，路旁许多泥腿淘气小孩，看得三匹牲口快腾腾地驮着人走路，非常好玩，一起哄，跳跳跃跃、指指点点地跟在牲口后面，而且越跟越多，噪成一片。王元超回头一看，马后小孩子黑压压地结成了队，吃了一惊，忙一齐猛着一鞭，泼剌剌跑离一箭之地，兀自听得马后小孩隐隐拍手欢呼之声。

三人抬头一看，已到城门，王元超正想扬鞭进城，忽听瑶华在后娇呼："且慢！"王元超一回头，却见她们双双把丝缰一带，如飞地向左沿城跑去。

王元超不解，忙扬鞭从后赶至问道："两位为何不进城去？"

舜华回头笑道："此地到吴兴没有多远，俺们不如到吴兴再寻宿头。此处地僻邑小，居民少见多怪，把俺们当作稀罕，瞧热闹似的直瞪眼，实在讨厌。不如趁着斜阳未下，新月初上，再赶一程。"说着扬鞭向远远迷茫的溪口一指。王元超顺着她的鞭梢一瞧，果见一钩新月已挂天边，却只淡淡的一痕蛾眉，于是疾挥几鞭，连辔并进。

没有多久，已遥见前面灯火万家，市声喧起，瑶华笑指道："前面就是吴兴城外，城外市容已如此尘嚣甚上，城内繁华可以想见，真不愧浙江首富之区，比较长兴，真有天渊之别。但俺们却要闹中取静，因为此地九流三教甚多，易招人眼，不如在城外市梢头觅一干净旅舍，胡乱寄宿一宵便了。”

王元超连声道好，首先下马，缓缓带缰步入市来。恰好一进市口就有一所高大瓦房，一色水磨砖墙，砌着一座石库墙门，高挑着仕宦行台的大灯笼。王元超拉马近门，早有几个伙计跑出门来含笑招呼，兜揽生意，后面吕氏姊妹也牵驴近前，三人随手将牲口交与宿店伙计，一同走进墙门，转过照壁，宿店掌柜迎上，殷殷招待，领到一小小院落，倒也花木扶疏，幽雅宜人。上面一排列着两明一暗上等官房，室内桌椅周全，床帐整齐，字画摆设也颇可观，双凤先自心喜，王元超自然更无话说，伙计早从牲口上搬进铺盖，一面沏茶进水，流水般供应上来，恭维之间却一声声老爷、太太地称呼着。落店簿时，王元超报称王姓，跟着满耳王老爷，又接着太太上面也有了王字，还叫得震天价响！当他们三人是过路的家眷，也许带着妻妾进省，这样一恭维，表面骨子都不算差，但已弄得三人啼笑皆非，却又无法分说，只好姑妄听之了。等到宿店伙计们同那位掌柜把应有的一套买卖经讲完，问明晚上应用酒菜，躬身告退以后，才算心里略安，耳根清静。王元超却因此占得不少便宜，暗暗得意，未免用眼一瞟两人，微微一笑。瑶华面嫩，红着脸深深啐了一口，背过面去。

舜华却不然了，一进宿店早已芳心自警，暗地观得王元超渐渐有点不老成起来，偏偏宿店伙计把三人当作夫妇看待，牲口上的铺盖拿进来摺在一起。王元超居之不疑，也不说明分居别室，暗想他存着什么心呢？想到此处不由得一缕芳心像天空游丝般地飘飘荡荡，没法摆布起来，再暗地一瞧王元超，却正见他兴致勃勃地掸靴盥面，洗尽风尘，格外显得面如冠玉容光焕发，忙一低头也自背过身去，假作赏鉴壁上字画，默默打算，却又听得耳边低唤道：“舜妹、瑶妹一路辛苦，此地酒肴甚佳，俺们快去畅饮几杯，略涤尘襟。”

二女没法，回头一瞧，外间堂屋内红烛高烧，已不知何时摆好一桌热腾腾的上等酒肴，慌忙盈盈起立，笑道：“王先生先请自便，让愚姊妹略自盥洗，即来奉陪便了。”

王元超吃了一惊，暗道口风不对，几时改了称呼？娇滴滴的一声“元超兄”又降为“王先生”了，惊得倒退几步，诺诺连声道：“该死，该死！小弟一时冒昧，忘记所以，竟自僭先盥洗过了。”边说边满屋张罗起来，注热水，拧香巾，找这样，觅那样，像掐头苍蝇似的乱撞乱递，不知如何是好，倒把舜华、瑶华招笑了。

舜华忙遥遥拦阻道：“元超兄快休这样，让愚姊妹自己动手就是。”这一声“元超兄”，立时听得他神定气旺，满心畅快，忙又一迭声称是，束手恭立一边。两姊妹看得他如痴如癫，十分可笑，存心捉弄他，款移莲步坐到梳妆台前，故意轻捻慢擦地消磨了不少工夫，让他站班似的鹄立一边。在王元超却另有心计，以为古人水晶帘下看梳头，还比不上他的艳福双修，身子虽笔直地立着一动不动，两只眼珠却只跟定四只玉藕般皓腕打转。

好容易两人晚妆告罢，兀自娇慵未起，却听得宿店伙计在帘外高喊道：“王老爷，时光不早了，怎不请太太们出来用饭？酒肴都快凉了。”

这一喊，双凤听得又十分刺耳，只好假作不闻，一低头又向菱花小镜仔细端详。王元超一看双凤如是，也浑身不对劲儿，一时无话回答。那堂屋中伙计喊了一声以后，屋内悄悄的毫无动静，心里往邪处一钻，暗地舌头一吐，一扮鬼脸，蹑足潜踪地溜了出去。

他一转身，恰好王元超一掀帘，向外一探头，一看帘外鬼影全无，整桌的菜却真个热气渐渐消灭了，忙举步跨出门来，索性起官腔，提足中气，高喊一声：“来呀！”

那溜走的伙计从半路闻声，又没命飞腿跑回，垂手请示。王元超向桌上一指，叫他把凉的酒肴重新搬去整治，伙计忙端起木盘，一一掇拾出去，百忙里还想博宾客欢心，大骂厨房不善侍应，怎么把各样热菜一起端上，让老爷太太们吃了冷食，不受用起来，那还了得！捧着菜盘，一路胡说乱道地蹒跚而出。

王元超再看桌上几样下酒的冷碟倒还精致，一转身正想回房请双凤出来，恰好另一伙计急匆匆提进一壶新烫花雕，王元超接过手来向房内低喊道："两妹快请出来吧。"一声喊毕，似乎听得几声娇笑，接着一阵窃窃私语，然后帘子一晃，双双携手款步而出。王元超忙举起酒壶在上首两座上各斟了一杯，舜华抿嘴一笑，略一逊让，竟自趋向上座，瑶华却在右首坐下，王元超在左首相陪。三人一坐下，重行整治的菜肴已纷纷献上，这一席客中小酌无异家庭小宴，又可喜双凤落落大方，清谈妙语，语语解颐。却有一件，每逢王元超情不自禁略露轻薄当口，两姊妹登时不约而同地冷若冰霜，正襟危坐起来。等到王元超自知失礼，举措不安，却又回嗔作喜，依然春风满面，深情款款。

王元超肚内明白，想了一个计策，举起酒壶在她们杯内恭而敬之斟了一巡，自己杯内亦斟得满满的，然后面色一整道："请两位贤妹各干一杯，愚兄有几句肺腑之言相告。"双凤一笑饮干，王元超也举杯相照。

三人饮过这杯门面酒，王元超肃然开言道："愚兄承两妹不弃，永结白头之约，虽然如此，将来也须禀明双方师长，依礼纳聘，方算百年大礼。现在俺们长途相伴，唯凭一片光心侠胆，不欺暗室，虽有儿女之情，却无桑濮之耻，区区寸心，可矢明月。两妹红粉知己，巾帼英雄，当不致见疑为薄幸之流。"说毕呵呵大笑，眼光四射，灿若亮电。

双凤又惊又喜，知道话里有因，忙双双起立，齐声说道："人非太上，谁能忘情？儿女英雄，古多佳话。吾兄一片正言，感人肺腑，正是情之出于正者。正为吾兄是深于情的人，才能体贴妾等一片痴情，妾等能够终身厮守，善事君子，尚有何求？妾等蒽蒽堪虑，竟以小人之心度人，实在惭愧万分！此刻听吾兄剖腹相告，益发踧踖不安了。"

这一席话推诚相见，各抒衷肠，直吃到月移花墙，鱼更三跃才兴尽席散。当夜双凤两姊妹一床安宿，王元超另在一间耳房安眠。

一宵易过，第二天清晨算清店饭钱匆匆上道，依然晓行夜宿，不日来到钱塘江边。恰喜朝潮初过，江平如镜，连人带牲口一齐渡过钱塘江就到西兴地界。由西兴过萧山县，达曹娥江，进宁波府，走上苏木岭，就离象山港不远了。倘然他们三人一出太湖从海道坐海船，遇着顺风，两三天就可走到。现在他们走的是旱路，沿途随意游览各处胜境，又拣着人迹稀少的僻道，未免格外多耽搁些日子。其实三人心中迟早几天满不在乎，一路鹣鹣鲽鲽，形影不离，虽不是同床共宿，各人以礼自持，但是各人心中早已视为百年厮守的夫妇了。等到走上苏木岭，已能望到海边的象山港，知道再翻过两重长岭就可到云居山了，这样已足足走了十几天，在三人心中却觉得没有多久的样子，这就应了“欢娱嫌日短，寂寞恨夜长”那句话了。

这三天走完了苏木岭，又是一重峻岭横亘马前，岭下一道弯弯曲曲的长溪像一条银龙，蜿蜒岭脚，溪边错错落落，满是土墙茅屋，居然也有店铺，挑出几个红布招子随风飘荡。

舜华笑道：“俺姊妹俩每从云居山下来，走的都是沿海道路，此处也是第一回经过。从这儿到云居山，在岭上遥望似乎已在目前，但是此去一路都是山道，恐怕还要两天才能走到哩。过了此处不知前面有无寄宿之所，俺们何妨就在这下面溪边村店内吃点东西，打听一声？”王元超、瑶华齐声应好。

銮铃响处，一马两驴霎时跑近溪镇，各人跳下牲口，缓缓走进村市，仔细一打量，中间一条石子路足有里把路长，两边栉比着高高矮矮的草屋，不下一二百户，却家家门口设着香案，烧着高香，香烟缭绕，把一条村市整个笼罩在浓烟香雾之中，路上人来人往，个个形色匆匆，好像有事一般，有几个年老村妪一手扶着拐杖，一手拿着念佛数珠，边走边喃喃宣着佛号。

三人看得诧异，走了一段路，寻着一处较为干净的酒店，把牲口系在店门口一株歪脖黄桷树上，款步走进店来，拣了一副临街座头坐下，即有一个老年店伙过来招呼。

王元超问道：“你们可有可口酒菜？连米饭拣整齐一起拿来，俺们一齐算还你便是。”

老店伙满面堆下笑来道：“不瞒客官说，这条横溪岭虽是个小村镇，也是往来要道，俺这小小悦来酒店专供来往上等客官食宿，有的是上等酒菜哩。”

王元超道：“原来此处还食宿两便。”

老者又说道：“从此地横溪岭直到云居山足有百把里山路，一路并无宿头，这儿也只有小老儿一家供应客官寄宿。”

王元超道：“哟，这样说起来，俺们也要在此打扰了。”

老者闻言益发高兴，忙不迭进内张罗酒饭去了。

舜华笑道：“此地别有风味，倒有太平气象，可谓不知秦汉魏晋楚，俺们在这茅屋内寄宿一宵，倒也有趣得很。”

三人一面凭栏观看街上来往诸色人物，一面谈谈说说。一忽儿从内跑出两个年轻店伙，端出热腾腾的几样酒菜放在桌上，布好杯箸，三人一看那几样酒菜是一碟白切嫩鸡，一碟活跳醉虾、一大碗红焖笋、一大盆风鸡拼腊肉，还有一海碗碧绿菠菜豆腐汤。三人大喜，想不到这山村小店有此佳品，正想举箸人嚼，那老者兴冲冲捧着一锡镟酒过来，笑道：“小地方没有好菜供客，倒是这壶‘横溪春色’还可将就得。”

三人不懂什么叫“横溪春色”，那老者已把手上酒壶举起，先向王元超面前杯中斟下，只闻得一股清醇浓郁的酒香扑上面来，一低头，杯中已注着碧滟滟玉胶似的一杯酒，最奇的是满满一杯酒似乎高出杯面分许，却不涌溢出来，知是好酒，忙向老者笑道：“如此佳酿，老丈怎舍得供客？”

老者大笑道：“俺这‘横溪春色’是俺独家祖上秘传，好处还在色、香、味之外，能够调和气血，醉而不醉。怎叫作醉而不醉呢？因为别种酒，无论如何好法，吃多了于人身体绝不会有益处的。独有俺这‘横溪春色’与众不同，吃上嘴醇而不俗，洌而不燥，一等一的大酒量，十杯以外便也醺醺欲睡，但再多饮些也无非倒头便睡，一睡散千愁，绝不至酗酒乱性，误事害身的，所以叫作醉而不醉。做酒的时候总在每年秋后，用的前面横溪的山泉水。这泉水比西湖、镜湖的水还要甘肥十倍，舀在碗内堆起老高，像有黏胶一般。到第二年春初开瓮，日子虽然不久，却比绍兴陈十年的状元红要高十倍。有这几样好处，祖上就传下‘横溪春色’的酒名来，客官不信，试尝便知。”

王元超听得悠然神往，忙从老者手中取过酒旋子，在双凤面前满满地斟了两杯。三人一尝，果然名副其实，又配着这几样可口酒菜细细咀嚼，赞不绝口。

老者大悦，刚要转身去照顾别个座头，舜华笑着问道："老掌柜，贵村今天家家门口设有香案，大约近村有赛会迎神等事吧?"

老者摇头道："敝处赛会例不常有的，这几天前面岭上百佛寺内来了一个得道高僧，在寺内说了三天法，自己说就在这几天内在岭上示寂。一身积了许多财产，近年各处云游，布施了不少。因为百佛寺的方丈是他的大徒弟，又说与此地有缘，才特地赶来此地示寂，遗留的财产一半布施在百佛寺，一半散给俺横溪镇上大小住户。俺小老头儿活了这么大，只听说和尚吃十方，挨户募化，没见过和尚拿出财物布施的。俺小老头儿一世没发过横财，不料昨天偶然好奇到寺里去听说法，那高僧看见年老的就捧出一大堆白花花的银子，用大秤一包包称过，平白地就分给上年岁的拿去享用，不管男的、女的，只要上岁数去听说法的个个有份。俺做梦也想不到平白地得了五十两纹银，弄得一镇的人当那高僧作活菩萨看待，家家烧香念佛，早晚礼祷。"

王元超听得有点奇怪，忙问道："那高僧怎样一个人呢?"

老者两掌合胸，口中念了几句佛，然后说道："不瞒客官说，小老头儿这几天高兴得梦里都开着口大乐，合上眼就看得见百佛寺内的高僧。人家说他活菩萨活神仙，一点不错！只看那高僧一张通红的寿星脸，一部尺许长根根见肉的银须，就是活菩萨的样儿。最奇怪的是两手的几根长指甲，一支支像小蛇似的蟠在腕上，有时候随意一弹却又伸得笔直，看去足有二尺多长。平常人哪有这样的奇相，也没有这许多银子。据寺内人说，高僧已转过两重花甲了。"

王元超忽听他讲到后来，添了一句银子上去，几乎失笑，却又问道："现在还说法么?"

老者道："现在已停止说法了。这高僧说法与众不同，讲的并不是经，也没有劝人拜佛修行的话，却专讲读书人口头上说的孝悌忠信四个字，尤其是劝人不要犯那色字，色字头上一把刀，这把刀比杀猪的屠刀还难放下哩。"说到此地，瞪着老眼向双凤姊妹一瞧，便停嘴不说了。

这一番话倒把三人听得呆了，这时恰好有人索要酒菜，那老者转身到别处去了。王元超转脸向双凤道："这老和尚举动倒也奇怪，俺们凑巧遇上，明晨横竖要过那岭的，何妨去瞻仰瞻仰。”

双凤好奇，点头道：“好。”

这晚三人就在这店内胡乱度了一宵，第二天一早就别了老者，问明路径，向岭上走去。却喜山道并不陡峻，牲口一样可走。不到十里路，就望见岭上红墙缭绕，隐藏着不少殿宇，那大雄宝殿琉璃耀彩，气象庄严，后面矗起十三层玲珑八角琉璃塔，塔顶一个风磨铜铸的葫芦映着晓日，闪闪放光，绮丽夺目，真像藏着舍利子放射出五彩宝光的样子。

瑶华大笑道：“想不到这穷乡僻壤还有这样大寺院，但看外表已装潢如此灿烂，其中定必格外庄严的了。”

舜华也笑道：“横溪镇上的老头儿发了横财，横溪岭上的百佛寺也发了横财，什么叫灿烂，什么叫庄严，无非那老和尚的银子在那儿作怪罢了。依俺猜想，那老和尚到临死时候，散财结缘，掷如粪土，其中定有不可告人之隐。”

王元超脆生生一拍手掌道：“舜妹所见正合俺意。俺正在这儿忖度那老和尚散财散得忒奇，一个年老人给五十两雪花纹银，此地镇上几百户人家，少说也有百把个年老人，一个云游和尚哪里来这许多银子？何况还有一半布施在寺内呢。”

三人边走边谈，那老和尚越想越疑，急于想看个究竟。走到半岭，地势渐陡，中间一条羊肠磴道，两旁尽有青松丹枫，山风一起，满山红叶像千万只蝴蝶飞舞上下，夹着松林上龙吟虎啸之声。回头一看，岭下镇上几百间茅屋顿时缩小得像画中一般，全镇一览无遗。三人流连了一会儿，因上岭径仄地陡，不便驰骋，一齐跳下牲口背，挽着丝缰，踏着寸许厚的落叶，一路脚底簌簌作响，缓缓走上岭巅。走了一程，百佛寺的山门巍然在望，看上去金碧辉煌，焕然一新。

未近山门，远远就有一股油漆气味顺风吹来，不问可知是那老和尚的钱装饰的了。三人走近山门，暂将三匹代步拴在山门口松树上，王元超当先跨进门去，忽听得山门内一阵咻咻之声，好像是巨兽打鼾一般。三人略一迟疑，猛地一阵腥风着地卷来，接着里边一声虎吼，殷殷如雷。三人诧愕非常，回头一看那一马二驴，吓得瘫痪在地，动弹不得。

王元超大怒，拔剑在手便欲闯将进去，看个究竟。

舜华、瑶华跟在后边说道："听去吼声甚熟，似乎就是俺家养的二虎。"边说边已转过弥勒佛龛，走进第二重山门，抬头一看，赫然一只硕大无朋的黄斑巨虎缩爪蒙头，睡在大雄宝殿的台阶下。

那虎听得有脚步声，昂起头来，张开巨口打一个呵欠，便又低下头去，忽然又把头一伸，虎目圆睁，远远向三人瞧了半晌，倏地一长身，虎背一拱，前爪一并，伸个懒腰，把一条懒龙似的尾巴，着地啪啪鞭得山响，接着屁股望后一蹲，一声大吼，蓦地一纵，便向三人扑了过来。

王元超大喝一声，倚天剑一挥，便要迎头刺去，舜华大喊："王兄且慢!"边喊边金莲一点，越过王元超，戟指娇喝道："痴虎婆休得无礼，难道认不得俺姊妹了吗?"

其实那虎扑过来并不想吃人，是认清进来三人中有双凤姊妹在内，喜得张牙舞爪地扑过来，原是欢迎的意思，经舜华一喝，早已伏在莲足之下，一只尾巴乱摇乱甩，鼻尖又连连嗅着舜华足尖，瑶华也过去，用纤纤玉手抚摩它的头顶。那虎立起身来，在她姊妹俩的身边盘旋不已，表示亲热，一面只管侧着虎头，眈眈向王元超注视，一面注视，一面向舜华身上乱拂，似乎问她们姊妹俩身边怎么多出这个漂亮英雄的小伙子来。

双凤从小同这虎玩耍，岂有不明白它的意思。这时舜华被它尾巴扫得不好意思，重重地啐了一口，举起玉掌向虎头一击，娇嗔道："俺姊妹俩出外几天怎的偷跑到此?殿上人影不见，想是被你这孽畜吓得躲起来了?"

那虎把头乱摇，表示舜华说的话不对。王元超从旁看得人虎周旋，别有奇处，那虎摇尾巴献媚，比小猫还要驯良，哪里还是猛虎样子，想起双凤说过千手观音养着雌雄二虎，此刻舜华喊它痴虎婆，定是从前哺育痴虎儿的雌虎了。

正这样想着，忽见瑶华童心未泯，在虎头上抚摩了一阵，骑上虎背去，拍着虎项笑道："你这痴虎婆好好地睡在这儿不安分，偏在俺们来的当口怪吼起来，把俺们一马二驴吓坏了，代不得步，没的说，乖乖地驮俺们三人回家去。”

那虎知趣，昂头又向王元超看了一看，竟自连连点头，三人大笑。王元超却看得丰姿绰约的瑶华骑在一只斑斓的猛虎身上，真是稀世奇景，猛想起从前见过唐六如画的《虎色图》，也是一个美女背着宝剑在虎上，同此刻瑶华骑虎的神情一样无二。还记得《虎色图》上题着“猛虎不可近，美人不可亲。猛虎近膏吻，美人亲伤身。道险不在广，十步能摧轮。情爱不在多，一夕能伤神”一首诗。这首诗以猛虎喻美人，原是载道警世之言，但是在王元超心里，这首诗为浅陋世俗之士说法则可，像俺们一身侠骨、重情不重色的人，似乎不能一概而论。只要看眼前这只猛虎像小猫一样驯良，何尝不可近？再以虎喻人，像舜华、瑶华这样美人又何尝不可亲？可见古人的话只可为下愚说法罢了。谁知王元超此刻无意中的一番感触，到后来真个为了双凤姊妹，弄得志消神索，几乎丧命，竟应了《虎色图》上的诗意，这是后话且不提。

且说王元超一旁看得双凤姊妹同那虎亲昵形状，痴痴呆看，想入非非，忽听得殿上脚步声响，从佛座背后转出几个人来。瑶华看见有人出来，急跳下虎背，王元超也把倚天剑还入鞘内，三人略整衣冠，缓步向大殿走去。

只见殿内几个僧衣整洁、状貌魁梧的和尚向殿外走来。为首一个秃头老和尚方面大耳，长髯过腹，真可称得颜如冠玉，须如银丝，一手执了一支龙形藤杖，手腕上套着一串很长的数珠，手上却擎着一封信函，当先大步跨出殿门。一见王元超三人，双目一注，从两条庞眉底下射出闪电似的眼光，眼光一闪，立时又低眉垂目，恭身打个问讯，声若洪钟地说道：“三位檀樾远道光临，大是有缘。待贫僧料理罢俗务，便来奉陪。”

王元超看他伸出来的手丰润如玉，指上长甲像面条卷成一盘，便知是悦来酒店所说的老和尚了，急答礼道：“俺们路过宝刹，闻名瞻仰，大师有事请便。”说罢并不举步进殿，故意立在一旁，看那虎有何举动。

老和尚似乎明白三人意思，不再逊让，就当阶立定，同贴身一个黑面虬髯的僧人低低说了几句话，黑面僧人唯唯应命，转身进厅。老和尚便举起藤杖，遥遥向虎一招。那虎正跟在双凤背后，经那老和尚一招，居然摇头摆尾地走了过去，到了老和尚身边，立定身，仰着头，似乎在等待命令一般。双凤看得奇怪，暗想老和尚怎与俺家痴虎婆相熟，也许老和尚是她老人家的朋友，有事接洽，差虎寄信来的。

正这样想着，那老和尚伸出雪白的长爪向虎项轻轻一拍，朗声说道："你主人的信俺已看过，老僧现在五蕴皆空，一无牵挂，就是这一桩怨孽没有解脱。打听得你主人在此相近云居山上，所以特地到此，了一层因果，此事一了，老僧便也解脱尘网了。"说到此地，把手上信一举，笑道："本来这封回信叫你带回，现在恰好有便人在此，横竖你们是一路的，就改托这位便人捎去也是一样的。"说罢遥向双凤微笑。

舜华、瑶华悚然一惊，暗想这老和尚不愧称为高僧，俺们还没有与他通名道姓，便知道俺们远道到此，此刻几句话，当然指俺姊妹二人而言，他对俺姊妹俩的出身似乎洞若观火，也许真有未卜先知之能。一面思索，一面格外注意老和尚的举动，只见这时先头进去的黑面僧人又匆匆走了出来，后面跟着两个赤足沙弥，一个捧着一大盘黄米饭，盘中堆成小山一般，一个捧着满满一大盘蔬菜之类，黑面僧人指挥着把两盘饭菜摆在老虎的面前。

那老和尚笑向老虎道："你这寄书人很能办事，可惜本寺拿不出兽肉之类，只有请你吃一顿素饭了。"

那虎前爪一屈，便像半跪致谢，一低头就风卷残云般把两大盘菜饭刹那吃得精光。双凤在旁看得肚里暗笑，你这未卜先知的高僧原来也未必事事知道，你不知这痴虎婆在俺们家中早已禁断腥荤的了。

这时，老和尚转身向王元超合掌道："有劳三位檀樾久待，快请方丈坐地，贫僧同诸檀樾虽是初见，说起来并非外人，不嫌简慢，略作清谈。"

王元超急拱手道："大师何必谦让，在下正要请教法音，俾开茅塞。"

这样揖让进殿，三人同着老和尚和那黑面僧人穿过几处佛殿，便到方丈，然后宾主就坐。

三人仔细打量，方丈前面参差矗着几支石笋，花栏内种着各样秋花，阶前两旁陈列着十盆异样各色菊花，点缀得非常幽雅。方丈内屋宇宽敞，四壁挂着许多佛像，其中一张却是学习点穴用的周身穴道时刻图，中间设着一个大蒲团，左右列着两排红木茶几太师椅。

王元超、双凤三人就落座在右边椅上，黑面僧人侧身坐在木椅上相陪，老和尚却不客气，竟向中间大蒲团上盘膝坐定。其余几个僧人都不敢跟进来，只有几个小沙弥献上香茗，敛手退出。

那老和尚先开言道："贫道初见三位檀樾一身行装，料得远道而来并非本地人氏，又见千手观音的家虎同那位女檀樾亲热异常。久闻千手观音膝下有两位女弟子是同胞姊妹，称为云中双凤，亲戚而兼师徒。看得两位姊妹一般，又与那虎这样厮熟，就想到两位同千手观音定有关系了。但不知这位檀樾贵姓高名，从何到此?"

王元超略把自己姓名以及从太湖到此说了几句，那老和尚两眼一闭，连连点头。双凤姊妹并不发言，却肚内暗笑道："原来你这老和尚凭这点鬼机灵，被你瞎猜瞎撞猜着，俺还以为你是未卜先知咧!"

不提双凤暗笑，却说王元超略道自己姓名，并未细说太湖方面情形同跟双凤到此原因，看那老和尚神气，却像明白他们来历的样子，不觉暗暗奇怪，趁势向老和尚道："在下今天才到岭下横溪镇，就听居民传扬大师广积功德，苦口说法，实在钦佩之至！可惜在下无缘，不及恭聆法音。此刻幸蒙大师接待，得瞻仰宝刹，晋接仙踪，实在欣幸异常，但不敢动问大师法号同卓锡此地始末，又似乎大师与千手观音也有友谊，所以猛虎到此下书。倘蒙赐示一二，格外铭感。"

那老和尚听他说罢，并不答言，双眼一闭，两条白眉一皱，似乎在心里默默盘算一般，半晌才双眼微睁，一声长叹，开言道："诸位今天来得非常凑巧，王檀樾不问，贫道也要通盘托出。因为三位来历贫僧已猜得十有八九，三位恐还未知贫僧与三位尊师有极大的关系呢。尊师陆地神仙这几年千方百计寻觅一个要紧人物，最近还叫他第二个徒弟甘疯子到江宁去，想从俺的关门徒弟尤一鹗口中探出那人消息。尤一鹗当然不是甘疯子的敌手，想已露出口风了。其实那人隐迹了许多年，已够陆地神仙夫妻受的了，此番为那人自己不想露面结束这层怨孽，就是尤一鹗露出口风，也没有十分用处的。”

王元超听他说了这几句隐隐约约的话，兀自摸不着头脑，正想启问，忽见老和尚仰天打了个哈哈，一指自己鼻梁，笑道：“三位知道陆地神仙找的是谁？不瞒诸位说，找的那人正是区区贫僧。”

这句话一出口，王元超同双凤惊得直立起来。但各人对自己师父多年结冤的事只晓得一点表面，不知道这老和尚说出这样惊人的话来有何作用，是恶意还是善意，一时却委决不下，不知怎样应付才好。

那老和尚却神定气闲，只是微笑，向王元超等举手示意，叫王元超安心坐下。

王元超问道：“大师此刻所说非常突兀，乞道其详，以启茅塞。”

老和尚微笑道：“总而言之，世界上大英雄、大圣贤谁也逃不出一个情字，一切冤孽罪过都从这情字造出来。只有俺佛如来不受这情字束缚，却是能善用这个情字，把情字用到普度大千世界众生上去，才可算得天地间第一个善用情字的人。贫僧因为这个情字，同千手观音、陆地神仙结下许多仇恨，害得他们夫妻俩到老还仇深似海，自己也变成一怪僻畸零的人。现在想起来，这是何苦？而且这层怨孽一天不解除，贫僧良心痛苦也一日难以洗净，也难以脱却皮囊，上登极乐。”说到此地，老和尚的广额上隐隐地起了一层汗珠，口内不断地长吁短叹。

王元超同双凤听得益发骇然。那左边椅上坐的黑面僧人本来一语不发地坐着，此刻却发出破锣般声音，向老和尚问道：“师父近几年口上常说从前有层固结不解的怨孽，一提起便非常难过似的，究竟其中有何详情，徒弟们没有听师父说过，也不敢多问。此刻听师父口气，却愿意对这三位檀樾详细宣布出来，既然如此，徒弟也急于想听个明白，就请师父直截宣布，何必自己这样难过呢？”

老和尚向那黑面僧人微一点头道：“你哪里知道，老僧这桩事如果不提便罢，一提起来非三言两语所能了结，而且勾起少年时绮障，前尘如梦，未免伤心。现在你且去知会执事众僧预备一桌上等素席，腾出两间客房，布置好干净床铺，俺要款留三位檀樾在此屈居一宵，做竟夕之谈。趁这一宵光阴，俺把多年宿孽尽情一吐，借三位檀樾金口转告千手观音同陆地神仙。他们夫妻听了三位檀樾转告的话，仍可和好如初，俺亦可忏悔冤孽，从此涅槃一切，脱却皮囊。至于俺同千手观音、陆地神仙一层宿孽，究竟谁是谁非，任凭后人去评论好了。倒是候在殿阶那只老虎应否让它先行回去，请两位女檀樾做主好了。”

舜华道：“大师有意赐教，事情又关系重要，俺们准备暂留宝刹，恭聆清诲。那只老虎待咱去嘱咐几句，也让它在殿阶下露宿一宵，明晨由俺们带回去便了。”

老和尚道：“这样甚好。”又回头向黑面僧人道：“你顺便去知会他们，不要委屈了那虎肚皮。”

黑面僧人领命出去，一忽儿又回到方丈，说已一切布置妥帖。舜华也出去在那痴虎婆耳边叮嘱一番，再回身进内，静听老和尚演说旧事。

你道这老和尚是谁？就是第九回提起过衢州尤一鹗的师父，十几年前南五省鼎鼎大名的艾八太爷，也就是第七回范高头在柳庄初见黄九龙、王元超时，说到陆地神仙夫妻到老还存芥蒂，其中关系着一个神通广大的奇人，这奇人就指的是艾八太爷，也就是此刻自己演说旧事的老和尚。

原来这老和尚并非从小出家，年纪虽大，在他看破红尘、落发为僧起，到百佛寺遇见王元超时还不到十年哩。他俗家姓艾，双名天翮，祖籍扬州。本是书香门第，薄有家产，从小生得广额丰颔，玉面朱唇，性又倜傥不群，智慧绝人，经史以外，举凡品丝调竹、走马斗鸡无所不好，无一不精，甚至各样江湖杂技、三教九流也要涉猎涉猎，却并不肯场赴考，博取功名，只在家里一味挥金结客，目空一切。因此本乡正经绅士同年老父执看他不起，目为怪物，年轻的却崇拜他崇拜得了不得，不论事体大小，没有他在场便觉减色，所以扬州人没有不知道艾天翮的。那时他年纪还不到二十岁，家里这点祖传产业却被他挥金结客弄得精光。他却满不在意，依旧嘻嘻哈哈，翩翩自赏。

有一天他在乡下帮了一个绅士的忙，那绅士送他几十两银子谢仪，他老实赏收，带着银子喜滋滋地走回城来，预备邀集十位同游少年，大乐一天。刚走到城门口吊桥边，看见桥脚下围着一堵人，他闯进人丛一看，一个乡下老头儿坐在桥脚下捶胸大哭，一问所以，围看的人说道："这个老头儿是奚翰林奚大绅士的佃户，今年年成不好，交不起佃租，被奚家几个如狼似虎的管家三番五次下乡迫逼，弄得鸡飞狗跳，一村不宁。最后一次把他十六岁的独身女儿拉进城来，关在奚家作为抵押，限他三日以内措缴出来。如果交不出来，就作为卖女的身价，休想领回去了。今天已是第三天，他老人家急得求神拜佛，当尽卖绝凑成十几两银子，还不到奚家佃租一半，想先交上去，求奚绅士发个慈悲心，把女儿放出来，再想法补缴清楚。哪知道奚家钱是缴进去了，女儿依然不肯放出，被几个奚家管家推了出来，急得他无路可走，所以在此寻死觅活地痛哭了。"

那人说罢，艾天翮气得剑眉倒竖，虎目圆睁，大声道："岂有此理！青天白日，哪有强抢人家女儿的道理？"一迈步，走近乡下老头儿身边，问道："他们说的话可真？"

那老头儿一边哭，一边连连点头。艾天翮略一思索，又问道："你已缴进去十几两银子，究竟还缺多少呢？"

老头儿呜咽着说道："还差十八两，可怜俺这女儿是乌鸦巢里出凤凰，定被天杀的看中，强抢去做偏房了。如果这样，俺老两口儿是死路一条。"说罢又一把鼻涕一把眼泪号哭起来。

艾天翮喝道："休哭，哭死济得甚事？跟俺走，凭俺艾天翮，保管还你一个宝贝女儿来。走，走，走！"

那老头儿被艾天翮这样一来倒怔住了，这时旁边有认得艾天翮的，低低说道："艾少爷，你难道不知道奚老虎手眼通天，专做这一手儿的吗？何苦惹火烧身。俺劝少爷自己招朋友高乐去，不要管这闲是非吧。"

艾天翮鼻子哼了一声，却不答言，只一伸手把地下老头儿扶了起来，拉着就走。围着看的人恐惹是非，一哄而散，低低说话的人也摇摇头，自言自语道："不听老人言，吃亏在眼前。"边说边走了开去。

却有一个清癯老者，面上蓄着两撇紫须，架着玳瑁阔边茶镜，身上穿着一身灰扑扑的布袍褂，手上提着三尺长的旱烟袋，暗暗跟着艾天翮踱进城来。艾天翮一时豪气凌云，只顾扶着那乡下老头儿急匆匆向奚宅走去，并未顾到后面有人，不一时已到奚宅门口。

艾天翮是本地人，奚家情形当然熟悉，讲起来彼此还是世交。不过贫富悬殊，艾天翮又少年不羁，平日看得奚翰林气势熏天，时常使酒骂座，故而势若冰炭。此刻碰着这乡下老头儿，想借此借题发挥。一到奚宅大门，昂头直入，那老头儿是惊弓之鸟，吃过奚宅底下的苦头，吓得往后倒退。

艾天翮一跺脚，喝道："这样脓包，如何讨得出你女儿来，更何况万事都有俺呢！"

不由分说，拉着老头儿望内直闯。忽见耳房内抢出两个人，拦住问道："尊驾拜会何人？"一言未毕，忽一眼溜见艾天翮身后的老头儿，顿时竖眉瞪目地喝道："你这老家伙又是怎么，难道定要讨死吗？"

艾天翮厉喝道："胡说，这是俺家亲戚，特地带他来见你主人，休得无礼！快通知奚景轩，说本城艾天翮有事见他，快去，快去！"

两个人看得艾天翮气概不小，平日也闻得艾天翮的小名头，此时同那老佃户一块儿到来，已经瞧料几分，一个赶忙进去通报，一个绊住艾天翮，暂引到客厅等候。半晌走进一个獐头鼠目的人来，身后跟着两个一脸横肉的凶汉。

那人一进门便开口道："奚大人因本省制台请去商量要公，已进省去了。在下本宅账房，尊驾有事，不妨同在下说明。"

艾天翮不待他再说下去，鼻孔先自一声冷笑，指着老头儿朗声说道："这位是俺亲戚，也是贵宅佃户，已经来过一次，缴过一点租银。现在明人不必细说，他尚未缴清贵宅一点银子，此刻已如数带来，欠债还钱，别无罪过，债能还清，尚有何说？但是人家闺女也是十月怀胎，娇生惯养，怎能随意掳人勒赎？这件事情如果传扬开了，贵东知法犯法，恐怕有点不便。何况彼此都是本地有名缙绅，其中利害何必明言？喏，喏，银子在此，快把他女儿送出来，人银两交，不必再欺侮他了。"说罢从怀内拿出那封谢仪来，啪的一声掷在桌上。

在艾天翮一厢情愿，以为这番话定可压倒对方，哪知那账房一双鼠眼骨碌碌一转，回头向身后两个凶汉一使眼色，便假作惊奇的神气向艾天翮道："艾先生的大名素来钦佩，可是此刻说的一番话实在莫名其妙。这佃户没有偿清本宅租银倒是有的，至于掳人勒赎的事而且还是他的闺女，这不成笑话吗？不要说本宅是此地独一无二的大绅士，就是平常百姓在这清平世界也是做不出来的，这不是儿戏的事。艾先生是斯文中人，年纪又轻，容易受人欺蒙，幸而奚大人不在此地，万一被他老人家知道，以为艾先生不安本分，故意串词污蔑，别有作用。那时节，他老人家只要一张名帖往县里一送，艾先生就要吃不消了。本来这种捕风捉影的话怎能信口乱说，不是自己惹祸招灾吗？俺说艾先生，你年纪轻轻，彼此都是本地乡土，在下一番话都是金玉良言，千万息了这个念头。即使这个佃户是你令亲，本宅忠厚传家，这点租银也不致难为他的，用得着艾先生出头了事么？艾先生，依俺说，各人自扫门前雪，不管人家瓦上霜，比什么都强。"说罢身子一偏，一副送客走路的神态。

这一来，艾天翮真有点犹豫不决起来，本来凭那老头儿单面之词，无凭无证，一时意气想打抱个不平，现在被人家当头一罩，反而弄得下不了台。正在为难，猛然那老头儿跳脚大哭起来，指着那账房身后一个凶汉大喊道："你们丧尽良心，竟这样推得干干净净，还要血口喷人！那天，你们租船下乡来，你们三人都在场，动手抢俺女儿的就是这个强盗坯。此刻你们这样说，存心要霸占俺女儿了，俺这条老命同你们拼吧。"说着一头向那账房胸前撞去。

还未近身，后面一个凶汉一言不发，一上步，伸出巨灵般大手把他夹背抓住，轻轻一掼，早把老头儿掼得四脚朝天，满地哭滚。

那账房立时面色一沉，厉声喝道："这还了得！你们吃了豹子胆，竟敢到此讹诈，快把他捆起来送县去！"这一嚷又奔进几名大汉，来势汹汹，就要动手。

艾天翮这时格外弄得手足无措，正在不可开交，猛听得头上一阵哈哈大笑，众人一抬头，个个惊得目定口呆。只见屋顶横梁上笑嘻嘻坐着一个干瘦老头儿，一身灰扑扑的衣服，手上拿着一根旱烟袋，面上还架着大茶镜，从茶镜内射出两道电闪般眼光，注定了账房面上。把众人吓得鸦雀无声，也不知是人是鬼，凭空会在屋梁上发现这个老头儿来，尤其是那账房，被梁上两道可怕的眼光射得毛骨森然，魂灵出窍，一迷糊矮了半截，朝着梁上扑通、扑通连叩响头，口中祝祷道："大仙爷呀，你老人家怎么青天白日也高兴显出本身来，弟子可没有冲犯你老人家啊！"

账房一叩头，几个大汉忙不迭也跪了一地，各自喃喃祷告。一厅的人只有艾天翮没有跪下，却因事出非常，也愣在一边。那佃户本来跌在地上，此刻逢着这样活灵活现的奇事，在他心里以为不是灶王爷就是土地爷，大约是来救他的，顾不得遍身痛苦，趴在门角落里，连连哭告。

那梁上老头儿忽然用旱烟袋管指着账房发话道："你这黑心东西也狗仗人势，欺侮乡下人，快叫奚景轩出来。你这番鬼话怎瞒得过本大仙？今天你们如果不好好放还他的女儿，俺立时用仙火烧掉这所房子，把你们这群黑良心个个烧成焦炭。"

这几句话吓得账房同几个凶汉个个三十六个牙齿像发三阴疟疾般上下厮打起来，连连叩头道："不……不关小人们事，都……都是奚大人的主意。"

梁上又喝道："废话少说，快叫奚景轩放出人来！"

账房连声应道："俺……俺去，俺去。"

梁上喝道："你敢动？叫一个狗腿去就是！"

账房忙回头叫身后一个大汉起来，通知内房去。那大汉还未立起，恰好厅内怪事已震动了内房，奚景轩果然没出门，得知这件怪事兀自半信半疑，一班女眷都吓得走投无路，恐怕这位大仙爷真的放起火来。奚景轩终有点不信，想亲自出去看个明白，传齐护院的壮汉、全宅的男仆簇拥着走向大厅来。

将到厅门，忽从门内跑出一个下人来，慌慌张张地说道："怪事，怪事！大仙爷明明坐在梁上，一晃身，忽然隐身不见了。"

奚景轩喝道："胡说，怎么俺一出来就会不见？哦，俺明白了，俺是堂堂翰林，朝廷清贵之臣，定是邪不胜正，把他吓跑了。这且不管，那艾家小畜牲跑掉没有？"

那人还未答话，上房一阵喧哗，登时跌跌冲冲奔出一群丫头仆妇，面无人色地喊道："啊哟，大人，不得了！大仙大马金刀地坐在三姨太太房中了。大仙吩咐立刻放出那佃户的女儿，如果牙缝迸出半个不字，立时用仙火把全宅烧成白地。太太同三姨太太都跪在地上叩响头，求大仙手下留情，一面叫俺们请大人快快把佃户女儿送回去吧。"

这一来，真把奚景轩吓得四肢冰冷，几乎昏了过去。因为三姨太太是他最宠爱的，所有重要家产、契约、钱庄存折同不能告人的秘密文件，一股脑儿都藏在三姨太太房内，万一大仙真个来一把无情的火，那还了得！这时也顾不得翰林公的清贵，也理会不到邪不胜正，只一迭声催下人们快把那佃户女儿放出来，愈快愈好。奚景轩这样一吩咐，顿时由几个女仆进去，扶出一个蓬头散发、掩面娇啼的妙年女子来。

奚景轩一见这女子，气得连连跺脚直喊："不中抬举的臭丫头，快滚、快滚！"

奚景轩骂了几句，一转身，三步并作一步独自向内直跑，走到半路猛觉眼前一黑，啪的一声，面颊上被人打了一掌，立时眼前金星乱迸，痛得直矮下去，昏迷不起。那厅门口还拥着一大堆护院当差、丫鬟仆妇之类，一看大人独自向内跑去，正想随后跟进，瞥见一阵风似的从内飘出一个清瘦老头儿，一晃眼，只见老头儿举起手上旱烟袋在人群内一阵乱舞，除那蓬头散发的女子之外，每人身上都着了旱烟袋一下，个个瞪着眼，张着口，立得纹风不动，像在地上生了根似的。

那老头儿微微一笑，用旱烟袋朝厅内一指，对着那散发女子笑道："你父亲在内等着你一同回家，还不进去相见。"

那女子也不知这老者何人，一听父亲在内，慌忙奔进厅门，只见地上跪着几个人，自己父亲也泪流满面，瑟瑟地跪在角落里，兀自口中喃喃地祷告。那女子并不理会这些人跪在地上干甚，只见着父亲，便像得着性命一样，立即抢过去，抱住那佃户大哭起来。佃户见着自己女儿，也相抱对哭，心里却明白，父女两条性命是蒙大仙爷搭救的，忙又朝着横梁叩头不已。

这时厅内立着的艾天翮益发弄得昏头奔脑，暗想他女儿果然出来了，但是青天白日竟会发生这样活灵活现的奇事，真是闻所未闻。就是俺今天一时气愤闯了进来，倘若梁上不发现怪老头儿，俺孤掌难鸣，非但救不出佃户的女儿，连自己也难免吃大亏。正暗暗筹划善后计策，猛一抬头，那怪老头儿已笑嘻嘻立在门内，一迈步，举起旱烟袋向地上跪着的账房脊背上拍一下，顺手又在几个凶汉身上也照样各拍了一下，经他这样一拍，账房同几个凶汉好像断了颈骨一样，个个把脑袋挂在胸前抬不起来，却又跪得笔挺，像西湖岳王坟前的铁像一般。

艾天翮大惊，也以为是仙人的手段，忙向怪老头儿一躬到地，正要开口，那怪老头儿旱烟袋一摆，呵呵笑道："年轻任性使气，往往把事情看得太容易，到了节骨眼儿，就难免虎头蛇尾了。"艾天翮面孔一红，竟一时答不上话，怪老头儿又回头向那佃户道："女儿既已到手，还不快快回家，离开这是非之地？"

那佃户战战兢兢朝着怪老头儿叩头像捣蒜一般，艾天翮却被怪老头儿提醒，忙走近前面那佃户道："大仙吩咐一点都不错，俺们快走为是。"

说话当口，怪老头儿忽又飘身出厅。那佃户也听话，爬起身，代他女儿把头发拢起，仍由艾天翮领路，急急跟出厅来。只见门外男男女女一大堆，都张嘴瞪目，立得像墓前翁仲一般，看得非常害怕。三人一溜烟跑出大门，最奇从内到外，奚家的人或坐或立，个个像木雕石刻，动弹不得。三人以为是大仙的手段，一出门口都像做了一场噩梦。

艾天翮正想同他们分路，自己回家，那佃户忽然拉住艾天翮啊哟一声道："俺们走得匆忙，少爷摆在桌上的银子没有收起，小老头儿只要女儿能安然回来就很心满意足，怎好平白叫少爷花这许多银子？而且当时也没有交代清楚，此刻虽然逃出身来，以后不知怎样，不如请少爷同俺女儿暂在门外稍等，俺再进去把银子收回，交还少爷吧。"说毕便要举步。

艾天翮忙一把拉住道："这点银子稀罕什么？先头已向奚家账房说明，如果取回银钱，你依然欠他们租银，难免再来啰唆。这样人回来，钱交清，便心安理得，至于以后如何结局，俺想那位大仙定有办法，俺们不必担忧。只可惜俺年轻识浅沉不住气，那大仙又倏隐倏现，来去莫测，忘记求问仙人名号，不能够多谈几句，实在可惜得很。”

正说着，一眼看见奚宅大门内走出那怪老头儿来，嘴上还含着那根旱烟袋，烟气蒙蒙，呼呼直响，一跨出门，顺手把大门掩上，慢慢踱下台阶，笑向三人道：“此地事了，俺好人做到底，送你们父女出城去。”又朝艾天翮道：“为德不卒，古人所诫，你似乎也应送他们一程。”

艾天翮巴不得同怪老头儿一路走，借此可以近乎近乎，闻言大喜，连声应是。怪老头儿却又吩咐道：“俺却不许你们在城内同俺说话，应该说的话到城外再说。”

三人领命，怪老头儿在先，三人在后，一路步出城来。艾天翮一路暗暗留意怪老头儿的举动，除了两只眼睛在一副大茶镜内威光凌凌，同常人有异，其余实在看不出是仙人来，而且初见怪老头儿时，听他的口音并非扬州，完全道地苏白，难道仙人也爱吴侬软语么？不多辰光已到城外，恰好依旧走到老佃户大哭的吊桥上，怪老头儿向前一指道：“那边有座土地庙，且都到那庙内去，俺有话说。”

三人自然唯命是从，一齐走进庙内，四面一看，别无人影。怪老头儿向那佃户道：“奚家的事包在俺身上，从此绝不敢再来欺侮你父女了。这位替你还的租银俺也安排妥当，交与奚景轩自己手上。不过你是一个乡村穷苦人，为了这点事弄得当穷卖绝，女儿虽回，度日不易。”说到此处放下旱烟袋，从怀内掏出一包银子，约莫也有二三十两，送与佃户道：“这是俺送给你的，你只管拿着，可赎回当掉的东西，时已不早，你们就此回去吧。”

那佃户做梦也想不到，仙人还送他出城来再与他银子，拉着他女儿又跪在地上哭谢一番，当面求仙人许他在家里立大仙爷神位，以便朝夕礼拜，佑着无事。怪老头儿没法同这样乡农分辩，只挥手催他快走。那老佃户把额角叩成个大疙瘩，兀自一步一回头，把大仙爷三字叫得震天响，挈着那女子快快地出庙去了。

怪老头儿一见佃户父女出庙，呵呵大笑道：“天下哪有许多神仙来管这些事，不要说神仙，就是狐仙，在这种龌龊势利的奚宅，也一日不能居的。”

艾天翮这时已有点明白，知道这怪老头儿虽不是神仙也是剑侠一流人物，赶忙向那怪老头儿屈膝下去，恭恭敬敬地说道："老丈是世外高人，晚生今天无意中得遇老丈，真是天大幸事。晚生无意功名，不入那龌龊势利的仕途，只落得心雄力薄，落拓一隅。倘蒙老丈不吝教诲，得侍左右，天高地厚，终身感激。"说罢俯伏于地，不肯起来。

怪老头儿面色一整，声若洪钟地发话道："你且起来，俺有话说。"

艾天翮只好起来，垂手立在一边。怪老头儿道："老夫就是苏州张长公，生平传授门徒寥寥无几。要知道俺们这一道，千门万户，有邪有正，心正的人练得一身武艺，非但可以行侠仗义，平人之不平，为人之不敢为，也可以由艺而进于道，敛神凝志，返本还真，以成不坏之身，优游于六合之外。但是心术不正的人想仗艺为非作恶，必定会玷辱师门，还落得尸骨无存。这一正一邪造端极微，全在平日师友之教训，自己理欲之分辨。俺看你一身傲骨，从小就知道仕途不良，未始没有根基。即如今天吊桥上见义勇为，不顾旁人劝告，虽然冒昧从事，也可算得侠义天性，未始不可受教。不过俺看你聪明外露、锋芒不敛是个病根。你能够随时收束心神，屏除一切，专心从俺三年，方能再授衣钵真传。如果你自问办不了，趁早各自分手。"

这一番话说得艾天翮毛骨森然，冷汗直流，而且语语切中自己心病，好像怪老头儿天天在自己身后，目睹平日一切行为一般。但是艾天翮也自缘法凑巧，怪老头儿虽说得凛若天神，其实也爱惜他是个可造之材，到奚宅去救佃户女儿的一幕怪剧还是为艾天翮起见，未始不愿收在门下。当下艾天翮福至心灵，第二次又跪在怪老头儿面前，就改口称师父道："弟子愿一切遵从师父训诲，务请师父俯允吧。"

经他这样哀哀跪求，张长公也就点头允许。好在艾天翮父母早过世，只有一房兄嫂，无甚牵挂，从那天起，艾天翮就弃家从师，跟张长公到苏州学艺去了。

要知后事如何，且看下回分解。

注：本集1941年4月天津大昌书局初版。

第四集

第一回

狭路逢仇，奇丐挥独臂
荒郊养疴，娇女慰亲心

上集说到艾天翮到苏州去从师学武，那奚景轩家中上上下下原是被张长公点了穴道，过了几个时辰，个个如梦方觉。奚景轩醒来，身上兜着十几两银子，还附着一张大仙爷手谕，写明这是佃户缴还租银，如再设计啰唆佃户父女，本仙定即严惩不贷。扬州人本来迷信很深，奚景轩又是色厉内荏的俗吏，谁也想不到是张老英雄做的手脚，反而诚惶诚恐地设起大仙爷牌位，朝夕鲜花供养，再也不敢想那女子的计策了。

且说艾天翮负笈从师，跟着张长公到了苏州。张长公家在苏州桃花坞，本是个幽胜之地，张长公自从江湖洗手以后，隐居桃花坞已有十几个年头，老婆早已亡故，膝前只有一女，年已十九，芳名纫兰，就是后来的千手观音。那时正在妙年，长得端丽非凡，智慧绝世，非但武功尽得乃父真传，文学上也是一个不栉进士。父女二人因为不同外人交接，家中除出一个老苍头应门，料理些俗务，便轻意没有闲杂人等进门。几间竹篱茅舍，几亩花畦药圃，打扫得明洁无尘，父女二人平日练功夫以外，灌药浇花，吟诗敲棋，享些世间清福。可是张长公想到男大须婚，女大须嫁，未免平添了一桩心事，而且这位娇女是个巾帼英雄，又是志高气傲，目空一切的，物色夫婿却也不易。

那天张长公独自到扬州去访一个老朋友谈谈，无意中遇着艾天翮，略一打量，便觉此子神俊气逸，卓尔不群，又见他那番豪迈举动，代那佃户打抱起不平来，益发对了自己脾胃。心里一转念，就暗地跟进奚家，用游戏手段代他们轻易救出佃户女儿，又引了艾天翮到了城外旧庙，细细盘问一番才收入门墙，跟到苏州。在张长公认为，以为艾天翮文事有余，武事不足，好在年轻，破费自己几年陶熔，不难造就一个文武全才的英俊少年，那时门徒而兼子婿，赘在自己家中，可以了却向平之愿。自己百年以后，武功、血食都有嗣续之人，何等完美！不过目前暂可放在一边，且看这几年艾天翮心术如何，再定进退。

张长公打了这个大主意，把艾天翮带到桃花坞，早晚悉心传授武功，看待他如亲骨肉一般。这位纫兰小姐落落大方，同艾天翮便像亲姊弟一般，而且从旁指点，艾天翮武功格外进步神速。三年以后，艾天翮已前后判若两人。一半艾天翮立志甚高，聪明绝顶，闻一知十，一半张长公为了艾天翮存着另外主意，格外尽心传授。两下一凑，艾天翮武功自然进步飞快，非但各种兵刃件件精通，连张家独有的百步神拳也略得要领，不过百步神拳是内家一派，全仗平日水磨功夫，绝难躐等而进，艾天翮功候不到，较之纫兰小姐还差得多。

几年下来，他把张长公父女脾性却都摸熟了。平日张长公看待自己的那份神气，同言语之中时时鼓励的口吻，明白老人家对待自己，门徒以外还有进一步的希望。本来自己看得纫兰小姐同天上神仙一般，倘能真个蒙老人家青眼，得到这样神仙眷属，真比南面王还要快乐得多，因此在纫兰面前益发恭而有礼。纫兰小姐也看出老父的意思，自己暗地琢磨，也有点芳心可可，三人这样心照不宣，平时相处也就无异家人父子。艾天翮居然还能以礼自持，虽然同纫兰朝夕相见，绝不露出轻薄之态，只一味拼命用功，果然有志竟成，再过了几年，武功大进，差不多把张长公一身绝艺尽数得去。

但是练武功的人学到了家，还须外出访友阅历一番，张长公也教艾天翮到各省去游历一番，长点见识，结交几个成名的英雄。在艾天翮自己也要露一露一身能耐，做点侠义事情显显自己的名气，好博得纫兰的欢心。不过厮守已久，一旦分离，实在不大好受，而且自己师父尽管平日语气之中流露出招赘之意，却没有直接痛快说出来过，就是纫兰本人平日嘘寒问暖，非常体贴，可是婚姻两字也绝口没有透露过，此番出门远别，未免忐忑不宁。临别这一天张长公、纫兰置酒饯行，当席叮咛了许多阅历江湖的门槛，又约定不准走远，无论如何，游历到一年光景必须回来，因为自己风烛残年，有桩心愿等你回来举办，你须切记在心。艾天翮听了这句话，心上一块石头顿时落地，细味老师这句话，明明是嘱咐自己游历回来，举行入赘大典。偷眼一看，纫兰似乎眉头紧锁，大有惜别之意，霎时却又扬扬如平时，只举杯劝饮，殷殷叮嘱一路小心，一年之后快快如约回来，免俺父女盼望。艾天翮听得喜虑交并，只可怏怏告别。

哪知道这一别，情海中生出万丈风波来了。张长公父女自从艾天翮走后，屋中缺少一个人，顿觉冷清清的格外如世外桃源，张长公又非常钟爱艾天翮，一天到晚总要把艾天翮三字提几遍。纫兰小姐天性纯孝，知道老父记挂爱徒，悉心服劳奉养，色笑承欢，想尽法子替老父解闷。忽想起已经出嫁的阿姊纫秋来，住在太湖，路并不远，何妨叫老苍头去接来盘桓几时，热闹热闹。张长公知道她的主意却连连阻止，因纫秋正帮她丈夫吕元整顿太湖基业，事关重大，不可以私废公，纫兰只好作罢。幸而光阴飞快，一年易过，父女二人屈指艾天翮出门到今已到一年之约，想必快要回来。每天张长公含着旱烟袋，背着手到桃花坞外溜达一回，盼望那艾天翮到来，但是一天天这样盼望，总是长吁短叹地回家。转眼又是春尽夏来，艾天翮依然踪影全无。

最奇自从艾天翮拜别远行，始终没有得到他一封平安信札，连一个便人口信都无，父女二人未免有点诧异起来，张长公放不下心，同纫兰一商量，决定到扬州向艾天翮兄嫂一探消息，顺便探望几个当年老友。主意打定，立即动身，走进扬州城，到了艾天翮兄嫂家中，却值天翮的阿哥经商远出，只剩他嫂子守家。一问天翮消息，他嫂子说，天翮自从一年前回家探望一次，据说学艺已成，要各处访友，只住了一夜就拔腿走了，直到现在信息全无。他的阿哥正想到苏州探望老师，打听他的消息呢。张长公问不出所以然，只有无精打采地转身就走，想起城外开元寺老方丈六指头陀多年不见，路又不远，何妨去同他谈谈。

信步行来，恰巧又经过奚翰林的大门，一想不好，万一被几个恶汉识破，倒老大没味，忙一低头，脚步加紧如风走过，走到奚家门口时，隐约看见门口围着一堆人，人丛中似乎有个奇丑的老乞丐同奚宅家奴缠绕不休，自己走得快也没在意，霎时来到城外吊桥上，想起初见义天翮，代他救了佃户父女，一晃已是好几年。望到桥下河流中自己的倒影，头上须发皓然如雪，又想起壮年跃马横刀景象，一幕幕映上心头，不禁愣愣立住，一搔头皮，仰天长叹。

叹声未绝，猛听得身背后哼哼一声冷笑，急转身一看，不觉一愣，只见桥上远远立着一个奇丑的独臂老丐，两眼如火，鼻孔撩天，面如瓜皮，发似枯草，穿着一身七零八落腌臜难闻的破衣，斜背着一个黄布包袱，露出一身人腊似的干皮肤，紧包着一身骷髅骨，左臂自肩以下截如刀削，右臂伸出，鸟爪般的瘦指握着一根乞棒向张长公一指，咧着满口巉牙的大嘴，发出怪枭似的笑声道："张老英雄，幸会，幸会！想不到在此地不期而遇，倒免了俺一番跋涉了。"说罢又一阵磔磔怪笑，声音尖锐，非常难听。

张长公自隐居桃花坞以后，同江湖上人久已隔绝，除去几个老友，绝少有人找他，今天碰着这个怪乞丐，听他口气似乎认识自己，暗忖这人必非善类，找自己也绝没有好事。这样心里一转，面上依然一丝不露，笑问道："恕老朽眼拙，记不起足下高姓大名，未知足下怎知老朽姓氏，想寻老朽有何见教?"

那怪丐一声冷笑，正想答言，忽听脚步声响，有人走上桥来，怪丐一指前面林内一片乱坟堆，低声说道："张老英雄英名犹在，胆量过人，请借一步奉告。"

张长公这时益发瞧料来意不善，却也不惧，点头道："好，请足下先行一步。"

怪丐一拄乞棒，拖着一双烂草鞋，踢踢踢踢跑下桥，向林中奔去。张长公随后跟来，暗自留神怪丐身法，只见他跑下桥以后一阵风似的奔去，并不脚踏实地。从桥下到那边树林还隔着一片绿油油的草地，怪丐两脚不沾点尘，脚跟提起，脚尖微点草面，一路飞行，竟是内家凌波蹑风的绝顶功夫，顿时大吃一惊，这才想起二十年前的旧事来。

原来张长公看那怪丐一路飞行的功夫，猛然记起从前八侠之首了因和尚的门下都有这样能耐，有一个俗家徒弟天生是个独臂，江湖上称为独臂侠，其实他姓冷，双名擎天，取一手擎天之意。这冷擎天虽是从小残废，却深得了因真传，一身功夫在了因门下首屈一指，后来了因多行不义，被吕四娘、白泰官、甘凤池、吕元等七个师弟大义灭亲，合力除去，那时冷擎天恰恰不在跟前，免了杀身之祸，却因此把吕四娘这班人恨如切骨，苦于力量不够，没法替师父报仇，就设法投奔皇四子王邸，献了许多毒计，把江南七侠弄得死的死，遁的遁，终算替乃师报了仇。

最奇他居然机变过人，看清雍正猜忌毒辣，绝无好结果，未等雍正登基早已抽身出来，却被他收罗许多门徒，在福建武夷山内人迹罕至的一座峻阴山上开辟了一个寨基，派几个亲信徒弟守住山寨，自己化装成各色人等，混迹通都大邑，劫取富商巨宦的奇珍异宝，仗着一身出色的本领巧取豪夺，从未落案。几年下来，他山寨内集聚了无数珍宝，把山寨筑成许多隧道密室，装饰得不亚皇宫内苑一般。他却有一桩好处，只爱财，不爱色，如果门下犯着采花，立刻伤在他宝剑之下。

有一年春天，正值张长公大女儿纫秋出阁这一天，那时吕元名头也同白泰官、甘凤池相仿，官厅时常注意他们，哪敢明目张胆地嫁娶，好在新郎、新妇都是人杰，倒不拘此小节，只一叶扁舟就把新娘接去。那时吕元尚未开辟太湖基业，只在浙江上游严陵滩畔幽隐处所，背山面水筑了几间草庐，权为新婚洞房。张长公一时高兴，爱慕严陵滩风景绝佳，直送女儿到婿家来。每天同着爱女新婿钓游于山巅水涯，领略无边幽趣。

一天，他独自短衣草履，荷着钓竿到了江边，拣了突出的一块大石矶，矶旁钻出一株歪脖子高柳，绿荫如盖，正把一轮红日挡住。张长公大乐，双足微点，带着钓丝跳上石矶，盘膝坐下，看那滟滟碧波中游鱼唼喋，自在游行，有几尾竟是尺许长的鲥鱼，这样活跳的鲥鱼本是钱江出名的珍品，忙慢慢放下钓丝，凝神一志地静等鱼儿上钩。钓了半天，只钓得几尾细鳞白条鱼，鲥鱼竟不上钩。抬头一看日影近午，只好立起身来，收拾起钓具，一伸手摘了一枝柳枝把两尾鱼穿好，纵上岸来。

忽听得头上山腰松林内，有一个怪声怪气的人说了一句："此地便好，就此请教贤伉俪几手绝艺吧。"

又听得纫秋娇喝道："你这人太没分晓，人家不愿意同你交手，怎么这样缠绕不休？老实说，你这种残废乞丐，谁愿意与你较量！"

张长公听得诧异，忽听那人哈哈一声怪笑，大喝道："不知死活的小辈，死在眼前还敢目中无人！"

张长公大惊，把手上钓竿、鱼儿一抛，嗖嗖嗖接连几纵，已到山腰，两臂一分，一个瓜鹤横空，业已飞落林内，睁眼一看，自己女儿、女婿都戴着竹笠，提着土锸，立在一边，对面松树底下立着一个奇丑不堪的独臂乞丐，伸出一条焦炭似的长臂，鹰爪似的瘦指指着吕元夫妇喝道："想不到太爷今天会碰着你这忘恩负义、帮凶助恶的小子，更想不到你这小子逃在此地，还娶了个娇滴滴的媳妇儿。看你这媳妇儿大约也有几手，来，来，来！你们一齐上，太爷一块儿打发你们回老家去。"

怪乞丐正骂得高兴，冷不防林外又飞进一个体貌清癯、半老年纪的人来，话锋略顿，正想喝问，吕元已从对面慢条斯理地踱了过来，笑嘻嘻向怪丐拱手道："足下素未谋面，无端辱骂，未免可笑。"

怪丐乱发上竖，怪眼圆睁，不待吕元再说下去，厉声喝道："太爷就是武夷冷擎天，恨俺早离师门，被你们这班凶徒恃众欺寡，谋害了俺了因师父。别人犹可，你这小子不想想，从前在祖师爷朝元和尚门下年纪最小，入门又晚，一点能耐完全你大师兄代师传授，你偏受恩不报，倒行逆施，俺今天如果把你轻轻放过，江湖上从此不用讲义气、分尊卑了。"说罢一跺脚，独臂一扬，鹰爪似的五个手指一伸一缩，便像钢钩一般，同时一身骨节咯咯作响，臂上、腿上登时突起一块块栗子肉，好像耗子般在黑皮肤里边周身乱钻，最奇瘦得像枯骨的一双臂膊，霎时似乎比先前大了几倍，长了几寸。

这时吕元夫妇同张长公都吃了一惊，虽然没有同他见过面，早听人说起了因门下有这么一个人，虽是独臂，功夫不在了因之下，此刻看他运用易筋经的功夫十分老练，便知不易对付。

张长公恐怕爱婿吃亏，慌上前，含笑说道："在下苏州张长公，久仰老哥大名，今天幸会，实在难得。老哥替尊师雪恨原也应该，但是从前朝元禅师留有遗嘱，吩咐八个门徒，如果日后八人中有一个不守师训，贻害良民，不论长幼，代师行罚把他除掉，这层老哥你也知道。那时小婿年纪辈分都小，几位师兄抬出先师遗训怎敢不从？事后小婿何尝不捶胸痛哭，悔不欲生。可是话又说回来，尊师了因忒也凶残，就是几个师兄弟不自遵师规，也难保首领。现在事过境迁，怨仇宜解不宜结，何况彼此除去这点夙恨以外，平日闻名不见面，别气过不去的事。在下劝老哥留个人情，把令师私仇消释开去，彼此以祖师爷遗规为重，依然大家是一家人，日后江湖上也都有照顾之处岂不是好？老哥是明白人，今天看在下薄面，丢开手吧。"

张长公说罢，冷擎天面色铁青，两条倒挂横眉一动，哈哈大笑道："说得好轻松的话！俺也知苏州有个张老前辈，端的功夫出众，令爱当然也是家学渊源，这位吕小子更不用说，自己的大师兄都能够杀掉，俺这残废乞丐当然不在你们三位身上。闲话少说，是非嘴上是辩不清的。你们六条臂膊同咱一条臂膊交手，这样便宜事难道还要担心么？"

他这样淋漓尽致地一阵挖苦，连铁石人也要动心，吕元虽然涵养到家也难忍受，把头上竹笠除下，向纫秋遥遥一掷，便向他老丈人说道："岳父且请远立一边，这位冷先生挤得小婿没法，只好同他周旋一下。"

张长公默然后退。冷擎天更不怠慢，就在一声怪笑里，一个箭步纵将过来，单臂一起，就是一个独劈华山的招式，向吕元盖顶砍来，掌风飒然，疾逾迅雷，如果被他砍上，脑袋立刻分家。吕元功夫何等精深，等待掌风切近，一偏身，左腕虚勾，右拳疾吐，用了一招挑裁互用、避实蹈虚的手法，朝冷擎天左肩穴击去。冷擎天接招还招全仗右边一只手，左肩当然空虚，交手时候，全身力量重心比较普通四肢完全的人似乎应该吃亏一点，哪知这怪物并非小可，一条瘦臂浑如铁铸，而且刚柔互用，运用自如，比八臂哪吒还厉害几分。起初举掌下臂原来是试敌的虚招，吕元一应招，立时臂随身转，指东击西，忽纵忽横，变化万端，招数奇妙，与众不同，掌风所到呼呼有声，尖风砭骨，远看去他身上满是臂影，非但看不出是个独臂，反而像满身都长着手臂似的。

吕元应付之间竟瞧不透他用的是哪一路拳法，知是劲敌当前，不敢疏忽，忙把自己的一套独门功夫五拳施展出来。这套拳法是他从华佗五禽戏内揣摩出来，象的是龙、虎、豹、蛇、鹤，练的是神、骨、力、气、精，内外都是五个字，所以名为五拳，兼有内外宗派之长，是吕元从小苦练出来的独门功夫，端的门户谨严，无懈可击。冷擎天虽是毒辣，一时却也难以占得便宜。这样两人三条臂，勾拦封解，由慢而紧，各逞绝艺，战到四五十回合兀自未分胜负。忽见冷擎天一声怪吼，托地跳开丈许远，独臂一抡，钢钩似的五指向空忽拳忽舒来了几下，两只怪眼暴突出来像鸡卵一般大，睒睒如火直注吕元，身子却挺立不动。

这时冷眼旁观的张长公看得来人不弱，原已代爱婿捏把汗，此时又见冷擎天无故跳出圈外现出这副怪相，正以为异。吕元却已杀得性起，几个连环进步逼近前去。冷擎天兀自像木鸡般卓立如山，等到吕元掌临切近，猛地一伏身，身子一晃已到吕元身后。吕元急转身，冷擎天双足微点又从头上飞了过去。这样来了几次，吕元心头怒发，双臂齐挥，冷擎天却又步步后退。

这工夫，远观的张长公猛然省悟，惊喊一声："不好！这厮用神功般禅掌的毒招。"

一言未毕，身旁纫秋一声娇叱，金莲微顿纵向前去，说时迟那时快，冷擎天未待纫秋赶近，蓦地牙缝里起个霹雳，大喊一声："着!"同时疾伸独掌，遥向吕元胸前一推，吕元正放步追去，原自留神，不意经他猛然大声一喝，略一疏神，突觉胸前如中铁杵，胸口一痛，两眼一模糊，身子不由自主地往后倒退，恰好纫秋从身后赶到，一伸手扶住吕元。冷擎天哈哈一声狂笑，转身拔步便走。纫秋大怒，一跺脚赶上前去，猛觉头上黑影一晃，自己老父用出当年绝艺，一个海燕掠波势，凭空飞出去五六丈远，正落在松林口，拦住冷擎天去路，双手一抱，屹立如山。

冷擎天看见他阻在路口，冷笑一声道："难道张老英雄也要赐教么？

但是冷某怨有头，债有主，犯不着欺侮无怨无仇的人，恕冷某急于走路要失陪了。”言毕一跺脚，从张长公头上飞越过去。

张长公一声不响，待他飞近头顶，一伏身连人带拳向上一冲，只听得冷擎天飞身落地时鼻子里哼了一声，回转头来，恶狠狠地向张长公点头道：“好，再见。”说了这句，如飞地奔下山去了。张长公也不追赶，忙向吕元、纫秋所在走来，只见吕元自己在地上盘腿坐定，闭目调息，运用内功调理胸口内伤，纫秋蹲着，帮着按摩丈夫周身穴道。张长公一俯身，细看吕元面上隐隐罩了一层青灰色，额上满布着一粒粒汗珠，忙喊道：“此地不妥，仔细山风，快回家去，俺有法治。”

吕元不住点头，却已无力起来。纫秋把丈夫拦腰抱起背在背上，却问道：“爹，这样轻轻地把凶徒放走，女儿真不甘心。”

张长公在前边走边道：“这厮中了俺的百步神拳，居然落地还能拔步如飞，实在不能轻敌，俺也未必准能胜他，虽然如是，听他落地时一声哼，也够他养几个月的伤。”

三人一边说着走下山来，张长公一看山脚下自己抛掉的钓竿被人拗得粉碎，两尾白条鱼倒依然穿着柳条在草上乱跳，折断的钓竿想是冷擎天恨极张长公的表示。张长公一笑，拾起柳条穿的鱼，护着女婿、女儿回到草庐，百事不做，先把自己带来的一袋草药拣了几味，浓浓地煎了一碗，教吕元吃下，再用许多丹药敷在吕元的胸口。隔了顿饭时光，吕元呕出许多紫血，出了一身大汗，顿觉清爽许多，可以坐起来讲话了，纫秋这才长长地吁了一口气。

吕元却问道：“这厮手脚起初也不过如是，后来几番开闹，小婿也明白他定有毒计，也曾暗运内功小心防备，不料竟着了这厮手脚，而且这厮这一招竟同老丈百步神拳相仿。”

张长公慌摇手道：“你元气未复，不要多言，且听俺告诉你。这厮剩了一只手，能够把神功般禅掌练到这个地步，颇也不易。本来这种掌法同百步神拳差不多，相差在一个发掌开声，一个是不必开声，照你这一身内功功候本来可以抵挡，因为冷擎天狡毒异常，看你内外如一，沉着应战，不易攻取，故意同你游闹，几下再引你远远追去，使你神疏气散便乘虚而入。你又是新婚以后破了童子功，几下一凑，却被那厮占了便宜。但是换了功夫差一点的人，岂止这点内伤，早已一命呜呼了。”

幼秋手上拿着药正站立在床边，忽听父亲毫无顾忌地说出新婚破童子功的话来，顿时两颊绯红，一转身飞步而出。后来吕元调养了个把月也复原了，张长公游兴已尽，也就别了女婿回转苏州，把冷擎天这个人也就渐渐淡忘不在心上了。

上面这一段补叙的故事，就是张长公探听艾天翮消息，在扬州城外碰着怪乞丐，猛想起二十年前的一桩旧事。现再接说张长公想起了这桩旧事，知道前面走的怪乞丐定是当年的冷擎天，想不到二十年之后还会找来报仇。想到这许多年冷擎天必定格外厉害，自己年衰气薄，恐怕不易抵敌，不觉心头乱跳，冷汗直流。但是冤家路窄，既已碰上，只好拼个死活。心里这样一盘算，两只脚已到林内。一抬头，怪乞丐已把手上乞棒丢在地上，独臂叉腰像凶神一般立在面前，一副怪象比二十年前还要丑恶十倍，心里又转念，这怪物无论如何厉害，年纪也快到五十，未必能够胜俺，就依然面上笑嘻嘻道：“老哥有话，就请见教吧。”

怪乞丐冷笑一声道：“张老头子，你真个不认识俺吗？当年你仗着百步神拳帮你女婿，乘俺不备，暗下毒手。在你以为冷某准死无疑，哪知俺百炼金刚，岂惧你这点微末之技。照理你这一拳之仇早应该同你算账，不过俺这人与众不同，你这一拳之仇完全因为自己爱婿，平日在江湖上也没凌辱过人，何况俺当时并没受伤，所以俺并没有报复的心。你想，真要报仇，岂待今日？就是当年俺惩戒吕小子也是手下留情，你如果懂得神功般禅掌的奥妙定可明白的。这是以往的事，也不必提他。现在俺要找你，在你定以为报仇来的，其实不然，却是另一桩事。因为俺门下虽多，却没有一个可以传授俺衣钵的，不料事有凑巧，新近俺收了一个得意门徒，名叫艾天翮。”

话方出口，张长公惊得咦的一声喊出口来。怪乞丐独手一摇道：“你且不要惊奇，听俺告诉你。俺知道艾天翮也是你的得意门徒，是艾天翮自己口中告诉俺的，学武艺的人多拜几个师父不算为奇。艾天翮虽然从此在俺门下，你们师徒情分还依然存在，不过以后能否与你见面，要看你们缘分了。所以俺特为此事，老远跑来通知你一声，免得你盼望他。”

他这一番话把张长公听得呆在一边，作声不得，心中十分难过，比打他几拳还要难过。因为自己费尽心力把艾天翮教成一身功夫，眼看东床雀选，子婿两兼，万不料一出门，平白地被这老怪物夺去。听他的口吻，从此相见一面都难，最奇怪艾天翮未必不明白俺对他的一番恩惠，怎肯轻轻抛却？就照他平日聪明高傲，岂肯凭空拜这老怪物为师？其中必定另有别情。

张长公这样一转念，向怪乞丐道：“天翮能够拜在老哥门下，这是他的福气，但不知现在天翮住在何处，老哥尊府在于何方？因天翮临别同老朽一年为约，有许多要紧的事必须同天翮当面讨个下落，请老哥赏个详细地址，老朽也可登门负荆。”

怪乞丐不待他再说，鼻子里哼了一声，高声道：“你要问俺住址么？老实说，黄河以北凡俺足迹所到都是俺的住址，也都是俺的门下，至于艾天翮，俺已叫他到云南、贵州一带办事去了，你怎样能同他面谈要事呢？”

张长公越闻越惊奇，脱口问道：“老哥怎么把新收门下的爱徒就派去办这远道的事？而且老哥自己说各处都有高徒，都有住址，想必老哥神通广大，这几年定有非常事业，但是老朽却一点没有耳闻。老朽既蒙老哥谅解，释去前嫌，老朽对于艾天翮二次拜师，也绝没有不满意的心思。不过艾天翮家中还有兄嫂，老朽处也有未了的事，所以盼望他回家料理一下。倘蒙老哥惠允，让天翮先回来一次，老朽格外感激不尽了。”

怪乞丐等张长公说完，呵呵笑道：“想不到张老英雄在家纳福了许多年，江湖上的勾当这样隔膜了。”说了这句，一俯身，捡起地上乞棒，忽地一旋棒把，嗖地掣出一把漆黑铮亮的扇子来，向张长公一扬，大笑道：“百言抄一总，你看到这把扇子就明白这几年俺做的事了。”

张长公一看这把铁扇子，顿时又惊又怒，双目精光四射，恨不得一口把面前怪乞丐吞下肚去，厉声喝道：“这几年俺早耳闻长江一带沸沸扬扬，说有铁扇帮出现，专用诡计骗取绅宦珍宝财产，爪牙甚多，独树一帜，原来就是你这怪物作祟。你在长江一带害人与老朽无关，将来自有你的报应，你不应该把老朽门下诱入你无法无天的帮内。你要知道艾天翮是一个身世清白、志向远大的青年，被你这样一来，岂不葬送他一生？这事老朽绝不能置身事外，依俺良言相劝，快把艾天翮送来还俺，否则莫怪老朽反脸无情。”

张长公愈说愈气，几根白胡子吹得直竖。怪乞丐冷擎天满不理会，冷笑道：“俺好意解释前嫌，特地通知你一声，不料你以耳为目，竟把铁骨侠肠的铁扇帮说得一文不值！你不知道艾天翮已五体投地地钦服铁扇帮，在俺面前当众歃血立誓，将来还要传俺的衣钵哩。俺话已说尽，信不信由你，照你这样不通世故，应该立时叫你识得俺的厉害，但是俺看在艾天翮面上，权且让你一次。时已不早，俺要失陪了。”说罢把扇子依然向棒中一插，旋好棒把，就要开步。

这一来真把张长公气急了，一跺脚拦住去路，戟指喝道：“老贼，走向哪里去！今天你不还俺艾天翮，休想活命！”

冷擎天满面露着不屑神气，把手上乞棒向地上一插，大声道：“俺不还你艾天翮，你待怎样？不知好歹的老东西真要找死吗？”

这时张长公已是怒气填胸，拼出性命也要与他争个你死俺活，但是劲敌在前，又不能不摄气凝神，运用全身本领克敌致果。冷擎天大约也看出张长公今天要同他拼老命，也是提起全副精神对敌。这当口，两人相距五六尺远近，四只精光炯炯的眼珠像斗鸡般互相注视，蓄势待发，又像两只负隅猛虎一样。

这样对峙了半晌，张长公猛可里两臂一分，先是一个白鹤亮翅的招式，一纵身，倏地变为分龙手，向冷擎天拦腰击去。冷擎天一看张长公出手用的是少林宗派，喝一声“来得好！”一扭腰好像旋风般飘了开去，独臂一扬，骈指如戟已向张长公脑后穴点来。张长公一矮身，横腿疾扫，这招原是虚招，以为冷擎天必两足垫劲来个旱地拔葱，待他纵身空中，再改用猴拳中最厉害的摘阴手攻他个措手不及。哪知冷擎天的家数非常，真够厉害，一看横腿扫来，并不纵身逃避，一声厉喝，掌锋疾下，向腿上砍来。张长公喊声“不好！”知道他又用出神功般禅掌的辣手法来，如果被他砍上，腿骨立断，腿中叠劲，一矮身，趁势着地一滚，托地跳起，暗运神功，双掌一合，一个童子拜观音的招式远远向冷擎天一推。

冷擎天在二十年前已领教过百步神拳的手法，也慌忙丹田提气，大喝一声，猛地单拳攒劲向前一放。这样两人遥遥对立，各凭神功互相虚击。张长公这方面是双掌并出，每发一掌必用许多工夫，虽是遥击，依然发一掌有一掌的招式，这一边冷擎天也是如此。两人虽是远立着一招一式此迎彼击，都与近身交手差不多，而且两人全神贯注，目不旁瞧，比近身交手还要紧张万倍。尤其是冷擎天凶睛暴突，须发怒张，一拳遥发，狂喝如雷，形状像山精夜叉一般。

这样两人各出死力争斗多时，只见张长公额汗如淋，渐渐喘气，似乎有点抵挡不住。这边冷擎天面如噀血，虬筋密布，每发一拳必前进一步。每逢他前进一步，张长公连连后退，一面兀自拼命双掌齐发，竭力支持，但已面色大变，气促身颤，摇摇欲倒。

冷擎天哈哈大笑道："天堂不走，地狱自投，今天叫你识得俺冷擎天的厉害!"

言毕一声厉喝，握拳透爪，正待猛发一拳，忽听得身后有人低声喝道："狂徒敢尔!"

冷擎天大惊，这一声竟像在自己耳边说的，吓得他不敢回头，一跺脚，斜刺里纵出丈许远，猛转身睁眼看时，只见自己原立地方，一个白面朱唇的文弱书生背着手，很潇洒地朝他立着。冷擎天暗想，这人到了俺背后竟未觉得，但看他这样神气，无非一个手无缚鸡之力的书生，便举步趋前，大喝道："你这厮胆敢到此窥探，难道也来讨死吗?"

书生微笑，指着张长公道："这个讨死的人死得非常费事，像俺这样文弱书生向你讨死，当然是很容易的。俺倒要试一试讨死的滋味，你就干脆放出死人的手段好了。"

其实此时张长公已经气尽力绝，跌翻在地，同死的也差不多了。那书生故意开玩笑似的向冷擎天说了这几句话，冷擎天不免心里狐疑起来，照书生这样的口吻，定非常人，但一身弱不禁风的样子又不像。

冷擎天艺高胆大，满不在意，伸出爪似的手指向那书生一指道：“你真活得不耐烦吗？你如果自以为学过几手三脚猫想充好汉、打不平，俺劝你趁早回家抱书本子去。老实说，像你这种人，经不起俺一个指头的。”

那书生哈哈大笑道：“好大的口气！如果像你只剩了一只鹰爪的人也想横行天下，两手完全的人定可飞上天了。闲话少说，你这样残废的人俺实在不愿同你交手，你不是懂得几手般禅掌么？现在咱们这样办，你也不用远远地发掌，你尽管在俺面前击俺三掌，俺绝不还手。俺试试你的般禅掌究竟有多大功夫，你就过来发掌吧。”

冷擎天一听暗暗吃惊，心想扬州除去六指头陀别无能人，如果这人不是吹大气，不要说六指头陀，谁也敌他不过了。俺倒不信，难道被他几句大话就吓倒不成？何况他说过不还手，就让他还手，这点年纪的功夫也未必在俺老头儿之上，主意打定，大踏步近前去，冷笑道：“拳脚无情不是儿戏，万一有性命之忧，岂不自己讨死？”

那书生不待他再说，喝道：“混账的凶徒，在俺面前还要逞能，快发掌！”

冷擎天被他骂得恶胆陡生，喝一声看掌，猛不防一掌向那书生胸前发去，这时冷擎天同书生还差四五步远。

一掌发后，书生若无其事笑道：“这就是你看家本领的般禅掌么？这样也能把人打死吗？笑话，笑话！也许你离得远，或者你不愿意叫俺死，手下留情，其实大可不必，现在你近一点再来几拳试试。”

冷擎天这时真有点毛骨悚然，几乎自己都有点不相信起来。一不做二不休，把全身暗劲贯在臂上，一纵身，逼近书生身前，大喝一声“着！”连发两掌，只听得啪咔两声，打在书生胸前好像击在一段枯木上面，那书生兀自笑容满面，立得纹丝不动。冷擎天大吃一惊，这才知道遇上克星，喊声“不好！”慌忙一个箭步退去丈许远，便想拔脚逃走，却不料那只独一无二的右臂霎时红肿了起来，肿得像吊桶一般，比大腿还要粗，而且筋络痉挛，痛彻心肺，把凶神一般的冷擎天痛得蹲在地上，动弹不得。

书生冷笑道：“剩了一只手还要逞凶，不如把这只手也废掉，倒可保全你一条狗命。”说罢，忙赶到张长公身边，蹲下身把张长公扶起，上身盘膝坐定，从怀中拿出一粒丹药纳在张长公口中，又替他遍身穴道按摩一番。无奈张长公年老气衰，用力过度，气分大伤，虽是悠悠醒转，兀自立不起身，微微张眼一看，知是书生救他的命。

本来书生在危急关头显身出来，张长公虽然跌翻在地，两眼尚能望到，直到书生制住冷擎天，自己实在支持不住，一时昏迷过去。此刻又被书生救醒，定了一定神，自己知道此番恶斗，受伤过甚，没有书生搭救早已命丧冷擎天之手，但向前一看，冷擎天在地上痛得乱滚，比自己还要难受几分，想不到这文弱书生有这样能耐，而且素未谋面，也从未听得扬州有这样能人，忙强振精神，有声无气地说道：“老朽蒙足下再生之恩，一世报答不尽。但是老朽已是风烛残年，从未得罪江湖，冷擎天逞强同老朽恶斗，虽然被他打伤，依然毫无怨恨之意。现在冷某被足下制住，看来性命也在呼吸之间，将来怨仇固结，从此不解实非所宜。老朽愿代他拜求足下，赦他一命，救他一救，老朽格外感恩不尽。”说罢，举着战战兢兢的双手连连向书生拱手。

那书生微一点头，遥向冷擎天大喝道：“你听听张老先生这番大仁大义的举动，才是英雄本色。照说俺与你无仇无恨，何必定要你命？因为从旁看你逞强欺老，才出来管此闲事。现在姑看张老先生面上，饶你初犯，便宜你一条狗命。”说罢慢慢地走到冷擎天身边，冷不防腾地一腿向冷擎天尾闾踢去，把冷擎天整个身体像肉球般踢起四五丈高。

说也奇怪，冷擎天一落地，顿时好好的，立得笔直，痛楚消失，手也不肿了，可是一脸凶焰万丈变为垂头丧气、萎靡不振之态，满面生痛地向书生拱手道：“足下本领委实佩服，可否请教大名，在下也可时时记在心上。”

书生大笑道：“你问俺姓名吗？俺自己也不知道姓甚名谁，如果你想报复的话，你可以向几位老前辈打听打听游一瓢是何如人，你就能明白了。”

冷擎天一听他就是游一瓢，一言不发，向前拔起插在地上的乞棒，一转身飞也似的跑了。

张长公从旁听出书生就是游一瓢，心中大喜。前几时原听六指头陀说过，游一瓢是当今第一奇人，江湖上称为陆地神仙，一身鬼神不测的本领都从一册易经中参悟出来，也无人能知道他身世同武功宗派，忽隐忽现，捉摸不定，性情举动迥异常流。最奇数十年前游一瓢已经出世，到现在还是一个白面书生，因此有人疑他是剑仙一流，但六指头陀听他自己说，无非懂得养生驻颜之术罢了。当下张长公知道这书生就是游一瓢，惊为奇遇，高兴得连身上痛楚几乎忘记了，便想支持着立起身，无奈两腿像棉花一样，一声长叹又瘫在地上。

游一瓢忙摇手道："快不要动，此地离开元寺甚近，俺背你到六指头陀那儿去休养一时再说。"

张长公大喜道："六指头陀与老朽也是老友，不过要尊驾背去如何当得？这是万万使不得的。"

游一瓢大笑道："你又不是大闺女，俺背你去碍甚事？就是大闺女，急难时也应从权。俺只晓得做人应做的事，最恨人情虚伪，说一种言不由衷、毫无用处的话儿。"说罢一蹲身，反手轻轻把张长公兜在背上，如飞地向开元寺而去。

张长公被他这样一抢白，面上虽然忸怩，心里亦发钦佩得了不得，知道这种人不能同常人一般看待，就是世俗号称英雄侠客之流也比拟不上，只有一声不响，任他背去。

游一瓢把张长公背到开元寺，又一直背进寺内，恰好六指头陀率领僧众刚刚做完功课，一见游一瓢举步如飞背进一个老头儿来，仔细一看原来是苏州张长公，一看神气就明白受了拳脚内伤，忙指挥几个门徒把张长公抬进方丈自己房内禅床上。张长公抬不起身，只好点头示谢，却由游一瓢说明所以。

六指头陀一面听受伤经过，一面替张长公细细诊了脉，对游一瓢说道："幸而你救得快，迟一步就无从救药了。虽然如此，也要好好调养几个月才能起床，而且目前万不能再劳动身体。俺们都是老友，索性在敝寺养好了身体再回苏州去好了。"

张长公喘吁吁地说道："承老友看待，自然感激入骨。大师又精于医道，原是最好不过的，但是小女纫兰一人在家必定早晚牵挂，只有回去再说。"

六指头陀笑道："这又何妨，俺就打发人把纫兰侄女请来，留在敝寺服侍你便了。而且这几天俺正有一桩大事想到苏州同你谈谈，万不料你被游兄无意救来，这也可以说天缘凑巧。好在敝寺有的是精致的客馆，打扫出来几间，足够你父女俩起居的了。便是游兄也寄寓在此。游兄大名俺早日同你提过，游兄的本领你今天当也领教过了，俺可以说一句，像游兄的本领人品，世上少有的，江湖上称他陆地神仙足可当得。俺特地挽留他盘桓几时，你在此养病也可同他亲近亲近，岂不是好？"六指头陀是个胸无城府的人，说到那儿定要做到那儿，当下不由分说，便打发人当天到苏州去把纫兰接来。

张长公知道六指头陀脾气，只好由他，再说游一瓢这样本领、这样人品实在举世无双，何况又有救命之恩，恨不得把游一瓢请到自己家中去才对心思。

不表张公肚内思索，且说苏州到扬州本来不远，纫兰在家得到开元寺去人通知，得知老父被冷擎天打伤，急得一佛出世，二佛升天，匆匆吩咐了苍头几句话，好好看守门户，自己料理一点应用衣服等件，当夜赶到开元寺。

这时张长公已移到寺内后院一个精雅的书轩内，所有床榻、药铛以及一切应用物品，六指头陀早已代为布置得妥妥帖帖，另外还拨了一个年老香火和尚承应。纫兰一脚赶到寺内，走进老父病室，恰好房内已点起明晃晃的红烛，六指头陀、游一瓢却坐在病榻旁谈心。纫兰走进屋内，目无旁瞩，急泪莹莹直趋病榻，一看老父身倚高枕，面色苍白，两眼深陷，只喊一声爹已哽咽得说不出话来。

张长公凄然伸出瘦指，指着游一瓢说道："儿呀，你不要急，为父没有这位游兄搭救，早已命丧冷贼之手，你且谢过游先生同六指大师再说。"

纫兰忍住痛泪，回身一看，左边坐着六指头陀原是认识，那右边坐着一个神宇朗彻、潇洒出尘的少年，想必是有救命之恩的游先生，粉面一红，慌先福了一福，便插烛似的拜了下去。

游一瓢大惊，赶紧一飘身，远远避开，连连说道："女公子快请起，这是万不敢当的。"边说边也远远跪下还拜。

六指头陀白须乱拂，呵呵大笑道："好一位知礼的巾帼英雄，但是古人大德不谢，何况救父之命，存在心中便了。"

纫兰盈盈起立，又向六指头陀福了一福，道："承大师医治家父，还要玷污宝刹，实在心里不安。"

六指头陀笑道："且莫说这些话。你父不能多言，俺来告诉你。"

便将冷擎天如何收艾天翮为徒，自己如何与他理论，如何动武不敌，游一瓢如何来救，如何惩治冷擎天，天花乱坠地说了一番。

纫兰听得游一瓢如此本领，不免秋波电闪，向游一瓢打量几眼，觉得此人神宇朗彻，不染一尘，端坐室内宛如春华秋月，令人油然起敬，不禁暗暗称奇，不敢正视。慌一转身，低头向老父榻畔，絮絮问交手细情，身上痛楚。

张长公长叹一声道："古人说，吉凶悔吝生乎动，一点不错。俺隐迹多年，没来由收起徒来，费了几年心血把艾天翮造就，想不到一离师门便改变心肠，投入凶贼门下。细想起来，冷擎天对俺说艾天翮已同他歃血为誓，甘心与群贼为伍，也许真有其事。"

六指头陀从旁大笑道："据俺所闻，冷贼这几年党羽密布，胆子越来越大。他居在武夷山贼巢内，富丽堂皇，一呼百诺，好不兴头，但出来时候仍然扮作乞丐模样掩人耳目。艾天翮年纪轻轻意志不定，看得他贼巢内富埒王侯，自然乐而忘返了。"

纫兰看得老父满面怒容，思索了半天没有开口，等六指头陀话锋略止，微微笑道："艾天翮初到苏州，女儿就觉得此人聪明有余，言过其实，绝难传授父亲衣钵。几年来别无外物引诱，倒也小心翼翼，毫无过处。不料一出师门就走入魔道，这是他自己甘心堕落，父亲犯不上为他气苦。再说父亲为他被冷贼击伤，将来看他有何面目相见。"

游一瓢笑道："女公子说的话很有见地。老实说，冷擎天这人从此不敢再出现江湖，令徒艾天翮也许会迷途知返呢。”

张长公父女都不解，愕然问道：“游兄此话怎讲？”

游一瓢笑道：“事有凑巧，今天无意中救了张老先生，又无意中替长江一带除掉一个魔头。冷贼受了在下罡气反震，性命本已难保，经老先生求情赏他一脚，虽则保全他一条命，那只独臂从此也就废掉了。这人刚愎自雄，无端成了废物如何忍耐得住，回到老巢也就羞愤自尽，休想作祟了。”

张长公听得连连叹息，纫兰却心中大喜，以为报了伤父之仇。四人谈了一会儿，六指头陀同游一瓢告辞出来，走到前殿，游一瓢悄悄说道：“俺细察张老先生气色已神游墟墓之间，大约内脏受伤太甚。平日练的百步神拳虽是内家一派，究非正宗，全凭丹田蓄气，气分一耗伤过度，加以衰年，恢复绝非容易。又加艾天翮一层忧伤攻心，元气格外斫伤，恐非药石所能奏效了。”

六指头陀皱眉道：“俺何尝不知，希望人力胜天而已。”

两人叹息了一回也各自回房，一宿无话。

第二天，张长公病无变相，依然同六指头陀、游一瓢随意闲谈，只不能起身罢了。这样过了十几天，纫兰同游一瓢、六指头陀在老父病榻旁时时相见，混得厮熟，只觉游一瓢温文尔雅，一派书生气象，倘然不是自己老父说出救命时的功夫，真不信这样文弱书生有这样本领。偶然在病榻旁彼此谈到武功，游一瓢只微笑而已。

有一天四人正在张长公病房闲谈，忽然那个承应的香火和尚从外面递进一封信来，说是专人送来，来人送到就走了，信面却写着纫兰女史芳启。

纫兰接在手中非常诧异，随手交与张长公道：“父亲，你看，这封信外面没有写明寄信人姓名同地点，不知何人寄来的？”

第二回

雀选起风波，恩仇了了
龙吟惊海窟，奇事重重

张长公拆开信来一看，顿时面色大变！两只手捏着几张信笺瑟瑟乱抖，猛地把信笺向纫兰面前一塞，仰面一倒，气得吁吁直喘。六指头陀、游一瓢大惊，慌近前询问。纫兰也顾不着看信，先替老父揉胸捶背，忙得手足无措。

六指头陀慌说道："事从信起，你且看明信内甚事。"

纫兰拿起信纸一看，原来是艾天翮写来的。信内大意说是现遵冷师遗命为铁扇帮首领，凡铁扇帮的人都立誓替师报仇，要游一瓢的命。而且冷师死时，也知张师不久人世，非常懊悔，且已知张师雀选东床之意，命弟子报仇后择吉迎娶，本该亲自造谒，一叙契阔，侦知仇人在室，与仇人相见为期不远，届期当知铁扇帮之天罗地网，取仇人之头易如反掌也。纫兰看完也气得手足冰冷，半晌说不出话来。

六指头陀不管三七二十一，一手抢过信纸，粗略一看，呵呵大笑道："这小子忘恩负义还想癞蛤蟆吃天鹅肉，真真岂有此理！怪不得长公兄气得如是。"边说边向游一瓢一扬道："其中还关系着你哩，你也应看看。"

纫兰心里一急，要想把信抢回，却不能造次，忽听游一瓢笑道："不用看，铁扇帮的伎俩何足挂虑。"

六指头陀诧异道："你没有看到信，怎知是铁扇帮捎来的?"

游一瓢遥指床前信封道："只看信封后面一个扇形的戳记就明

白了。”

纫兰同六指头陀低头一看，果然。这时张长公已回过这口气来，长叹一声道：“这孩子完了，恨俺两眼如盲，枉费心机。看来俺这病确也难以望好，只有这女孩子终身大事未了是桩心事，其余全无甚挂牵。”说罢又连连叹息。

纫兰已嘤嘤哭泣起来，六指头陀、游一瓢也黯然相对，一时无言可慰，大家静默了一回，六指头陀似乎张口要说出一句话来，忽然一看纫兰哀伤神气又缩了回去，却用别话安慰他们父女一番便同游一瓢辞出，让他们父女谈谈体己话。

这样又过了几天，张长公神气日见衰弱，瘦得皮包骨头，药吃下去如石投大海。

有一天晚上，游一瓢出外游览扬州胜境未归，纫兰也不在面前，只剩六指头陀坐在病榻边同张长公闲谈解闷。六指头陀心里本藏着一桩事，恰好张长公又说到纫兰终身，六指头陀单刀直入，呵呵笑道：“你的事就是俺的事，而从贤侄女到来，俺就心里存了一番主意。现在长话短说，俺来做个媒人，替你选无双奇士做乘龙之选何如？”

张长公苦笑道：“天下哪有这现成无双奇士？”

六指头陀大笑道：“此人非别，就是日日相见的救命恩人。”

张长公大惊道：“游先生是震世奇人，岂肯要俺这庸俗的女儿？你故意逗笑罢了。”

六指头陀面色一整道：“老实对你说，俺们这位游兄现在正在物色佳偶，却与别人娶妻生子、传宗接代的通俗恒情大不相同。他所以要物色佳偶，是要求一个志同道合、偕隐修道之侣，一不在貌，二不在身世，只要他自己选择认可就能算数。这几天俺同他言语之间探他口气，似乎对于贤侄女非常赞美，这倒是不可多得的良缘。”

张长公听罢，微微长叹一声道：“小女能够为游先生终生伴侣，尚有何求！但是俺平日言语之间确已透过口风，将艾天翮赘在家中。虽未正式定局，在艾天翮心中终以为俺说话不算，这层怨孽如何了结？只恨俺活到这样年纪还做这一桩荒唐事。”

六指头陀不待他说下去，大笑道："俺问你，照你这样意思，依然想把自己好好的女儿匹配匪人不成?"

张长公慌喘着气，吁吁说道："俺不是这个意思，俺想……"

一声未毕，忽然一阵风响，从窗户里穿进一个人，一身劲装，背插长剑，现身跪在榻前，朗声说道："徒弟该死！想不到冷师会同师父决斗，害得师父害病在此。但是冷师也被碎尸万段的游一瓢打伤，活活气死。既死不究，师父也可稍息胸中之恨了。徒弟记挂师父病体，特地前来探望请罪。"说罢站起身来，四面一看不见纫兰，只见一个童颜长须的老和尚在侧，慌一躬到地道："这位想是六指大师，承蒙看待敝师，小子理应致谢。"说罢又是深深一躬。

这时张长公、六指头陀都怔住了，谁也料不到艾天翮会在这时飞进屋来，而且将才说到艾天翮同纫兰婚姻的事，也许艾天翮在窗外听得一清二楚，事情益发难办。张长公正想启口，又不料纫兰正在这当口端进一碗药来，一跨进房，猛见艾天翮立在床边，心里一惊，把一碗药叮当一声碎在地上。

艾天翮一回头看见了纫兰，心中一喜，忙远远一躬道："久不见师姊，心中时时记挂，尚乞恕小弟疏忽之罪。"说罢，又是一躬。

纫兰被他这样一来，一时无言可答，只可敛衽回礼，礼毕，一俯身拾起地上碎瓷片，又莲步匆匆，退出门外。哪知一退出门，几乎同一个人撞个满怀，那人身法极快，一闪身便退在一旁。纫兰一抬头，顿时心头乱跳。

原来事有凑巧，游一瓢正在这当口回寺，又来看张长公了。这时同纫兰觑见，看她面色惊慌，极不像平日沉静之态，错会意是张长公病症有变，忙问道："令尊今日病象如何？六指大师在内吗?"

纫兰忙连连摇手，悄悄声道："艾天翮来了。"

游一瓢听得毫不惊疑，只略一思索便昂头直进。这一来纫兰大惊失色，把手上碎瓷片向阶前一抛，身不由己地又跟了进去。哪知门外纫兰同游一瓢一问一答，房中艾天翮都听在耳内，等到游一瓢跨进房门，艾天翮从未与游一瓢见过，自认不得，只觉这人丰姿绝世，容光照人，巧不过此时纫兰反身进房，又紧跟在游一瓢身后，在艾天翮眼中、心中，顿时有点酸溜溜的不大好过。

偏偏六指头陀促狭不过，一半也看不起艾天翮，故意朗声说道："游兄来得巧！喏，喏，俺来替你引见引见，这位大英雄就是冷擎天的高足，新任铁扇帮首领艾天翮艾英雄。"

一言未毕，艾天翮只听得一个"游"字早已怒火十丈，面赛青霜，霍地一退步，剑眉直竖，虎目圆睁，厉声喝道："你就是游一瓢吗？"

游一瓢满不理会，连正眼都不看他一眼，从容自若地向六指头陀道："今天你寺里烧夜香的人忒多了，有二三十位铁扇帮的英雄夤夜前来，都在屋上游行随喜哩。"

六指头陀一听，肚内雪亮，正待开言，张长公已气得说不出话来，伸出细长瘦指指着艾天翮，半晌才喝道："你好，你好！你快把俺刺死便了！"

艾天翮大声道："师父休要误会，师姊切莫惊慌，俺们报了冷师之仇，便迎养你老人家同师姊到徒弟那儿去，稍尽俺一点香火之情。"说毕一翻健腕，掣出身后长剑，一跺脚一个飞燕钻云势，穿窗而出。

艾天翮一飞出窗外，便听得天井里很尖锐的一声口哨，顿时四面的屋上都有口哨之声夹着刀剑叮当乱响，把阖寺僧众吓得走投无路，以为大群强盗劫寺，躲在幽僻处所瑟瑟直抖。

这时，病房内张长公拍床大叫直喊："小冤家你简直逼俺老命，干脆你弄死俺便报你恩师冷贼的大仇了。"

纫兰也惊得花容失色，连喊"怎好，怎好？"就是六指头陀也弄得手足无措，低声向游一瓢道："这小子依仗人多，蓄意同你拼命。你虽本领高强，究竟好汉挡不住势众，你又是赤手空拳，依俺看，犯不上同这班亡命一般见识，悄悄避开就是了。"

游一瓢笑喝道："胡说！亏你不惶恐，当年总算经过大敌，竟说出这样丧气的话来。不是俺游一瓢夸海口，这班强徒再多来几倍也不足惧！你也不用出去，只帮着女公子好好守在房内，看护张老先生要紧，俺自有办法打发他们，绝不叫他们损坏你寺中一草一木，你放心便了。"

六指头陀被他一顿抢白，弄得哑口无言。忽又听得艾天翮在屋上喝道："游小子你也只有这点胆量，躲在房内想求俺师父庇护不成？要知道报仇的不止俺一人，求俺师父是没有用的！干脆你出来领死，免得惊了俺师父、师姊。"

游一瓢听得微微一笑，只一晃身便人影不见。六指头陀知他已飞身出去，到底放心不下，悄悄对纫兰道："你仔细守在床边，待俺出去助他一阵。"说罢一回身，从壁上摘下一把尘土厚积的宝剑来，铮的一声拔剑出鞘，掠起僧袍，一纵身蹿出房外，走出天井抬头四下一瞧，星月在天，绝无人影，正在惊疑，忽听得远远大殿上一阵呼啸之声便又寂然，心里疑惑，一跺脚，纵上屋面凝神向大殿上一看，只见无数黑影，一片刀光，在殿脊上像猿猴一般纵跃飞舞，乱作一团，其中却有一道匹练似的白光，闪电似的在无数黑影中穿来穿去，白光所到，黑影如波分浪裂，四面乱窜。霎时，殿上黑影被那道白光扫得一个不剩，似乎无数黑影变成一溜烟似的从殿角奔向配殿，又向寺外滚滚散去。那道白光激箭般在后追逐，兀自紧追不舍，直到六指头陀看不见为止。

六指头陀暗自吐了一回舌，喜气洋洋地跳下地来，回进屋中啧啧称赞道："痛快，痛快！俺活了偌大年纪，见过多少英雄，却没见过游兄这样本领的人。俺同他相交多年，他平日恂恂不露，俺只知他内功深湛，高逾俺辈，万不料今天让俺开了眼。先头俺还代他葸葸过虑，真所谓蠡管窥测，反令俺惭愧无地了。"

张长公、纫兰听他一路大赞并没有说出真情来，同声问道："究竟外面怎样了？"

六指头陀大笑道："说也惭愧，俺出去满心想助他一阵，哪知他恢宏有余，竟使俺无从插手。连人影还没有辨清，已被他秋风扫落叶般扫净了。你们想，古人说的妙手空空、聂隐娘一类的剑仙也不过如是罢了。"

张长公听罢很惶急地问道："这样说，艾天翮性命也难保了？"

六指头陀明白他依然痛惜艾天翮，故意大声道："像艾小子这种微末之技，遇着游兄岂能幸免？想已寻那冷擎天去了。"

张长公信以为真，一阵心酸，凄然低叫道：“天翮，天翮，真料不到你这样结果!”口中叨念了好几遍，竟纷纷泪下。

纫兰立在一旁，也花容惨淡，默默无言，却把六指头陀气得火星冒顶，暗想张老头儿竟这样赏识艾天翮，自己为他吃了苦头还要护短，看来俺这个媒人有点不妥，正想开口，忽听窗外大笑道：“你这老秃驴又信口胡说。”言语未绝，游一瓢已笑容满面，倒提着一把长剑从容跨进门来，笑向张长公道：“休听他胡说。俺同艾天翮往日无冤无仇，何必害他性命。非但艾天翮毫发无伤，就是同来的二三十个同党也一个没有伤害他，无非略施警诫，把他们手上凶器夺下，赶出寺外便了。”说着把手上长剑一扬道：“这便是艾天翮的兵器，特地拿来交与张老先生，便时仍可还他。其余不少军器都击落在大殿下面，让几个香火和尚收在一边，免得张扬出去，碍及本寺声誉。”

张长公听得艾天翮安全逃走，心里一宽，却由心坎里佩服游一瓢大度宽容，连声道谢。

六指头陀却拉着游一瓢问道：“你究竟是人是鬼?”

游一瓢诧异道：“此话怎讲?”

六指头陀满面惭愧地笑道：“不瞒你说，俺想出去助你一阵。立在屋上，只见大殿上匹练似的一道白光在群贼堆里穿来穿去，便知道就是你的手段。但是这种功夫实在骇人，不由人不疑心你是剑仙一流。现在你不许拿乔，须说出这种身法是何种功夫?何人传授?”

游一瓢大笑道：“亏你练了一辈子，会问出这句话来。”

六指头陀大声笑道：“别人这样挖苦俺定不饶他!唯独你这怪物，俺实在五体投地地佩服你，由你说得嘴响，但俺还要打破砂锅问到底。不要说俺，就是俺们这位张老兄同这位武功绝顶的贤侄女，也比你差得万倍。”

游一瓢不待他说下去，慌笑道：“算了，算了，你请看俺身上穿着这身银灰色的衣服，身法略微比别人快一点，在月光下远看去便似一道白光。至于俺赤手空拳同那群亡命玩了一回，无非用了几招空手入白刃的拳法，这是在座诸位都是精而又精的，何足为奇?话虽如是，在俺心中以为无论何派拳法练的不外身、眼、手、腰、步，只要持之有恒，总可练得出人头地。但是这样苦练，无论练得如何神妙都逃不出一个‘技’字，如要由技而进入道，必须练心，也不只武术一道，僧、释、道三教的圣贤都是练出来的。

“人的这颗心实在有不可思议的功用，只要你运用得法，真可以说遇千千敌，遇万万敌，但非从内功入手不可。所谓内功又非仅仅懂得运气贯劲就算，必须达到心之所至，百体从令，指顾之间皆可摧敌，才算内功正宗。可是练习内功却非人人可学，必须禀赋特殊、得天独厚的人方可问津。此刻俺同艾天翮略一接触，便知道这人倒是个可造之材，怪不得张老英雄巨眼赏识，可惜踏入歧途，愈趋愈远了。”

这一番话听得三人连连点头，尤其纫兰如醍醐灌顶，暗暗会心，不禁秋波凝注，一往情深，恨不得立时拜他为师，学习内功正宗。张长公却不理会这些，只听得游一瓢也称赞艾天翮资质不错，说自己老眼无花，顿时满心舒畅，有道不出的一种舒服，因此格外把游一瓢当作神圣看待。只六指头陀心头横梗着做媒的成见，总不以游一瓢赞扬艾天翮为然，误会游一瓢故意这样说，宽慰张老头儿罢了，光头一摇，长须乱飐，正想开口。

忽见游一瓢猛一转身，面向窗外喝道：“败军之将，还不心服，又来作甚?”喝声未绝，嗖嗖几道白光从窗孔里直向游一瓢上中下三盘射来，游一瓢一动不动，只听得一阵叮当声响，有二支争光耀目的钢镖一齐跌落地上，还有一支却正正插在游一瓢口中。六指头陀同张长公、纫兰大吃一惊，以为游一瓢遭了毒手，六指头陀正想飞身出去，忽地又是一道镖光，直射进来。说时迟，那时快，只听得游一瓢鼻孔里哼的一声，霍地张嘴一吐，口中一支镖比电还疾向外射去，巧不过正迎着来镖，两镖一碰，铮的一声奇响，火花四射，把来镖反击过去，又是嘀嗒两声，两支镖并肩插在窗棂上。

却听得窗外怪声喝道：“好厉害的镖！俺艾天翮也不是好惹的，终有一天洗此羞辱！”

房内游一瓢大笑道：“好！俺希望你有此志气！此刻再宽容你一次

便了。”

游一瓢说罢，窗外声音寂然，知艾天翮已去远，回头一看，床上张长公已面色大变，气息仅存，纫兰同六指头陀已趋近榻边，极力叫唤，张长公兀自答不出声来。因为艾天翮一来一去，张长公原已十分痛苦，万分难受，等到艾天翮二次暗箭伤人又被游一瓢吓退，张长公格外伤心到极点，一时逆痰上涌，竟自气厥过去。好容易被六指头陀抚摩了一阵救活过来，更加奄奄一息，病体重了十倍，纫兰看得老父如是，只哭得格外凄惨欲绝。

六指头陀同游一瓢暗地一商量，知张长公人已绝望，不如送回桃花坞落个寿终正寝，一面打发急足，把大姑奶奶纫秋同大姑爷吕元接来料理身后。张长公经过气厥以后，自己也明白不久人世，急欲回转自己家中。第二天，六指头陀亲自把张长公、纫兰护送到苏州桃花坞，游一瓢却又飘然云游别处去了。

张长公回到苏州，吕元同纫秋夫妇俩也从太湖闻信赶到，两女一婿，昼夜服侍几天，张长公竟自一瞑不视，临死的时候兀自把艾天翮三字叨念了几遍，看他神气，到死还想见他一面，也算情有独钟了。等到丧事终了，吕元先回太湖，纫秋恐怕妹子独处伤心，暂留桃花坞陪伴。

纫兰自从父亲死后，芳心寸碎，笑音全无，时时支颐深思，眉头百结。在纫秋总以为妹子思念先父，只有百端劝慰。她们两姊妹本是一床同卧，有一天纫秋半夜醒来，偶尔下床小解，忽见里床睡的纫兰不见，四面一看并无踪影，觉得奇怪，一眼瞥见几上灯盏底下压着一张字条，慌把灯花一弹，油灯骤亮，取出字条一看，顿时大惊失色。

原来字条上写着：“人生不过百年，学业却无止境，妹将浪迹天涯以遂素志，琐琐家务请姊决之。他日有缘当趋太湖一晤也。妹纫兰留言。”

表面上看好像外出访师求友的意思，但是何必深夜偷行，弃家而去？纫秋也是个聪明绝顶的人，虽知道写着的几行字未必真意，却想不出其中奥妙，而且深知自己妹子平日贞烈谨慎，绝不致走入邪途，此次不别而行必定另有用意。又想到纫兰武功比自己高强，足可保身，倒也无用十分挂虑，只好把家中大小事务整理清楚，仍旧托那苍头看守。如果二小姐三年不回，再作道理。嘱咐已毕，便也自回太湖，同吕元一商量，就面托江湖朋友随时留意纫兰行踪，以便探访。

其实，纫兰出走却因为父亲丧葬当日六指头陀也赶来执绋，等父葬事告竣，六指头陀于无人处私下同纫兰说道："贤侄女巾帼英雄，天姿高超，应该扫除庸俗女子态度，求一终身归宿才好。游一瓢这人贤侄女也是钦服非凡，现在他在雁荡最高峰结庐修道，愿得终身伴侣之人。临走时曾托俺致意贤侄女，如有同志，请贤侄女屈驾到雁荡相会，却须秘密行事，免得被人知道，妨碍两位偕隐之愿。"

六指头陀说完这番话就回扬州开元寺了。纫兰在当时也不置可否，等到葬务告毕，自己把这桩切身大事足足琢磨了许多天，才决定于深夜不别而行。故意留着几句寻师访友的话，让纫秋猜不出自己的行踪。自从半夜出走，只携带一包袱同几十两碎银，昼夜不停赶到雁荡，居然被她在雁荡山最高峰顶的雁湖边寻着游一瓢，两人就在雁湖边结庐隐居起来。

这样一男一女在这人迹罕至处所高隐，真像世外桃源，深山仙侣，而且两人只凭六指头陀一句话就此草草结合，在那时礼法束缚时代也是常人所办不到的。纫兰方面还是移樽就教，在世俗眼光看起来，同私奔也差不多，可是讲起实际来，纫兰同游一瓢与其说他们是夫妻，还不如说他们是师友比较为贴切，因为纫兰肯这里屈身相从，离家别姊，完全为的是想跟游一瓢学内功正宗，做一个巾帼特出英雄。在游一瓢忽然同纫兰结合起来，却因为一见纫兰慧质天成，一身秀骨，极合传授内功正宗的资格，既可作为修道良侣，将来也可帮助自己一派的道技，而且还存着待时而动、恢复汉室的深意，这几层一凑合，两人就缔结同心了。

果然纫兰教一知十，在雁荡仅居了十几年，非但武功大进，迥异从前，而且竿头日进，渐窥练心养气之奥、驻颜辟谷之术，几乎要青出于蓝而胜于蓝了。两夫妻这样在雁荡隐居了十几年，游一瓢忽动游兴，想同纫兰云游四海，物色几个佳徒，可以光大门户。纫兰也非常赞同。两人略事整束就飘然下山，游历天下。哪知这一下山，夫妻间生出极大风波，波谲云诡之际，竟将一对绝无仅有的情侣生生拆散。其实说来说去无非为一个情字！古往今来，任他一等一的英雄豪杰有几个能打破这情字的一关？游一瓢、纫兰这样的超人也脱不了情字的束缚，所以连虚无缥缈的大罗神仙也尽有许多艳迹浓情，在人间传述许多悲欢离合的故事。

闲话休叙，且听在下慢慢道来。

且说游一瓢同纫兰从雁荡天台转到浙江下游金华、衢州一带，每日游山玩水，渐渐走出浙江境界来到福建省的霞浦、山福、宁湾沿海一带。这一带大小岛屿星罗棋布，沿海居民都是渔户，无论男女，个个扬帆挂网，像鱼一般在海涛起伏中随意出没，倒也别有乐趣。

有一天，夫妻二人从霞浦山走上望海岭，渐渐人烟稀少，风景却渐渐尤胜。这条长岭横亘海岸，一面是海，一面万嶂如屏，千岩竞秀，比较天台、雁荡别具一种空灵之胜。岭上万松夹道，丘壑神奇，远眺南海，空阔无边，渔帆隐没，翩如白羽。纫兰大乐，边走边撮口作声，哗然长啸，响遏行云，隐隐与潮音和答。

游一瓢大笑道："你知道，古人发啸大有学问，像孙登一啸能作龙吟虎啸，尚是次等功夫，最高的能一啸风云变色，海波飞立，其实也是从练内功而来的，由丹田聚气而出，你此刻长啸虽能鼓气行远，却无迂回绕梁之音，一呼而出，并无余音。"

纫兰笑道："这样说来你定然当行出色的了，何妨一试呢?"

游一瓢微微一笑，并不即时发啸，恰值这时两人已走上最高岭巅。游一瓢四面一看，看见相近一株合抱长松，虬枝四出，荫及亩许，知是百年以上之物。游一瓢一矮身，两袖一展，便像白鹤一般飞上松巅。恰好松上枝干盘错处足可容身，便在枝上安坐下来，纫兰在下面也技痒起来，金莲一顿也飞身而上，择了一枝擎出的巨干，半倚半卧地同游一瓢左右相对，四面一看，万山奔赴，一览无遗，山风徐来，襟袂欲飞，宛如步虚蹑云，飘飘欲仙。

游一瓢闭目危坐，调息宁神起来。半晌，忽见他嘴唇微动，似乎听得有一种极微极幽的声音摇曳而出，音细而清，宛如游丝袅空，若断若续。一忽儿渐高渐远，好像半空中发出笙磬之乐，猛可里张口一呼，万山响应，竟像千军赴敌，万马奔腾，加以松涛怒吼，狂风骤起，远近山麓无数鸷禽猛兽狂窜四逸，远远海波也像随着震荡，声浪如山。

纫兰细细辨认，明知音从口发，却像从天而下，正在不解，忽又听得各种声音渐远渐没，顿又波平风止，松静山闲起来，这当口，这种余音未绝，蓦地又听到远处山坳内百鸟齐鸣，箫管并奏，衬着山谷回响，异常悦耳，不一时又变为哀怨凄绝之音，如泣如诉，凄绝异常，听得纫兰神郁不扬，游一瓢也暗暗诧异。

忽又听得声调又变一派靡曼之音，随风飘荡，倏高倏低，竟听不出声从何处发出。游一瓢同纫兰凭高四眺半晌，才看出侧面山岩半腰里，炊烟几缕穿林而出，隐隐似有村舍模样，各种异声也像自其中发出来的。这当口，异声顿寂，却另有一阵小儿鼓噪之声。

游一瓢笑道："那面山腰中定有奇境，俺们何妨过去一看。大约也不过几里路，顺便也可一探，听到的各种声音从何而来。"

纫兰恰也好奇，原想一探究竟，两人意思相同，立即一齐飘身下树，从侧面羊肠小径走下岭来。

岭下面尽是一层层的山田，越过山田又是几层峥嵘石嶂，绕尽石嶂，地稍平坦，露出一片松林。林外溪流潺潺，几只悠然鸭子在溪中浮拍自如。两人一看到鸭子，知已走近山村，忙穿过森林，沿溪走去，曲曲折折走不到二里路，面前奇峰陡起，层峦环抱，那支溪流正从面前山脚底下汩汩流出。

两人越过溪流，向一座冈峦脚下转去。不料绕出冈峦，景象大变。当前一座十余丈高的碉楼锁住山口，碉栅严闭，寂无人影，两旁整整齐齐地砌着丈许高虎皮石的女墙，连山而起，势如长龙。只望到碉后峰尖乱拥，古木参天，却不知碉内是何景象。

纫兰诧异道："这儿还有这样雄壮的碉垒，却非意料所及，想必山中居民很是丰裕哩！但是俺们在对面岭上怎会见不到这座碉楼呢？"

游一瓢笑道："这何足奇？你此刻立在碉前也见不到那岭上，因为中间还隔着几层石嶂哩。看来此地藏风聚气，形势天成，倒是个好所在。可惜隐隐蕴藏着肃杀之气，其中虽有几个豪杰，恐也非光明正大之辈，大约碉内并非良民。此地近海，或者是海盗首领占据之地也未可知。河水不犯井水，俺们也不必流连了。”

一言未毕，忽听得碉内角声大鸣，夹着步履吆喝之音，游一瓢微一沉思，忽向冈脚几株合抱长松一指道：“俺们且到那树上暗探一下，碉栅内角声大起，定必有人出来，不是合围行猎就是操练喽卒，且看看是何人物，再作道理。”说话之际，碉内人声已渐近，似有无数人马拥出碉来。

游一瓢一挥手，纫兰会意，两人同时略一飞腾，宛似一双点水蜻蜓，几个一起一伏，便已到了冈脚，直上松顶，稳住身子，仔细向碉前窥探。

半晌猛又听得铛铛锣响，一阵吆喝，顿时碉栅大开，像潮水般涌出五颜六色一队队的人来。头一队排着十几个峥嵘壮汉，一色紫花布窄袖短衫，红帕包头，皂布裹腿，前面两个高举一对画角，吹着呜呜怪响，其余荷着一对对的豹尾枪，如风趋前。壮汉背后却涌出一队队尽是山精般的大脚村婆，居然也包头扎腿，腰挎蛮刀，鬓脚边还都插一朵血红的山茶花，个个腆胸瞪目而出。远看去，这群村婆足有二三十人，都不过二十左右。这当儿泼剌剌跑出四匹雕鞍鲜明的白马，骑着四个俏丽女郎，一律穿着一身菜绿的窄袖密扣裤袄，头上刘海齐眉，头发分梳两辫，压着两个红绢蝴蝶大结，眉目如画。扬鞭出碉，同前队村婆相映成趣。

纫兰在树上正猜想这班不伦不类的人是何路道，忽见涌出碉外的一股人马倏地左右一分，相对立住，中间让出一条甬道，猛地碉内又是一阵犬吠，呼地奔出无数凶猛高大的猎狗出来，后面紧跟着两匹赤炭似的骏马，头一匹却无人骑，只马背上踞着两只铁啄钢爪的巨鹰，后面一匹才驮着一个仪态非常、容光夺目的佳人，锦帕抹额，翠珰贴鬓，披一件紫缎贴金一口钟，微露窄窄蛮靴，稳踏镫上，据鞍顾盼，秋波流射，好不雍容气概。一出碉前略一指挥，便率领着四个俊俏女郎直趋队首，那群猛犬便在她马前马后摇尾追随，等候号令一般。只见她樱唇微撮，发出一种尖锐峭利之音，余音未绝，丝缰一带，泼剌剌一马当先转过山脚，向溪边跑去。马后四个女郎带着鹰犬紧紧跟随，最后村婆、壮汉轰雷似的一声激应，又复合疾趋，霎时这一大队人马风卷残云般滚滚没入林烟岚影之中。

纫兰在树上看得出了神，兀自猜不出是何路道，向游一瓢一招手，先自飞身而下，追向前去。游一瓢本想入硐一探，不料纫兰意在马上女子，只得也自飘身下来一同追去。两人脚下何等飞快，不一时已见前面人马左旋右转，趋入密林深谷之内，远望去丰草没胫，怪石遮云，形颇幽险。

纫兰止步，悄悄说道："俺们跟在后面易被他们觉察，不如从侧面冈上盘旋过去，居高临下可以看个明白。"

两人商量停当，一伏身从近身山脚飞越而上。可是并无路径，满山尽是荆棘，好在二人凭着绝顶轻身功夫，毫不犹豫裱襟一撩，嗖，嗖，嗖！一口气飞过一片荆棘，才寻出一条窄窄的小径。从小径迂回曲折，又越过几重冈峦，走上一座巉岩，岩上长松蔽日，藤蔓引风，百鸟啾啁，如隔尘世。两人流连一回，向前一看，岩外一层峭壁拔地而起，不下二三十丈，与这边相离丈许，并不相连。走近岩边俯身一看，下临绝壑，形似夹巷，借着一线天光照向壑底，却正见那队人马宛如蚂蚁，蠕蠕而动，又像一字长蛇蜿蜒走出。

纫兰道："这班人带着鹰犬，当然是出来合围打猎，但是到此绝壑里边是何意思？"

游一瓢摇头道："俺们地理生疏，不必妄猜，且看他们走向何处。"

两人一声不响看了半天，只见下面一群人马向绝壑深处走了一程，忽然向左一转，一个个连人带马，竟从峭壁里面卷将进去。这一来把二人看得诧异非常，心想：这班人是山精海怪不成，怎能穿壁而入？

纫兰道："俺们既然到此，总须探个水落石出。不如俺们飞渡到峭壁上面，再看那边是何景象。"

游一瓢抬头向壁顶上一打量，距离不过一丈远近，可是那边峭壁顶峰比这边还要高出好几丈，从顶至底天然如削，毫无借力攀缘之处。两人沿着崖顶周围探了一遍，忽见对面壁上有一处倒挂着一株千年奇松，形如苍龙攫海，丹凤朝阳，满身蟠着枝藤。藤梢枝枝下垂，又像龙髯凤尾，随风飘拂竟荡漾到这边来。

游一瓢大喜道："有此飞梁便不必多费气力！"

说罢略一整束，便腾身而起，直向那株崖松飞去，将近松树，两手向上一撩便握住枝藤，即趁荡漾之势直上松背。两手一放，身形一矮，恰正轻轻立住。再向上一看，距悬崖顶还整有两丈多高。游一瓢更不停留，两臂一分，双足点处，一个旱地拔葱早已飘飘然立在崖上。低头一看，纫兰已按照自己的办法，荡秋千似的荡上松背，转眼也飞到身边。

两人这样飞渡千仞绝壁，满以为居高临下可以俯瞰一切。哪知一到崖顶，面前奇峰无数层层遮风蔽日，比立着的绝壁还要高过几倍，依然望不到碉内情形。两人一转身向崖上打量，尽是嵯峨怪石，除去那株奇松，别无一草一木。两人从怪石上面飞越过去，却见里面崖下景象又是不同。层层的小山峰都是直上直下，曲曲折折仿佛重门垒户，半腰里都凿成盘旋磴道，钉着核桃粗的扶手铁链，向内的崖壁也一样凿着一级级的石磴。两人拾级而下，约到半崖，忽听得崖下一片人声夹着山谷回响，就像千军万马一般。两人慌缩住腿，俯身四面窥探。只见前面峰脚下现出一个天然巨洞，那班人马都从洞内飞奔出来，洞口满是倒挂藤萝，如果没有人马出现，不到洞口却不易看见。

游一瓢低声说道："俺们少见多怪。原来峭壁底下有这样深邃古洞可以出入。俺们初次从上看下，竟疑心他们是山精海怪，岂不可笑。其实近海的山峰都有玲珑剔透的洞穴，俺们常游的天台黄岩一带都是如此。想必这种地方在上古都是海底，石质含沙易被海水穿透，到后来沧海桑田，陵谷变迁，便成为绝壑古洞。许多海盗恶霸还借此聚赃亡命，谋为不轨哩。"

纫兰道："俺们初在望海岭浏览四面景物还有幽胜之概，此刻一看这种穷山险谷，实在一无可取。但是这班人不伦不类，究系何等样人？而且此地亦非游猎之地，这班人到此又来干什么呢？"

话犹未了，游一瓢忽把纫兰衣襟一拉，低声道："莫作声，你看他们演起阵法来了。”

纫兰急俯身，举目看去，只见下面一群村婆一齐拔出腰刀，壮汉们拿着豹尾枪向四面散开，个个鹭行鹤伏，分榛披莽，朝那重门垒户危岩沙石脚下步步走去。几十头巨犬也昂首四嗅，如有所闻。这时那马上佳人已脱去外氅，露出一身艳丽利落的行猎服装，腰中一条妃红色汗巾挂着一把长剑，背上又斜系一条皮制腰带，插着十几把亮晶晶的柳叶飞刀，玉掌连挥，东指西点，似乎命令那班壮汉村婆依令行事。另外四个俊俏女郎一个个手挟弹弓，卓立马背，紧紧护着马上佳人，看风行事。这一大队人马除去马上佳人娇喉呖呖指挥一切，其余都鸦雀无声，如临大敌。游一瓢、纫兰立的所在正在这班人背后，相距虽只一箭之路，高出约有十余丈，却看不透下面这班人嘴内捣着什么鬼。虽然是打猎光景，但除出前面怪峰脚下重门垒户的一条曲折窄径，其余四面都是直上直下的危岩陡壁，有何野兽飞禽可猎?

正在看得不懂，猛听得窄径上面半腰陡峭处突然一声巨震，一块沙砖般的磨盘巨石骨碌碌崩下一块来。一块方下，接着大块、小块像冰雹般抛下山来，同时黄土如雨，随石而下，弥漫山谷，宛如石雨之中又起了一阵烟雾。下面一班村婆、壮汉发声大喊，从烟雾中拼命向后奔逃。一时犬吠马嘶，狂喊惊呼，夹着山石抛下轰隆不绝之声，四面山谷回响，格外石破天惊，地摇山动，便像前几座高峰一时崩陷一般，连游一瓢、纫兰也吃了一惊。

又听得对面山腰一阵磔磔怪笑，声如裂帛，绝非人音，便知有异。再低头一看，下面那卓立马背的四个女郎已发弹像雨点般连珠向崩石打去，那马上佳人也从鞍上摘下硬弓羽箭，帮同射击，顿时弦镝争鸣，呼呼怪响。经这样一阵箭射弹打，对面山腰中怪音顿寂，飞石亦止，崩土变成烟雾也渐渐清爽起来。却看清峰脚径口横七竖八，鲜血淋漓，被石子压死了好几个村婆、壮汉，有一只巨犬奔避不迭，也被石块打得半死不活，倒在榛棘丛中。马上佳人看得死了这许多人，柳眉倒竖，杏眼圆睁，铮的一声掣剑在手，一马当先直趋窄径。

不料同时窄径深暗处又是一声怪吼，突然现出一个身长丈余、通体雪白的大怪物来，远望见那怪物头如巴斗，长发披肩，两只碧荧荧怪眼宛如两盏明灯，青光远射，衬着血盆大嘴，龇牙一咧嘴，奇凶极丑，竟高视阔步走将出来。这班村婆、壮汉看到这样奇形怪物，只吓得往后倒躲，几十头猎犬、几匹骏马也吓得骨软筋酥，动弹不得。

那马上佳人一看情形不对，慌忙指挥四个女郎同自己一一跃离雕鞍，跳在地上，一面口中命四女郎约束村婆、壮汉退向原进洞口，一面早已把背上飞刀拔在手内。一看怪物却也狡猾，踱到山径路口便昂然立定，负隅自固，只两只碧绿怪眼荧荧注着吓软的犬马咧嘴傻笑，腥涎四垂，形状非常难看。佳人恨极，一声娇喝，觑准怪物的胸腹嗖的一飞刀掷将过去。哪知怪物真够凶恶，它也不识飞刀是何物，只伸出巨灵般的茸茸毛爪向空一抓，便把一把飞刀抓住。

佳人大惊，慌一退步，使出全副本领，把背上十几把飞刀左右开弓，连珠并发，向怪物上下要害猛掷。不料怪物连连怪吼，两只雪白毛手一阵乱抓，竟被它一连抓住几把，有几把明明中在身上，无奈毛厚皮坚竟一齐滑落，难伤分毫。最奇那怪物还善于模仿，它看得对方把一把争光耀目的东西流星似的掷将过来，非常好玩，竟也投桃报李，把手上抓的飞刀照样还掷过来。它这样一还掷虽没有准头，可是力大劲足，飒飒有声，万一被它掷中，立时一个透明窟窿。幸那佳人功夫不弱，施展纵跃巧小功夫，一一用手接住。本来背上飞刀一齐发罄，万不料怪物会还发过来，趁此随接随发，总想制住怪物。谁知她接得快，发得忙，它也两爪不停，接着便发，这样一来一往，一个佳人，一个怪物，在那穷山荒谷中耍起飞刀来，而且越来越疾，宛如两串银梭半空交织，倒是绝世难逢的奇景。非但后面村婆、壮汉看得目瞪口呆，连崖上游一瓢、纫兰也看得几乎喝起彩来。

纫兰仔细观察，佳人已有点身法散乱，应接不暇起来，意欲下去助她一臂，却看不出那怪物究竟何种怪物。恰好游一瓢已明白夫人意思，回头悄悄嘱咐道："那怪物是积年人熊一类，力大无穷，比狮象还凶猛百倍，只可智取，不能力敌。"两人说话之间，那位佳人已像力尽神疲，步步往后倒退。那怪物却一声大吼，蹒跚而出，一出峰前便先把相近的一匹骏马攫在手中，两爪左右一分，立刻鲜血淋漓撕成两片，张开血盆大口一阵大嚼，咽咽有声，霎时把一匹千里良驹连鞍带骨吃在肚内，一抹大嘴，昂首怪叫，长毛飞立，便向那佳人追来。

那班人吓得抱头乱窜，没命地往洞内钻去。那佳人同四个女郎也心胆俱裂，勇气全无，只想寻路逃命。偏偏洞小人多，被那班村婆、壮汉争先一挤，急切难以入洞，想飞上危崖栈道，怎奈距离尚远，怪物业已舞爪追来。

正危急间，忽听得一阵风响，半崖上飘然飞下两个人来，一落地现出丰姿绝世的一男一女，正挡住怪物来路，那两人一落地竟赤手空拳迎上前去。怪物看见有人送上口来，一阵嗥嗥怪笑，两手乱舞便来拥抱。一男一女未等毛爪近身，霍地左右一分，一矮身，各人拿住一只毛腿齐喝一声“倒下！”只听得訇然一声巨响，怪物四爪临空，倒在地上，怪物一倒，两人早已远远跳开。

那怪物这一跌跌得不轻，身体又笨重异常，扎手舞了好半晌才一骨碌滚过身来，一跳而起，全身一抖，震天动地地一声大吼，野性勃发，把身边磊磊大石手抛足踢，满天飞舞。有几块磨盘巨石反跌下来打在怪物自己头上，益发震得它怒火千丈，连连怪吼，竟把大小石块送到嘴上乱咬乱啃，经它巉巉獠牙一嚼，立时粉碎，愈嚼愈怒，乱蹦乱跳，沙石飞扬，立的所在跳成坑穴，兀自无休无息，跳荡不止。这时一男一女又飞上岩腰，含笑静观，一面向那佳人挥手示意，叫她们远远避开，免被飞石击伤。那怪物自己跳荡得顿饭时光似乎也有倦意，渐渐两眼惺忪，蹲在坑穴内休息起来。

第三回

海市蜃楼，扶余通秘道
荒岛绝壑，婉婳作元戎

这时岩腰上一男一女却又倏然飘飘地又飞下身来，各人捡起地上石块，雨点般向怪物掷去。经这样一撩拨，怪物又蹶然跳起，发起威来。此时身边石块已被它抛尽，却向地皮出气，四爪齐施，把斗大土块四面乱抛，霎时被它刨成极深极大的一个陷坑。这样长大的怪物，竟隐在坑中看不见了，而且坑内渐渐土块不飞，鼾声大起，原来怪物这番真个力尽精疲，竟倦极而眠了。

这一幕怪剧，只把那佳人同尚未钻进洞内一班人个个看得莫名其妙。那一男一女却缓步走向坑边，点头微笑，然后走近前来。佳人慌裣衽施礼，殷殷致谢，并展问邦族。纫兰看那佳人年纪不过二十左右，生得明眸皓齿，体态轻盈，煞是可爱，便说明自己同游一瓢姓名，夫妇游历到此，偶然遇着怪物，很是危险，所以相助一臂。那佳人一听纫兰说出夫妻二人姓名似乎一愕，一对水汪汪的杏眼转了几转，顿时满脸春风，向二人谢了又谢，说了许多佩服仰慕的话。

纫兰听她一副娇滴滴的喉咙并非福建本地鴃舌之音，竟是江浙口音，便拉着她的手转问她姓氏和此地情形同那怪物缘由。

那佳人含笑说道："贱妾复姓司徒，小字筠娘，祖籍扬州。世代经营海外商业，薄有资产。到先父手上，看到此地是紧要海口，可以囤积货物，地形也着实不错，便利用这百笏岩深邃峻险，把周围几座山冈圈买下来，筑起碉堡、房屋做个出口囤货之所。不幸父母在数年前相继去世，只剩贱妾兄妹两人继续先父商业，索性移家至此，以便就近管理经商海舶。

“这几天家兄同拙夫有事远出，只留贱妾一人料理诸务。不料家兄出门的第二天，就是前天，忽然管事人来报，说是锁龙峡粮食库突然失去了好几十包白米，连四个看守粮食库的人都失踪，却见峡口有一堆白骨同几件号衣，几双破鞋，零零落落丢在独松崖下面。”

筠娘边说边向怪物出现的那条窄径一指道：“这条山径本是硐后秘道，进去非常曲折，可以通到硐内，俺们粮食库就在其中，两位下来的这座危岩就叫独松崖。当时贱妾一听管事人报告，就知道此地出了猛兽。可是从先父手内直到现在，因为这峡内都是怪石，树木不生，四面又是几十丈的峭壁，连飞鸟都不敢飞下来，走兽益难存活，所以俺们出去打猎，总不到这地方来。那粮食库还是先父亲手建筑的，藏进去各种粮食，从来也不去细细点查。那失去的几十担白米，因为要运到武夷山去，特地装好麻袋，放在库门口，所以一看就知道失去。照这样情形，库内各种积粮恐怕失掉不只这一点呢。

“前天听到报告后，立刻率人从硐后寻来，谁知这怪物也有点机谋，不知何时它搬运许多碣碑大石，把通硐内的一条秘道给堵死了。贱妾看秘道堵死，就想到这怪物非同小可，不能不慎重一点，又想幸而秘道堵死，否则这怪物窜进硐内，老少几百口人岂不尽遭毒手？到了今天率领多人，决意把这怪物除掉。哪料这怪物竟这样厉害，周身刀枪不入，伤了这许多人。如果没有两位相助，如何制得住它！两位这样惊人本领，实在令人感激又佩服，但是这怪物究系何种兽类，还要请两位赐教一二，以启茅塞。”

这一来，纫兰倒答不出所以然来，慌向游一瓢以目示意。游一瓢自从同筠娘觌面以后，始终没有开过口，这时正暗自琢磨筠娘自称经商的来历有点可疑，忽见纫兰被人难倒，要自己解围，微微笑道：“这种怪物愚夫妇也是第一次遇见到，据俺猜想，就是古人所说‘木石之怪罔两’的一类，后人因为古人有一怪字，便把它当作妖怪一类，其实便是人熊如狒狒一类猛兽的变种。凡是这一类猛兽，凶猛虽是凶猛到极点，可是性喜熟睡，一经睡熟，轻易不会醒转。云贵一带猎取人熊、猩猩一类的东西，法子甚巧，有时故意把上好的酒摆在它出来的路口，让它尽量吃醉，格外容易睡熟，便活捉过来。愚夫妇初见这怪物，一时也想不透是何种猛兽，不过看它形状宛似积年人熊，又看得诸位危机一发，只有仿照猎熊法子试它一试。故意撩拨得它怒性勃发，让它自己倦极而睡，便可无事了，这也是误打误撞，哪能算得本领呢？但是这类猛兽都产在边塞苗疆一带，想它虽在深山密谷，若是内地，怎会生此猛兽？这倒有点不解哩。"

筠娘听了游一瓢这番话，沉思了半晌，点头道："游先生的话一点不错，此刻贱妾被游先生一提，想起幼年的事来了。先父平生没有所好，只爱养猴子玩，因为足迹遍海外，各处搜罗来异样猿猴实在不少。有一年从外国携回来一个全体白毛猴儿，形状也不过像三岁那么大，还记得先父说这猴儿与众不同，究竟属于何种，要养大以后才能分别。第二年先父故去，这白毛猴儿忽然在先父死后挣断锁链，逃得无影无踪。当时也不在心上，此刻想起来，也许这怪物就是逸去的白毛猴儿哩。"

游一瓢随口答道："也许是的。"心里却暗想：这怪物养得这么大，当然是粮食库里的积粮吃大的，但是吃了这许多年，被怪物吃的粮食也不在少处，怎的一点不知道，用到现在才发现出来？这样就可想到，这峡内粮食库积粮之多非同小可。一个漂海商人又非经纪米商，屯积这多粮食有何用处？还定要藏在这样深密峻险处所，为何主意？又据她说的，所失去的几十包白米原想运往武夷山，但武夷山非买卖之地，老远运去这许多米又是什么意思？

这几层可疑地方，游一瓢暗自在肚内转了一转，益发瞧料几分了，却向筠娘说道："现在怪物睡在坑内，一时不易醒觉，趁此可以设法处置。愚夫妇尚要赶路，就此拜别，改日尊夫、令兄归来，再来登门拜谒便了。"

筠娘一听两人要走，慌一把拉住纫兰道："两位且请少留，听贱妾奉告一言。此地虽是福建省管辖地面，俺这自成村落的百笏岩也可算得一个化外扶馀，轻易不同外人来往，也没有嘉宾贵客莅止，何况你两位神仙般的人物、英雄般的本领，越发如空谷足音了。不要说承两位今天救危除怪一番恩德，就算没有这层，既蒙驾临总算有缘，岂容不尽地主之谊？何况日已沉西，沿海一带并无宿处，怎好敢忍心教两位露宿海滨呢。拙夫同家兄不久便回，倘然能够会着两位，不知怎样钦佩高兴哩！务请不要见外，暂在敝处盘桓几时，让贱妾也可稍尽寸心。待贱妾把这怪物料理后，立刻陪两位到敝堡内赏鉴一下，务请两位赏个面子俯应吧。”

这一番话说得情深款款，面面俱圆，头一个纫兰就愿意了，嘴里回答怎好叨扰，眼珠却向游一瓢飘去。恰好游一瓢面子上虽做出立刻要走的样了，心里却巴不得想进碉去，好探个着落，就此趁波收帆，略微谦逊几句答应下来。哪知筠娘挽留他们也非好意，只有纫兰却是实心眼儿，还把筠娘看得十分投契哩。

当下筠娘听得两人应允暂留，喜形于面，却向游一瓢道：“这怪物虽然睡在深坑内，周身刀枪不入，一时要制死它却也不易，不如就在这坑内把它活埋吧。”

游一瓢微笑道：“活埋也不容易，土石抛下去就把它撼醒了，一撼醒就能跳出土坑，非但活埋不成，又要费一番手脚才能制死它。俺留神看它时时用毛手遮掩脐眼，脐上毛也不多，定是它的致命之处，用宝剑对准脐眼刺进去定可成功。”

筠娘一听，便把手上宝剑一横，金莲一点纵向坑边，四个俊俏女郎也跟了过去。到了坑边低头一看，那怪物在坑底缩作一团，抱头大睡。既然缩作一团，肚脐绝不会外露，何能下手刺入？弄得筠娘没做理会的，心想人家把怪物制住，俺们依然不能置它死命，未免太让人家看不起，柳眉一挑，不管刺得进刺不进，提起宝剑，单臂攒劲，用尽平生之力，觑准怪物脑袋猛地刺下，喝一声“着！”说时迟那时快，一声“着”方出口，只听得啊哟……啊哟……扑通……几声，一个娇伶伶的身躯滚落坑内去了。

你猜这几声怪响是何缘故？原来筠娘寻不着怪物肚脐，又恨又愧，猛可里用剑向下一刺。哪知怪物的头比铁还硬，宝剑刺在头上咔嚓一声，竟从怪物头顶滑向身后。这样一滑，筠娘上身本来探着，用力又猛，一失手，身子往前一冲失了重心，一个收脚不住，嘴上啊哟一声，接着扑通一声响，整个身子掉下坑内。那怪物经她猛力一刺虽未刺进，却也觉着头上一阵剧痛，吓得惊醒过来，未及睁眼便拼命一纵，纵出坑来，这样一个跌下，一个纵上，来了个鸠鹊换巢。这当口，立在坑边的四个俊俏女郎吓得魂灵飞越，大声娇喊起来。

只见嗖嗖飞来两条人影，比鸟还疾，一落地正在怪物左右，只在怪物面前一晃便又纵了开去。怪物被两人这样一撩拨，大吼一声，飞步便追。怪物一离坑边，坑内嗖的一声纵上一个人来。四个女郎惊魂乍定，一看筠娘纵上坑来，已是髻落发散，泥土满身，兀自面红气喘，心头乱跳。四个女郎慌趋前代她盘发拂土，一个又跳向坑内，拾起宝剑交还与她。筠娘略按心神抬头一看，只见游一瓢、纫兰两人已把怪物引到前面峰脚下一块平地上面，两人在怪物前后左右纵跃如飞，宛如穿花蝴蝶。那怪物连声怪吼，伸开两只大毛手团团乱转，宛如小孩捉迷藏一般，只捞不着两人身子。

猛见游一瓢身形一矮，贴地如流，待怪物神注纫兰之际猛一进步，骈指如戟向怪物脐眼点去。蓦地一声惨叫，接着震天价一声响，倒下一堵山墙似的，怪物已扎手舞脚地倒在地下，挣扎不起来。纫兰过去，提起莲翘又向肚上一跺，怪物经她一跺，突然一蹦几丈高落下来，一声惨叫，直挺挺死在地上。

筠娘又惊又喜，带着四个女郎奔近前去一看，怪物脐上激箭似的射出一股飞血来，齿牙外露，巨眼暴突，眼角口边都沁沁流出血来，比活时还可怕。筠娘慌举手向那洞口一招，村婆、壮汉连那逃出洞口去的一齐飞跑过来。筠娘立时派了一拨人，把峰脚下几具人尸、犬尸和怪物尸首一齐抬出洞去埋葬，留下一拨人作为先队，向重门垄户的窄径进去。

筠娘带着四个女郎同游一瓢、纫兰随后走入窄径，游一瓢边走边留神，窄径坐落都是几十丈的峭壁，抬头一望只露崖顶一线天光，却又曲折异常，宛如走进八阵图中，一高一低走了半晌，忽地豁然开朗，露出一片广场，广场周围依然危崖环抱，寸草不生，却在四周崖脚凿成蜂窝般的石室，一望过去不下百余间。每一石室都装着一寸厚的木板门，门上编着东西南北天地元黄的号数。

筠娘指着石室笑道："这就是先父手造的仓库。"

游一瓢暗想，这样天造地设的处所就藏着千军万马也未始不可。说话之间已穿过广场，又走入一条长长的黑暗窄径，两面依然是危崖峭壁，却比进来的窄径宽了几倍，远远就听到先队的一拨村婆、壮汉呼噪着搬运怪物堵塞的山口，许久才把石头搬尽。天光射入露出路口，似乎是个喇叭形，越走越宽。游一瓢夫妇跟着筠娘走完山径，一出路口，水声潺潺，一片溪水阻在眼前，溪那面两峰并峙，形如两面大旗，中间一条坦道也筑着一座扼道碉楼同堡前相仿。

游一瓢正暗想：当前数丈阔的一条山溪，溪上并无桥梁，这班人如何进出？筠娘已迈动金莲直趋溪边，从腰上解下一支银角，呜呜地吹了几声。那碉楼上人影一晃，也吹了几声画角遥遥相和，角声未绝，便听得溪中哗啦啦山响，夹着辗转声，霎时从溪底绞起一座飞桥来，铺在水上宛似卧龙，仔细一看，原来是用最粗毛竹铁索穿成的。一班村婆、壮汉早已一阵风似的牵着鹰犬、马匹渡了过去，筠娘同游一瓢夫妇也款步渡过，走入两峰之间，回头一看，那座飞桥早已沉入水底，无影无踪了。游一瓢暗暗点头，也不多问，渐渐走近碉楼，猛听得又是一声画角，几声吆喝，碉门大开涌出无数壮汉，同到碉的先队肃然站住，分立两旁。

筠娘从百笏岩走入窄道早已弃马步行，此刻却向左右略一示意，便牵过三匹骏马。

筠娘向纫兰、游一瓢道："进碉以后地面平坦，到舍下还有几里路程，请上鞍代步吧。"

夫妇二人也不谦逊，三匹马泼刺刺跑进碉中。碉内丹枫浴日，苍松夹道，一派清幽之象。峰回路转，屋脊如鳞，也有市镇也有桑麻。路上来来往往不论男女老幼，一律包头扎腿，短衣佩刀，可算得一个武装桃源。

三人迤逦行来走上一条铺沙坦道，两旁阡陌纵横，四面峰峦环抱，坦道尽处矗立着一座青石牌楼，走近牌楼抬头一看，中间凿着六个斗方大字“鱼壳大王故里”。

游一瓢吃了一惊，暗想当年鱼壳大王是个名震朝野的侠盗，人人传说他的巢穴筑在海底，官厅因此奈何他不得，怎的此地算他故里？忖度之间已越过牌楼，马前景象又变，一座奇峰高耸云霄，峰腰森森松林之间露出一层层重楼叠阁，辉煌映日，富丽非凡。正想启问，筠娘丝缰一带，已向峰脚转去，两人跟着又走了半里光景，忽然现出一所大厦，粉墙百仞，密布蒺藜，中间一座门楼也是金碧辉煌，景象万千。

门楼下面开着两扇铁叶大门，左右排列着十几个挎刀大汉。

筠娘到门口一跃下骑，后面跟着的村婆慌趋前替游一瓢、纫兰扣住马环，恭请下马。筠娘在先引导，肃客入门，两旁挎刀大汉个个垂手唱喏。游一瓢夫妇走进门来便是一条长长甬道，甬道尽处一所巍巍高厦，却把窗户关得严丝密缝。筠娘不向大厦走去，走到甬道中间一转身，步入右边一座垂花门内，两人随后跟入，却是一个射圃。穿过射圃，假山玲珑，游廊曲折，直到一所水榭，才打起软帘，揖客入座。

游一瓢略一打量室内，周鼎商彝、奇珍宝器罗列满目，没有一件不价值连城，就是地毯窗衣也是饰玉缀珠，锦绣夺目。两人暗暗惊奇。这当口，筠娘却告罪进内更衣去了，另有几个垂发美婢献上香茗细点，悄然侍立。两人四面鉴赏了一回，正想讲几句话，忽又姗姗走上两个雏婢，手执纱灯，请游一瓢夫妇入内室谈话。

这时天已昏黑，内外点起珠灯宝蜡，明如白昼。两人随着雏婢走至一处，却是一所什锦排窗的抱厦，画檐雕栏，映着五色角灯，益形奇态异常，抬头一看，筠娘已非马上装束，换着轻裾长袖，翠羽明亮，携着一位雪肤花貌、娇艳绝伦的女郎，停立阶前恭迎佳客，身后粉白黛绿的侍从不计其数。

游一瓢尚未登阶已闻得异香触鼻，如入花国。在纫兰原也是玉貌佳人，但十余年隐居以后，早已摒却铅华，不御锦绣，此刻到了这等处所，自觉夫妇二人宛如野鹤闲云，格格不入，可是主人情重，又与筠娘契合无间，便也坦然登阶，谦让入室。

哪知一到室内，宝篆凝香，画屏障目，早已罗列绮筵，肃客入席。夫妇二人也无从逊谢，只好随遇而安。大家安席停当，筠娘敬过一巡酒，才指着同席女郎说道："这位是先父义女，贱妾的闺伴，复姓上官，小字湘魂，年才十九，却学得一手簪花妙格，练得一身上乘剑术。贱妾钦仰两位，所以请俺这位义妹做个陪客。"

湘魂听这样一介绍，满面娇羞，轻轻啐道："座上两位是绝世英雄，俺们正好求教一二，怎的自吹自擂起来，岂不令妹羞愧无地？"

纫兰细看湘魂，神态虽比筠娘娇丽，但眉目之间带几分妖艳，只略微称扬几句便同筠娘畅谈起来。筠娘有问必答，口似悬河，一派豪爽之概，却正投纫兰脾胃。她们两人这样一畅谈，把游一瓢生生冷搁一边，弄得眼观鼻，鼻观心，心里却暗自打主意，偏偏那位湘魂不甘寂寞，找出一番求教武功的话来向游一瓢殷殷攀谈。游一瓢照着孔子有教无类，诲人不倦的古训，也只有问一句，答一句。

酒席间四个人谈了两对，纫兰忽然想起路上看到的牌楼，便问筠娘道："石牌楼敕着鱼壳大王故里，想必这百笏岩是当年鱼壳大王的巢穴了？"

筠娘秋波一转，微微笑道："两位是义气深重的大豪侠，贱妾不妨从实告诉，不瞒两位说，鱼壳大王便是贱妾的先父，也是湘魂妹子的义父。"

纫兰、游一瓢齐声道："怪不得两位武学高强，原来渊源有自。最难得的是这奇险绝幽的百笏岩，便藏千军万马也无人知道。不料令尊升天以后被两位一整理，倒成为世外桃源了。令兄想也是个了不得的英雄，还有尊夫定也是一位英雄，可惜远出不能一会。"

筠娘慌接口道："家兄同拙夫早已弃武从商，一点防身微技怎当得两位夸奖？"

游一瓢又听她说到商业上去，心里暗暗好笑，心想大盗子女会变计学商，倒是奇闻，况满室奇珍异宝，富埒王侯，不做强盗也可吃着不尽，居然还要囤积居奇，同市侩争利，愈不能令人无疑了。纫兰同筠娘说得投机，却理会不到这些地方。

四人谈谈说说，席酒吃完已经起更，筠娘却留住纫兰在自己卧室联床共宿，送游一瓢到外边一间书室安息。

游一瓢走进书室，把侍候人等打发出去，自己掩门盘膝，静坐了一回，忽地一运气，把室内几盏明灯吹熄，放下帐幔假作安睡样子，却蹑足走近窗口向外探看。只见窗外一带万字走廊挂着几十盏垂苏八角风灯，照见廊外一层层的玲珑假山，种着几株桃花，天上一钩寒月笼罩着飞楼杰阁，恍疑广寒自居。游一瓢无心赏景，一看四面无人，推开一扇窗户，飞身而出，纵上假山顶上四面一看，进门当口见到那座宫殿式大厦兽环高耸，便在走廊左首。双足一点，飞到廊顶，一垫足，又从廊顶使了一手燕子钻云，向那座大厦屋顶飞去。立定身四下一望，好大的一所房屋，楼台亭榭，不计其数。

原来这所房屋整个建筑在一座高峰山腰之中，从山腰直达山顶都衔接着一层层的重楼密室，却把一条山溪引入作为池沼。十丈高的粉墙齐山根围住，宛如玉盘围腰。游一瓢正在细细打量，忽听銮铃声处，大门口一阵呼喝，拥进许多高大汉子，有几个扬着火把，其余扛的、抬的，搬进许多箱笼物件，最后大踏步走进两个伟岸丈夫，一色红呢风兜风氅。因在夜间，距离又远，看不清面貌，这班人从甬道直趋入大厦，只听得下面呀的一声门响，那班人直进大厦去了。

游一瓢回头向内室望去，正看到许多丫鬟提着宫灯，拥着两个佳人飞步而来，似乎就是筠娘和湘魂，却见她们从一条鹅卵石径向大厦里面进去了。游一瓢一想：进来两个伟岸丈夫定是筠娘的哥子同丈夫回来了，怎的不进内室，反而筠娘同湘魂一齐出来，也到下面大厦内呢？难道已知内室有女客留宿么？心想跳下去暗暗探看一番，却因大厦前后有人络绎来往，倒有点不便下去。

半晌，又见筠娘、湘魂手挽手地率领着一班丫鬟仍回内室去，来往的婢仆们也各自散去。大厦前边依然静寂无声，却未见筠娘的哥子同丈夫出来。游一瓢看得疑惑，两臂一振，从七八丈高的画檐上飘落大厦背后。侧耳一听，屋内一点声音也没，只从窗格孔内射出几缕淡黄灯光，几扇红漆贴金的落地屏门早已紧闭，当中门环上一具黄澄澄的头号大铜锁。游一瓢看到这具铜锁却诧异起来，明明她的哥子同丈夫在内，怎么锁了起来？游一瓢把大厦四面踏勘了一遍，越发称奇不止。

原来这所大厦周围十余丈，宛如一颗方印，与别房并不相接，左右两面也无侧门。最奇后面加锁还不算，前面也照样一具铜锁锁着，游一瓢不由满腹狐疑起来，回头一看，大门门楼上似乎有守夜的更卒，慌又绕到屋后，抬头仔细一看，八扇落地屏门上面还有一排雕花门窗，顿时计上心来，一个旱地拔葱，直向廊檐天花板顶纵去，左臂一举，两指一钳，便把整个身子吊在上面，腾出右手，轻轻把一扇小窗推开，探头一看，大厦内空洞无物，只见中间设着一座佛龛，面前从梁上吊下一盏镀金嵌宝、璎珞缤纷的长明灯，放出一道淡淡的黄光，照出四根蟠龙舞凤的通天大柱，除此之外并无别物。

游一瓢看得吃了一惊，明明看见她的哥子同丈夫还有扛抬箱笼的一班人走到此间，怎会无踪无影？心想横竖屋内无人，何妨进去踏勘一番。主意打定，两足一起便穿进窗内，一提气，背脊贴壁，顺势而下，一落地，脚尖点地，鹭行鹤伏，把屋内四角勘了一遍，却看不出什么机关。再走到中央，借着中间那盏长明灯光向佛龛望去，龛内供着一块二龙抢珠雕金朱漆牌位，写着鱼壳大王神位，神位前香炉烛台之类，色色讲究，但是偌大一所敞厅，除了佛龛、长明灯之外，别无余物，格外显得深奥空阔，而且那两个伟岸丈夫同许多大汉进来以后，何以绝无踪迹呢？游一瓢一个人静静地思索了一回，兀自想不出所以然来。

偶一抬头，看到中间四支抱柱粗大异常，大约两个人还抱不过来，心想这样木料倒也不易寻觅，如果是梓楠却值不赀，无意之间手指轻轻弹了几下，发出橐橐之声，似乎柱心中空，猛然大悟，知道柱中定有机关，地下定有密室隧道，回来的一班汉子定是绿林角色，或者分赃厅便在地下，而且柱上蟠龙舞凤，定藏着启闭机关。正想伸手到雕刻的龙上摸索，蓦地听得身后屋角落里扑哧一声笑，这一下真把游一瓢吓得不轻，一颗心几乎跳出腔子来。

照说像游一瓢这种人，艺高胆大，气定功深，何至于吓得如是？其实不然。俗语说做贼心虚，这句话包蕴很深的道理。无论做贼如何强悍，事主如何软弱，做贼的总存着几分心虚。事主梦里说句梦话或者打个呵欠，往往把贼吓跑。因为心虚就是理亏，理亏的人总是提心吊胆，容易受惊，从做贼推想到做人都是一条理。像游一瓢原来没有把这班人放在眼里，可是自己在碉内做客，人家诚惶诚恐地待以上宾之礼，只因一念好奇，半夜三更翻墙跳屋地来偷窥人家秘密，虽自问并非做贼，可是一经被人发觉，举动上便欠光明，理路上便说不过去。漫说人家是盗穴贼窟，吹绉春水，干你屁事？所以游一瓢伸手摸索龙头当口，万不料屋里有着人而且扑哧地笑了出来，未免吓了一大跳，慌缩手转身一看，不觉又把智勇无双的游一瓢看呆了。

你道为何？原来屋角的人并非别人，便是同席吃酒、殷殷求教的上官湘魂。这时装束大异，脂粉不施，蛾眉淡扫，益显得肌里莹澈，绰约如仙，一头光可鉴人的青丝只松松地绾了个麻姑髻，身上穿着薄薄的一套银灰素缎紧身密扣夜行衣，下面穿着一双窄窄的鹿皮挖云小蛮靴，胸前斜系着百股五色丝绦，打了一个蝴蝶双飞结，背上一把七宝攒嵌、三尺有余的剑鞘，剑镦上一挂杏黄垂穗，跟着下面一双小蛮靴，一晃一晃走近前来，长眉一展，眼波欲活，喜滋滋地悄悄说道："游先生兴致不浅，俺的幸福也不浅。"

突如其来地说了这两句，两只秋水如神的妙目注在游一瓢面上，又嫣笑起来。游一瓢起初有点心里不安，看得湘魂并无恶意，略自放心，但听她说了这两句，一时愣愣地摸不着头脑，暗想孤男寡女深夜相处暗室，实在不妙。一时却又难以脱身，转念凭自己这身功夫，怎么她跟踪进来竟会不觉？

湘魂看他神情不属，早已雪亮，瓠犀微露，低声笑道："游先生不必多疑，俺本来秉一片至诚想来拜师的，不料走下室内台阶，远远望见这外面廊顶上挂着一个人，一转眼已飞入上面小窗内。俺起初不知是游先生，心想这人本领实在了得，想是在外面露了马脚，有人聘请能人跟踪进来索取财宝的，慌回转寝室，穿好夜行衣服，带好兵器，开了侧面机关，悄悄进来一看，却是游先生，便放心了。看您似乎知道底下有地室，四处搜索不出摸到柱上，柱内无非安着地室千斤闸的几支铁链罢了。”

湘魂说到此处，差不多已把碉内实情和盘托出，游一瓢猜想得一点不错，不用问，此地人当然承着鱼壳大王的衣钵了。游一瓢索性也说在百笏岩制住怪物时候就疑心不是巨商行径，进岩来步步留神，格外明亮，一时好奇到此参观一下。照江湖规例，暗地窥探，实在不应该的，只有请上官小姐包涵一下，说罢便深深一躬。

湘魂慌退在一边，连连摇手道：“游先生千万不要多礼，俺也是寄寓在此，就是此地主人对于游先生怎敢开罪？换了一个人俺也不敢对游先生细说此中秘密的了，这层请你千万不要挂在心上。倒是俺有一桩心愿，务请游先生俯允才好。”

游一瓢慌问：“何事见教？如能为力，自应效劳。”

湘魂抿嘴一笑道：“效劳是不敢当的，这事在游先生又是绰绰有余的，俺不是说过想来拜师的话么？这且慢提，现在先把俺的身世禀告一番。”

游一瓢听她有拜师之意，而且想长谈起来，万一被人撞见，岂非瓜田李下，难脱嫌疑？正想设法脱身，哪知湘魂樱口一张，词锋已汩汩而出。

她说自己父亲、母亲是鱼壳大王生前的大臂膀，却死在鱼壳大王以前，那时湘魂只九岁。鱼壳大王感念旧交，收为义女，抚如己出，从小同筠娘友爱异常。等到鱼壳大王一死，所有部下由他大儿子即筠娘的哥子继承父志，统率所部，人人称他为飞龙岛主。因为从此处到霞浦十余里海面上有座绝大的海岛叫作飞龙岛，岛内有一条极长的隧道从海底直通到此处，这条地道还是当年台湾郑芝龙进窥中原时候秘密修筑的。后来鱼壳大王占据飞龙岛作为基业，大兴土木，发现这条海底隧道，探出一直通到此处的百笏岩，又看得百笏岩是个形势极好的通陆要口，索性重新修砌一番，乘便把百笏岩也整理一下，建筑起许多房屋碉堡作为飞龙岛第二根据地，有家眷的部属分了一半到百笏岩驻守起来，表面上一样种田捉鱼，是安善良民，一经鱼壳大王传令下来，便集成一支精兵，直到飞龙岛主手上还是如此。好在飞龙岛孤悬海外，百笏岩也幽险深藏，轻易没有外人涉足，官厅只求无事，益发不敢打草惊蛇，十几年来倒是一帆风顺。

但是这位飞龙岛主野心极大，比鱼壳大王还凶狠十倍，结交了许多海陆各路英雄，遇着机会，想效法郑芝龙大做一番事业。“但据俺愚见，满清已根深蒂固，人心又耽于安逸，恐怕难以动摇。万一中道崩溃，连这点先人根基都难保全了。而且飞龙岛主还存着非分之想，时时对俺露出轻薄之态，俺又是寄人篱下，别无骨肉，又恨自己武艺浅薄，难以保全自身，时时心里存了不安的念头，却又不便说出来。今天难得义姊邀两位到此，席上恭聆高论，心里已佩服得无可言喻，临睡时候又从尊夫人口中得知先生是个绝世奇人，便是尊夫人本领也是先生教诲出来的，益发令俺心折，便存了拜师之念。又恐怕两位明晨就要别去，急得俺连夜偷偷出来拜求先生，可怜俺一个寄身盗窟的孤女，念俺一片至诚的心肠，收留俺做个不才的弟子吧。”说罢，不问游一瓢应允不应允，便盈盈地拜了下去。

游一瓢起初听她说出飞龙岛主预备大举的话很是留神，后来湘魂又说出婉转求师的一番苦志，正在暗自盘算，不料她说出便做，竟插足似的拜了下去，也不知哪里来的一副急泪，竟跪在地抽抽噎噎哭得像带雨梨花，大有不允不起之势。

哪知游一瓢面色一整，并不避开，只悄声说道：“姑娘有志上进，想拜俺为师也未始不可，不过要传授俺内功正宗却须慎重其事，此刻姑娘且请回房，明天再作计议便了。”

这一来，湘魂已听出口风是愿意收留这个弟子，不过拜师不能如此草率罢了。在湘魂想不到游一瓢竟毫无推却，一口应允，倒出她本人意料之外，而且词严义正，已大有严师口吻，赶忙收泪立起，又拜了一拜道：“谢老师培植盛情，明天千万请老师暂留几天，待弟子诚心求教。”

游一瓢微笑道：“明天且同此地主人见面后再说。”

湘魂听了这句话，低头沉思了半晌，便欣然走向屋角，只见她伸手在壁上一按，沙沙几声微响，屋角陡然露出二尺宽、一人高的窟窿，射进天上霜月之光。湘魂悄声道：“老师随弟子来。”说罢便翩然走出。

游一瓢跟着步出壁洞外面，细细审视，原来做成活槽，砌成一人高的假壁，机关一按便吊了上去。湘魂在外面又寻着机关一按，假壁吊下，依然是整堵墙壁，毫无痕迹可寻。游一瓢走出大厦外，湘魂又殷殷恳求再三，然后冉冉向内室而去，游一瓢也回转书室安睡。

你道游一瓢被湘魂这样一恳求，为何爽爽快快地应允下来？原来游一瓢听得鱼壳大王儿子飞龙岛主有恢复中原之志，却与自己素志相合，又喜百笏岩、飞龙岛的天然极好形势，便存了收罗之意。至于湘魂不赞成飞龙岛主行为，恐怕事败，玉石俱焚，又存着厌恶飞龙行为不正，想学成进退自如的本领，做个明哲保身，倒也无可厚非。又喜她秀外慧中，大可造就，此行本想收几个得意徒弟，暂在此地勾留几天，指导她一番也未始不可。不过自己从未收过女弟子，一时却又不便应允，想同纫兰商量一下，由纫兰代收在门下，也同自己一样。哪知这一来竟入了她们的圈套，弄得夫妻反目，还蒙了不白之冤，真应了“三十年老娘，倒绷孩儿”那句俗语了。

当晚一宿无话，第二天游一瓢起来，猛见窗外彤云密布，大有雪意。书室外面侍应的婢仆听得贵客下床，忙不迭进来侍候。游一瓢盥洗方毕，筠娘已打发人到内室叙话。一到内室，纫兰同筠娘、湘魂正促膝深谈，一见游一瓢进来，都盈盈起立相迎。

筠娘首先开口道：“昨天贱妾初见老师，谎说寒舍是经商人家，实有欺骗长者之罪。昨晚已由俺义妹据实报告，尚乞老师恕罪。”

游一瓢口上不免谦虚一番，心里却想到，昨晚的事定是湘魂已先向她们说明了，大约拜师的事也同俺们这一位商妥了，所以左一个老师，右一个老师了，不禁向纫兰一看，微微一笑。

纫兰笑道：“师父何等尊严，怎的深夜暗自窥探人家秘密呢？”说罢四人同声大笑。

在这一片笑声中彼此揖让就坐，几个俊婢早已川流不息地献上参汤燕羹充作早点。湘魂亲自舀了两杯玫瑰银耳汤，分献游一瓢、纫兰两人，实行“其有酒食，先生馔”的古训。

纫兰笑道："湘魂妹子这样客气，实在于心不安。"

湘魂方要开口，筠娘抢着说道："今天就要实行拜师，师父、师母都应一般尊重，怎的说出不安话来？非但湘魂妹子全仗两位教训，便是贱妾从旁也可叨教不少哩。"

纫兰笑道："你这张利嘴俺实在说不过，俺也不会虚套。"便向游一瓢道："说起拜师的话，今天湘魂妹子起个大早，跑到俺们房间，把昨晚面求老师的事一五一十地告诉俺们，求俺留你在这儿盘桓几时，把内功正宗指点她一番，求俺替你应允下来。湘魂妹子还把一桩可钦可佩的事说与俺听。说起这桩事，实也难得。"

说到此处，湘魂似乎娇羞不胜，连连以目示意，阻止纫兰，纫兰微笑道："这样光明正大的事，何必害羞。"

游一瓢慌问何事，筠娘接口道："湘魂妹子的父母都丧在一个南洋海盗手上，湘妹立志报仇，苦心从父练习武功。那时此地尚未开辟，都在海中飞龙岛居住，练武当口同先父许多门下弟子一块练习，有时跟先父到各处历练江湖上的智识。他们鱼龙混杂地合在一处，湘妹坚贞不拔，为日后表明心迹起见，当着先父同大众的面，在臂上点了一粒守宫砂。不幸先父半途弃养，湘妹功夫虽已不弱，自己总嫌未臻上乘，前去报仇尚无十分把握，时常暗暗哭泣。昨天看见两位下降，喜得什么似的，恐怕两位越宿即行，暗地同贱妾商量一下，恐不及待，便深夜来拜老师了。请老师可怜她一番苦心，勉为俯允吧。"

游一瓢听了这番话，不禁点头道："这样说来，她是一位贞烈孝女，难得，难得！"

纫兰也接口道："俺从小就听得贞节女子点守宫砂的故事，却未亲眼目睹。今早湘魂妹子进来，筠妹讲到这桩事，强把她左袖捋起，果然雪白的藕臂上点着绿豆大血也似的一粒朱砂痣，令人又爱又敬。老实说，俺早已替你把这女弟子收下了。"

纫兰这样一说，筠娘趁此笑道："拣日不如撞日，湘妹快快实行拜师吧。"

湘魂被她一提醒，飞也似的走过，在游一瓢面前恭恭敬敬地拜了下去。这样八下里一齐，游一瓢也弄得难以推却，只好立在一边，半礼相还。湘魂拜了四拜，立起身来，又朝纫兰照样拜了四拜，还娇滴滴地叫了一声师母，把纫兰喜得合不拢嘴。

在昨晚席上，纫兰看得湘魂艳面之中带着几分妖媚，尚有点不大许可，被筠娘三寸不烂之舌说得湘魂如何贞烈，又亲自验了守宫砂，顿时眼光改变，亲热起来，此刻拜了师母，自然格外怜爱了。

第四回

华灯四照，玉女舞梨花
莲漏三更，佳人进醇酒

当下湘魂拜师已毕，筠娘又轻启朱唇道："昨晚家兄同拙夫回来，因为夜深不敢惊动老师。又因飞龙岛上发生一桩极要紧的事，不能不立刻去料理，也许从岛上漂海远行一趟，一时暂难返家，只嘱贱妾款留两位多盘桓几时。便是湘妹拜师的事也同家兄说明，家兄高兴得了不得，坚嘱贱妾不得稍有怠慢，待海上事务一了，还想赶回来求教哩。"

游一瓢笑道："愚夫妇四海浪游，不惯拘束，诸位这样优待反而于心不安。好在令义妹天资夙慧，自幼经令尊一番陶熔，对于内功早有根底，再略为指点便可登堂入室，无须愚夫妇久留此地。二日内把内功要诀解说一番，尽可按诀练习。此后应该指点的时候，愚夫妇自会登门拜谒的。"

湘魂一听师父只应一二日耽搁，秋波向筠娘一溜，笑道："这样残年岁暮，师父何必仆仆道途？在这儿过了年去，弟子也可稍尽寸心。"说到此处抬头向外一望，拍手笑道："好了，现在可以留住师父了。"一边说一边向帘外乱指。

大家向外一看，原来天上已降下雪来，鹅毛般的雪花满天飞舞，愈下愈紧，对面屋脊上已皑然一白。

筠娘笑道："雨雪天留客，两位看在老天面上，可多留几天了。此地一带又是山路，一下雪满地泥泞，两位何苦跋涉泥途？"

游一瓢、幻兰同时微微一笑，幻兰却开口道："两位盛情难却，勾留几天再看天色行事吧。”

筠娘、湘魂大喜，立时命人抬进一座金雕银嵌炭盆，掺上沉速、檀降之类，满室生春，异香袭座。其实福建地近南洋，虽然严寒下雪，屋内并不寒冷。游一瓢夫妇内功精湛，寒暑不侵，云游各处无非一领袷衫。此刻筠娘命人设起炭盆以后，谈谈说说，时已近午，又指挥俊婢摆起盛筵。

席间游一瓢问起筠娘丈夫姓名同武艺派别，筠娘面上迟疑了半晌，笑了一笑才答言道：“拙夫姓萧，字鹏飞，也是先父的门下，论到功夫还赶不上湘妹哩。”

湘魂啐了一口道：“有你这贤内助，功夫还会错么？”说罢彼此一笑。

游一瓢夫妇也不在意，湘魂却又说道：“师父从昨天降临直到此刻，弟子留神师父、师母，饮食之间只拣水果清淡一类的东西，师父连这点东西也略尝辄止，竟有神仙不食人间烟火之概。大约两位老人家此时对于服气导引之术必有心得，所以能够驻颜不老。”

纫兰笑道：“你师父整个月不进饮食，只吃点山泉清水就可充饥，俺可不成，但看到厚味膏粱之品，便觉格外难以下咽，大约生成福薄罢了。据你师父说，服气导引并不是难学的事，也并不是学道求仙才服气导引。古人说，肉食者鄙，未能远谋；佛家说，锦绣败身，膏粱败胃；孔氏又说，蔬食淡水，乐在其中。这都是养生要旨。俺们练内功的尤须把五脏六腑表里清明，方才朗澈，然后再吐故纳新，内视反听，方可达到金刚不坏之身，浩气长存之体。

“有一次你师父走到一所莽郊古庙，庙中寺僧却是个杀人不眨眼的强盗，以为你师父是个赶考士子，定必有点油水，故意殷情款留，把蒙汗药下在茶水当中送与你师父解渴。这点伎俩怎瞒得过你师父，他却故作不知，昂然把一碗清茶喝得点滴无存。那强盗和尚满以为着了他道儿，拍着手喊道：‘倒也，倒也！’

“哪知你师父哈哈大笑道：‘秃驴休得张狂！还你一碗茶便是。’说毕，举起右手向面前空碗一指，便见中指指甲缝内飞出一道急水，直注碗内，须臾空碗内依然是满满的一碗清水，还是热气腾腾的。这一来，把那盗僧吓得魂灵出窍，以为碰着仙怪，拔腿便跑。你师父看他这样狗一般的人不值得理会，也就一笑而出。后来俺问你师父这是什么功夫，他说内功练到通体清明，无论何种毒物、邪气绝难侵入，一点蒙汗药算得什么，那时故意吸入口内，却用丹田元气把它通入皮肤，聚在中指，然后一泄而出。"

纫兰说罢，筠娘、湘魂满面惊疑，面面相觑，半晌筠娘才说道："先严对于内功奥妙曾也讲解过，却未听到有这样神通。俺湘魂妹子真是有福，竟拜着神仙师父了。"

游一瓢笑道："世人都羡慕神仙，俺却没有见过神仙是甚样子。俺只晓得神仙人人可敬，人人都自己忽略做神仙的道理罢了。闲话少说，湘魂既然问道于盲，俺只可做个识途老马。昨晚看她背着一把长剑，又听得萧夫人（即筠娘）说她擅于此道，可否即席求教一下呢?"

湘魂听得要她舞剑，知是考察她功夫深浅的意思，一时却不便回答，只把眼望着筠娘。

筠娘抿嘴笑道："不要害臊，快结束登场吧。可是此地过窄，不如移席到环翠轩去，那边又幽静，又宽敞，又可赏雪、赏梅，定能合两位意思的。"筠娘说罢，帘外早已奔进几个俊婢领命而去。

筠娘、湘魂同游一瓢夫妇也一齐离席，走出堂外。筠娘当先领路，从内室走廊左转，走入一座敞厅，下面泉流淙淙，如鸣环佩，穿过敞厅，又渡过一座朱栏小桥，桥那面一条小径两旁堆雪盈尺，中间却已扫出一条雪径。走完这条雪径便见玲珑剔透的假山，左穿右曲，叠出龙蟠凤舞之形，被雪一罩，晶莹夺目，宛如筑脂刻玉。走近假山，一派幽馨袭人衣袂，原来一入假山丛中，红梅争放，别有洞天，几百株铁干老梅之中拥着一所敞轩，额题环翠，几个俊婢早已肃立帘侧，掀起毡帘，相将而入。

趋近一看，一座五开间的敞轩四周满是落地排窗，嵌着四方大玻璃，雪光映照，一室通明。最有趣四周近窗梅花，娇枝屈干，含蕊吐须，一枝枝窥窗似笑，低亚黛妍，远看去，贴在玻璃窗外面的梅花异形殊态，又像天然画图，各具章法。游一瓢看得雅兴大发，连连喝彩，筠娘却已执壶肃立，请夫妇二人就席。

游一瓢、纫兰回头一看，轩中靠南窗边又设起一席精致小席，却留出一大片地方预备湘魂舞剑。两人略一谦逊，款步入坐，却不见湘魂踪影。正想启问，一个垂髫女郎趋至筠娘身边，低低说几句便悄然出去，筠娘一笑，只顾殷勤劝酒。

一忽儿，那个垂髫女郎双手捧着一把宝剑进来，却听得帘外莺声呖呖，一阵笑语声，笑声未绝，毡帘一掀，蓦地眼前一亮，宛如拥进一朵红云，急看下，原来湘魂披了一件猩红呢雪氅，一进门，几个春风俏步便来筵前，咯咯笑道："弟子来迟一步，尚乞恕罪。"

纫兰尚未答话，筠娘大笑道："你师父点的红线盗盒，怎么扮起昭君出塞呢?"

游一瓢、纫兰看她这样装束，不禁也笑了。湘魂猛地两臂一扬，把外面雪氅卸了下来，早有俊婢接过一边，却露出一身湖色紧身密扣短衣裤，系着一条香色绣花汗巾，指着筠娘道："你这油嘴薄舌且慢得意，俺献过丑，你也逃不了。"

筠娘舌头一叶，笑道："俺的好妹妹，俺这点丑功夫在独松崖早已献过了，如果再叫俺来一遍，你师父、师母的几颗门牙保管掉落得一颗不剩，这又何苦来呢?"

游一瓢、纫兰大笑。湘魂赌气不答她，一扭身，从垂髫丫鬟手中铮的一声抽出宝剑，便见一道寒光照耀满座。

纫兰喝一声："好剑!"

便见湘魂向上一躬身，娇滴滴地喊了一声："弟子献丑了。"

语音正绝，娇躯向后一退，滴溜溜一转身，顿时银光遍体，紫电飞空，满身剑花错落，哪还分得出剑影人影？愈舞愈急，满室剑光忽东忽西，忽聚忽散，翩若惊鸿，宛如游龙，舞到后来，一团电光滚来滚去，宛如水银泻地，花雨缤纷，四面窗棂飒飒作响，远远站立的几个俊婢被剑风逼得衣袂飘举，双眼直睁，忽听得哧的一声娇笑，倏已风定声寂，湘魂已盈盈挥剑，早立席前，好不从容得意，只两个梨窝中微现出红晕，益显得娇酥欲滴。纫兰慌走下席来，亲自斟了一小杯酒递向湘魂手中，笑道："这八八六十四手的万花剑舞得浑脱溜亮，真不容易，不是舞得妙么，可是俺还要罚你一杯。"

此言一出，非但湘魂直瞪杏眼，不解所云，连玲珑剔透的筠娘也如丈二和尚摸不着头脑，只游一瓢点头微笑。

湘魂把一杯酒接在手中，笑道："弟子舞得不好，当然应该罚的。"

纫兰笑道："正因你舞得好才罚你这杯酒，你干了这杯酒，俺告诉你。"

湘魂满肚委屈地把一杯酒一口气喝毕，却拉着纫兰道："师母你快告诉俺，弟子可糊涂死了。"

纫兰笑了一笑，说道："俺们要看的是你平日的真功夫，此刻你要的万花剑是舞剑不是击剑，舞剑不是真功夫。"

湘魂急问道："舞剑、击剑还有分别吗？舞剑不是真功夫吗？"

纫兰笑道："你听俺说，俺从前也同你一样，后来跟了你师父才明白，舞剑是古人筵席歌场作乐娱宾用的，虽然也有许多身法解数，无非图个好看，不切实用。像古时公孙大娘舞剑器，便是舞剑最好的人。至于击剑，古法久已失传，知道的人很少。几个击剑名家无非从单刀匕首的练法脱化出来，并非真真剑法，差不多都把舞剑、击剑混而为一。此刻你练的八八六十四手万花剑，其实就是一套八卦刀的解数，加了许多花招数，又经你分花拂柳地一练，便成为舞剑不是击剑了。你虚心求师俺，才故意呕你一句，叫你喝一杯罚酒。其实你这副身手确已出类拔萃，前途正未可限量呢。"

这一番话说得湘魂哑口无言，宛似兜头浇了一勺冷水，连筠娘也暗暗心惊。

湘魂却说道："弟子明白了，师母是循循善诱的美意，这样说起来，师母的剑法定必与众不同，弟子斗胆想请师母赐教一二。"

一言未毕，筠娘纤掌一拍道："一席话胜读十年书，今天叨湘妹的光，又可开眼了。"说罢倏地立起身，执起玉壶，在纫兰面前斟了一杯酒，笑道："且请师母浇浇手。"

纫兰且不饮酒，先把湘魂手上宝剑接过，用指弹了一弹，铿然发声，清越异常。细看剑脊两面都刻了一个篆字，合成“丽珠”两字，想是剑名了。

纫兰把剑送与游一瓢手内道：“此剑确是上品，可惜刚多柔少。”

游一瓢略一拂视，仍旧送还纫兰，笑道：“且莫谈剑，既然作法自毙，高谈舞剑、击剑之分，当然没法推却的了。”

纫兰微微一笑，提剑离席，慢慢移步到湘魂舞剑所在，离席约有两丈许光景便卓然立定。这时非但湘魂、筠娘四只妙目水汪汪的早已注定了纫兰全身，就是玻璃窗外也挤满了油头粉面的侍女，都听得消息赶来张望。

哪知纫兰抱剑立定以后并未亮开架势，只闭目凝神，兀立不动，呆若木鸡，足足耗了半刻时光。湘魂、筠娘看得有点诧异，暗暗抿嘴匿笑，猛见剑光电也似的一闪，纫兰凤目一睁，直注剑锋，略一盘旋，便觉剑尖似山，剑光似练，直荡出四周丈许远近，但看她几个招式以后，一招慢似一招，到后来徐徐地东一指，西一点，迂缓得异乎寻常，好像手上挽着千百斤力量的东西。

湘魂、筠娘明知道这种剑法定有无穷奥妙，可是表面上看去实在平淡无奇，暗想平日自己练的同耳闻目见的各派武术招数都是迅速无比，讲究各争先着，以快胜人，照这样慢腾腾的不要说进击敌人，就是招架封闭也是不易。

正在暗地疑惑，游一瓢在座上立起身来，把席上几碟瓜子、杏仁、青豆之类并在一处，悄悄对湘魂说了几句。湘魂立时喜上眉梢，随手把左右侍立的几个丫鬟招到身边，低低吩咐一番，又向筠娘耳边说了几句。湘魂、筠娘同几个丫鬟立时各人在席上抓了一把瓜子、杏仁，四面溜开，把纫兰围在中间。

纫兰一面舞剑，一面早已看清众人举动，越发把剑舞得慢而又慢，变招换式总不离原立方寸之地。筠娘看得有隙可乘，先自一声咳嗽，一递暗号，四周的人倏地一齐把满握的瓜子、杏仁远远向纫兰撒去。不料众人一撒手，猛听得沙沙一阵怪响夹着哔哔几声，声音未绝，纫兰已抱剑在胸，亭亭立在中央，游一瓢却呵呵大笑起来。

湘魂、筠娘一看四周地上，顿时花容失色，心头乱跳，勉强镇定心神，一齐向纫兰施礼道：“师母真非常人可及。”

原来众人把瓜子、杏仁撒手时，满以为纫兰舞剑招式如此迂缓，瓜子、杏仁又是这样渺小的东西，岂有撒不进去之理？湘魂、筠娘尤其恶作剧，暗使金钱镖的手法，用足了劲撒去，想把瓜子、杏仁贴在纫兰面上，料她无法躲避。哪知撒出去的杏仁、青豆、瓜子在纫兰周围一丈以外整整在地上布成一个大圈，圈内半粒也寻不出来。非但如此，众人仔细一看，有几粒瓜子反击过来，竟生生嵌在四面窗格上面。湘魂、筠娘鬓边、衣襟上也贴着好几个。最好笑有几个俊俏丫鬟，几张滴粉搓酥的脸蛋上也嵌了一二粒，所以沙沙声中还夹着哔哔之声。虽然小小的一粒瓜子反击过来，嵌在吹弹欲破的面孔上却也隐隐生痛。哑巴吃黄连，又惊又羞，只好各人偷偷去掉，掩面而出。

尤其是湘魂、筠娘，总算上了游一瓢的当，却兀自想不出所以然来，笑在面上，恨在心头，假作钦佩恭维神气，依然拥着纫兰入席，收回丽珠剑，殷勤进酒，便向纫兰请教道：“弟子们用刀剑一类兵刃，舞到酣处，泼水难入或者也能办到，但总要舞得剽疾如风才可挡住泼水。像此刻师母舞得四平八稳，慢慢练来，剑光并不缭绕，竟将四周微小的瓜子、杏仁一粒不剩地搪出一丈开外，而且反击过来的力量还非常宏大，弟子们实在想不出其中所以然来。再说师母这趟剑的招式，初看似乎是太极玄门剑法，仔细留神又觉不像，益发难测高深，还乞两位老人家不吝赐教，以启茅塞。”

纫兰微笑道：“俺练是练过了，要俺说出其中妙理倒有点为难。俺这笨嘴笨舌就勉强说了出来，也说不到筋节上去，不如请你师父说吧。”

游一瓢笑道：“这趟剑你们既然看出是太极玄门的招数，何以又疑惑不决呢？大约因为这趟剑人人练的时候都以快捷为主，又加了许多花招儿，便与原传的古法差之毫厘，谬以千里了。其实太极玄门专讲究以静制动，恰恰与近人练习的手法相反，其中功用妙理也相差天渊。现在最简明的道理说来诸位就可明白。

“武功一道，无论练拳、练剑以及练一切短兵刃都有一定的阶段，就是‘熟中生巧，由巧入神’八个字。比如两位说的刀剑练到纯熟，可以泼水不入，这便是由熟生巧。又如达摩祖师面壁九年，听床下蚁斗宛如雷轰，纪昌视虱像车轮一般大，这便是由巧入神。练功夫到了由熟生巧的阶段还是手、眼、身、法、步的锻炼功夫，只可称为外功，到了由巧入神便可视于无形，听于无声，非从练神、练气入手，难以达此神化境界，这便是内功。

“练内功的功候，非到炉火纯青却难运用如意，像你师母不疾不徐挡住四面乱飞的瓜子、杏仁就从练神、练气得来。神之所往，气必随之，其中有不可思议的力量。如用言语来解释，反觉落于言诠，像古籍所载，声属苍冥，手破崖壁，口吐碧火，舌缔青烟，种种奇幻的事迹并非妄谈。内功到神化绝顶之际确有这奇技，挡住一点瓜子、杏仁算得了什么呢？”

这一番话闻所未闻，湘魂、筠娘听得兀自疑信参半。纫兰看她们面上神气暗暗好笑，一时高兴便笑道：“俺这点微末功夫无非内功的肤廓，现在俺再用一点小巧法子来证明你师父所说视于无形、听于无声两句话。俺们都到轩外雪地上去，你们两位召集五六位会打暗器的人来，俺立在雪地中央再舞一回剑。你们躲在四面假山背后，乘俺不防时一齐向俺打来，这不比撒瓜子、杏仁能看清，你们动手且看俺如何应付，也可以博诸位一笑。”

筠娘、湘魂听得大喜，暗想：咱们正无法摆布，这一来你们自投罗网，难道你们皮肉还厚似那独松崖怪物吗？原来筠娘、湘魂最精于各种歹毒的暗器，连手下不少俊婢都个个擅长此道。筠娘用的是见血封喉的十二把飞刀，湘魂用的是鸩羽梅花箭，这种暗器形如钢针，针尾附着鸩羽，毒烈无比，一发就是九支，专找人身致命五穴，专破金钟罩、铁布衫，比筠娘的飞刀还要厉害十倍！她们两人对于游一瓢夫妇种种做作原是一派虚情假意，下文自有表明。

此刻两人听得纫兰自愿一试，叫她们用各种暗器攒击，不觉喜形于色，一齐离座去召集会打暗器的人。

筠娘却又故意说道："你老人家虽是艺高胆大，但俺们暗器与众不同，不比瓜子、杏仁毫无危险，俺们怎敢乱发呢？"

这几句话非常歹毒，意在反击，又明知自己各种暗器大半用毒药炼制的，一着身上就得废命，故意先埋一句根，万一纫兰受伤，只有认命。

哪知纫兰微微一笑道："你几把毒药飞刀俺见过，你放心好了。"

筠娘面孔一红，勉强笑了一笑，便向湘魂一使眼色，一同飞步进内预备暗器去了。筠娘、湘魂这一番举动未免略露马脚，纫兰是个好好先生，尚未察觉，游一瓢却有点疑虑了，一看室内只几个雏婢远远侍立，便悄悄向纫兰道："俺看此地终非善地，俺们虽不怕她们，也应当心一二。"

纫兰却不以为然笑道："你忒也多疑了，彼此无怨无仇，绝不致另生枝节，何况才拜老师，难道便学逄蒙射羿吗？"

游一瓢本来毫无成见，无非看得筠娘、湘魂辞色之间有异，略存猜疑，经纫兰一说，也就坦然。一忽儿，筠娘独自进室，指着右边窗外笑向纫兰道："布置好了，请师母在窗外一片雪地上赐教吧。"说了这句便飘身而出。

纫兰倏地抬身而起，游一瓢悄悄在纫兰耳边说了几句，也一同离席。纫兰一伸手把丽珠剑提在手内，轻移莲步，走近右首窗口向外一看，左右尽是高高低低的假山，中间长方形一块雪地约有五六尺开阔，四周都是梅花，拦着朱红短栏，似乎这块雪地是春秋蹴鞠之所。

游一瓢立在背后，指着对面几间精室道："对面就是俺昨晚寄宿之地。"

纫兰却向中间雪地一指道："你看雪面上新印着无数莲瓣，两面假山背后埋伏的人真也不少呢！"说毕，举剑拨开中间一扇窗户，微一退后，一个春燕穿帘，连人带剑从窗孔直飞落雪地中央，复又退后几步，背窗而立，这样后顾无忧，只要留神左右。对面几间精舍中间还隔了一条花篱，似乎没有埋伏。这时，室内游一瓢却随意抓了一点杏仁，很悠闲地凭窗旁观，且看她们做出什么把戏来。

只见纫兰按剑高声说道："诸位留神，俺要练剑了。"说罢，隐隐听得两面假山背后一阵嘁喳，同假山上积雪落地声音，却无一人答话。

纫兰料得埋伏停当却也未敢大意，忙凝神一志，目照全局，先自不疾不徐地练了一套秘传玉女梨花剑。这套剑法与室内所练大不相同，一举手，一投足便觉剑光缭绕，有风飒然，舞到沉酣淋漓之际，万点银星从剑端飞舞而出，又像万朵梨花从空中撒下，遍体笼罩，余势所及，远近梅枝都随风颤动，把枝上凝雪梅花震得纷纷飞舞，盘旋天空，一时红的梅花、白的雪花、银的剑花满空交织，幻成异彩。

等到这套剑练毕，一片洁白雪地落红点点，奇香扑鼻。纫兰自己也得意忘形，只顾偷看满地落梅。不料蓦地哧哧几声，两面几道白光闪电似的射来，纫兰也吃了一惊，一矮身，忙举剑一撩，使个盘花盖顶，便见剑上火花乱射，叮当一阵交响，两支柳叶飞刀、几支蓝莹莹的钢镖一齐打落雪地。

纫兰笑叱道："好一个刁钻婢子，有本领尽量展出来吧。"边说边把一把丽珠剑，澈上澈下舞得密不通风。哪知这几样暗器发出以后，又复寂然。纫兰心想，自己丈夫暗暗叮嘱的话果然不错，这班刁婢果然想出以逸待劳的毒招儿。也罢，俺就露手给你们瞧瞧！

主意打定，顿时剑法大变，使出夫妻独出心裁的奇门剑法，远看去，东一点，西一指，漫不经意，比先头室内太极玄门剑还要来得迂缓。这一来，果然左右暗器顿时乘隙而进，发如飞蝗。最厉害的要算湘魂的鸩羽梅花箭，箭形既小，通体纯黑，无光无声骤如急雨。其余飞刀、飞弹以及各式飞镖同时像雨点一般攒击过来，换一个人怕不被她们射成刺猬一般。

说也奇怪，纫兰并不用剑或挡或格，却把一柄丽珠剑滴溜溜舞成一个大圈，宛如一道白虹，旋转不已，一个亭亭清影就卓立在虹圈中央，并不移动半步。两面射来的暗器也听不出被剑撞击的声音，只看这无数暗器飞近虹圈便如泥牛入海，踪影全无。

半晌，两面暗器越来越少，似已发尽，却听得两面假山背后一齐娇声惊呼，霎时涌出许多穿短襟衣、粉白黛绿的俊俏女郎。左一队领袖是湘魂，右一队领袖是筠娘，都有点花容失色，香汗透额，一齐惊呼道：“师母真是绝世无双的天人，俺们从此拜服了。”

这时纫兰已在窗前，春风满面收剑卓立。众人看她剑尖上结成黑黝黝的一个大球，细看时，原来各人二次发出的各种暗器，像磁石吸针般一支不剩都吸在剑尖上。纫兰微一吐气，哗啦啦一阵怪响，剑尖上吸住的各种暗器顿时都跌落地上堆在一起，看得众人目瞪口呆，作声不得。

纫兰一笑，正想移步进室，猛听得对面花篱外霹雳般一声巨喝：“且看俺的！”喝声未绝，倏见两条黑影比电还疾，直向纫兰左右太阳穴射来。这一下突如其来，出纫兰意料之外，一时不及运气收吸，正想伸手接住，猛觉自已左右耳边哧的一声飞过两粒东西，接着面前叮当一声怪响，飞来两个黑影往下一落，正落在自己脚边，慌拣起一看，却是一对奇形飞镖，镖尖锐利如针，尾后附着两片极薄的蝶形铜翅，迎风自展，从头到尾不到三寸。纫兰不识此镖何名，抬头向篱外一望，并无动静，想已逃走。

筠娘在旁却怒容满面，向对面高声喝道：“何人大胆，敢向内室放镖？等俺哥哥回来，定要查究重责。”

游一瓢凭窗探身笑道：“不必动怒，想系令兄手下好汉一时技痒，聊作游戏，何必追究？能够用这蝴蝶镖，功夫也是不弱哩。”

筠娘顿改笑容道：“家兄好客，外面闲汉甚多，不知哪一个冒失鬼看得俺们练镖，也来献丑，但师母并不挥剑，也不动手，两只蝴蝶镖到了面前竟会自己跌落，这样功夫比吸住俺们暗器还来得骇人呢。”

游一瓢微笑不答，纫兰却已知自己丈夫暗地相助，本想说明，转念这两只蝴蝶镖来得非常刁恶，而且湘魂、筠娘的歹毒暗器两面夹攻，专找自己致命所在，未免令人可疑，当时不露声色依然谈笑自若，一同回进轩内，重行洗杯更酌。

席间筠娘、湘魂把游一瓢、纫兰两人恭维得无孔不入，益发趋奉殷勤，亲昵异常。纫兰被她们两人米汤一灌，一点疑心又搬到爪哇国去了。独有游一瓢益发证明白己所疑有因，但看不出筠娘、湘魂居心不善的原因所在，这时没有真凭实据，倒也不易确定，而且筠娘的丈夫和哥子究是何种人物？通飞龙岛的地道同岛内如何景象，总想探个实在才能安心。有了这几层原因，游一瓢依旧不动声色，同湘魂、筠娘极力周旋，一面周旋，一面暗自打了一个主意。等到席散，纫兰又被她们二人拥入内室，自己仍回那间书室，苦于无法同纫兰说明，只好自己见机行事。

这天晚上掌灯以后，忽然几个丫鬟在室内添了几盏珠灯，耀如白昼，兽炉上加了许多异香，芬芳扑鼻。游一瓢正在诧异，又涌进几个健仆，摆上几色精致珍肴、两壶美酒，却摆设两副杯箸。游一瓢益发奇怪，心想今宵何以移席到此却只两副杯箸呢？正在疑惑，忽听得室外莲步细碎而至，室内几个健仆闻声慌忙趋出。

一忽儿，两个俊婢纱灯前导，拥着湘魂进来，遍体珠光宝气，妖艳绝伦，神态却端庄矜持，不苟言笑，一进室内即肃容敛衽道："今夕碉内几个酷爱武功的闺秀闻得师母大名，齐来进见，筠姊设席款待，师母自然首座，却不便请师父同席，又恐怕师父一人孤寂，特命弟子出来侍奉，弟子也趁此可以即席求教。"说罢容端视肃地敬了满满一大杯酒，便执壶肃立一旁。

她这样一来，游一瓢倒难以婉却，一想师徒名分所关，也无须过于拗执，便笑道："既然如此，你是代作主人也应坐下，立在旁边，俺如何吃得下酒去？"

湘魂闻言暗喜，便告罪坐在下席相陪。

这时，室内宝灯四彻，画烛高烧，几个俏丽丫鬟分立两旁，珍馐纷陈，华装侍坐，一派雍容华贵气象，哪有盗窟气味。游一瓢对于这种景象虽然毫不在意，恰有一样东西投其所好，原来游一瓢生平最爱的是杯中物，却非旨酒佳酿不入口，没有好酒情愿点滴不沾，如有难得美酒，定必兴会淋漓，杯到酒干，虽然如此却不易沉醉，生平也没有碰到海量敌手。初到碉中在室内环翠轩饮了两场，因酒味平平，一尝即止。哪知筠娘、湘魂已在纫兰口中探出游一瓢生平所好，立时暗地想了一个妙计，当夜撒起天罗地网来。

恰好鱼壳大王生前也酷嗜此物，地窖里尚深藏着十几坛世间难得的佳酿，有一坛叫作“郁金香”，色如琥珀，液如琼浆，外带清醇芬馥，融血调神，确是名贵珍品。筠娘特地亲自把这坛酒取了出来，灌了满满四大壶，又暗地放入秘制奇药，然后在湘魂耳边密授方略，叮嘱一番。自己却又召集碉中许多能言善道的妇女把纫兰绊住，一面由湘魂带了几壶“郁金香”到外边书室来，按照筠娘密计，一步步搬演起来。

古人说得好，“君子可欺以其方”。湘魂这样循规蹈矩地一做作，游一瓢饶煞机灵也落圈套。此时看得面前一杯琥珀玉液似的美酒，略一沾唇便觉生平嗜过许多佳酿都赶不上这“郁金香”，又经湘魂粲花妙舌旁敲侧击，把此酒好处说得天花乱坠，游一瓢不知不觉酒到杯干，一大壶酒足够十几斤片时已灌入游一瓢肚中。湘魂却一点没有沾唇，暗窥游一瓢，神色依然从容自若，毫无醉意，不禁暗暗纳罕，慌又把第二壶拿上席来，流水般斟向游一瓢杯中。两人谈谈说说，第二壶又复告罄，游一瓢仍旧毫无动静，未免暗暗着急起来。

这当口，筠娘虽然身在内室，一颗心却惦记着他们二人身上，身边几个心腹早已川流不息把书室情形暗暗偷递，外面湘魂一着急，筠娘早已命人添上两壶酒来。

游一瓢笑道：“这样美酒被俺一人糟蹋，未免可惜。”

湘魂抿嘴笑道：“自从俺养父去世，便没有配吃这酒的人。幸而师父光降，此酒得逢知音，否则不知埋没到何年何时呢！”

这几句话说得丝丝入扣，其甜如蜜，游一瓢也被她拍得身心俱畅，放怀高饮，却见她毫未沾唇，不觉笑道：“主人点滴不入，未免使客难以为情。”

湘魂慌笑道：“此酒力量不小，像弟子量窄，实在不敢入口，既然老师赐饮，弟子当另易薄酒奉陪。”说罢，便命侍立丫鬟换了一小壶百花酿，斟了一小杯慢慢陪着。

这样又耗了许久，暗窥游一瓢两颊起了两朵红云，益见丰仪明澈，透逸绝尘。湘魂看了几眼，情不自禁地心中一动，暗想天地之间竟有这样人物，如照纫兰所说，他已年逾花甲，怎能丰嫩像二十许人，难道竟是神仙谪世不成？便是纫兰也是少艾光景，毫无徐娘半老之态，真是一对美满姻缘。湘魂自己一阵胡想，倒有点春上眉梢，心头鹿撞了。

游一瓢却一边浅斟低酌，一边口讲指画，说些武功精奥。湘魂哪有心思听这些话，只暗暗着急，疑心酒力、药力不济事，下手不得。又隔了片时已吃到第四壶上，才觉游一瓢两眼微微惺忪，似有半醉光景，却未现出放浪之态，湘魂没法，只好流水般一杯杯斟上去。游一瓢来者不拒，一口气又吃喝了十几杯下去。

半晌，猛见游一瓢微一皱眉，却又呵呵大笑道："可惜，可惜，这样好酒，只让俺一人独酌，偏又在此地，饮此好酒，未免负此佳酿了。"说了这句，却又低低笑吟道："千杯不辞醉，臣是酒中仙。"又吟道："俺醉欲眠君且去。"吟罢，笑嘻嘻眯着眼，向湘魂直瞧。

湘魂大喜，以为药力发作，时机已至，慌向左右一使眼色，几个俊婢立时退出室外向内飞递消息。湘魂倏地立了起来，轻移莲步，趋近游一瓢身边，把一张春风俏面贴在耳边，悄悄媚语道："老师醉了，弟子服侍老师安睡吧。"

耳边娇声未绝，游一瓢蓦地双目一张，神光四射，右臂一举，骈指如戟，只向湘魂肩窝一点，湘魂喊声不好已躲闪不及，霎时全身麻木，直立不动。

游一瓢呵呵大笑而起，戟指叱道："妖婢不知羞，竟敢在俺面前使这样诡计！"叱声未绝，窗外嗖嗖几声，飞进两支镖来直射前胸，游一瓢迎上一步，两手一起便把两支镖接在手上，仔细一看，又是两支蝴蝶镖！

第五回

璇阁佳人，鸩醪布巧计
草堂逸士，蚁阵斗奇兵

上回所说的游一瓢夫妇在百笏岩被筠娘、湘魂殷勤款留，暗地里却又千方百计布成陷阱，最后竟想尽法子在酒中下毒药，使出美人计来。究竟她们对于游一瓢夫妇有何深仇，要这样费神劳力地撒开天罗地网呢？

你道为何？原来筠娘的丈夫并非别人，就是张长公的爱徒艾天翮，也就是游一瓢的情敌。

经在下这样一点明，看官们把上面层层的线索回想一下，就可恍然了。艾天翮敌不过游一瓢，在扬州开元寺率领死党逃走以后，一时奈何游一瓢不得，又打听出张长公死后纫兰失踪，想必跟着游一瓢走了，这口气隐忍在心，一面极力扩张铁扇帮的势力，大本营仍设在福建武夷山上。恰好鱼壳大王儿子飞龙岛主慕名拜山，两人志同道合，深相结纳，索性把自己妹子筠娘许配与艾天翮，飞龙岛、百笏岩也作为铁扇帮的近海巢穴，所以游一瓢夫妇初见筠娘，在锁龙峡粮食库当口，筠娘说过失去几十担白米要想运到武夷山去的一句话，游一瓢当时就有点疑心了。

而筠娘在独松崖初见游一瓢互通姓名时节，便眼珠一转，神情一愣，也是因为游一瓢三个字常听丈夫说起，是他的对头冤家，其中情节艾天翮也不瞒她，把开元寺一幕耻辱细细说过。万不料隔了许多年会被她碰见，而且纫兰也在一起。筠娘又是一个心狠手辣、机巧百出的女子，在独松崖把救命之恩搁在一边，想显点手段替丈夫报复以往的一场天字第一号耻辱，眼珠一转，计上心来，把游一瓢夫妇款留硐内，又教丈夫、哥子一齐回避，让她独显奇谋。

哪知游一瓢夫妇武功绝顶，略显身手便把她们吓倒，想用蒙汗药的老法子也是不成。无可奈何，才借重这位义妹湘魂来做香饵，用出美人计来。至于筠娘对游一瓢夫妇所说的百笏岩种种情形和湘魂的身世倒是真话，只报说自己的丈夫姓名叫作萧鹏飞，却是艾天翮化名。其实萧鹏飞三个字顾名思义，明明藏着艾天翮三字，不过游一瓢究非神仙，一时怎能料到呢？这几层一经点明，便可通体透彻。

现在接说当晚，书斋里游一瓢虽然贪饮几杯，因内功纯熟一时不易醉倒，却也没有料到酒中还加入秘制毒药，只冷眼看湘魂突然把一本正经的面孔收起，向左右乱使眼色，便知其中别有诡计，故作醉酒神气。果然湘魂单刀直入，立时耳鬓厮磨、色授魂与起来，游一瓢这一气非同小可，趁势骈指向湘魂昏眩穴点去，湘魂顿失知觉。游一瓢点过后正想计较，不防窗外还有伏兵，飞进两支蝴蝶镖来。

这点技艺岂在心上，双手一起，早已接在手内，却听得窗外一人狂声狂气地大喊道：“大胆狂徒！咱们好心款待，竟敢恃强调戏闺秀，须知俺飞龙岛主不是好惹的。”

这一报名，室内游一瓢呵呵大笑道：“幸会，幸会！原来一派谎言，你并未远行，既然你是此地主人，倒不能不会你一会。”语音未绝，早已带着两只飞镖穿窗而出。

一看窗外人影全无，却又听得对面屋脊上有人大笑道：“人人说你本领盖世无双，在俺看来也不过尔尔。”

游一瓢人还未看清，那人身子一晃又复不见。游一瓢也不回言，纵上对面屋脊四面一瞧，只见远远一个魁梧黑大汉，横着一把烂银似的长剑，立在大门门楼挑角上。游一瓢一笑，两臂一振，飞过几重屋脊，直上门楼，仔细向那黑大汉一看，虎头燕颔，河目海口，短须如戟，颇有威风。

这时黑大汉却提剑向游一瓢拱手道：“公如有胆，请随俺远行几步，下走有言奉告。”

游一瓢冷笑一声道："就是十面埋伏，何足惧哉!"语音未绝，那黑大汉哈哈一声狂笑，身子一转，翩然飞落门外，一长身，向上一招手，便迈开虎步向东驰去。游一瓢艺高胆大，毫不思索，也飘落门外，飞步追去。

前面大汉脚下虽也来得，怎及得游一瓢飞腾的捷速，翻过一座山岭早已赶上黑大汉，一回头看见游一瓢已在身后，慌立定身，翻扑虎躯，纳头便拜。

这一来倒出意料之外，游一瓢慌伸手扶起道："岛主何必多礼？"

黑大汉立起身，把剑还匣，哈哈大笑道："实不相瞒，俺非飞龙岛主，乃湖南醴陵县县令甘疯子是也。"

这一句话游一瓢越发茫然，一个七品县令怎的扮作飞檐走壁角色，投在这强盗巢内，岂不是千古奇闻么？

甘疯子笑道："说来话长，当容慢慢禀告。只是今日白天无意间看到尊夫人剑术神奇，偶然飞镖献丑，已是钦佩万分。又从碉中听得先生比尊夫人还远胜十倍，苦于内外相隔，无法拜见，只有等到上灯时节，偷偷到书斋窥探先生在与不在，再行定止。恰巧从窗孔一看，正逢先生同一女郎对酌，却非尊夫人相貌，不敢贸然晋谒。后见那同席女郎自称弟子，先生口中滔滔不绝，阐发武功秘奥，没有一句不是取精用宏，道人所未道，又喜先生海量，投俺所好，惹俺心痒难熬，倘无女郎在座，定会冒昧闯席，做个不速之客。但细看女郎对于先生讲解武功似乎神情不属，后来索性神情大变，把初入席时一番恭敬态度一扫而空，前后截然不同。俺正看得惊异，猛见先生不欺暗室，醉而不醉，竟忍心把女郎点穴制住。这种举动虽古圣先贤也无以复加，越发令在下五体投地。心里一转念：像先生这样人杰岂可失之交臂？却恐其中耳目众多，自己要事尚未探着眉目，不便泄露行藏，故意使个狡狯引先生出来，一倾仰慕之情，尚乞恕其不恭之罪。"说罢又一躬到地。

游一瓢这才领悟，却皱眉道："足下这样一来，误事却不小哩。"

黑大汉慌问何故，游一瓢道："俺夫妇偶然勾留碉内原是好奇之心，一到碉内已看出此地大非善地，尤其女主人殷勤留客，在在都非真情。

果然今晚那自称弟子的女郎，用出下流妖妇手段来，虽然未知她们用意所在，总是不利于俺夫妇的主意。此刻那女郎一番举动，大约也是有人主使，虽然被俺点住，但贱内还在内室不知底蕴。也许贱内被她们诡计蒙住，俺急须回去同贱内会面，把她们的诡计点破，设法制住她们，问明是何用心，然后见机行事。不料被足下无端引到此地，那书室内点住的女郎想已被人发觉，情形定必大变。贱内虽然防身有余，应变之才却非擅长。现在闲话少说，俺就此别过，赶回去一看情形再说。”

甘疯子一听其中有许多纠葛，自恨做事鲁莽，大声道：“该死，该死！不瞒先生，在下弃掉七品前程远道到此，也是为暗探盗窝，假扮前来到此只有二日，设法投入硐内，现在听先生所说，此中大有线索。既如此，愿跟先生一同回去，略尽犬马微劳，以赎误事之愆。”

游一瓢看他一脸正气，吐属不凡，倒也相信得过，两人便一齐回转硐内来。

不料走到一箭路程，忽听得游一瓢立定身，顿足惊呼道：“不好！可恶，可恶！”

甘疯子慌立住问道：“怎的，怎的？”

游一瓢恨恨道：“俺中这厮诡计了！只怪俺一时不该贪杯，又仗着自己内功不惧在酒内暗使蒙汗等药。哪知她们竟有这样奇药，使俺防不胜防。此刻俺虽觉着胸中受毒，同其他毒药大不相同，究不知她们用的何种毒物，这便如何是好？”

这样一说，甘疯子大惊失色，慌扶住游一瓢问道：“先生觉得如何？”

游一瓢摇首不答，蓦地一矮身，盘膝坐在地上，两手握固，闭目凝神，自己暗暗运起内功，借着全身功力气劲，把酒力、毒力逼聚在一处不令发散开来。甘疯子虽无此等大功夫，揣摩举动也明白一二，不敢惊扰，只按剑卓立，在一旁尽保护之责。

这样耗了半个时辰，才见他慢慢起立，摇头道：“厉害，厉害！如果换了别人，怕不立时乱性胡为，性命丧掉。现在俺运用全身罡气封闭重要穴道，把误吃的毒药逼聚一起，不易化散，然而这样只可救急一时，过了五六个时辰就不易封闭了。现在顾不得回碉处理盗窟，只有先急急寻觅高明医生治毒要紧。但此地左近都是沿海荒山，哪里找寻得名医出来？如向远处求医，贱内还在碉中，不知如何结局，这一下倒把俺制住了。”

像游一瓢这样的人此刻也没法摆布，一味长吁短叹起来。

甘疯子听得其中细情，知道自己一逞高兴，误了人家大事，心里比游一瓢还要慌张，急得背着手在原地来回踱着，猛然两手一拍，大声道：“先生休急，俺有主意了。俺想尊夫人一身绝技，虽然独处魔穴，定能安然脱身，最要紧的是先设法解救误饮的毒物。此刻俺想起距此百余里有座鸳鸯峰，隐居着一位震世奇人，此人姓钱名江，字东平，原系浙东人氏，因为恃才傲物，得罪当地巨室，避居于此。年纪尚轻却无书不读，凡诸子百家、六韬七略以及五遁奇门无一不精，尤其精于歧黄，善治百毒。平日隐居深山，全凭奇妙医道供给高鹭薪火。在下与此人颇有交谊，此番改装到此也是承他指点而来。先生倘能屈驾，才能手到病除。如果先生运气以后不便急行，在下情愿背负而往。”说罢竟蹲下身去，催游一瓢伏到身上。

游一瓢看他一脸诚恳之态度，外带着一味豪爽率真，不觉暗暗点头，却笑道：“才蒙足下指点名医，心感之至，俺如自料难以支持，理应从权，现闻路程不远却可无虑。事不宜迟，就此烦君领道便了。”

甘疯子知他胸有成竹，便一矮身，施展陆地飞行当先驰去。两人一先一后，一眨眼已越过两座高冈。甘疯子自仗飞行功夫素来高人一等，此刻同游一瓢一先一后赶了一程，便觉游一瓢本领实异寻常，非同小可。自己无论如何快法，游一瓢如影随形，总是不即不离地跟着，而且举步安详，行所无事，像平常缓步一般。现且不提两人赶路，且把百笏岩纫兰那面情形补叙明白，免得读者悬念。

当那甘疯子在书斋窗外冒名诱走游一瓢之后，不到一刻工夫窗外却飞进了一个大汉，生得浓眉大目，广额隆准，衬着一张漆黑同字脸，倒也威风凛凛，穿着一身玄缎的夜行衣，倒提一支核桃粗的钢胎金皮竹节单鞭，一进门，猛见湘魂闭着眼，笔直地立在桌后，俏面还存着无边春意，席上杯箸楚楚，余酒犹温，却并无一人侍候。

那大汉脱口问道："湘妹，这是怎么一回事？你们行的好计策，那厮又上哪儿去了呢？"

问了一遍，湘魂兀自闭着眼，立得纹风不动。那大汉低喊道："咦，这又奇了。"说了这句，趋近湘魂身边仔细一看，惊呼道："可不得了，着了人家道儿了！"慌一伸手想用点穴解救法把她拍醒，一转念又缩住手，沉思了半晌，暗地扮了一个鬼脸，自言自语道："这丫头平日鬼灵精似的，撩得俺上了火时偏又躲躲闪闪，不肯上俺的钩，恨得俺牙痒痒地，奈何她不得。此刻误打误撞，撞在俺手内，倒是个难得机会。趁她人事不知，俺何不如此如此，来个移花接木，了却一桩心愿，就是将来被她明白过来，生米煮成熟饭，不怕她不乖乖地顺从俺。"

大汉愈想愈对，顿时眉飞色舞，丑态百出，伸着萝卜粗的黑毛指头轻轻在湘魂芳颊上一弹，笑道："俺的小宝贝，今天须偿了俺五百年风流孽怨。"说了这句，把湘魂拦腰一抱，走到床边轻轻放下，然后把门关好，又把室内灯火一齐熄灭，竟为其所欲起来。

可怜湘魂做梦也想不到仍旧落在飞龙岛主手中，此时人事不知，枉有一身功夫竟一丝抵抗不得。最巧不过筠娘这条妙计害不了游一瓢，却害了湘魂，便宜了自己哥哥。当她在内室初得到湘魂暗递消息，已知游一瓢着了道儿，慌吩咐侍候书室的人一齐回避，让湘魂独自施展锦囊妙计。在筠娘本意无非教湘魂用点手段，多灌点酒，使游一瓢饱吃秘制毒药。

这种毒药善迷人性，毒性一发作就是太罗神仙也要瘫软如泥，游一瓢虽内功精通也抵不住这种毒药。那时，湘魂人不知鬼不觉把游一瓢任意一捆，推入大厅地道，就算大功告成。

哪知游一瓢非比寻常，五脏六腑宛似铁壁铜墙，药性还未发作已被他觑破诡计，反倒把湘魂制住，又被甘疯子无端地向外一诱，飞龙岛主无端地向内一闯，局面立时大变。而且这样李代桃僵的变化，因为书室内外的人已奉命回避，也没有被人觉察。筠娘在内室一面应酬席面，一面暗暗得意，还以为大功告成哩。

待了一忽儿，篛娘不放心，向纫兰同几个女客托词告个方便，偷偷飞步赶向外边，溜到书室门外，悄悄从门缝内一瞧，满目漆黑，看不出室内情形，却有几阵狂风骤雨之声送入耳来，听得又惊又羞，面红耳赤，暗地啐了一口，急急回身便走，走离书室，心头兀自突突乱跳，金莲向地一顿，恨恨道："该死，该死！湘魂这妮子平日对俺哥哥何等贞烈，怎的今天碰着游一瓢真个做了出来。就是游一瓢这匹夫假装着道貌岸然，原来也是纸做的老虎。但是这样一来，章法大变，教俺如何着手呢？"

心里这一打算，脚步就放慢，只顾打她的主意，猛然一转念，心里一惊，低低喊道："不好！俺这药并非媚药，一吃下去四肢如泥，怎的还能如是？湘魂既肯从他，又难保不变了心，也许她已和盘托出，竟没有灌下药去，同游一瓢走上一条路，这便如何是好？"

霎时心里更像辘轳一般，立定身沉思了片时，猛然计上心来，自言自语道："俺何不将计就计，一网打尽？"主意打定，慌两步并一步走进内室，假作无事人一般谈笑入席。

恰好这当口已是酒阑席散，几个女客纷纷告辞，正中篛娘心怀。送客以后，即对纫兰笑道："俺们席已散，外面师徒二人定然细细讲解内功奥妙，谈得津津有味，以为此刻还未散，俺们何妨偷偷过去，窃听他们讲些什么，俺也可得些益处。"

纫兰不防她另有深意，便欣然相从，手挽手向书斋走来。将近书斋，篛娘故作吃惊道："咦，窗内怎的熄了灯光，难道老师已高卧不成？"

纫兰抬头一看，果然室内墨黑，也以为异。恰好身后几个丫鬟掌灯赶来侍候，其中有一个垂髫的雏婢原是侍候湘魂的，篛娘故意问她道："你们小姐回去没有？"

那雏婢愣了一愣，答道："俺小姐陪老师饮酒，打发俺回内室等候。此刻内堂已散，尚未见小姐进来，所以又跟姐姐们出来探看。"

篛娘听了这番话默不作声，纫兰却忍不住高声问道："你已睡下吗？"连问数声，无人答应，心里有些诧异起来。

筠娘却从旁说道："老师也许醉了，不必惊动。俺们找湘魂去，不知她跑到哪儿去了？"

纫兰犹疑道："俺外子不致醉得如此，也许室内无人，到外面游览去了。"

筠娘道："人如出外，不会从内关门呀？"

又有一个年纪大的丫鬟抢着说道："室内酒席还未散去，婢子们也未见有人出来。"

这人说了这句话，余人都众口同声，说未见有人出来。这一来，纫兰也不禁惊疑起来，从一个丫鬟手内提过一盏纱灯提向窗口，看见一扇窗虚掩着，一推窗，提灯向内一照，并无人影。中间桌上兀自摆着上下两副杯箸，肴馔也整整齐齐摆了一桌。此时身后筠娘已命一个丫鬟跳进窗去，从内开门出来，筠娘却止住众人立在门外，只同纫兰各提一盏纱灯走了进去。

纫兰首先走向床前，举灯一照，蓦地一惊！只见床内湘魂脸如朝霞，沉沉酣睡，枕边拖着乌云似的散发，几支凤钗也掉在枕头底下，一双雪白藕臂软绵绵地露在被外。上身只穿着紧身小衣，胸襟微露，热香四溢，自胸以下却盖着棉被，被外乱堆着湘魂外面着的衫裙。这一番景象把纫兰看得心中突突乱跳，自己丈夫又不见面，不知去何处，竟猜不出是何缘故。猛然心里一转念，急提灯把湘魂两臂仔细一检视，顿时满腹狐疑，怔怔地立在床边，开口不得。

原来昨天早晨亲见湘魂臂上有一粒鲜明的守宫砂，此时已泯然无迹了。这当口筠娘已把室内灯烛点得雪亮，四面一看，瞥见窗口几上搁着一条玄绉腰巾，认得是自己哥子束腰的物件，顿时料得几分，慌伸手拿来藏在怀内。一回头看见纫兰呆立在床前，明知床内大有把戏，故意慢慢地走近床前。

一眼看湘魂这样神情，游一瓢已踪影全无，也吃了一惊，慌向纫兰问道："游老师怎的不在室内，倒是她睡在此地呢？"

纫兰默然不答，两眼直注，在湘魂面上看了半晌，忽向筠娘说道："她无故这样沉睡，大有可疑。"说毕骈起右指，直向湘魂胁下点了几点，猛听得湘魂一声娇喊，蹶然立起，瞪着一对杏眼，怔怔地望着筠娘、纫兰两人，仿佛在梦里一般。

筠娘向床边一坐，握着湘魂手道："好妹子，你告诉俺，怎的竟在此地渴睡？你老师又到何处去了？"

湘魂听了这句话如梦方觉，一看纫兰一双精光炯炯的眼盯住了她，面孔一红，嗫嚅着答不出话来，心里一急，猛地把下身裹着的棉被一掀，想跳下床来。哪知不掀棉被还好，一掀棉被时，才觉得自己下体一丝不挂，白羊似的裹在被中。湘魂这一惊非同小可，几乎魂都冒掉，慌不迭重新把被盖严，前后情形一想，顿时两行急泪直挂下来。纫兰、筠娘也不防有此一招，各人心中都像十七八个吊桶来回上下，弄得说也说不出话来。在湘魂此时已觉得身体异样，被人占了便宜去，把前后情形一想，明明是游一瓢把自己点穴强奸，平心而论，原是自己凑上去的，也怨不得别人。只恨筠娘想得好计，使俺吃这哑巴亏，还当着纫兰的面败露出来，除了痛哭还有何法！

在筠娘七窍玲珑的心中把前后情形一琢磨，已有点疑心到自己哥子身上，但此时正好将计就计，一股脑儿推到游一瓢身上，却暂不开口，且看纫兰如何说法。其实这时最难受的是纫兰了。眼看湘魂这样狼狈情形，明明是被人点了穴道，在不知不觉中遭受了蹂躏，而且初看湘魂的昏睡情态，明明点的是昏眩穴。想到游一瓢平时出手点人，往往点的是昏眩穴，室内又无别人，当然是他点的。既然是他把她点翻，以后情节不是他还有哪一个？但夫妻做了许多年，深知丈夫品行，绝不会做出这样下流事来，就使酒醉也是不致如此。这样两重心理一交战，弄得纫兰如醉如痴。最难过自己丈夫踪迹全无，此刻无法对证，只希望丈夫立时回来可以当面证明，否则竟像畏罪逃避了。

可怜纫兰又急又恨了半天才开口道："这事实在太蹊跷了，横竖俺外子总要回来，不难问个水落石出。"

筠娘冷笑了一声道："也不必问游先生，湘魂妹子肚内当然明白的。"说了这句顿了一顿，慌又改变口音，用福建鴃舌之音叽里咕噜地向湘魂说了几句。湘魂用福建土音回了几句。

原来筠娘看见自己哥子腰巾落在室内，事有可疑，欺纫兰不懂她们乡谈，先向湘魂问个明白再谈。哪知湘魂一口咬定是游一瓢，又听得游一瓢走得不知去向，益发毫无疑义。这时纫兰却看不惯她们鬼祟形状，愤然说道："这桩事俺丈夫自然受了嫌疑，但俺信得过丈夫，绝不会做出这样事来。湘魂妹子，事已如此，也勿须掩饰，究竟你们在此吃酒，怎会一个不见，一个被人点穴，你快对俺说！"

湘魂大哭，指着纫兰说道："你丈夫做的好事，你还在俺们面前假充正经。"接着边哭边说，却把自己一番诡计瞒起，只说游一瓢乘醉调戏，抗拒不从，竟被他点穴强奸，说罢寻死觅活在床上乱撞乱滚，索性大闹起来。

这一来面孔业已撕破，门外丫鬟们已闻声挤满室内，弄得纫兰无言可答，惭愧欲死。闹了半天，游一瓢却依然踪影全无，筠娘只在一旁冷笑，间或说出一言半句像箭也似的刺入纫兰心内，把纫兰一颗芳心激成粉碎，由羞变恨，由恨变怒，竟也相信游一瓢一时酒醉色迷，做出这种事来。事后懊悔，顾不得妻子，先自逃出硐外去了。

纫兰越想越对，越对越恨，把一腔怨恨都种在游一瓢一人身上了。金莲一顿，地砖粉碎，咬着牙道："此刻俺丈夫没有见面，无话可说。俺就在此且待他一宵，如果俺丈夫到明天还不转来，俺也认定是他做的。俺自己问心无愧，但也无法弥补此种缺憾。话虽如是，俺也有相当办法，如果游一瓢真个羞愧潜逃，或者见面以后无法证明这事真相，洗不了他的嫌疑，俺立誓从今天起同他一刀两断。湘魂妹子愿意跟他做夫妇也好，不做夫妇设法报仇也好，与俺无涉。俺权借贵地等他一宵，如他到天明尚不回来，俺从此誓不与他见面，断绝夫妇之情，独自寻觅栖隐之所，以了余年。"说毕铁青着面孔，走向窗口椅上一坐，两行清泪不由得直挂下来，心中这分难过也就不用提哩。

筠娘看她这样一来却暗暗欢喜，巴不能使他夫妻拆散，替自己丈夫出口怨气，竟板着面孔全然不睬。这时湘魂已含羞穿好衣服，由贴身丫鬟服侍下床，筠娘忽然在湘魂耳边叽咕了一阵，不由分说，拉着湘魂，率着一群丫鬟大剌剌地一哄而出，连正眼也不看纫兰一看，霎时静悄悄的只剩纫兰一人冰在书室之内。

纫兰一生哪受过这样羞辱？一人呆坐，悲愤填胸，几乎要失声痛哭起来，一肚皮怨气都种在游一瓢身上，倘然这时游一瓢果真回来，纫兰必定同他拼命。哪知纫兰栖栖惶惶坐到天光大亮，红日高升，游一瓢还是毫无消息。这一来纫兰益发心肠冰冷，怨气冲天！最可恨自从猗娘、湘魂进去以后，鬼也不见一个，这样奚落比打还凶。纫兰只恨丈夫变心，自己命苦，如何发作得来？牙根一咬，金莲一顿，飞出窗外，蹿上屋面，独自走得不知去向。

这边情形如是，那游一瓢同甘疯子当夜一路蹿行，不到两个时辰已赶到鸳鸯峰境界。只见高峰插云，山径封雪，鸡犬无声，村舍不见。

这时离天明还有不少时候，借着雪光走上峰腰，游一瓢问道："此处并无人烟，未知贵友高隐之处尚有多远？"

甘疯子道："鸳鸯山脉四布，周围有五六十里宽广，此处尚非主峰，须盘过山腰，再走一程才到。"

当下甘疯子在前，游一瓢在后，越溪渡涧又走了四五里山路，溪涧尽处一望尽是竹林，被积雪压得折腰低头。穿过竹坞才见迎面现出百丈奇峰，巉巉独立，四周高高低低的山峦朝揖拱卫，气象万千。主峰山脚茅屋鳞接，场圃棋布，不下百余户人家，山腰松林之内隐隐露出一道红墙，料是山中古寺。山腰之上云烟明灭，夜色凄迷，宛然与天相接，看不出峰岭景象。

甘疯子指向山腰笑道："敝友就寄迹在山腰寺内，俺们从村舍中直上山腰可也。"

两人走近山脚，寻着上山路径，来到山寺门口，抬头一看，寺宇并不宏壮，两扇破寺门敞着，门额上题着华岩古刹四个字，金漆已剥落，只存模糊字样。门内一片雪地，矗立着几株寒瘦可怜的古柏，衬着东倒西歪的三间大殿。中间一尊如来佛已昂头在屋脊之上，殿上不堪景象可想而知。

两人一声不响，进门直趋大殿，好在殿门只存半扇，直进无阻。一进殿门尽是鸟粪秽气，四面空洞，一无所有，只中间佛龛前面一具生根石香炉，还存着半段烧不尽的香头，想是山脚下村民求过佛的。

甘疯子满不理会，领着游一瓢绕向佛龛背后。龛后也开着一重门，两人越门面出，却见一重峭壁像屏风般挡在门前，沿壁走去，忽然山壁中裂露出一条窄窄石径，因两面壁高天黑，走上石径昏然不辨东西。幸而游一瓢眼神充足，黑夜可以辨物，倒不致东碰西撞，甘疯了两手摸索，宛如瞽者一般，反是游一瓢领着他向前走去。幸而路径不过几丈光景，一忽儿窄径走尽，忽听得头上风涛澎湃，宛如千军万马一片喊杀之声，两人慌回头向上一望，原来山腰口天生一座孤立峭壁，中间裂出一条窄径，壁上密布虬松，山风震荡，发出奇音。

游一瓢笑道："这样天造地设的门户，足为高士生色。"

游一瓢抬头贪看，移时，回转身来忽然不见甘疯子踪影，向前一看，只见松林底下盖着五六间干净草庐，庐外编着一道竹篱，篱外松林底下叠着东一堆、西一垛高低不一的鹅卵溪石，一个人影急匆匆在松林石子堆内穿来穿去，忙得足不停趾，却愈走愈急，发疯价乱绕，仔细一看，那人便是甘疯子。

游一瓢看得奇怪，正想走进松林去唤他，猛然四面一看石子堆的步位，恍然大悟，呵呵笑道："难怪他绕不出去，原来这位高士还精于奇门阵法呢。"说罢改变路向，从斜刺里缓步跨入松林，只几转便到甘疯子身边，笑道："甘兄随俺来。"又几转便到篱外。

甘疯子笑道："俺也略知诸葛武侯八阵图法，只不懂变化生克之道。俺未进松林，远看这几堆溪石已知敝友故意摆的阵图，想姑且一试，哪知竟难破他。先生安然进出，想必精于此道了。"

游一瓢笑道："这几堆石子并非八阵图，是一种奇门小法，愚弄小盗贼则可，若要谈到行军布阵是用不着的，这且不提。此时这位贵友想是高卧，如径往叩门，未免不情，不如俺们在篱外等候天明再进谒不迟。"

甘疯子大笑道："先生何必太谦！像先生这样人杰肯枉驾到此是他所求不到的，何况先生本人急于解毒呢。"说罢两人走进篱门，直趋草堂。

游一瓢借着对山雪光一看，堂内空无所有，只中间设着一张青石方桌，地上搁着四个石鼓墩，两面侧屋垂着草帘。

甘疯子大喊道：“钱兄快起，佳客到了。”

一声喊罢，左面侧屋草帘一掀，烛光一闪，钻出一个披发小童来，两只骨碌碌小眼珠朝两人看了半天，咦的一声又钻了进去。半晌秉着一支粗烛走进草堂，把手上烛台放在石桌上，又向两人打量了一回，然后两手乱舞，口中咿咿呀呀地嚷了一阵。

两人知是哑巴，甘疯子大声道：“你只通知主人去便了。”

一语未毕，右首侧屋内有人问道：“是甘兄吗？夤夜到此必有急事，请稍候，小弟就出来。”

甘疯子在外面答道：“雁荡游一瓢先生在此。”

一言方出，便听得右屋床响，一忽儿，一人扬帘而出，向游一瓢兜头一揖，肃然起敬道：“久慕盛名，无缘拜谒。不意雪夜光降，荣幸之至。”

游一瓢一面谦逊应礼，一面打量钱东平，却是个二十余三十不足的少年，体貌清癯，长眉通发，穿着一身大布之衣，颇有潇洒出尘之概。

钱东平又向甘疯子寒暄几句，便请两人到自己卧室叙话。

主客进卧室，室内一床二几，近窗设着一张琴台，上面横着一张焦尾古琴，一具博山香鼎，壁上悬着几具药囊、一口宝剑，几帙书籍却叠在壁孔内，真可算得虚室生白，一尘不染。几上两支素烛发出寒光来，照得四壁格外古香古色。

当下钱东平请游一瓢、甘疯子分坐竹椅上，自己走向室外，从草堂内掇进一个石鼓来，摆在下首，坐下相陪。这个石鼓看去也不下一二百斤，看不出他瘦弱书生竟能随意掇来，便知他也具身手。

此时哑童已捧进几杯香茗献上，钱东平笑道：“萧斋无长物，唯有新烹山泉聊供清淡，但未知甘兄偕游公光降，有何赐谕？”

甘疯子性急，便把百笏岩误饮毒物，令自己介绍到来原因说了一遍。钱东平听罢吃了一惊，慌秉烛向游一瓢面上细细察看，却看不出受毒迹象。

游一瓢说道："普通毒物俺一尝便知，即误吃下去也有法可治。此番发作极慢，虽用内功把毒物逼聚，不致立时蔓延筋络，但已觉胸中毒物蠕蠕而动，究未知用的什么毒药，只好请钱兄设法消解。可是深夜惊扰，心实不安。"

钱东平慌摇手道："先生海内宗风，得瞻斗山已是万幸，何以谦抑乃尔。照先生所说胸中蠕动形状，晚生已略有把握，一诊脉搏便知。"说罢便把游一瓢两手寸、关、尺细细诊过，吃惊道："先生真非常人，即照脉象推测，先生遐龄已逾期颐上寿，而风度依然如三十许人，足见道法通玄，内功妙用。"

游一瓢笑道："钱兄果然高明，诊脉能测寿算，非精于太素脉者不能。但俺误饮的究系何毒，足下能推测一二否？"

钱东平道："如果普通人受毒，面色、脉象一诊便知。无奈先生是个金刚不坏之体，又用功夫逼聚毒物，外表依然如常，毫无受毒之象，然先生说出胸中蠕动，晚生已可推想而知。因为福建沿海不法之徒，向有放蛊害人之事。蛊有多种，大都由五毒虫制炼而成，散则布于四肢，不散时仍结成毒虫。放的是哪一种蛊，结的便是哪一种虫。先生误饮的毒药定是这种蛊药无疑。蛊药无色无臭，所以极难辨别，幸而是先生，换了别人早已不治了。现在毋庸晚生设法，先生只要运用丹田真火把它化炼消灭，然后运气吐出便可无事。这种法子，别人无此功力，先生定能办到。如用药物引诱而出，反而损伤元气，未知先生以为然否。"

游一瓢点头道："高见甚是。但俺运用这样功夫须要静坐内视，按周天之数经过三十六个时辰方能圆功，又需一间适宜静室，没有外物打扰方可。"

钱东平大笑道："这不难，蜗庐虽小，人迹罕至，先生权在此屈居几日便了。"

游一瓢犹豫半晌，甘疯子接口道："游先生夫人尚在盗窟，恐难耽搁。"

钱东平惊问道："不知先生与鱼壳大王后人有何仇怨，致下此毒手，又尊阃为何也陷盗窟呢？"

游一瓢把他们夫妇云游到百笏岩，无意之间碰见筠娘同湘魂拜师种种经过说了一遍，至于她们为甚这样用尽心计，连自己也推究不出。

钱东平侧着头思索了一回，也想不出所以然来。甘疯子却记挂着游一瓢肚内的毒物，催着钱东平立时布置起来一间静室，复劝游一瓢切勿牵虑，一心运用功夫消解毒物，等天亮日出，由俺再回去探听一个着落，便知内中详情，尊夫人情形也可探明报告。游一瓢大喜，拱手而谢。钱东平指挥哑童将左首侧屋打扫干净，请游一瓢进去。

游一瓢一看房中设着一个大蒲团，四壁洁白，颇为合用，一想自己治毒要紧，只好把别事暂放一边。当下向钱东平、甘疯子逊谢几句，就坐向蒲团，凝神摒虑运起内功来。钱东平、甘疯子退出室外谈了一回，天已发晓，甘疯子又动身赴百笏岩去了。到了晚上匆匆转来，已探得一点消息，却因游一瓢坐功还未圆满不敢惊动，只同钱东平在别室谈心。

到了第三天清早才见游一瓢缓步而出，手内托着一件东西，向钱东平笑道："这种蛊药未知何人开始想出这样的毒法来。你想这样毒物在人肚内作起祟来，如何当得？"

两人急向前一看，游一瓢手内托着一条五寸长乌焦干瘪的蜈蚣。两人看得骇然。

游一瓢笑道："万想不到俺也上了这大当，所以古人说，'吉凶悔吝生乎动'，一点不错。俺仗着不怕蒙汗等药，略一大意便误了事。现在诸事不说，毒物已消，就此赶去，探个实在便了。"

钱东平笑道："先生无须劳驾，甘兄早已探明来了。"

甘疯子抢说道："昨天俺赶到百笏岩，只见碉门大开，任人出入。进去一看，偌大一所房屋一人也无。前后门口贴着飞龙岛主的封条。转向碉内几个老农夫探听，说是飞龙岛主和他妹夫艾天翮领着家眷尽数迁入飞龙岛去了。"

游一瓢听艾天翮三个字，把前后情形一回想，恍然大悟！未待甘疯子说下去，慌顿足道："不好！拙荆孤掌难鸣，被俺耽误几天难保不落圈套。他们既已逃入飞龙岛，俺急须向岛赶去，一探着落。"说毕便匆匆欲行。

甘疯子慌拦住道：“先生休急，俺尚有消息探得在此。据几个硐中人传说，飞龙岛主突然迁移，全因那晚先后跑掉神通广大的一男一女，虽不知其中详情，据那硐中人猜想，大约飞龙岛主得罪了这一男一女，自知不敌，所以当夜从地道避入岛内。

“这样说来，他们口中说的一男一女定是先生同尊大人。尊大人等候先生不至，先行离开是非之地，或竟先回雁荡去了，先生何必急急首途？俺们二人虽得奉教，不忍便离，好歹请先生留几天，俾得稍聆教训，启迪茅衷。”甘疯子说罢，钱东平又殷殷款留，诚敬之忱现于辞色。

游一瓢一想，纫兰功夫虽远逊自己，对付硐中人绰绰有余，也许久等无聊，先回雁荡。又看得甘、钱二人资质不凡，诚恪可感，便也应允下来。甘、钱二人大喜，便朝朝侍奉，执弟子礼。无论武功、文事以及三教九流，游一瓢每一指陈奥义，二人均闻所未闻，无不心悦诚服，这样又耽搁了两天。

这天晚上，游一瓢独自蹑登寺后峭壁，拣了一株虬松，坐在枝上赏玩一轮皓月，偶然一低头，忽见下面壁缝狭道内走出一个光头和尚，背着一柄雨伞，伞上拴着一个包裹，急匆匆直向草庐走去，一颗亮晶晶的光头左旋右转，直入奇门石阵，犹如走熟了一般，一转瞬间已见他隐入篱内。游一瓢见他步趋如风，便知也是行家，料是钱、甘方外之友，也不在意。自己玩个尽兴，便飞身下壁，向草堂回来。

方进篱门，忽听草堂中甘疯子大喊道：“这一支奇兵出其不意，可谓反客为主了。”

又听得有一人声若洪钟，徐徐笑道：“奇兵何足为奇？俺这八千子弟个个训练有素，锐气甚旺，大可直捣中坚，虽十面埋伏何足惧哉！”

游一瓢听得诧异，疑是下棋，却又不像，立定身，侧耳听了半晌，里面三人一递一答，都是调度军旅、冲锋陷阵之事，好像在这小小草堂内千军万马对垒一般。游一瓢越听越奇，不知他们捣什么鬼，一时好奇且不进去，一撩衣，两脚轻轻一点飞上草堂屋脊，真像四两棉花一般毫无声息，一伏身，拨开屋顶草瓦，从一线椽缝内仔细一瞧，不禁暗暗称奇。

原来草堂中石桌上围着三个人，钱东平同一个方面大耳的青年和尚左右对坐，甘疯子虎踞着上首，揎拳捋臂，向桌面上一路大喊大嚷地乱指。再一看，桌面上用白粉画着一条条纵横的线路，钱东平同和尚胸前都摆着一排光滑红肉色的竹筒，两面竹筒口纷纷驱出无数蚂蚁，钱东平的筒内出来的是红蚁，那和尚筒内出来的是白蚁。两边出来的无数红蚁白蚁，却像懂得人意一般，一队队都向白粉线走去，竟是行军布阵之法。那和尚摆的是四象两仪阵，钱东平画的是太乙无极阵。最奇两边白蚁、红蚁一队队从每个竹筒出来，先后有序，进退有方，哪处是中军、哪处是左右翼以及游击、哨探、斥候，等等，无不按照线路分头进军。两面蚂蚁密层层地摆成阵势，何止十万！眼看两军接触，一场大战将要起来。

屋上游一瓢看得暗暗点头，心想："古人说'十室之内必有忠信，十步之内必有芳草'，不料在这等穷乡僻壤，埋没这等有用之才。这样蚂蚁为兵比古人聚米之法又高出一头。"

肚内这样一转念，下面红白蚁兵已两军接触，认真鏖战起来，虽无金鼓之声，却听得那和尚同钱东平各自用指把面前竹筒弹得卜卜山响，三人六眼，眼光霍霍都直注在桌面上，万不料屋上还有一对慧眼凭高观战哩。

蚁兵交战许久，和尚的白蚁已被红蚁迫得步步退后，兵也比红蚁死得多，那和尚光头上亮晶晶的汗珠却一颗颗多了起来，急得从怀内又拿出一个大竹筒，拔去筒塞，把筒底一阵乱弹，霎时又奔出无数白蚁，直趋垓心。果然这支生力军一到，立时挽回颓势，红蚁本乘胜追奔逐北，禁不住这支生力军一味野战，红蚁纷纷向后逃回。

不料钱东平布置得法，中间这支蚁兵虽然先胜后败，却尚有左右两翼，起初并不加入，此时钱东平只轻轻向竹筒弹了两下，左右两翼仿佛奉到军令一般，立时二龙出水，向石桌边两条白线包抄过来，顿时变为玉蟹舒钳势，把垓心一支白蚁生力军包围住了。和尚大急，也把先前所有竹筒一阵乱敲，个个竹筒内又如飞地奔出许多白蚁兵，依照线路，分八面趋向垓心，夺入重围。这一来，两下里旗鼓相当，拼死肉搏，好一场大厮杀，虽是一块小小石桌面，不亚于世界大战场，两面杀伤相当，兀自不分胜负。

不料在这要紧关头，上面游一瓢看得心畅意酣，略一疏神，草泥簌簌地掉落下来，正落在桌面一片战场上，宛如第三国际突然加入战团，无数飞机飞到，抛下许多无情达姆弹，傀儡式的蚁兵立时惊慌乱窜。

钱东平同那和尚慌忙鸣金收兵，驱蚁入筒，仰头一瞧却无迹象，以为草庐不结实，被风吹落也是有的。正在检点桌面两军死伤数目，猛见游一瓢呵呵大笑，走将近来，三人起立相迎。

游一瓢笑道："诸位正在运筹决胜，被俺败兴，抱歉，抱歉！何妨重整军威，再决雌雄呢。"

钱东平一怔，猛然觉悟道："原来游老师早已居高临下，饱览无遗了。晚生们无所事事，驱蚁消遣，不足当大雅之目。"

游一瓢微微一笑道："天下事无非如是，雄兵十万叱咤风云，也无非一场蚁战，现在诸位以此为消遣之品，焉知将来不登坛拜帅，以万民为消遣呢?"

话犹未毕，那青年和尚合掌当胸道："钱檀樾胸罗韬略，学富五车，将来定可大展抱负。至于小僧是方外人，无此缘法，只可袖手作壁上观了。"

游一瓢听他音若洪钟，吐语不俗，正想通问，钱东平已代介绍道："这位是天台龙湫僧，云游过此，便道见访。听说先生在此，渴欲拜见，以慰生平。"

说毕，龙湫僧已拜倒在地，彼此谦逊一番，就在草堂落座。游一瓢方坐下，谈得没几句话，钱东平、甘疯子、龙湫僧忽又肃然起立，一齐向游一瓢拜了下去。游一瓢还礼不迭，慌问何故多礼。

钱东平恭敬答道："晚生三人契合为友，平日彼此谈论，都恨所学有限，志愿寻一异人为师，学点救人渡世的真实本领。无奈蓄志已久，却未遇着机缘。天幸日前甘兄引吾师下降，正是吾师静坐之际，晚生与甘兄早已商量妥帖，不料这位龙湫僧也不期到来，彼此一说，志同道合，便决计一同拜求老师收容，望乞老师垂怜晚生们一点真诚，俯允忝列门墙吧。”说罢，三人长跪不起，静待游一瓢答应下来。

游一瓢听罢，却并不答言，只昂头思索了一回，微微笑道：“且请起来，俺有话说。”

三人一同立起，分站左右，静聆训诲。

游一瓢笑道：“俺此番云游原存有衣钵传人之想。三位气质虽各不同，却都是夙具慧根之人，萍踪相聚，洵亦前缘。不过俺以前未收过一个弟于，山巅水涯，来去无定。此后你们既然从俺，自应先择一人迹罕至、幽险高深之所，以便朝夕琢磨。但是俺内子是否已回雁荡山尚无把握，师徒相聚之所，一时也难寻适宜之处。有这几层原因，诸位拜师之举似宜稍稍从缓。”

三人听他说完，钱、甘二人正在低头沉思，龙湫僧突然朗声说道：“老师所虑都易解决。弟子已从钱兄口中探得。老师同师母素来隐居雁荡山最高峰雁湖之滨，却与弟子出家的灵岩寺相距不远。雁荡山周围层峰叠嶂，幽谷古壑游览不尽，幽深奇怪的洞府也不知多少，真是洞天仙府，凡夫俗子轻易不能到的地方。老师此番定回雁荡山，弟子们何妨就跟随老师一同前往。弟子们先在灵岩寺暂时寄迹，候老师同师母会面后，就请老师在雁荡山深处择一相处之所，然后通知弟子们伐木编苇，搭起几所草庐来，便够俺师徒们朝夕盘桓了。倘然老师嫌雁荡不妥，尚有相近的天台，也是千古仙灵隐迹之处，不难寻出一个好地方来，未知老师意下以为何如?”

游一瓢本来最爱天台、雁荡两处雄奇瑰丽，当下深以为然，便允许俟择好地点后，再择日实行拜师。三人知已俯允，喜不自胜。

忽听得游一瓢向甘疯子问道：“汝是湖南县令，何以亲自改装探盗，直到福建沿海，而且又想弃官从师呢?”

甘疯子大笑道：“今天得蒙老师收列门墙，弟子宛如换了一个人，又如从火坑中跳到清凉世界。有生以来，此刻弟子这个七品前程真是可怜而又可笑。长夜无聊，老师不厌絮聒，且听弟子从头奉告便了。”

第六回

偏邑屈奇才，折腰吏半生落拓
荒山斗怪兽，强项令千里驰驱

当下，甘疯子叠着两根指头，说出一番话来。

原来甘疯子单名震，字霆生，祖籍湖南，却世居湖北孝感县，以湖北籍登科甲。年方弱冠即以进士分发湖北，即用知县，以善于治盗为上峰器重。因甘疯子姿禀过人，自幼喜练拳棒，从过不少名师，一面却又不废诗书，过目成诵，少年出仕，文武全才，自然出人头地。却有一桩不合时宜，每逢酒醉便要骂座，不问长官同寅，一经看不入眼便瞪眼吹胡，发言如雷，弄得满座不欢，因此同寅中都叫他甘疯子。甘疯子三字因此出了名，好像江湖上绰号一般。可是他做了几任州县，不要钱，不怕死，境内大小盗贼被他治得望风而逃，刁顽的讼师、劣绅也被他治得销声匿迹。有这几样难能可贵的干才，虽然一肚皮不合宜，倒也着实蒙几个明理的上司青眼，无数百姓的爱戴。

这年，上司因为醴陵县山深林密，时为巨盗据为巢穴，抢案迭出，号称难治，特地调他实授醴陵县正堂。一班百姓听到他来上任，个个跪香迎接，上任这一天着实风光异众。几个月下来，他一口剑、一张弓、一匹马，带了几个干练番役，把全境踏勘了一遍。抚的抚，剿的剿，顿时把境内剧盗赶得一个不剩，上峰也格外器重。一年以后，居然讼简刑清，可以卧治了。

甘疯子每日无事，便同几个幕僚击剑赋诗，饮酒作乐，哪知有一天，突然在自己境内发生了一桩骇人听闻的事。

你道为何？原来湖南郴州、桂阳州同衡州府每年汇解漕银一次，这两州一府每年所解漕银数在七八万两以上，解银日期总在入冬以后，解到长沙省城藩库，必须经过醴陵县境。七八万两重的银子装入银鞘，分量真也不轻，每年由两州一府会派几哨营兵，随同押解委员沿路护运。往年漕银运到醴陵县境，虽知已近省城，因为醴陵多盗，山林险恶，格外提心吊胆却也从未出事。自从甘知县到任，境内肃清，这次两州一府漕银到来，委员营兵们放大了胆走去，以为往年多盗尚未出事，今年甘知县剿抚得力，益发可以平安无事了，因此未免大意了一点。岂知无巧不成书，这一大意便出了骇人听闻的事来。

这次漕银七万多两，选了许多精壮民夫长路挑解，前后护着五六十个带刀号勇，一个军官骑马领先，一个委员坐着长路轿子押后，一路大队人马倒也威风十足。

这天经过醴陵城，在城内打了尖，甘知县照例要应酬一番，又加派几个健役沿路照料。押银委员酒醉饭饱，急想赶到省城卸了干系，不敢停留，当天起行。大队人马来到距县城五十余里枫林山地面，天色已晚。那押解委员知道再过去是九龙山，便到浏阳县了，一路尽是山道，不如在此息宿较为稳妥，就着随行健役会同当地地保、绅董，寻了一所人家的祠堂息马，把银鞘堆在祠堂院内，前后门设人守卫，权宿一宵。

一个山乡祠堂拥进这一大队人马，又是皇家库银，何等重大，当然轰动当地。那押解委员又呼来叱去，官派十足，山民无知，格外携男带女，探头探脑地来看热闹，直到祠内灯火通明，关门大吉，才一哄而散。只有当地地保和几个绅董提心吊胆地一同陪着委员在祠内侍候。

哪知到了次日红日高升，邻近愚民又男男女女挤到祠堂门口来看热闹，却见两扇大门兀自关得严丝密缝，里面也鸦雀无声，好像人已走净一般。其中有几个略懂事的觉得有点诧异，向众人一说，顿时个个交头接耳，议论纷纷，但谁也不敢去敲门探问。门口的人越聚越多，又耽延了好半晌，日头已照到祠门台基上，依然不见一个人出来，连地保、绅董同县里健役都无声响。

众人中有地保、绅董的家属忍耐不住，奓着胆，拣着一处坏墙缺口跳上去向内一望，只听他一声怪喊，顿时跌下地来。众人慌扶起来问所以，这人吓得面无人色，说不出话来，只伸着一只手望墙内乱指。有胆大的一齐跳上缺口向院内看去，只见院内一大堆银鞘踪迹全无，却见许多号勇夹着民夫、健役横七竖八在院内躺了一地，个个都挺得像死了一般。只有院内一株桂树底下拴着一匹高头大马，倒很安详地自顾自啃那庭草。这几个人看情形不对，知道出了大事，急忙向下面众人一述所以，拼命地向内跳了进去，先把两扇前门开了，让众人一拥而入。不料男女老少刚山嚷怪叫地涌进门，院内横七竖八躺着的号勇等人已渐渐手脚舒展，呵欠连连坐了起来。一张目，看见满院围住了各色的人，发声大喊都一骨碌跳了起来，一看庭心银鞘一个不见，大惊失色。有几个跌跌撞撞赶入堂内，却见军官同绅士们也正被外面人声惊醒，个个如梦方觉张开眼来，也有躺在地上的，也有半倚半躺斜伏在几上的，姿态不一，彼此互看说不出话来。

这时醴陵县的健役也醒了过来，定了定神，知失了事非同儿戏，脑袋也许会搬家，慌奔进堂内四面一看，却独不见委员老爷。众人四下里一找，却见他仍在自己坐的轿内，头钻在轿底，屁股却蹶得半天高露在外面，只瑟瑟地乱抖，两手兀自死命攀住轿内垫子不放。众人齐声大叫，又吓得他往里直钻，一颗头碰得通通山响。健役们死拉活拉把他拉出轿来，哪里还有人样，满脸灰泥，额上一块青、一块紫，满是鹅卵般大泡，像活鬼一般。众人扶住他纳在堂内中间椅上，兀自定着眼，透不过一口气来。

好不容易捶背搓胸把他收回了三魂六魄，才听得他哇的一声大哭道：“今番俺死了。”接着顿足大哭起来，这一来益发弄得众人莫名其妙。最好笑看热闹的一班呆鸟直进无阻，越拥越多，里三层外三层直拥到堂内来了。

那个押解军官却是个老军务，知道这场大乱子没法弥缝，正在眉头百结，满肚皮搜不出巧避的法子，一眼看见门内门外拥挤了这许多人，蓦地计上心来，慌凑近委员身旁，附耳嘁喳了一阵，倏地又飞步而出，向手下几个哨长、什长又低低嘱咐几句，一转身又跑进内堂，他这样一阵捣鬼，那委员仿佛下了一帖定心药，猛见他举着马蹄长袖向面上一抹，霎时滴泪俱无，铁青着面孔，睁着两颗黄眼珠骨碌碌四下一转，放开破竹喉咙，大喊道：“快把前后门看守起来，不准放走一人。”

下面兵弁壮役早已得过军官知会，一声吆喝，立时把前后关守得铁桶相似，又把堂上堂下闲看的人不论男女老幼一齐赶到院子角落里围禁起来。这班爱看热闹的呆鸟此时懊悔不迭，只啼啼哭哭，号成一片。又听得委员同军官一迭声传地保，哪知地保同县里几个健役早已如飞地奔向城内，报告甘县令去了。那堂内几个绅董哭丧着脸，躲在角落里，只瑟瑟地发抖。

委员指着壁角落里绅董厉声喝道：“你们做的好事！竟敢串通剧盗，故意把俺们诱到这祠堂内歇宿，暗地在茶水内下了蒙汗药，把俺们兵役都蒙了过去，将皇上库银盗去，你们胆子真也不小！你们自以为这条计策千妥万妥，哪知俺们办这样差使也不止一次，你们这样无法无天的恶计岂能瞒住俺们？现在犯不着同你们多说，等甘知县到来，把你们押解进省便了。”

此言一出，几个绅董同院子里围禁的男女老少个个吓得魂飞天外，一齐叫起撞天屈来。

正在弄得不可开交，门外銮铃响处，大门敲得一片震天价响：“快开门来。”

委员听得甘知县到来，大剌剌地并不动身，只吩咐小心开门，不准放脱一人。大门开处，甘疯子扬鞭当先，身后跟着雄赳赳十几名健役大踏步走了进来。一进堂内，那委员同军官微一欠身便说道：“贵县盗匪早告肃清，遐迩驰名，怎的七万多两库银只在此地摆了一宵便一齐失去。这个干系，却在贵县身上。”

一言未毕，院子内男女老幼大哭大喊道：“青天大老爷，快替小民做主呀。”

堂内角落里几个绅董也战兢兢地向甘知县遥拜道：“俺们好意来此奉陪委员大人，不意委员大人牵诬串通盗贼。公祖明鉴万里，快替治下昭雪吧。”

这一来把一个智勇兼备的甘知县也吓了一大跳，暗想七万多两银鞘一夜工夫踪影全无，绝非平常强盗所能做的，偏偏又在自己境内。未出县衙时，已据地保、健役飞白，尚以为不致一齐失去。一到此地，非但全数被盗，委员老奸巨猾，竟想赖在当地绅董、百姓身上，明明故意如此，好把干系推到俺身上来。

这样一阵思索尚未得到主意，那委员又开言道："昨晚到此驻宿同茶水供给，都是这几个绅董出的主意。兵役们走得口渴，喝下茶水，不到一个时辰都横七竖八地躺在地上了，只有俺因在后面出恭，未喝茶水。等俺恭毕，一脚跨入后堂屏门，猛见墙头跳进四五个手持刀剑的大汉，吓得俺三脚两步钻进轿内躲避，已被他们看见，只觉屁股后面被一个强盗手指一点，便昏然动弹不得，直到此刻他们醒转扶俺出来，却见满院子站着不三不四的人，一查库银一两也无。察情度理，不是当地人民串通强盗，哪有这样凑巧？而且兵役们不喝绅董供给的茶水，何致人事不知？这便是老大的凭证。"

甘知县一面听他絮聒，一面眼光如电，向几个绅董同院子里围禁的百姓留神一看，便知都是安善良民，不等那委员再说下去，高声说道："敝县境内既然出了这样大事，在甘某身上好歹要找个水落石出。但是这几位绅董同院子里老少百姓都系有家有业的清白良民，不必凌辱他们。凭甘某一人说话便了。"说时浓眉直竖，虎目圆睁。

委员、军官吓了一哆嗦，慌忙满面生春，连连拱手道："贵县既然一力担当是最好没有，可是事关库银，干系匪轻，全仗贵县一力担认，能够立时破案，追回库银缉获盗魁，果然大家无事，万一银盗两无，省中耳目甚近，如何遮掩得来？不但贵县前程危险，就是两州一府以及俺们上上下下没有活路。现在贵县庇护这班匪徒，俺们也不愿多事，只要贵县负责到底便了。"说罢一阵冷笑，再不开言。

甘疯子此时虽受了一肚龌龊气，但知事体确实重大，一时不便发作，只得掉转身指挥带来健役先把围禁百姓一齐释放，绅董们也请他们依旧坐定，以备咨询。押运军役看得甘县令威风凛凛，委员又不发言，不敢阻挡，只好把大门开放，让这班老少男女跌跌冲冲向门口拥去，一路齐声喊着“甘青天公侯万代”，绅董们也拥着甘疯子连连叩谢。

甘疯子一跺脚，大声说道：“到此地步还要酸酸溜溜闹此虚文，快去陪着押解委员。待俺亲自踏勘一下，再从长计议。”说罢急匆匆带着几个健役，把一所祠堂前后左右细细勘察一遍，再转身回到堂内坐下，向几个绅董问道：“自俺到任以来，早已把境内几个出名盗魁轰走远飏，久已没有盗案发生。何以在此一夜之间会失掉七万多两库银？这一大堆银子连同银鞘分量不轻，没有大帮盗匪不能运走。未知这几天内左近有无奇形异服的人逗留此地？如诸位有落在眼中的，快快说与俺听。如照委员所说，诸位供给的茶水中下有蒙汗药，俺踏勘时已把隔夜剩余的冷茶仔细验过，並无迹象，却从祠旁破墙缺口底下同后门台阶旁拾得几股烧剩的熏香。昨夜全祠的人定是受了熏香的毒昏迷过去，可惜这位委员侥幸未曾熏着，却又吓迷了心，只顾钻在轿内，没有看清来盗几人以及面目服色，益发使俺难以下手了。”

那坐在上首的委员听得面孔一红，正想开口掩饰，忽见绅董内一人说道：“公祖大人此刻问晚生们有无见到异路人等，晚生却记起一桩事来。记得库银未到的前一天，晚生偶然同几个亲友在附近南山脚下一座村酒店内小饮。这座酒店正在一条四通八达的官道边，往来商旅非常之多，外省人经过的也有不少。当晚生走进村店拣了一副临街座头坐下未久，忽见官道上尘土起处，泼剌剌跑过一群长行健骡，背上都驮着几只空皮袋。前后两匹骏马骑着一黑一白的两个英气勃勃的壮汉，装束英武，顾盼不群，真不像骡贩模样，一阵风似的便跑过去了。半晌又有几个恶脸汉子也骑着牲口赶去，是否同两个骡贩子一路却不得而知。

“不过等晚生们喝罢出店，猛又听见马蹄声响，两匹马如飞地跑到店门口，马上两个魁梧大汉翻身下马，挽臂而入。晚生回头一看，原来进去两汉就是跑过去的骡贩子，不知怎又翻回来吃酒了，那群骡子又不知赶向何处去了。当时晚生无非看得两个骡贩子颇为英武，多看了几眼，也没想到旁的地方去。此刻承公祖一问，便觉这两个骡贩子有点可疑，后悔当时不曾仔细留意了。”

又有一个面目苍老的绅董接口道：“果然可疑，便是晚生在昨天掌灯时，听说委员大人到来，急急从寒舍赶来，经过对面山脚，隐隐看见远处山凹内现出烟火之光，当时也以为左近猎户们乘夜掘阱陷兽，生火御寒，并不起疑。这时回想，许是那话儿埋伏山凹内也未可知哩。”

甘疯子听罢连连点头：“两位所说大有线索可寻，俺已想得计较在此，事不宜迟，急须返县布置一切，这事非俺亲自出马不可。另外多派健役购觅眼线，分途踹缉。一面先动公文，上详自请处分，这是本县分内应办的事。至于委员如何善后，不敢代谋。本县缉盗要紧，恕不奉陪了。”说罢向绅董们一使眼色，虚向委员一拱手，径率领一班健役匆匆翻身而出。

绅董们也明白甘知县意思，慌忙赶在身后走了出来。众人一出祠堂，甘疯子便扬鞭上马，向绅董们吩咐道：“诸位且请回去，委员如果尚欲在此勾留，照旧供给，只差妥当的人按时送去，不必亲自陪伴他们，免得再生枝节。”说罢丝鞭一扬，纵马回衙去了。

绅董们吃过委员的苦头，又有知县吩咐，谁敢再去献殷勤，只把祠堂内委员、一班军弁夫役生生搁在那儿，门口连一个鬼影都没有了。委员也自知举动未免鲁莽一点，又看得甘县令神威虎虎，不敢别生诡计，却又不敢到省去。当天想了个鬼主意，立时遣散民夫，率着军弁悄悄地沿旧途回去，报告两州一府，设法到省城里打点，把大半责任都推到甘知县身上不提。

再说醴陵县甘疯子当天飞马回衙，同幕宾略一商议，便召集城守、捕厅、快役人等，面授方略，立时分头出发踹缉。自己回到内室思索了一会儿，知道如果不能破案，非但前程难保，几年名声也一败涂地。平日得罪的人又多，清风两袖也赔不起这笔巨款，左思右想了一回，忽然哈哈大笑道：“这点小小前程也做不出什么大事来，又无家小牵挂，俺何不如此如此，岂不痛快煞人。”

当下意决，便振笔写了一篇字同一颗县印一起密封好，外面又题上“十日后拆看”五个字，交与幕宾收好，并不说明，只说自己亲身访缉去。幕宾们素知这位东家到任以来亲身缉盗不止一次，也不疑心，让他整束改装，带上硬弓、宝剑、碎银、干粮，骑上快马，飞驰出城去了。

甘疯子出得城来，先向那两个绅士说的酒店、山凹两处细细踏勘一遍，山内果然蹄印杂沓，尚留火燎余烬，酒店小二也说昨夜三更时分过去大帮骡马，驮着不少麻袋，向南绝尘而去。甘疯子闻言，知是盗匪无疑，跳上马飞也似的向南赶去。一路问明骡群去向，昼夜趱行，不觉绕到湖南、江西交界的罗霄山境。

虽然一路问得一群骡贩过去路道，并未走错，却因走的都是偏僻山道，翻山越岭，非常难行，明知盗匪在前，一时总难追上。这天走入罗霄山，山势嵯峨，人烟稀少，连日赶路，精神也有点不济，只得觅了一处寄宿之所，略事休息。随意向山民打听，知道穿过这座山峰便可直到赣江，又探明果有一群长行骡马也向赣江而去。

甘疯子打听明白，安息一宵，次日一早上马，晓行夜宿，一直赶到赣江边。一看江边人烟稠密，商贾茂盛，路旁也有几处宿店，跳下马来一打听地名，叫作樟树镇，于是牵马入市，走进一家临江酒铺，打了一壶酒、几样菜，且自宽怀独酌。打量店堂内倒也宽绰整齐，吃酒各色人等倒也不少。忽见自己左首一桌上对坐着两个凶脸汉子，吃得满脸通红，谈得兴高采烈。只见左首坐的凶汉大拇指一竖，大声说道："现在江湖天字等一号人物要算咱们老大。你想这票买卖做得何等干净，别人哪有这样手段、这样魄力？就是咱们哥儿俩也不含糊。长江上流没有事便罢，有事咱们老大也少不了咱们。此番咱们哥儿插了一条腿，白花花的银，香喷喷的酒，也够咱们乐几天哩。"

正说得口沫四喷，醉语模糊，左首的汉子大嘴一咧，鼻孔一掀，冷笑道："替俺少胡吹吧！像咱们这样码子替老大倒夜壶还赶不上哩。人家可怜咱们跟着跑了一趟腿，跟着骡子屁股出了点血汗才赏了这点星星儿。可是过了江，人家体己人儿到了老家，大秤大碗地高乐，皇宫般的屋子高卧，哪有俺们的份儿？也想不到咱们两条臭腿哩。你倒知足，俺可想着不是味儿咧。"

两人这样一阵胡嚷，把甘疯子听得呆了，暗想这两块废料定与那案有关，正在默默思索，忽见两汉推桌而起，一路歪斜趋近酒柜，从怀中掏出整锭锭子，当的一声向天秤内丢去，大声道："喂，大爷的银子是黑的是白的，今天让你开开眼吧。”说罢，两人推推搡搡，大笑而出。

甘疯子一见两人出门，慌一跃而起奔到柜旁，劈手从店东手内夺过银子一看，却见烙印处刀迹纵横，已看不清原来字号戳记，心里益发瞧料几分，急把银子还与店东，笑问道：“刚才付银出去的二人是何路道？”

那店东一见甘疯子气概，音若洪钟，却摸不着是何路道，一时结结巴巴答不出话来。

甘疯子恨极，摸出一点散银匆匆付了酒饭钱，急忙抢出，解开马缰，跳上鞍背，向两头一望，只见西头远远人丛内有两人悠悠晃晃地挤去，料是那两个人，慌一拉丝缰赶去。苦于街狭人多不便加鞭，只好跳下马来牵着走去，赶到市梢却不见了两人踪影。向前一看，路尽处一座山脚挡住，山脚上疏疏落落地排着几所瓦房，只好骑上马向前走去。过山脚一看，一面是江水，一面是山坡，坡上筑着一条长道，远远望去，一箭之路以外有座当路凉亭，亭内隐绰绰坐着两人，仿佛是酒店内凶汉。甘疯子大喜，两面一望，别无人影，江面日落，只远远几点帆影出没在波光风影之中，别无近岸船只，正中心怀。慌加鞭赶到亭下，先从鞍后包裹内抽出宝剑，一跃下地，一声大吼宛如晴天起个焦雷，大踏步提剑赶将过去。

这一下只吓得亭内两人啊哟一声，一齐矮了半截，连连叩头道：“下役们并未为非作歹，求大爷明鉴。可怜下役们奉大爷的命，拼命到四处探访盗案，昼夜奔波，一刻也不敢偷闲躲懒，怎的提剑杀起下役们来呢？”

甘疯子闻言大惊，喝声抬起头来！两人一抬头，甘疯子定睛一看，哪里是酒店凶汉，原来这两人是醴陵有名的捕快头儿，却不解他们没有海捕公文，何以缉访到隔省来，会在此地巧遇。

正想启问，那两人已立起来，垂手禀道：“下役们奉大爷命令在邻近各县访了几天，没有线索，回到衙门，报告大爷亲身改装出来。师爷们儿不放心，连夜叫下役两人跟踪前来，一路探问知道大爷经过罗霄山，一直寻踪到此，果然被下役们寻到。师爷们儿因为省里下来公事严厉得很，两州一府又把关系一齐推在大爷身上，风闻上面格外雷厉风行，将派委员下来摘印查办。本县绅士们却动了公愤，一齐联名向省城控告押解委员自己疏忽，虐待乡绅，替大爷极力洗刷，所以叫下役们请大爷赶快回衙再说。”

甘疯子听罢，沉思了半晌，笑道：“你们不知俺已探得盗匪去路，再赶一程便可人赃俱获。失官事小，捕盗事大，俺不做官也要把这班强盗处置一番，才平心头之恨。好在衙门内俺一没有家小，二没有亏累，这样结果俺早已料到，已把官印封好留下，手谕交与师爷们儿收管。现在俺出来已十多天，他们定已拆开密封，照俺手谕办理交代了。”说罢拿出了五六两碎银赏与两人，又道：“你们忒也辛苦，好好回去替俺致意绅士们，说俺从此无意做官。失去库银一桩案子，俺好歹要弄个水落石出。凭俺一人力量，定要同这班强盗决一雌雄。你们就把俺这番话转告他们便了。”

两人一听，你看俺、俺看你地看了一回，没法强他回去，只好叩谢一番，怏怏而返。

这里甘疯子一人坐在亭内，痴痴地想了一回，觉得无官一身轻，从此海阔天空，脱然无累，倒比做官来得逍遥自在。又一转念，现在要探盗窟也不必心急，先去找几个生平好友叙叙契阔，商量一番，探得了盗窟所在再慢慢同他们算账便了。想起平生第一个好友是浙江归宁县钱东平，现闻隐居福建近海鸳鸯峰内，江西邻近福建，何不弃了马匹，单身访他一下再说。

主意打定，又从亭内出来，牵了座马仍回到镇内酒店，托店东把自己这匹马卖了几十两银子，即在店内寄宿一宵，次日便带好宝剑，背上包裹，辞了店东，大踏步走出镇来。

刚走过路亭，蓦见前面山坡上立着一个大汉，穿着一件玄缎羔皮长袍，歪戴一顶红结小帽，敞着胸襟，提着鸟笼，嘬着嘴正在调弄笼内一只八哥儿。甘疯子从坡下经过，无意之间抬头向他一瞧，似乎这人便是昨天自己追寻的两个凶汉之一，却因装束与昨天不同有点犹疑，不免多看了几眼。

不料坡上那人看得甘疯子向他直瞧，勃然发怒道："你不认识你的老子吗？向老子直瞧什么？惹得老子性起，一个小指头儿就把你撩到江心里去。"

这一发话不要紧，甘疯子听得口音，明明是昨天酒店内自吹自擂的那个醉汉，真所谓踏破铁鞋无觅处，得来全不费工夫！哈哈一声大笑，便向坡上赶来。

那汉子一见甘疯子气概威严，自己的几句话唬不倒人家，反惹得人家赶将上来。来者不善，善者不来，不禁心里有点发毛，却还想充个硬汉，把鸟笼向地上一放，双袖一捋，凶睛一闪，喝问道："难道你想太岁头上动土吗？小子且去镇上打听打听俺九头鸟王八爷的名头，再来送死不迟。"

语音未绝，甘疯子已立在面前笑道："何必打听别人，只向你打听便好。"

九头鸟看得甘疯子虽不动手，声势已足惊人，禁不住退了两步，兀自瞪着眼喝道："你向俺打听甚事？"

甘疯子冷笑一声道："俺想打听醴陵县七万多两库银一票买卖，你不是插了一条腿么？"

一言未毕，九头鸟吓得一张猪肝脸霎时变成白里透青，连连向后倒躲，猛地一矮身，嗖的一声从靴帮内拔出一柄尺许长牛耳尖刀，狂吼一声，便向甘疯子胸前刺来。甘疯子喊声"来得好！"一偏身，倏地飞起一腿，听得扑的一声响踢个正着，那把明晃晃的牛耳尖刀一道白光飞落坡下去了。

九头鸟喊声"不好！"一转身向山上便跑。甘疯子岂容他跑掉，一个箭步过去，把脖子一把抓住，顺势向地上一掼，一提足便把他踏住。九头鸟原是个镇上地痞，身子早已被酒色淘虚，怎禁得甘疯子神力，轻轻一掼已是跌得发昏，此时胸脯贴地，背脊朝天，被甘疯子一足踏住，不用使劲，早已两眼上翻，上气不接下气了。

甘疯子看他这样不济，放下踏住的脚，用脚尖只一拨，又把他像死尸般翻过身来。等了半晌才见他透过一口气，拼命般爬起身来，向甘疯子像鸡啄米似的叩着头，哀求道："老祖宗杀了俺宛如踏死一只蚂蚁，可怜俺还有八十岁的老母要俺养活，老祖宗赦了俺一条命，好比放生池里放了王八。"

这样一面直叩响头，一面乱七八糟地求饶，倒惹得甘疯子真的发起怒来，大喝道："无耻狗才少说废话！要俺饶你狗命，快把醴陵县案子从实招来，有半句虚言，立时砍下狗头来！"说罢，铮的一声从身后拔出宝剑，搁在九头鸟顶上，只吓得他三十六颗狗牙捉对儿厮打起来，心里一急，嘴上结结巴巴越说不出话来。

甘疯子用剑只向他颈上一贴，九头鸟骤觉颈上一冷，惊得大喊道："小的说，小的说！老祖宗这家伙动不得。"

甘疯子喝声快说，九头鸟大哭道："说俺平日在樟树镇打降吃腥不算冤枉，说俺做强盗打劫皇家库银可冤死俺了，像俺这样的乏货哪配做强盗。前几天从福建来了一大帮客商，也不知他们做的什么买卖，一到樟树镇就出重价雇了一批长路健骡，买了百多只新的麻袋，不到几天就从湖南赶着骡子又回到镇上。俺看得骡子上麻袋只只沉重非常，知是金银一类的东西，便红了眼，想讹点油水，纠集了几个同伙去寻是非。哪知那帮客商非但江湖上门槛精而又精，而且个个手上厉害非凡。但俺们虽然碰了一鼻子灰，那帮客人却也讲究面子，居然拿出百多两碎银赏与俺们算是遮羞钱。俺们得了一点油水，越看得这帮客商不是正路，暗暗设法一探听，才知是武夷山铁扇帮的好汉。俺们一听是铁扇帮，吓得远远躲避，大气也不敢出。幸而这班人在路上并不多留，赣江边早已预备着十几号大船，把骡子退回，改用水路运向福建去了。小的句句都是实话，如有半句虚言，定遭天雷击顶。就是醴陵那起案子，直到这几天沸沸扬扬传到镇上，俺们才疑心到铁扇帮去的。"说罢又连连叩头不已。

甘疯子看他神情，知无虚话，却喜此番本拟到福建去访友，这样一来不是一举两便吗。一看时光不早，赶路要紧，便喝道："像你这般狗才也不足污俺宝剑，权且寄下这颗狗头。"说罢不再理会地上的九头鸟，径自匆匆赶下坡来，在江边觅了一只长路搭客船只，扬帆而进。从此甘疯子或水或陆，晓行夜宿，一路游山玩水又从江西绕到福建。

讲到这福建省，四周群山环绕，奇山怪谷层出不穷，沿海一带岛屿星布，山岭重叠，格外来得雄奇秀丽。甘疯子弃官云游，到了福建，虽仍是游览各处胜境，却一心想到鸳鸯岭去访好友钱东平，所以一入福建省境，便细细向人探明到建宁府的路程，慢慢走去。

这天走入兴化府、永春州交界地方，万山竞秀，千壑争奇，几百里路高高低低，都是奇险绝幽的山道。幸而一路山林之内，都有一二所寺院可以寄宿，披霜戴月饱看奇山，倒也胸襟潇洒，一无牵挂。

有一天翻过重重高岭向前一望，十余里外笔直矗立着一座奇峰，左右群山如屏，若奔若赴，峰顶烟云明灭，变幻无方。最可爱岭下夹道的丹枫，一片红锦似的直铺到前面峰脚，衬着蔚蓝的天空、深碧的峰头以及白云黄土，松壑鸣泉，宛如一幅工致绝伦的青绿山水。甘疯子痴痴地看了半天，真有飘飘欲仙之概。记起昨晚在山寺，从寺僧口内探明前面的奇峰叫作天柱峰，是著名胜境，还有四壁岭、大竹山、金龙嶂一路都是名山古迹。这几处游尽便是沿海的长乐县、连江县、罗源县、宁德县，然后才到福安县的鸳鸯岭。算计还有好几天路程，不敢再事流连，只好奔下岭来。

一忽儿走到天柱峰下，抬头一看，上面一片片白云像轧棉花般从半腰里咕嘟嘟涌将起来，山脚巉巉岩壁里凿着一条窄窄的石磴，穿着核桃粗的一条扶手铁链，左盘右折，直穿入白云深处，静荡荡的绝无人影。甘疯子只有从峰脚绕去，却看得云光岚影，毓秀钟灵，不禁游兴勃发，爱不忍去，决意直上峰巅玩个尽兴，再从峰后寻路下去。主意打定，把身上整理利落，系好背上包裹，便跃磴道，鹭行鹤伏，攀扶而上。一个人循着窄窄磴道盘来盘去，不一时已到峰腰。回头向山脚一看，已不下二三十丈，山腰内地势却尚平坦，满是合抱长松，松藤上成千成万的松鼠东蹿西跳，迸跃如飞，看见人来也不逃避。走出松林，一条浅浅山涧阻住去路，幸得并不深阔，一跃而过，向溪涧上流寻去，却见一线银瀑从天飞下。走近一看，飞瀑从顶上一块突出的嵯峨岩石边飞舞而下，远看去，那块岩石宛如一颗龙头，张着大嘴，从龙嘴喷出一道飞泉出来，到得半腰被松风回环激荡，散成濛濛的水雾，被太阳侧光反映，幻成五彩云霞，变化不测，蔚为奇观。

甘疯子看得拍手惊呼，贪看多时，衣襟上都被飞瀑的水珠润湿。向峰顶望去，兀自云气笼罩，知道这样峻险，平日人迹定必罕至，也许上有仙灵窟宅，格外动了好奇之心，只是当前水雾迷漫，一时寻不着上山路径。甘疯子重又退后，向侧面绕去，却见瀑布后面一座十几丈的峭壁，壁下亦有一条羊肠磴道，像螺旋接到壁顶。当面看去，被飞瀑挡住固然看不出，就是侧面远望也一时难以觅着。因为这座峭壁并不截然如削，却系一层层危崖断石夹着虬松苍柏，把一条羊肠磴道隐在壁内，不逼近眼前万难找觅。甘疯子走上这条磴道，可不比上峰时一条磴道容易走，又陡又滑，一失足便可粉骨碎身，好容易走上壁顶，也觉腿软腰酸。

向下一望，一片云海迷了路径，连那条瀑布也看不见影子了，却隐隐听得泉声淙淙似在脚下。望上一看，距离最高峰头还有二三十丈，一个人好像立在云端里一般。四周远眺，除近山一片云海之外，远处川流山脉星罗棋布，如在掌上。休息片刻，仍欲寻路上去时，却无上去磴道，想前人凿路探山，也只有凿到峭壁上面为止，只好从包裹内拔出宝剑，斩莽披荆当作拄杖，向前走去。哪知这样一走，才知这座天柱峰非但高出云表，而且面积也非常广阔，越走越深，迷了方向，走了半天依然走不到峰巅，只见前后左右全是奇形怪状的巨石和鬼气森森的古木。

这时已日影西斜，阳光斜照地上，布满了千奇百怪的木石阴影，好像前后左右一时现出许多魍魎鬼怪，又加上山风高寒，吹得树木呼呼发啸，格外荒寒萧瑟。虽是甘疯子胆大气雄，也觉得毛骨森森，一想不好，天已不早，看来今天难以下山，早知峰顶并无出奇之处，何苦费此精神，事已如此，只有先觅个藏身宿夜之处，再作道理。正在这样思索，忽听得呼的一声，从怪石缝内蹿出几只灰色野兔子，没命地向身后跑去，接着又跑出一只细腿长颈的麋子来，都箭也似的向山下逃去。甘疯子以为麋子追那野兔，并没在意，依然向前走去。正穿过一片松林，忽见当前一块洁白危石约有两三丈高，竖在当地。走近一看，下半截晶莹光滑，浑如白玉，巨石边几株长松下半截也光溜溜的不剩一片松皮，似乎附近有庞大野兽时常到此摩擦身体。细看松下，果然落着许多黝黑坚锐的兽皮，却辨不出何种兽类，看松树摩擦痕迹，估量兽身比人要高出一倍。甘疯子格外提心吊胆，急于寻觅藏身处所，转过这块巨石，猛然一抬头，甘疯子几乎吓得心胆俱裂！

只见前面露出一片茸茸草地，约七八亩地大小，草地尽处危崖倒挂，布满藤蔓，崖上却有一个鬼怪似的巨人，半身探在崖外，一只虬筋缠络、粗逾牛腰的巨臂五指向上，像欲攫月拿云一般。深山孤客见此怪物，哪得不惊！但仔细定睛一看，不禁连连自啐，几乎失笑，原来满不相干，自己看见庞大兽迹以后弄得草木皆兵，这时又日影沉西，危崖恰在阴面，崖上一株千年古树偏又生得古怪精灵，在这夜色苍茫中远看去像巨人一般。

甘疯子虽然凭空吓了一跳，却在树上得了主意，慌提剑连蹿带跳越过草地，奔上崖头，向这株怪树打量一番，暗暗心喜，原来这株枯树十人还抱不过来，树身藤葛紧绕，葛蔓遍体，近根处却现出城门般的一个深洞，想是树老中枯，照外面树体这么大，树内的空洞定必宽广异常，望去黑黝黝的，恐有毒蟒等类在巢穴内，未敢进去，只攀藤扶葛爬上树身，立在分叉处。一打量横出崖面这支巨干，宛如一座桥梁，干尽处五枝分出，中如掌心，足容数人起卧。又喜枝上虽无一叶，纠结的藤蔓却像蛛网般结在顶上，宛如当空搭着一座大棚帐。

甘疯子大喜，又从干上如飞地跳进枝条分出的掌窝内，脚下软软地衬着许多落叶，似乎有大鸟做过巢穴的样子，坐下来舒适异常。从枝杈内探头一看，离地足有十余丈，距生根的危崖也有五六丈。真是上不在天，下不在田，天造地设的一个安身处所。这时甘疯子身安心稳，把背后包裹同手上长剑都搁在近身地方，从包裹内摸出干粮来吃了一顿，却觉得喉咙干渴，四下里一探，相近并无溪涧，记得那条飞瀑在前山峭壁下面，路途甚远。天又渐渐黑下，一轮明月已升上山来，照得下面一片枯草像罩了一层浓霜，山前山后许多异鸟发出各种怪声，非常难听，不便再下树去寻水喝，而且走了一天，好不容易寻着栖身之所，也管不得山高地险，口渴身寒，只觉眼皮下垂，蒙眬渴睡起来。

不料睡梦未醒，耳边猛听得震天价一声怪吼，惊得他跳起身四面一看，但见山风陡起，枝上倒垂的藤萝随风乱舞，下面坪上一片枯草也像波浪一般起伏不定，心想风从虎威，难道这声怪吼便是虎啸不成？思犹未了，崖头树根处呜呜之声大作，声如破锣，震得耳边嗡嗡不绝。急向崖上望去，却未见一兽。再细听发声所在，竟像从地中发出一般。正在惊疑，又听得呼的一声，从树根大窟窿内蹿出一个庞大怪物来，急定睛细看时，只见那东西身伟尾长，斑斓满体，竟是一只吊睛白额大虎。

那虎一出洞，懒龙似的尾巴一阵摇摆，前爪一伸，后腰一躬，先伸了个懒腰，然后掉转身全身一抖弄，尾竖毛张，两只荧荧虎目闪闪放光，朝着树洞伏地一声大吼，顿时呼呼几声怪响，又接连蹿出一只大两只小的来，一共大小四只虎在崖上一阵盘旋，各自发一声吼，向崖下奔去。甘疯子虽在树上也看得心惊，暗自喊声侥幸！万一寻不着这安身处所，或者冒冒失失地向树窟窿钻去，岂不危险异常？照这树窟窿内存得下四虎，想必大得异常，直通地穴，所以初听虎吼像从地中发出来的一般。甘疯子一面思索，一面两只眼珠也跟着四只虎跑下危崖，却见大小四只虎一到崖下草坪，宛如小孩子放学一般，一路欢舞迸跳，在草上乱蹦乱跳，此腾彼扑，忽而斗在一起，忽而追驰逐北，绕坪疾驰，满耳虎啸之声。甘疯子居高临下，仿佛在看场虎戏，正看得热闹，猛听得草坪尽处那块晶莹大石旁边呼呼一阵腥风起处，现出一个庞大异常的黑影来。甘疯子尚未看清是什么东西，那草坪上面四只巨虎已悄悄拖着尾巴聚在一起，四对碧闪闪的虎目一齐注着那边庞大的黑影，八条腿却一步步向崖前直退。

甘疯子吃了一惊，心想那黑影是什么东西，连虎也有点怕。再望那黑影，已逐渐显明，转到那块巨石前面来，同时黑影里发出碧绿光芒，像两盏明灯般直射到崖脚，那东西又慢慢走离巨石，跨入草坪，一步步向那四只老虎所在走来，到了草坪中间全身涌现。甘疯子借着月色定睛细看，见那东西通体乌油光黑，牛头狮尾，长鬣披肩，自头到尾长约一丈有余，高亦有八九尺。最奇一颗笆斗大牛头却只一角从额上长出，二尺许长，角尖翘天，晶光夺目，立在草坪中间，两道碧荧荧的眼光依然直注四虎，鼻子嘘嘘有声，像蒸笼般冒出咕嘟嘟白气。甘疯子看了半天，似乎就是“虎兕出柙”的兕牛。再看崖脚下四只虎，个个尾巴直竖，前爪踞地，张开大口，露出满嘴巉牙，似乎蓄势待斗样子。

两边这样对峙了半晌，猛见那兕牛把头向地一拱，震天价一声怪吼，放开四只铁蹄，擂鼓般向崖脚奔来。这边大的两只白额吊睛虎首先一声猛啸，平地纵起一丈多高，一左一右拦腰扑向前去，后面略小的两只虎也接连几纵，蹿到兕牛身边，一个在前，一个在后，张开大嘴便咬，这样四只猛虎四下里把兕牛包围。那兕牛猛袭过来跑发了性，一时收不住腿，前后左右四只虎又已扑上身来，说时迟，那时快，只见它一颗硕大无朋的怪头一俯一昂，当前的一只虎被它凭空掀起半天高，撩在一边，同时四只铁蹄一阵盘旋，左右两面同身后三只虎一齐撞开老远。四只虎在地上一阵翻滚，重又发起虎威，齐力扑上。这一来，四虎一兕在草坪上来回驰逐，拼命狠斗，只听得吼声动地，沙石飞扬，连当头一轮明月也似藏影匿彩，黯淡无光，只把树上甘疯子看得骇然失色。胆子小一点的，怕不魂飞骨酥，跌落树下。

这样足足斗了半个时辰，眼看四只虎合力奋斗还占不到半点便宜。最可惊这几只锐利无比的虎爪明明看得扑在兕牛身上，却难伤它分毫，想见兕牛遍身毛劲革坚，只看它把头一觝，身子一抖，近身的虎便跌出老远，更可见力大绝伦。正看得心惊目眩，忽见一虎狠命抓住兕牛钢刀鬣，张口向颈项一路猛啮，后边三虎也死命扑在身上乱咬乱啃。不料那兕牛后腿一掀，向前一冲，便把附身三虎一齐甩落，前面那只兀自抓住颈项不放松，兕牛发怒，挂着挂在头上的虎乱颠乱纵，绕坪奔去。被它甩开的三虎在地上打了个滚，连声怪吼，又向它屁股后面赶来。兕牛未待三虎近身，屹然立定身躯，把头只一抡，尖锐的独角一闪，立时听到一声惨叫，项上抓住的那只虎又被它头峰甩去丈余高，直摔到崖脚乱石堆中。急看时，已是四脚朝天，一动不动，肚上一片白毛地方血花像一股泉般飞射出来，想是被它那只独角觝穿肚腹而死。

兕牛觝死一虎，两眼凶光远射，钢牙尽露，喷出许多白沫，格外凶厉无比，把头向后一看，顿时掉转身躯，向追它的三虎直冲过去。那三虎看得伙伴死掉，似也气馁，一齐掉转身，落荒而逃。兕牛格外气焰十足，鼻子里呼呼怪响，放开铁蹄，向后直追。这时树上甘疯子把困睡也吓醒了，口渴也吓忘了，却看得兕牛这样凶狠，那三虎难免也要同归于尽，恨不得跳下去，一顿拳脚把兕牛打死。但是四只虎拼力尚斗它不过，一个人如何有此力量？又想到此山有如此猛兽，明天自己下山也是非常危险，猛然记起自己从县衙出来原带着弹弓，一路行来藏在包裹内。自己这口铁制硬弓发得又远又准，力气也是不小，何妨取出来试它一试，侥幸把这凶猛兕牛除掉，岂不大妙！

思想定当，慌伸手拿过包裹打开来，取出弹弓上好弓弦，又把满满一袋铁弹系在腰上，顺手又把包裹包好，身子移了一移，昂起身，半蹲半坐向下面细瞧。哪知他在上面解包裹取弹弓的一耽搁，下面三虎中又死掉一虎，尚余两虎似已精疲力尽，勇气两无，正被兕牛追逐得无路可走，想逃上崖来，却又被兕牛在崖下堵住去路。甘疯子雄心勃发，摸出一把弹子，扯起弓弦，觑得准确，轻轻喝声“着!”只听得兕牛身上卜卜几声，毫无动静。

原来兕牛遍体黑毛，非但光滑如油，而且根根钢针一般又厚又密，弹子哪里打得进去？只一颗颗滑落在地上。甘疯子不死心，用了十二分功劲，一阵连珠猛击，虽是弹无虚发，无奈兕牛毛革实坚韧，连虎牙、虎爪急切里尚难伤它，何况几颗小小铁弹？反而撩拨得它昂头怒吼，两眼凶光直射到树上来。

甘疯子吃了一惊，急中生智，慌叩上弹子，用足功劲觑准兕牛两眼大喝两声“着!”事有凑巧，这时正值兕牛的头上仰，又在崖下相隔不远，两只闪闪放光鹅卵般的大眼又易于觑准，上面喝声未绝，下面两道绿光随声而灭。只听得崖下长长的一声狂嗥，兕牛旋风般一阵乱转，似乎双眼瞎掉，痛楚非凡，却又野性勃发，乱觝乱蹴，铁蹄起处，怪石飞空如落冰雹，独角所至，树木飞拔，地陷成坑。这一来，顿时满坪飞沙直卷，狂风怒号，连甘疯子所在的大树也震撼不已。吓得斗乏的两虎远远儿偎在一起，像猫儿一般。这样奔腾了半刻光景，又见它呜呜几声猛吼，倏地头角向地一伏，放开铁蹄，箭也似的直向对面冲出，一忽儿猛听得天崩地裂的一声巨震，那边矗立的一块晶莹大石哗啦啦四分五裂地塌了下来。原来兕牛两眼已瞎，只顾逞着野心猛力冲去，竟不防碰在石上，把整块石屏撞塌。这兕牛蛮力实在大得骇人，可是兕牛系血肉之躯，这样一碰也自脑浆迸裂，压死在碎石底下了。

甘疯子远在树上，但见对面满空石屑四飞，一时还看不出兕牛死与不死，却见草坪角两虎耸起身来，蓦地发声怒吼，连蹦带跳扑向前去，虎爪齐举，把塌下来的碎石块一阵乱扒，便赫然现出硕大无朋的兕牛半卧在血泊之中。两虎似也知道泄恨，顿时牙爪齐施，连毛带肉一路大嚼。半晌，两虎舐嘴吮舌地回转身，各自衔着死虎拖上崖来，连死带活依然钻入洞内。

甘疯子眼看兕牛已死，虎亦归洞，人亦疲倦得不可言喻，料想自己所在就是再有怪兽出来也不致有碍，于是把弹弓扣在背上，宝剑系在腰上，竟自抱膝睡熟。

等到睁开眼来，红日满山，清霜遍体，一夜光阴早已过去。回想夜里光景，好像做了一场噩梦。立起身向草坪那面一看，大吃一惊！再定睛一看时，只见那面无数碎石中间另有小山似的一堆东西，金光闪闪，照人眼睛，看不清是何怪物，却不见兕牛尸骨何在。正诧异当口，猛听得头上哧哧怪响，一抬头，只见大树主干上蟠着一条锦鳞赤眼、粗逾担桶的巨蟒，下身紧绕枝梢，上身匹练般直挂下来，全身有十几丈，正对着甘疯子张着血盆大口，两支火苗般芯舌满嘴游走，腥涎直滴。这一吓非同小可，也顾不得离地高下，顺手捞起包裹，一提气，涌身向崖下跳去。照说崖上跳到崖下足有十几丈高，却因横出的枝干势向下坠，比较崖面低了不少，甘疯子又是善于轻身功夫，从枝杈上腾空般跳到草坪，幸喜没有损伤，也顾不得回头再看，脚落实地便飞步向前奔去。这一跑正向那座金光闪闪的小山奔去，在树上睡眼蒙眬未及看清，忽遇当头怪蟒，一时逃命要紧，未曾虑及此处。此时飞步奔去，相距不过五六丈路，才看出是大大小小千百条金光灿灿的怪蛇，蟠住兕牛尸首蠕蠕而动，又把甘疯子吓得望后倒躲。回头一看树上，那条巨蟒已游身下来。

甘疯子急得满身是汗，四面一瞧，看得前面草坪尽处，除出正面一堆怪蛇挡住前路，两旁尽是剑林般的怪石，高高低低，犬牙相错，实在不易下脚。可是逃命要紧，也顾不得许多，不管三七二十一，接连几纵奔近石林，拣着略微方正一点的便奋身跳上，不暇细看，两臂一张，似飞鸟般从石尖上一块块纵了过去。好容易脚不停趾，绕过蛇堆，越过石林跳下地，透了口气便拔腿向山下飞跑。

一口气从磴道盘下峭壁，又到了昨天流连的峰腰，那条飞瀑兀自银龙般飞舞不已。这时甘疯子气喘汗流，喉中像火烧般，一见这瀑下淙淙清泉，格外鼻口生烟，慌忙爬在瀑边用手掬着泉水尽量喝了十几口，才觉遍体清凉，惊魂安定，却已无心赏鉴银瀑，也不敢再作直上峰巅之想，寻着下山磴道急急走下山来。到了山脚略事休息，吃点干粮，便绕出天柱峰，奔向前程，一路探幽寻险之兴，也减却不少。

不日便到了福安县鸳鸯峰会着钱东平，两人一叙契阔，甘疯子便把失银弃官的事从头至尾说了一遍。

钱东平说道："如果那批库银果是铁扇帮所为，你倒来得凑巧。因为铁扇帮老巢虽在武夷山内，新近恰与飞龙岛联姻，姓艾的首领常在岛内流连，不大到武夷山去，而且霞浦百笏岩也是他们的聚会之所。霞浦距这里甚近，甘兄想下侦探功夫倒也容易入手。不过小弟隐居于此，绝不与闻外事，上面所说都是道听途说，究竟其中真相如何，甘兄慢慢细探便了。"

甘疯子闻言大喜，钱东平又代他策划，乔装一个江湖剧盗模样，捏造了名姓来历，假充慕名拜山，先投入百笏岩碉内，然后见机行事。不料初到头一天还未见着飞龙岛主，却巧遇上游一瓢了。以上便是甘疯子对游一瓢说明自己的来踪去迹，话已表明，又接着说游一瓢师徒四人商量同到雁荡的事。

照钱东平意思，甘疯子虽然弃官如遗，从师心切，可是七万多两库银一案尚未探得水落石出。如果真是铁扇帮所为，岂不白白便宜他们。龙湫僧也主张好歹到飞龙岛去侦探一下，有老师在此，怕他们怎的。

游一瓢听他们议论纷纷，微微笑道："如在库银本身讲，送进湖南藩库同搬入飞龙岛盗穴丝毫无异，现在世界，官盗有何分别？再说你目前已无职守，何苦为不相干之事操心，而且飞龙岛主同艾天翮已从海底地道将百笏岩两家迁入飞龙岛，咱们一时也不易深入。至于俺这一档事却与飞龙岛主无关，完全是艾天翮夫妇的诡计，其中原因复杂，你俺尚未了解内中详情，须待俺回雁荡问明俺夫人才能决定主意。不如暂且丢开手，待你们自身功夫到了炉火纯青地步，尚有比现在重要万倍的大事情待俺们同心去做哩。"

三人一听此言，便跟着游一瓢直赴雁荡，先到灵岩寺住了一宵，次日一早又同上雁荡峰顶雁湖湖畔，寻着游一瓢夫妇偕隐的旧庐，进去一看却找不着纫兰影子，草庐内也不像有人住着的样子。

游一瓢暗暗疑惑，猛一抬头，见壁上钉着一张颜色褪旧的信笺，取下一瞧，吃了一惊，顿足道："岂有此理！相处这些年，难道连俺为人还信不到底吗？总是她涵养未到，不能明心见性，了澈真如。可是俺也有疏忽之咎，如果不误中毒蛊，何致耽误日子，以致错过机会，不能摘奸发伏，当面解释。"说罢长叹一声，把手上信笺交与三人同看。

三人一看笺上写着那晚百笏岩纫兰愤而出走的先后情节，后面另外一行还题着一首诗，诗曰："在山泉水清，出山泉水浊。清浊自殊途，一笑谢尘俗。"

【原注】

读者注意：本小说第五、第六两集格外警辟新奇，现已排印，不日即可出版。以前千头万绪的故事都在最后第五、第六两集内逐步结束，其笔力矫健，结构严整，早已有普遍的认识，固毋庸代为鼓吹也。

总经理处启

第五集
第一回

孤岛起风波，女将军鸾刀追敌
莽夫泄隐秘，俏佳人鸩羽殪仇

游一瓢师徒回到雁荡绝顶的草庐内看到纫兰临走题诗，当下钱东平、甘疯子、龙湫僧三人揣摩诗内寓意，便知师父师母起了绝大裂痕，虽是轻飘飘两句诗，却蕴藏着夫妇从此各行其是的意思。最厉害的把游老师比成浊水俗尘，仿佛说俺们俩在雁荡居时你也是清的，出山后便成浊物，闹出百笏岩这一档把戏来了。三人中甘疯子心中格外难过，假使那晚没有他从中捣乱，老师不致离开书斋，湘魂这档事不致于难分皂白。可是老师的清白也只有俺一个亲眼目睹的证人，有俺在场，目前钱东平、龙湫僧便不致疑惑俺老师。话虽如是，只俺们三人晓得老师受了冤枉，仍然无法破此疑团。玷污湘魂身体这人究竟是谁，依然大海捞针，无法查究。甘疯子心里这样思索，钱东平、龙湫僧也是这般地想，而且三人对于游一瓢夫妇以往的事并不知晓，铁扇帮、飞龙岛何以用此诡计也摸不着路道，又不便向老师细问，六只眼珠看定了那张信笺，倒没法摆布了。

游一瓢却微微笑道："这事关着十年以前的事，难怪你们茫然。前几天在鸳鸯峰破寺内俺听你们说及百笏岩艾天翮，已知这桩前因絮果成了一桩不可解脱的怨孽。现在俺这位夫人被他们诡计蒙住，素性又迂执冷僻，这一走愈弄愈僵，正落敌人的圈套。但是真金不怕火炼，是非总有大白之日，俺这位夫人将来定要后悔的。俺们师徒的事要紧，这种尘俗烦恼正应运用慧剑斩断，从此置诸度外可也。”

这一番话从世俗眼光来看，只觉游一瓢夫妻之情似乎非常淡薄。

三人之中也只有钱东平已体会出游一瓢的意思，连连点头道：“老师道念坚定，涵养功深，所以勘透尘网，趁此解脱。一面推测这桩事不到水落石出之日，同师母见面也是无法解释，不如暂置度外，使敌人疏于防范，将来不难见机行事。”

甘疯子、龙湫僧被钱东平一点明，果然觉得有理。

游一瓢笑道：“你们三人相处虽不多日子，各人气质已见一斑。东平器宇丌展，智略达到，可以传授俺的阴符握奇、先天太乙之术。霆生（即甘疯子的原号）刚毅果敢，豪气凌云，可以传授俺的拳经剑术。龙湫僧心源澄澈，世情恬淡，可以传授俺的吐纳保身、炼丹寿世之秘。至于锻炼体魂，陶熔天性为人道之基，凡在俺的门下，人人必须经过的第一步功大，这种功夫便是内功正宗。世人练习武功的都是由外而内，俺却是由内而外。

“由外而内，无论练得如何惊人，根基终是不固。比如身子虽是铁铸，五脏六腑依然是一座琉璃，一震便要粉碎。如由内而外，先须练心、练气、练血、练精、练神，按五步做法把心、气、血、精、神运用如一，稳如泰山，然后把五官、四肢、七窍同拳术的手、眼、身、法、步，十八般军刃的蹦、挑、砍、刺、撩一一融会拍合，便可触类旁通，任意所使。然后取精用宏，由博返约，各专其性之所近，以达于神化不测之境。如此，内功正宗之秘奥已得其十之五六，出而济危扶困可以游刃有余。但是做到这样的功候，还只内功正宗之一半路程。像俺所说传授东平的兵机术数、霆生的拳经剑术、龙湫的叶纳炼丹，途径虽不同，而探本穷源，都可以达到保命养元之金刚不坏地步，看各人自己功行如何便了。”

这一番话，三人听得又惊又喜，一齐俯伏在地，齐声说道：“从此弟子们长侍左右，全仗师父训迪，但不知师父在天台、雁荡两处择哪一处设立绛帐，弟子们可以亲自动手建筑起来。”

游一瓢道："就在此处旧庐中再添设几间，略一整理便足够用，不必多费手脚了。"

三人闻言起立，于是师徒四人择定庐旁地址，由龙湫僧回到灵岩寺，运上许多粮食蔬菜同炉火家具等应用物件，连造房屋的动手家伙应有尽有，也不雇用木土工匠，三人亲自选材搬土，动起手来。好在山上有的是木材，没有的东西再由下搬运，不到几天，居然添盖了几间朴而不华的草庐，从此师徒四人在雁荡绝顶参究内功正宗，宛如世外桃源，每逢春秋二季，游一瓢依然下山，云游四海。

三年以后，钱东平等三人功夫大进，游一瓢下山时便于三人中带一个徒弟同游天下，于是尘寰中又有游一瓢师徒踪迹，顺便又做了许多惊人的侠义功德。江湖上因他来去无踪，不可捉摸，却又光明正大，无人及得，他陆地神仙这个雅号便自此遐迩皆知。后来在云游时，又收了黄九龙、王元超两人。雁湖草庐中师徒六人，不但讲究武功，关于修道的炼丹内视、治世的救国安民、治军的兵机韬略，依照各人性情相近，分别传授。

这样又过了几年，游一瓢看得钱东平、甘疯子、龙湫僧都差不多已到炉火纯青的地步。钱东平本是个智慧绝人、学问渊博的才子，在雁荡从师几年益发成了大器，武功之外尤其长于布阵行军以及谶纬五遁之学。甘疯子素性豪迈却又饱学，此时从游一瓢又学成一身惊人的剑术。只有龙湫僧虽然也学得一身功夫，学问一道却比钱、甘二人略逊，只有一样是他人所不能及的，他参究吐纳辟谷之法，看得世情极淡，终日面壁参修，内功根基却非常深厚。

此次游一瓢命他们三人分途下山，做些侠义功德，又说天下不久大乱，刀兵四起，叫他们下山去见机行事，驱除鞑虏，恢复山河。钱、甘二人欣然领命下山，唯独龙湫僧却不愿重入红尘，一意在山深造，将来如果师兄们需他帮助时，再从旁出力未迟。游一瓢见他淡泊无为，也很赞许。再说黄九龙、王元超入门未久，也需他代师指导，便也不叫他下山了。游一瓢自从钱、甘二人下山以后，自己依然分春秋二季下山云游，想起从前纫兰负气出走迄无消息，也时时暗地留意。

有一次特地到福建百笏岩一带，先打听艾天翮消息，却从沿海的居民中探出飞龙岛内已无一人，飞龙岛主同湘魂、锜娘以及艾天翮都不知去向。起先不信，亲自走进岛去一看，果然变成一座荒岛。后来在洛阳听得江湖上盛传艾八太爷的大名，说是本领无人及得，再一打听，便是铁扇帮首领艾天翮。长江一带遍地都有铁扇帮党羽，比早年势力还要浓厚，却谁也不知道他的巢穴所在地，武夷山的老巢也只有一部分的党羽。艾天翮本人养尊处优，深居秘密巢穴，只指挥手下在外鬼混，也无人识得他本来面目。游一瓢倒也无法找他，便又把他淡忘，连探寻纫兰的念头也渐渐淡了。

一次偶然在相近天台黄岩沿海一带游览，忽然听见象山港海口相近有一座极大的岛，岛中有个海盗首领叫作千手观音，是个神鬼不测的女剑侠，手下有两个小女孩，本领也着实惊人。游一瓢一听这个消息，想起当年纫兰姊夫吕元不是从太湖归隐到象山港的岛上吗，这个女剑侠也许就是纫兰，便想到象山港一访。一转念，当年不白之冤尚未水落石出，纫兰又是迂僻成性，万难解释，不如让她独行其是，留日后再作道理便了。从此游一瓢又把这事放在一边。

但是飞龙岛是艾天翮夫妇的根据地，又是飞龙岛主的发祥地，何以毅然弃掉，走得无影无踪呢？这其中却有一桩惊人的事依然关系着游一瓢夫妇。

原来纫兰在百笏岩出走的那天，锜娘诡计告成，立刻从地道走到飞龙岛，同丈夫艾天翮、阿兄飞龙岛主会面，把详细情形一说。艾天翮自然高兴异常，总算把开元寺忍着的一口怨气在自己妻子手中报复过来。可是飞龙岛主却怀着鬼胎，幸而湘魂咬定是游一瓢所为，可以脱身事外。不过自己妹子一双眼珠非常厉害，一面对艾天翮说话，一面只管用眼神盯他，而且在有意无意之间时时对他冷笑，看情形好像已被她识破机关，不禁机灵灵打个寒噤。

正在心神不宁当口，锜娘忽然把他调到无人处，从怀内拿出一条玄绉腰巾掷在他面前，劈面说了一句：“你做得好事！”就把飞龙岛主闹得面红耳赤，作声不得。原来他们兄妹二人虽系同胞，性质却天差地远，飞龙岛主是个有勇无谋的角色，筠娘却机警绝人，便是武功也是筠娘比他强，所以对于这位妹子非常敬畏。岛中事务大半由筠娘主持，名为岛主，其实大权均在筠娘手中。自艾天翮入赘以后，武功、智谋又比筠娘强了几倍，于是全岛悉在夫妇掌握之中，飞龙岛主不过坐享其成，恭听号令罢了。此时被筠娘当头一罩，又拿出证据来，顿时心头突突乱跳，口中嗫嚅着说不出话来。

筠娘看他如此，益发肚内雪亮，鼻子里冷笑一声道："你做的好事，将来怎的?"说了这句，脚一跺，一转头要走。

飞龙岛主慌忙一把拉住，赔着笑脸，千妹妹、万妹妹地恳求道："总怪俺一时糊涂，做出这样事来，请妹妹替俺遮掩这个吧，妹夫面前也不要说才好。"

筠娘用劲啐了一口道："难道这事就这样遮掩过去不成？万一被湘魂知道，岂肯与你甘休？依俺想，你还得下一番水磨功夫，把湘魂名正言顺地弄到手才可无事。"

正说着，艾天翮从外面进来，两人便闭了嘴。筠娘对丈夫说道："俺想游一瓢夫妇是一对怪物，虽然被俺蒙住，难保两人之中有一人探出你的踪迹，到百笏岩去捣乱。别人不怕，独有这对怪物实在扎手，而且前天有个会使蝴蝶镖的怪汉投到碉内，声称慕名而来，想投入咱们帮内，因你不在，留在客舍。不料游一瓢逃走的晚上，那怪汉也同时不知去向，有人似乎看见他们俩一块儿走的，这事大有可疑，俺们不能不防。不如将碉内的人归并到岛内，把地道堵塞，便可高枕无忧了。"

艾天翮沉思半晌，然后说道："游一瓢这个怪东西，俺迟早要和他一决雌雄。当年俺师父临死当口对俺说，般禅掌的功夫神秘不测，他老人家也只练到一半程度，所以吃了游一瓢的亏，坚嘱俺择一人迹不到的深山，静心修炼，再用十年深功便可把般禅掌融会贯通，无敌天下，非但报得当年师徒两次羞辱，也可长生不老。俺这些年时时存着这个主意，你此刻说归并到飞龙岛来，也非永久办法。你要知道，飞龙岛全仗着孤悬海中，无人敢上岛来，可是近年海禁已开，外洋海轮时时横行岛外，俺们部下进出已是大大不便，将来定要出毛病。现且暂时把百笏岩的人迁来再说，慢慢另找妥当地方，再由海道迁移，倒是一个办法。不过湘魂这档事倒出俺意料之外，据俺猜想，恐怕其中另有别情。游一瓢是个沽名钓誉、老奸巨猾的人，未必做出这样荒谬的事来。”

艾天翮这样一说，旁边飞龙岛主不由得面孔一红，心里一阵难受，幸而他这张尊脸又黑又紫，无论怎样变貌变色是看不出的。

筠娘说道：“这也难说，如果不是他，何必一去不返呢？这且不提。湘魂妹子因咱们的事叫她受了委屈，难保她不怨恨咱们，这倒是可虑的事。现在俺且回碉去，立时派人收拾东西，从地道搬来，晚上连湘魂妹子一齐到此。好在岛上原有俺们的闺房，你再派人收拾一番便了。”说罢又从地道回转碉内，却听得湘魂在自己房内嘤嘤啜泣，只好老着脸，花言巧语地抚慰一阵，探着湘魂辞色，却没有怨恨他们的样子，便放了一半心。当晚便把碉内搬得寸草不留，湘魂自然跟着她到飞龙岛了。

艾天翮等她们迁入飞龙岛以后，隔了几天，自己又束装离岛，指挥长江一带铁扇帮做他无法无天的事去了。这番出去却不带飞龙岛主同行，其中又是筠娘的密计，想把湘魂同阿哥联成一体，所以这几天对待湘魂格外无微不至，真可说得先意承旨，奉命唯谨。其实湘魂也是一个绝顶聪明的女子，看他们兄妹鬼鬼祟祟的神气，早已瞧料几分。无如落花有意，流水无情，而且湘魂自从吃了哑巴亏，推原祸首，不是筠娘是谁？没有筠娘的诡计，自己何致如此！不禁把筠娘恨如切骨，表面却不露出，心里暗暗打了一个主意。

你知道她存了什么主意？原来她一直以为游一瓢爱她，所以奸污她的身体。于是存了个痴念，想遇到机会偷偷一走，天涯海角去找游一瓢，索性跟定了他，就是纫兰同游一瓢并不分离，也甘愿做个媵妾。所以飞龙岛主无论如何奉承，只是淡淡的不睬，可怜把浑浑噩噩的飞龙岛主弄得废寝忘食，夜不安枕，一个月以后兀自毫无成绩，真把飞龙岛主弄急了。

有一天，他走进内室，不见妹子同湘魂的踪迹，一问丫鬟才知筠娘带了几个勇婢巡视全岛，湘魂一人无聊也独自到海滩边游赏去了。飞龙岛主一听，匆匆赶将出去，先在岛后瞭望台上四下一望，一眼看到台下海滩上一排榕树底下立着一个裹白狐风氅的俊俏女子，细看身段正是湘魂，顿时如获至宝，看她拥裘独立，被海风吹得衣袂飘举，益显得风鬟雾迷，丰姿绝世。离湘魂百步之外的沙土上立着一块木牌，牌上画着一个五官四肢俱备的人形，便知她在此练习鸩羽梅花箭，那块木牌就是她的箭鹄，此刻想已练罢，在海滨徘徊休息。飞龙岛主恐怕她转身回去，慌一跃下台，三步并作两步赶到榕树底下。

这当口，海边一轮血日宛如极大一面宝镜，放出万道祥光，映得海面金光闪闪，耀目生辉，连海滩上树木沙草都呈异彩。湘魂面对海日正看得出神，忽听后面沙沙步响，回头一看，只见飞龙岛主大踏步走近身来，一张黑而且紫的蟹壳脸罩着一阵油汗，被迎面日光一照，宛如社庙中新塑的金脸黑判官，湘魂不禁心里一跳，却无法回避，只得微微地颔首。

只见他嘻着一张阔嘴，露出满口黄牙，走近身，大笑道："原来湘妹在此高乐，教俺寻得好苦。"

湘魂突然问道："寻俺作甚?"

飞龙岛主原是信口开河，被她凛然一问，一时倒弄得张口结舌，答不上话来，半响才嬉笑道："俺听说湘妹携着镖囊独自匆匆走出，俺不知就里，所以四处乱找，不意湘妹在此练镖。像湘妹这手梅花箭，百发百中，谁人能及，尚自这样用功，真把俺们男子愧煞了。"说着又接二连三瞎恭维一阵。

湘魂一句不睬，头昂得高高的，两眼只顾看她的海日，两只脚却顺着榕荫底下一条沙道慢慢向前走去。飞龙岛主跟在身后，兀自无话找话同她攀谈。在湘魂以为他自知没趣，定必躲开，哪知今天飞龙岛主已忍无可忍，好容易得此机会，左右又无丫鬟们捣乱，好歹要把多日苦心尽情一吐。恰好湘魂前走去向，正是全岛最幽静的地方，四面榕荫如幄，入冬不凋，岛中渔民喽卒一个不见，只远远瀛海下泊着几艘渔船，略有人影。

湘魂走入榕树林，回头一看飞龙岛主依然紧贴身后，不觉吃了一惊，便想转身回去。

不意飞龙岛主四面一瞧，低低叫了一声："湘妹，且请留步，俺有几句心腹话相告。"

湘魂一看他满脸尴尬神气，忙正色道："时已不早，有话回去再说吧。"

飞龙岛主一看神色不对，又要前功尽弃，心里一急，顾不得前后有人无人，扑通一声矮了半截，湘魂大惊，慌问道："何故如此？"

飞龙岛主满头大汗，结结巴巴地说道："俺们从小一块儿长大，俺这几年敬爱妹妹，怜惜妹妹，成日痴心妄想，弄得少魂失魄，妹妹何尝不知道？妹妹如果再不可怜愚兄，愚兄这条命也不长久了。今天俺也顾不得许多许多，心里有许多要紧话非同妹妹直说不可。俺这条命不要紧，可是妹妹的终身大事要紧。俺如果再隐瞒下去，非但误了自己，也误了妹妹。妹妹不必疑惧，只几句话同妹妹一说罢了。"

湘魂起初听得又怒又急，后来听出话中有话，不觉满腹狐疑起来，暗想自己主意已经打定，就算他存心无理，自己也制得住他，心里这样一转，便假作笑容道："快起来，教人看见成什么样子！有话也无妨，快不要这般做怪象。"

飞龙岛主以为这一番话已打动她的心了，便跃起身来，又连连作了几个揖，口中嗫嚅了半晌，满头急得大汗，却依然说不出话来。原来他这几天也不同筠娘商量，成日痴心妄想弄湘魂到手，费了许多心思，依然打不动湘魂的心，急得没有法想，存下一个孤注一掷的呆主意，索性把那晚李代桃僵的情形尽说出来，或者湘魂木已成舟，除非跟从了他，别无第二条路可以保全名节。自己越想越对，恰巧此刻旁边无人，正是机会，所以逞着一股勇气，先跪在地上说了几句打动心肠的话，仿佛做文章似的先来个虚帽，然后一步步可以发挥议论。不料立起身来回想那晚偷营劫寨的手段，实在太欺侮她了、太暧昧无礼了，良心一现，当面如何说得出口？欲待不说，非但上面几句话收不回来，以后机会难得，益发难以启口。这样里天人交战，理欲交攻，面上神气煞是难看。

湘魂何等灵敏，已知其中大有关系，见他一时难以出口，秋波一转，满面笑容悄悄说道："俺两人从小在一起，论情也无异手足，你待俺好，俺也时时存在心内。只俺女孩儿们遇事不能不慎重罢了，现在没有第三个人，你有心腹的话尽管说出来便了。”

这几句甜蜜蜜的话出在湘魂口中，飞龙岛主可以说是第一回听到，顿时三万六千毛孔，孔孔酥融舒畅，嘻着嘴不知如何是好。

湘魂娇嗔道：“你说呀！”

飞龙岛主尚犹疑道：“俺说出来妹妹可不要动气才好。万事宽宥愚兄一点，待愚兄将来极力补报便了。”

湘魂愈听愈疑，故作媚笑道：“你的心俺也明白，将来俺们日子长呢。你只把心腹话实说出来，俺绝对不怪你便是了。”

飞龙岛主究是莽夫，禁不住被湘魂娇滴滴的一擒三纵，早已酥了半边，又以为湘魂此刻口气似已千肯万肯，大功不久告成，说也无妨，便凑近一步，壮着胆把那晚游一瓢不在书斋，自己掩了进去，看见妹妹被他点了穴道，一时不可自持，怎长怎短，竟尽情说了出来。

湘魂不听犹可，一听其中原来是他占了便宜，顿时花容失色，几乎气得晕倒，慌一咬牙，勉强镇定心神，急问道：“此话可真？这是关系俺终身的事，你须对天设誓，俺方能从你。”

飞龙岛主不假思索，慌又指着天说道：“如有虚言，天诛地灭。”

话犹未毕，湘魂柳眉倒竖，杏眼圆睁，倏地退后一步，喝一声：“好，俺从你！”喝声未绝，只见她狐氅一扬，玉手一抬，哧的一声，一支鸩羽梅花箭直向飞龙岛主咽喉射来。飞龙岛主正在失魂落魂当口，万不料湘魂下此绝情，如何躲闪得过？咕咚一声顿时仰面跌倒，只两脚一蹬便已气绝，喉中一支小小梅花箭兀自半截留在外面。

湘魂急泪如雨，一俯身把梅花箭起下，戟指叱道：“教你识得老娘厉害，杀死你这匹夫还去不了俺心头之恨。可恨筠娘这恶妇行得好毒计，瞒得俺好苦！你们既然无情，俺也无义。”

说到这句，杀气满面，腾的一腿把飞龙岛主死尸踢得凭空飞去，跌入榕林深处，一跺脚急急奔回寨内，一看筠娘尚未回寨，料想飞龙岛主尸首一时不会发现，慌忙跑回自己香闺，定了一定神，暗暗筹划了一下。

想定主意，把房内丫鬟统统指使开去，匆匆把身上里外结束停当，洗尽了面上脂粉，从箱子里拿出十几副金镯分套在两臂上，贵重的珠宝细软也收拾了一小包斜拴在肩上，怀内又塞了十几两碎银，然后把鸩羽梅花箭一齐装入镖囊紧系腰上，从床边摘下那口心爱的百炼精钢丽珠剑，连鞘挎在腰下，仍复披上那件白狐风氅走出房来，直向寨外走去。有几个丫鬟看她脂粉不施，一脸怒容，又独自走向寨外，摸不着道路，但谁也不敢多问。守寨门的头目喽卒们平日连正眼也不敢多看一眼，益发无人敢问。

她一人急匆匆依然走到岛后海滩上，一看西南角上红日已没入水平线以下，残余的晚照变成深紫颜色，东北角上的海滩却已雾气弥漫，只闻人声，不见人影。湘魂不再流连，直向海边赶去。一看相近处有一渔船正预备挂帆渡海，湘魂在平日早已留心，知道这种渔船装着白天捉的鱼，隔夜渡到对岸预备明日一早赶集发利市的，心中大喜，三脚两步跃近渔舟。只见舟上一对老夫妇同一个十七八岁赤脚蓬头的女孩儿正忙着点篙解索，正要开船。湘魂急把风氅一撩，金莲一点便纵入舱内。

渔公、渔婆大惊，定睛一看，却认得是寨内湘魂小姐，那赤脚女孩儿还得过湘魂重赏，顿时一家老小又惊又喜，正想问明所以，湘魂已摇手道："不必多问，此刻俺有急事，快开船送俺到东北角的对岸，越快越好，俺定有重赏。"说罢从怀内拿出十几两碎银一齐掷与渔婆，便催开船。船上一家老小高兴得手忙脚乱，一齐动手，便向东北角驶入波心。

这时已离岛上渐远，海雾却愈来愈厚，一片弥漫，已看不出岛上景象。湘魂暗喜，回头看东北的海岸，却渐渐露出一条黑线，又渐渐露出树木影子。原来此处水岸距飞龙岛最近，但也有七八里路。行了一程，忽听得后面浓雾中隐隐有呼唤的声音，湘魂暗吃一惊，却看不见船影子，慌催着渔婆、渔公用力快摇，其实顺风顺水，浪花澎湃，已是驰如奔马，无法再快，不料后面追来的船还要快，虽看不出来船形状，借着海面水音又是顺风贴耳，已听出水面拍桨的声音，正是岛上巡弋的八桨飞龙小舟。这种小舟虽不挂帆，却是挑选的岛勇，八桨齐施，疾如激箭。湘魂料得既是岛上巡船，定是来追自己的，岛中艾天翮不在，飞龙岛主已死，又定是筠娘亲自追来。索性一不做二不休，与她以死相拼。向陆岸一看，却已只二里光景。

这时又隔了一顿饭时光，后面追船已冲出雾阵，虽两船相距尚有一箭之遥，已看清来舟八个岛勇，八支桨，十六条臂膊如飞地冲浪而来，中间立着戎装窄袖的筠娘，身后跟着两个手持军器的丫鬟。

这当口，筠娘两手合拢凑在嘴上，顺风娇喊道："前船有俺们湘魂小姐么？快停下来，俺有话说。"

原来两船虽已互相望见，却因渔船中舱有几扇矮篷把湘魂小姐身子遮住，又系夜色凄迷，看不真切。湘魂任她们叫唤，全然不睬，只紧催渔公、渔婆着力驶近陆岸去，把渔船一家老小吓得心惊胆落，明知后面来船是岛主的妹子，平日雌威远播，谁敢不遵？可是船中这一位也是半斤八两，又不敢不向岸驶去，又不知道其中有何缘故。

渐渐迫近时，渔船离岸只两丈光景，湘魂牙根一咬，倏地现出身来，看着追船还差百步远近，指着筠娘喝道："筠姐不必追俺，咱们后会有期。"

筠娘不待她说下去，大声道："湘妹何故突然离俺们远去？就是有心要走，何必偷偷走掉，让外人听得于咱们面上都不好看。依俺说，咱们且回家去，从长计议好么？"

湘魂一听大疑，照筠娘口气似乎飞龙岛主尸身尚未发现，一转念又恍然大悟！这恶妇心狠手辣，诡计百出，必定故作疑阵，使人入她圈套。她们人多，一近身就不易脱身了。本来俺要一网打尽以泄心头之恨，既然亲来送死，也怨不得俺心狠手辣，不如趁此先下手为强。这样盘算停当，湘魂赶快一伸手，从镖囊中掏出两支梅花箭，将身隐在风帆背后，也不再答话，猛地两手一扬，哧哧几声便见两道黑光直向来船中心射去。

说时迟，那时快，只听得筠娘厉声喝道："好狠心的贱婢，看你逃向哪儿去！"喝声未绝，扑通扑通两声怪响，筠娘身后一个丫鬟同划桨的一个岛勇一齐中箭落水。

原来筠娘看她半晌不答话早已防备，又加这边发出的梅花针是逆风，未免偏了一点，晦气了一个身后丫鬟同一个岛勇。二人一落水，筠娘大喝一声，玉手一抬，即见两柄飞刀破空而至，前船前梢把舵的渔婆活该遭殃，啊哟一声还未出口，一柄雪亮的柳叶尖刀从后背直贯前心，咕咚一声栽倒船上。还有一柄却被中间风帆阻隔，在篷索上打了个转身，飞落海中，却把篷索割断，一张风帆哗啦哗啦掉落下来。

这时前船离岸已不到一丈光景，从船也追得头尾相接，可是前船渔婆一死，渔公同他女儿一齐大哭起来，哪有心情再来拢船近岸。后面筠娘又趁此机会掣出两柄雁翎刀，便要跃上前船追来。

湘魂一看不好，两臂一振，一个飞燕投林，从六七丈外的船舷上飞落海滩。一踏实地，倏地一转身，掏出十几支梅花箭，左右开弓连珠般向追船射去。这时筠娘已跳上前船，后面一个丫鬟、十来湖勇兀自奋勇驶近滩边，怎禁得见血封喉的梅花箭雨点般飞来，船小人多躲闪也是不易，霎时射倒了四五个，而且躲的躲，倒的倒，一阵捣乱，船失重心，顿时浪花一涌，船底朝天。只有筠娘贴身的一个丫鬟武艺颇有功夫，在湘魂放箭之际，奋身一跃跳过前船，跟着筠娘跳下沙滩来捉湘魂。

这时湘魂早已甩脱外面狐氅提在左手，右手掣出宝剑，预备拼个你死俺活。

筠娘也是急怒攻心，恨不得一口把湘魂吞下肚去。两人相距还有丈许远近，筠娘狠狠用刀一指，厉声喝道："万恶的贱婢，俺家养你这许多年，你不知报恩，反而狼心狗肺，恩将仇报，竟冷不防下毒手将俺哥哥害死，俺恨不得把你碎尸万段。今天俺如果不替哥哥报仇，誓不为人。贱婢知趣，快快束手就擒，免俺们多费手脚。"说罢双刀一扬，便要火杂杂地动起手来。

湘魂喝一声且慢，冷笑道："你把俺一生名节生生葬送，亏你还说得出知恩不报的话。你那禽兽般的哥哥，俺如果不把他除掉，简直毫无天理了。现在俺已踏上陆地，你敢把俺怎样？你有能为尽管施展出来。"说着，又向身旁丫鬟一指道："连她算上，一齐过来送死便了。"

筠娘怒极，喝一声看刀，话到人到，两柄雁翎刀盖天漫地般扫将进来。湘魂看她来势凶猛，霍地一退步，左臂一抡，那件狐氅便脱手飞去，宛如一只白毛怪兽向筠娘一片刀光上罩下。筠娘不防她来这一手，慌随手用刀一搁，掉落沙滩，这样一滞手，湘魂皓腕一翻，一柄长剑像怪蟒出洞般绞将过去。筠娘功夫老练，并不慌忙，只把双刀一分，人随刀转，已轻轻避过剑峰，却又一矮身，舞成一片刀山逼近身来。湘魂一柄剑也施展得密不通风，你来俺往，各出死力狠斗。霎时已有几十回合，论两人功夫虽差不多，可湘魂的暗器却比筠娘的飞刀来得歹毒。筠娘一面交手，一面时时留神，在湘魂也留神旁边站着的丫鬟放冷箭，又顾忌着还有几个未死的岛勇，虽然船翻落水，这班岛勇个个精通水性，定必泅水上来帮助，自己处于孤立地位，天又昏黑，今晚落在何处尚无一定，不敢十分恋战，恨不得立时一剑把筠娘刺死。

可是两人功力悉敌，一时难分胜负。这当口，立在旁边观战的丫鬟果然看得自己主母战不下湘魂，一声不响紧了紧手上鸾刀，冷不防一个箭步蹿近湘魂背后，举刀便扎。湘魂原是四面留神，猛觉脑后金刃劈风，便知有人暗算，慌忙腰里一叠劲，斜刺里纵将过去，趁势再一跃，跃上堤岸向黑黝黝的树林便跑。一面跑一面暗暗掏出飞箭，扭头向后一看，却因这时天已昏黑，海上又起了风，涛声澎湃，沙土掀天，只隐隐约约看见两个黑影子，在滚滚风沙中飞驰过来。湘魂知是筠娘同那丫鬟，一闪身，躲在一株枯树背后，预备以逸待劳，等她们走近百步以内再发暗器。

不料筠娘机警异常，相差百余步开外，两人霍地一分，筠娘向左，丫鬟向右，两下里风驰电掣夹攻过来。湘魂吃了一惊，心里一思忖，手上便略略慢了一步，自己暗器尚未发出，蓦地面前白光一闪，咔嚓一声，一柄柳叶飞刀已插在树上，同自己脑袋只差尺许光景，这一下，不由得吓出一身冷汗。不料一抬头，又见一道白光向胸前射来，同时又听得右边脚步声响，已有人逼近身后。慌一跃避开飞刀，回身一抖手，向右边发出一箭，未及看清中与不中，筠娘的飞刀嗖、嗖、嗖，接二连三又向自己上中下三盘射来。饶是用尽闪转腾挪，铮的一声左臂上中了一刀，这一吓非同小可，顾不得飞箭还敬，慌金莲一顿，斜刺里飞出一丈开外，又接连一个箭步纵入树林。先自一摸左臂，却喜毫无损伤，原来她臂上分套了好几副金镯，一柄飞刀恰巧中在镯上，所以发出铮的一声响，可是险也险到极处了。

湘魂一咬牙，从林中一探头，观察动静，只见两个人影在林外四处窥探，却未敢追入林来。半晌，林外两人凑在一处，只听得筠娘说道："那贱婢明明已中俺飞刀，俺这几柄飞刀与往常不同，都是毒药淬的。那贱婢想活命万万不能！此刻无非在林内挣命罢了。俺们大胆进去，怕她怎的?"

那丫鬟起初暗袭湘魂并未成功，自己险些着了一支飞箭，此刻不敢大意，阻止筠娘道："俺们千慎万重，万一她躲在林内暗放冷箭，俺们防不胜防，不如死活让她去吧。"

哪知她们两人在林外说话之际，湘魂屏息蹑踪，鹭行鹤伏，从密杂杂的树后神不知鬼不觉绕到林口，在两人相近之处一株树后躲定，镇住心神，觑得准确，蓦地把两手梅花箭用足腕劲，一齐发出，只听得啊哟一声，林外两人便倒了一个。

湘魂大喜，挺剑一跃而出，大喝道："你也有今日。"

不料喝声未绝，对面一人破口大骂道："好狠心的毒妇，胆敢暗放冷箭，俺不取你这毒妇人头誓不回岛。"听口音却是筠娘，才知那丫鬟做了替死鬼。

湘魂怒火万丈，更不答话，长剑一摆，重又大战起来。

这一番狠斗，两人都已豁出性命，刀光剑影纠结一团，无奈海风愈来愈大，天上又无星月，两人只在黑地里混杀。各人都杀得蓬头散发，香汗直流。战了许久，各人都已带伤，尤其筠娘左手一柄雁翎刀，着了湘魂一腿，脱手飞去，双刀变了单刀，似乎湘魂略占上风。筠娘又支持了许久，渐渐不支起来，湘魂也是娇喘吁吁，拼命奋斗。

两人正在舍死忘生当口，海滩一阵呼噪，霎时灯笼火球像火龙般向这边驰来。筠娘知是接济的大队人马到来，顿时胆气陡壮，大呼奋砍。湘魂一看不好，虚掩一剑，重又奔入密林，筠娘却也怕她毒箭，孤身不敢追入。等到大队人马赶到，分头向林内搜寻已无湘魂踪影，想又穿过树林，逃得不知去向。从此湘魂不知下落，直到下集再露面出来。

且说筠娘寻不着湘魂，一时也无法可想，只好拾起地上那柄雁翎刀，绾上披散的头发，裹好几处创伤，跟着大队人马渡海回岛。当夜把飞龙岛主尸身盛殓，死在湘魂梅花箭下的丫鬟、岛勇也一一从厚抚恤。等得艾天翮回转岛来，知道岛中出了这一场乱子，事已过去也无话可说。可是他此番回岛，却因在长江一带收罗不少党羽，并且另觅几处秘密巢穴，决计把这海岛弃掉，将岛中喽卒遣散的遣散，带去的带去，把岛中精华装了几十艘海船，假充海外商人，慢慢运入长江新辟巢穴。

你道他为何如此？全因为海岛孤悬，不易发展。最有关系的，是他这几年大大地做了几票没本钱的买卖，足可一世吃着不尽，想把铁扇帮首领虚衔让与别人，自己躲在背后做个太上皇，又想一面享福，一面遵着师父遗命，重新研究般禅掌的功夫，可以长生不老。

哪知主意虽好，事不由人。他拣了长江几处山明水秀之处造了几所大厦，楼台池沼，色色讲究，而且艳婢狡童，一呼百诺，宛然富商巨宦气派。这样居移气、养移体的一来，哪是练功夫的做法，早已大腹便便变成一个富家翁了。筠娘也跟着享了几年的福，不幸一病亡故。艾天翮却又广选娇姬，日日在声色锦绣中过活，师父的遗命、报仇的志愿一齐掉到爪哇国去了。

长江一带都称他为艾八太爷。你道他这八字排行从何而来？原来铁扇帮有这样一个规矩，一个人只准收八个徒弟，艾天翮从冷擎天为师时候是第八个关门徒弟，所以长江铁扇帮的徒子徒孙都尊他一声八太爷，后来不是帮中人也叫他八太爷了。艾天翮虽然享尽了福，对于铁扇帮的事务却依然在暗中操纵。他自己有八个门徒，所有铁扇帮的事就叫八个门徒分头率领办理。所以他自己虽不露面，他的名头依然在江湖上威风十足。

这样过了二十多年，居然被他享尽庸福，论年纪也到五十开外。这时长江一带，哥老会、天地会、白莲教、盐枭种种江湖上的帮头各树一帜，铁扇帮盛极而衰，已成过去。艾天翮手下几个嫡系门徒也各行其是，不相统率，有几个且同别帮联合为一，没有往年的气概了。艾天翮也心灰意懒，不愿再管闲事。可是他究竟是一个聪明绝顶的人，享了几十年的福，忽然大彻大悟，觉着几十年称雄道霸、美人黄金都是一梦。自己在镜子里一照，白发苍苍，哪有当年翩翩风度？三寸气断，还不是转眼一具骷髅！悔不该忘掉先师遗言，不从般禅掌上面做功夫，倘然这二十多年用在般禅掌上，也许已到长生不老地步。

艾天翮越想越悔，猛立定主意，把狡童美妾立时分资遣散，把自己所有家财清理了一下，分存各处可靠地方，从此削发为僧，不沾繁华尘土，寻到一所深山古寺修行起来。可是他修行的不是拜佛念经，却是借着修行为名，暗自练他的般禅掌。这所古寺住着一位百万家资的怪物，一所破寺顿时改头换面，金碧辉煌起来。

论艾天翮一生可分为三个时期，早年是绿林的怪杰，中年是百万家财的怪富翁，晚年是深山静修的怪和尚。平心而论，像他一生三怪，没有大智慧的人万难办到。他深山静修了七八年的般禅掌功夫很有可观，虽不能返老还童，却已具有几层根基，与从前的艾天翮又不同了。后来云游四海，悟澈真如，特地卓锡在云居山相近横溪百佛寺内，想解脱夙孽，上登极乐，所以本书前述之王元超同双凤路过百佛寺，无意中碰着千手观音家虎，由家虎引出一个得道高僧。当晚高僧留住王元超三人，由那高僧一五一十把自己的历史统统说了出来。王元超等才知这高僧便是自己师父、师母大有关系的艾天翮，师父、师母固结不解的怨孽原来是这么一回事。

在下把艾天翮历史从二十五回写起，一直写到三十二回才写完。话说回来，不是这么写，千手观音同陆地神仙早年的逸事诸位怎会明白呢？这便是做小说的挖云补月法，也可以说是女人的狡狯。闲话休提，且听下回分解。

第二回

情魔孽海淡于烟，哪堪回首
春色横溪浓似酒，无限关情

上回已把艾天翮一生事迹表白清楚，陆地神仙同千手观音一段风流罪过也一一点明，又要接到第二十五回王元超、双凤三人在百佛寺同老和尚周旋的情形了。

老和尚就是当年艾天翮的化身前已叙明，这几回演说许多故事，都是艾天翮对王元超等把自己一生经过情形一气讲完，时光也差不多到了半夜子时。

王元超同舜华、瑶华听得入了神，把许多疑团焕然冰释，尤喜两家不解的嫌怨原来真相如此！无非受了人家牢笼，全是出于误会。这样由艾天翮自己嘴里说明，陆地神仙同千手观音定可和好如初，自己婚姻问题益发可以美满成功，情不自禁地三人互视一笑。

不料三人相视一笑之间，艾天翮白须乱拂，也自昂头哈哈大笑起来。三人不禁一愣，以为艾天翮也是此中过来人，三人情形定已被他窥破所以发笑。这样一想，舜华、瑶华顿觉忸怩于色，俯颈含羞。

哪知艾天翮一笑以后，目光凛凛直注院外，脸上也变为严肃之态，连左首陪坐的黑面僧人也突然起立，瞪着两只虎目向外面察看。王元超、舜华、瑶华大为诧异，也一齐伸颈外望。

猛听得檐头铁马叮当微响，即见天井石笋旁边人影一闪，匆匆走进一个文士装束的人来，一进屋内便向艾天翮跪下，还未开口，艾天翮已朗声说道："俺已知道，你且起来。"

那人立起便向黑面僧人抱拳问候，眼光却向王元超等一溜，面上现出惊疑之色。

黑面僧人正想说明，蒲团上艾天翮凛然向屋顶一指道：“你想必是被屋上人胁逼到此的。游某既然到此听俺说了大半天老账，应该下来发泄多年怨闷之气才是，何以又不现身，只放你来见俺呢？”

那人一听艾天翮这番话，肃然答道：“徒弟在江宁按照师父吩咐的话做去，不料未待徒弟去访他们，陆地神仙竟自己来到江宁，也不知从何处打听到徒弟根底，特地叫甘疯子把徒弟诱出江宁城外，先两人动手互用擒拿点穴功夫比试。徒弟无能被甘某点了麻醉穴，将徒弟带到一所废园内，游一瓢现身出来，逼着说出师父行踪。其实徒弟早受师父命令，本来想找他们到百佛寺来会面，毋庸隐瞒，便从实说出。他们却半信半疑，便连夜监视着徒弟一同到此。

“将赶到此地，正值师父演说往事。游一瓢、甘疯子嘱咐徒弟一蹿登屋，同在屋上听了半天，待要飘身下屋时，忽见檐底窗棂上像燕子般贴着一人，游一瓢似乎认识此人，一打暗号，那人倏地一转身，跃上屋顶，却是一个女子。游一瓢同她悄悄说了几句话，便对徒弟说道：‘你先下去通知你们师父，俺们随后就到。’说完这话，那女人同游一瓢、甘疯子一齐飞向大殿脊上去了。”

艾天翮听得脸色似乎一变，鼻子冷哼了一声道：“俺早知屋上有人窃听，料得你们到来，却不料檐口还有一人，难道千手观音也来了吗？这倒好，免俺多费一番口舌。他们夫妻无端隔离了这些年，一朝冰释重续前欢，应该谢谢老僧成全之德才是哩。”说罢冷笑不止。

这时王元超等已知师父、师母到来，二师兄也一同到此，暗暗心喜，却不知这艾天翮门徒何以同来。只听艾天翮替自己介绍道：“这是贫僧关门弟子衢州尤一鹗。”又向黑面僧人一指道：“这是俺大弟子，此地住持，僧号天觉。以后你们两家门下希望彼此多亲多近，不要像俺们上一辈发生闲隙才好。可是你们令师游一瓢生平目中无人，不见得赞成呢。”

一语未了，门外一人笑道：“既有今日，何必当初。”说罢有两人飘然而入。

王元超等急举目看时，却是自己师父，后面跟着二师兄。舜华、瑶华虽未会过面，看甘疯子跟在身后，便知道是游一瓢，慌同王元超一齐垂手肃立，尤一鹗、天觉也俯身为礼。

唯有艾天翮依然端坐蒲团，只两掌一合，朝着游一瓢微微施礼，口中却笑道："没有当初，哪有今日？兰因絮果，总是前缘。"

游一瓢微微一笑，冲着艾天翮也是一抱拳，笑吟吟地说道："大师勘破红尘，潜心般若，真也难得。就是这手般禅掌也着实青出于蓝，而胜于蓝了。"

你道游一瓢何以一见面就说到般禅掌上去？原来艾天翮这几年虽然皈依佛国，到底未能悟澈真如，平日一番恃强好胜的气质到老未能变化净尽。不见游一瓢则已，一见游一瓢便记起当年夙恨，自然不由得把这些年般禅掌的功夫卖弄出来。当他朝着游一瓢两掌合拢，连连合十当口，只见游一瓢身上薄薄的道袍宛如镜水春波，微微起了一层绉浪。其实两人还差着好几步远，足见艾天翮的般禅掌的功夫也算不小，所以游一瓢说了一句青出于蓝的话。可是游一瓢遥遥地抱拳还礼，蓦看艾天翮胸前一部雪白长髯无风乱飐，暗暗倒卷，连身上的僧袍、腕上的数珠一齐飘飘欲飞起来，艾天翮脸上也显出极力矜持的神气，似乎用力支持着身体，深怕倒下的样子。好在这一幕戏剧，两人一合掌、一抱拳转瞬即过，可是这一转瞬间，两人功夫高下却已显然表现出来，非但艾天翮自己明白枉用这几年工夫，同人家一比还差得很远，就是屋内两方面徒弟也个个肚内雪亮。

艾天翮却也机灵，慌一抬腿跨下蒲团，重新施礼。尤一鹗、天觉也趋前致敬，然后让游一瓢坐右首椅上，自己仍盘膝坐在蒲团。王元超同舜华、瑶华也一一拜见，肃立左右。

艾天翮这时心悦诚服，一开口就把从前年少负气的话约略一提，表示异常抱歉，又道："此次来到百佛寺，完全因为贤伉俪尚未和合，自己不久示寂，特地预先授意尤一鹗遇机寻着尊驾，邀到此地一会，借此当面忏悔，互相释嫌。还有一桩大事，就是自己在江湖混了这些年，搜刮了许多不义之财，除去生平挥霍同近年云游各处布施寺观、分给徒弟们，散了不少资财以外，在飞龙岛地道内尚密存着一大批金珠财宝，估计不下百余万金。久闻令高足黄九龙等在太湖整理得颇有规模，将来碰着机会，大可继述前贤，恢复清平江山，情愿把这笔秘藏统统赠送给他，助你们一臂之力，只希望将来令高足对待铁扇帮佛眼相看便了。倘然本帮徒子徒孙在江湖上有不义非礼行为，或者贪图爵禄做官家鹰犬，令高足等尽可替贫僧清理门户，分别处置。贫僧言尽于此，两家门徒也有几个在此共闻。一言既出，驷马难追，还乞游檀樾俯纳为幸。"

游一瓢一听这番话，知道艾天翮现在已是彻底觉悟，并非言不由衷，倒也暗暗钦佩，慌开言道："大师明性见心，端的不凡，足见大乘妙悟，不难上证龙华。又蒙仗义疏财，襄助义举，这番功德非同小可。本来俺在扬州开元寺初见大师时，早已说过大师慧根夙具，会心不远，可惜那时彼此尘缘牵羁，难以结交。此刻大家置心剖腹，夙孽尽除，实在畅快之至，佩服之至！那笔宝藏既承见赐，却之不恭，只好铭诸心版，代播功德的了。"

当下两人又说到各人功夫上去，艾天翮才知道自己练的般禅掌，游一瓢比他还了解，说到精奥之处，艾天翮真有相见恨晚之感，益发感觉年少胡闹。谈话中却又问起：千手观音既然到此，何以吝于一面呢？游一瓢微笑不语。

艾天翮哦了一声，低低叨念道："筠娘可恶，湘魂可怜，孽海茫茫，回头是岸。"说罢双目微闭，连连叹息。半晌，又微微启目，射出两道电光向屋中诸人一扫，然后两掌一合，向游一瓢、甘疯子、王元超、舜华、瑶华等一一为礼，朗声说道："幸蒙诸檀樾不期光降，贫僧得借此尽情倾吐，解脱尘俗，从此才算四蕴皆空，毫无挂碍。这点功德便抵得面壁十年，贫僧这番感激实在难以言宣，只好没齿不忘的了。"说罢双目紧闭，口中却喃喃宣诵佛号，渐念渐低，面颊却渐渐红得像苹果一般。

游一瓢看他这样形状便已瞧料，立起身，肃然向蒲团一躬到地，凄然说道："大师尘关一破，毅然撒手，实在难得。可是俺们才一晤面便又永别，何以为情?”

游一瓢说了这几句话，只见艾天翮长睫微动，似又露出一线目光，不料目尚未开，猛听他口中霹雳般一声大喝道：“无不散的筵席，无不坏的皮囊，咄……”只一个咄字喝出以后便又寂无声息了。

众人大惊，细看时，只见他一脸笑容，别无异象，只口目紧闭，玉柱双垂，竟端坐圆寂了。天觉同尤一鹗趴在蒲团底下号啕大哭，顿时震动全寺，大殿上撞钟擂鼓，众僧口宣佛号，响彻九霄，阖寺闹哄哄地做起法事来。

游一瓢向外一看，天上已现晓色，又禁不住法器喧天，方丈内弄得乌烟瘴气，便向天觉、尤一鹗劝慰了几句，无非节哀尽礼、继述薪传的话。慰勉以后，便率着甘疯子、王元超、吕氏姐妹向艾天翮尸身行了吊礼，便一齐辞别出寺。刚出山门，一看岭下山道上火炬如龙，无数村男、村女口宣佛号，像蚂蚁出洞一般向岭上奔来。

游一瓢连连点头道：“想不到艾天翮竟放下屠刀，立地成佛，这班村男女想是平日得过艾天翮好处，一闻他示寂消息赶来尽礼的了。”

王元超便把初到此地，在岭下横溪镇听闻的情形说了出来。

甘疯子却笑道：“这位天翮大师临死还有一番做作，师父好好地向他说了几句惜别的话，他无端的又大声疾呼起来，好像恐怕有人阻住死路一般，岂不可笑。”

游一瓢正色道：“你们哪里知道，佛家讲的是寂灭，平日固然要扫除一些贪嗔痴爱，临死时尤须无人无俺，涅槃一切，略起妄念便堕轮回。所以他听俺说了几句话，心里未免一动，这一动吓得他慌忙咬定牙关，当头一喝，这一喝便是佛经中的狮子吼。其实他这一喝是吓出来的，恐怕念头一动，堕入轮回。无奈吓字便是恐惧心，恐惧从贪嗔念起，这样岂不仍难涅槃一切么。如果他真个难以超脱轮回，这倒是俺害他的了。”

甘疯子笑道：“严格讲起来，古今来号称得道的高僧，十有其九是矫揉造作，无非自欺欺人，逃不出异端两字罢了。怎及得俺夫子三教为一，万汇朝宗，超于象外，得其环中，皮囊不脱，筵席不散，自有金刚不坏之体逍遥天地之间呢。”

游一瓢微微笑道：“谈何容易，妙理无穷，难执一是，你们尚未登堂，说也无用。这且不去管他，昨晚你们师母到此所说的话，霆生（甘疯子原号）已经记在心内，这事便叫霆生负责处理便了。”又指着双凤同王元超说道：“你们也毋庸再到云居山去了，一切听二师兄办理。俺尚有事要到天台走一趟，须先行一步，你们跟着二师兄走好了。”说罢，便转身向岭下走去，忽又回身向舜华、瑶华说道：“从此都是一家人，俺也不同你们客气。你们三人的事俺同你们师母千手观音都已知道，毋庸再去禀明，已命你们二师兄主持一切。此时俺尚有要事，将来俺自然到来，替你们做主便了。”说罢又扬长下岭，一晃两晃，只见他挤进上岭的村民队内，看不清踪迹了。可是舜华、瑶华听到这番话，知道说的是自己婚姻，弄得娇羞满面，连王元超也低着头答不出话。

直到游一瓢转身下岭，甘疯子朝着他们哈哈大笑起来，王元超才搭讪着笑道：“好容易见着师父面又这样匆匆地走了，师父叫俺们跟二师兄走，此刻走向何处去呢?”

甘疯子破袖一扬，呵呵大笑道：“从今天起，俺非但奉师父的命令，她老人家（指千手观音）也谆谆嘱咐过，把你们三位的大事交与俺了。现在百事不提，俺跟着师父跑了一夜，点水不沾，喉咙出火，老五如果知趣，应该先好好地请俺痛饮一场。你应该明白，一切要事都在俺肚子里哩。”

他这样一说，舜华、瑶华越发不好意思起来。王元超肚内明白，这位师兄嗜酒如命，没有酒也办不了事，看情形师父师母已同意俺们婚事，定已托他主持一切，他就是独一无二的大媒人，说不定两位老人家还有许多吩咐都在他肚里，第一先把他这一关打通才好。

正想打叠起精神来应酬这位师兄，不料在他心口商量之际，甘疯子已是显着不耐烦，打着哈哈道：“咦，看情形你还有点舍不得破钞。既然如此各人自便，俺要失陪了。”说罢，便要转身。

王元超虽明知他故意打趣，却也急得拉住衣袖，连连告罪。这时双凤姊妹比王元超还要着急，舜华秋波一转，双窝微现，低低笑道：“岭下村沽有一种酒叫作‘横溪春色’，确是无上绝品，不嫌亵渎，就请二师兄盘桓一下如何?”

甘疯子一听到“横溪春色”的酒名，心内大乐，喉头先自咽地咽了一声，咧着大嘴呵呵大笑道：“酒名出色，其酒可知。”又向王元超一指道：“老五可恶，如此佳酿竟瞒得俺实腾腾的，不是吕小姐提起，岂不失之交臂?没的说，老五快快将功折罪，当先向导。”于是一迭声催着快走。

王元超这时哪敢分辩半句，急匆匆便当先向岭下走去。

不料瑶华却又想起一桩事来，轻轻向舜华笑道：“俺们的痴虎婆大约还在寺内，还有俺们的代步一马二驴也拴在山门口，几具行囊也在鞍上哩。”

王元超、舜华听得不由得立起身，啊哟一声道：“当真把俺们牲口同包裹几乎忘记了。”两人话虽说出来，两眼却看着甘疯子不敢回身。

甘疯子浓眉一皱道：“偏有这些啰唆。昨晚知师母骑着虎走的，你们的牲口俺却不知。现在这样办，二位吕小姐先同俺到镇上，叫老五回寺去寻着牲口再到店家找俺们便了。”说着不由分说，大踏步向岭下走去。

舜华、瑶华无法，向王元超一丢眼色，只有莲步细碎跟了下去。

王元超笑了笑，摇摇头，独自又回到百佛寺，在山门内廊庑下寻着了牲口，却见双凤的两匹俊驴并着头，伸着长长的颈正在槽内啃那草料。那匹马却垂头丧气地卧在一摊马溺当中直喘着气儿。想起昨天初进寺门被那痴虎吓得瘫软在地，今天兀自这个样儿，想已吓破了胆，难以再骑。细看两驴倒还精神奕奕，顾盼非常，两个小包裹也依然拴在驴鞍上，便过去把两驴牵出山门，套好环嚼，紧了紧肚带，挽着缰绳赶下岭来。到了岭下坦道，跳上驴背，带着一匹空鞍驴子一口气跑到镇上。寻着门口有株歪脖黄桷树的酒家，刚跳下驴已听得店内甘疯子同那老店东大谈杯中趣，慌把两驴拴在树上，匆匆踏进店门。

只见甘疯子同双凤坐在后窗靠湖的座头上，桌上已摆满了大盆小碗。他撑着大酒杯，听那老店东数说“横溪春色”的好处，一见王元超进来，把杯一举，大笑道："这样溪山幽雅之境，配着这小小酒家，上上佳酿，还有这位俗而不俗的酒家翁，只可惜没有桃花，否则何异桃源仙境。来，来，来！东道主人来迟一步，且罚一杯。"

王元超笑道："小弟奉命后到，怎的又要罚酒？"

那老店东依稀认得是昨天酒客，亲自掇过一张凳子，添了一副杯箸，双凤也一齐起立让座。于是王元超坐向左首，同甘疯子对面，双凤姊妹并肩打横，面窗而坐，老店东自去张罗不提。

这里王元超依言干了一杯，却听甘疯子笑说道："俺今天有三桩大大痛快的事，艾天翮临死天良发现，说出当年暖昧隐情，师父、师母多年误会一扫而空，此一快也；两位老人家已商量定当，集合两家门下及各处水旱两路同志，重新一体联盟，然后待时而动，共图义举，此又一快也；自从单天爵、柳摩霄骚扰太湖以来，俺尚未好好地痛饮一场。不料昨晚一夜奔波，得了许多美满快事，恰又在此山明水秀之区，饮到难得的横溪春色，赏心乐事得未曾有，此又一快也！"

他每逢说完一快便喝一大杯，三快便是三大杯，三杯入肚，格外兴高采烈，声震屋瓦，一双破袖也随着他一双黄毛巨掌满桌飞舞。王元超有许多话想说，一时竟插不下嘴去，双凤姐妹益发难于启齿了。

在他数说三桩快事当口，王元超满以为他三快之中定有一桩关着自己的事，看到眼前如此美眷一箭双雕，还算不得一桩快事吗？不料听他说完三快竟与自己无关，而且吃到此刻依然只字不提。师父、师母叫他主持的事，也不知他葫芦里卖的什么药，却又碍着口不便启问，倒弄得王元超坐立不安起来。

舜华、瑶华冷眼看得清楚，心头鹿撞，也同王元超一样。舜华却比王元超来得机灵，用了一招抛砖引玉的法子，故意慢慢说道："二师兄说的三桩快事，俺们也叨沾余光，同一快乐，只惜不是'横溪春色'的知己罢了。"

甘疯子微微笑道："你们的快心乐事比俺'横溪春色'又强得多了。"

他这样一说，双凤面上虽略现羞涩，心里却暗暗得意，饶你卖关子，禁不得俺用心机，只一话便到本题了。

这当口双凤自然不便接口，王元超慌乘机捉住话头，老着脸笑道：“这事全仗师兄撮合，小弟虽尚有兄嫂，但俺们婚姻一半是儿女私情，一半是俺辈本色，何况师兄已奉两位老人家的命令，俺们一切听师兄训诲便了。”

这顶高帽子一扣，果然扣住，甘疯子便呵呵大笑道：“俺看在这杯‘横溪春色’面上，对你们实话实说吧。他们两位老人家虽然反目多年，究系没有真凭确据。师母虽然负气出走，这几年也打听得飞龙岛的消息，加上前几年吕元先生夫妇的百端劝解，心里也有点活动。不过湘魂已走得不知去向，无法找个水落石出，弄成僵局便了。近两三年，俺们师父的举动同俺们门下的人物以及太湖方面的事，师母未尝不暗暗关心，所以你同老三寻找铁佛寺的秘籍，师母特地命令两位师妹下山暗助一臂，其中却又关着两位师妹先人的遗嘱，代为物色佳婿，故又暗弄玄虚差两位亲到太湖，其实俺们老五早在师母夹袋之中。不料天从人愿，不劳她老人家来费手脚早已赤绳暗系，而且老三同范老丈、红娘子都有此心，特地做成圈套，一举两得，叫老五陪两位师妹一同到云居山叩见师母，其实就是特地送你去，让师母东床雀选罢了。老五你不信，你且拿范老丈的信来一看就明白了。”

这一番话说得王元超目定口呆，舜华、瑶华两颊绯红，恨不能飞步逃出。暗想自己在太湖难免不露出马脚，也许那晚楼上打哑谜儿，暗地落在他们眼中。尤其王元超想起黄九龙辞色之间，当时听得不在意，现在回味起来似乎句句藏着讥讽，自己还以为三人的事神不知鬼不觉哩。

三人正在想得难以为情，甘疯子却又举杯大笑道：“俺们对此好山好水、佳酿佳话，岂止三快，竟具四美。俺要先贺你们一杯福慧双修，姻缘美满！”说到此处，蓦地笑容一敛，俨然正色道：“俺还要祝你们体会两位老人家成全之德，扫却儿女私情，显出英雄本色哩。”说到此处，一双虎目，两道威光直射到三人面上。

王元超同双凤觉得这几句话言简意赅，有千百斤重。王元超首先肃然起立，端起酒杯，脖子一扬，一口饮干，然后举杯一照，低低说道：

“敢不铭诸心腑。”边说边向双凤一使眼色。

双凤无奈，欠了欠身，也各端起面前的杯子，在香唇上沾了一沾，低着头悄悄说了一句“感谢二师兄的金玉良言”，说毕，舜华皓腕轻举，娇羞不胜地捧起酒壶，替甘疯子满斟了一杯，同时也替王元超斟满。

甘疯子大乐，浓眉一轩，呵呵笑道：“昨晚两位老人家会面，俺以为多年阔别，定有许多说不尽的话，俺正想回避一下，哪知一见面，两人对面恭恭敬敬地深深一礼，微微一笑，好像无数纠葛都在那一礼、一笑中融化了。一笑以后百事不提，师母便把俺叫住，问道：‘禅房内在俺双凤上首坐的，便是王元超那孩子吗？’”

甘疯子说到孩子两字，王元超同舜华、瑶华同时扑哧地笑出声来。

甘疯子笑道：“你们以为师母称他孩子可笑吗？如果照师母面貌上看，诚然同两位不相上下，可是照她老人家的岁数讲，老五做她的孙子也赶得上，称他孩子何足为奇哩。当时俺答应了一句‘是’。师母又向师父微笑道：‘你们定以为俺来侦察艾天翮，其实艾天翮说的一番话俺早已探听明白，不过那时将信将疑罢了。俺隐居云居山，艾天翮不知从何打听清楚，早几天便差人下书，约俺同你到此会面，俺实不愿意同他周旋，只差家虎捎来一信。不意俺山内的人无意间在岭下镇上碰着双凤同一个英俊少年坐在酒家，便回山报告与俺。俺料得便是那姓王的孩子了，所以特地赶到此地，看看这孩子的品质究竟如何。老实对你说，你这些年收罗的几个徒弟俺暗地都察看过、监视过，连太湖堡内俺也细细勘过好几次。你五个徒弟只有你大弟子钱东平没有见过面，其余经俺留心考查，平心而论，这几个弟子绝不致辜负你一番苦心，将来风云际会也许在这几个弟子身上了却俺们心愿。

“‘前次他们搜索那册秘籍，俺特地差双凤暗助一臂，又差她们到太湖去故意折辱黄九龙一下，使他们奋发有为，乘便引出范高头替双凤执柯，不料范高头无端生出那桩拂逆事来，还牵涉了洞庭恶寇。这事居然被他们弄得清清楚楚，面子十足，也算亏他们的了。最好笑俺初意想把俺双凤留在太湖，分配给黄九龙、王元超二人为妻，不料她们姊妹俩早有誓言，愿嫁一人。她们眼光倒也不错，此刻经俺细看姓王的孩子，英芒不露，劲气内敛，确是有为之才，就此俺与你一言为定，就叫他们在太湖堡内举行婚礼便了。’

“俺师父听她说完，笑道：‘她们这一档事不料你比俺还清楚。’又指着俺笑道：‘俺前日才听他说的，他也无非从范老头儿口中得来，范老头儿叫他来征求俺同意的。现在既然你亲自看中，就此叫他们回湖准备婚礼便了。’”

甘疯子说到此处，又举起酒杯喝了一口，却把双凤臊得抬不起头来。王元超知道事已摆在面前归了明路，而且成亲在即，不禁踌躇满志，反弄得心中奇痒难搔了。沉思半晌，他猛然记起一事，双手轻轻一拍道：“哦！现在俺明白了。怪不得范老丈同红娘子初到湖堡的一天，两位师妹送俺秘籍，说是师母主意，俺正想得诧异，范老丈便说道：‘此中自有道理，将来自会明白。’说了这句以后没有多少工夫，范老丈又鬼鬼祟祟地同三师兄在密室内谈了半天，此刻一印证起来，那时候师母定必另函嘱托，范老丈居中行事的了！但不知昨晚师母还有什么吩咐呢?”

甘疯子说道：“当下两位老人家同意，便命俺同三位先回湖等待后命。师父又问起海上群雄的事，师母便在怀中拿出一张名单交与师父，说是择定一个适宜地点同日期，召集两方面门下人会一下，合为一体，并商定此后分途进行的事业，师父欣然。于是两位老人家暂再分手，俟师父先到天台、雁荡，便道去看龙湫僧同尚未拜师的高潜蛟，然后再到云居山，会同师母齐赴太湖替你们主婚。婚礼告毕，趁贺客盈门之际宣布海上群雄联合一体的消息，择定日期，选定地点，一齐赴会，举行联盟大典。这种联盟大典，在哥老会、铁扇帮叫作开香堂，但是俺们老师绝不愿做出这样举动，无非开诚布公，指示一番大义罢了。计算你们婚礼便在一两个月之间，联盟的事也紧接着办理。时间虽匆促，好在你们婚事不比世俗婚姻，有许多无谓的繁文缛节，俺们到了太湖再同老三参酌便了。”甘疯子说罢，王元超同双凤姊妹自然有说不出的高兴，可是各人却格外矜持，格外装出落落大方的神气。

彼此酒醉饭饱，王元超付了钞，别过店东走出酒家，舜华、瑶华从黄桷树上解下缰绳，各牵着一匹驴子，却因甘疯子、王元超没有代步不肯上骑，偏偏横溪镇上雇不出牲口。

甘疯子笑道："俺两条腿大约比四条腿还要快一点！你们两位不必拘泥，尽管上驴先行，俺们随后跟着便了。"

双凤被甘疯子催着再四，只好告罪跳上驴背。四人晓行夜宿，一路行来，不日渡过曹娥江走到钱塘江口的萧山县境。这时甘疯子、王元超依然徒步而行，因为江浙水道居多，牲口极少，而且渡江过河有了牲口反而碍事，双凤也屡次要把两匹驴子弃掉，反是甘疯子看得这两匹驴子不凡，弃掉可惜，劝她们勉强一路骑来，带到太湖或有用处。

这天迤逦行来，到了萧山县城外业已日落西山。四人一商量，走进城来想寻个干净宿店。甘疯子同双凤姐妹在前，王元超牵着两匹驴子在后，向着热闹处所信步走来，不觉走到县衙照壁底下。只见县衙门前拥着无数百姓，个个伸长脖子望着门内，衙门口做公的拿着皮鞭左吆右喝，兀自拥挤不动。甘疯子一行四人又加着两匹驴子，被这班人密密层层从衙门口直拥挤到照壁下，整整把条街堵死，竟难过去。

舜华、瑶华一时好奇，靠着照壁跳下驴背，向大门内一看，只见门内直通大堂的一条甬道两旁也拥着无数看众，想是爱看热闹的人赶先拥进去的，后到的门内无法立足，只有挤在门外了。可是中间一条甬道倒清清楚楚的，从近大门一座破烂不堪的公生明牌坊下一直可以望到大堂上。

堂上设着公案，围着许多亲兵公役，似乎正在问案，却看不清犯人样子。大堂阶下摆着一具簇新的空木笼，双凤姐妹从小跟着千手观音虽曾走过几次江湖，却未见过官府问案，尤其未见过这样囚人的木笼，四朵窄窄金莲竟钉在驴鞍上，不肯下来了。恰好甘疯子打着浙江口音向堂边一个老头子打听案情，这位王元超却又体贴两位未婚妻子，一手挽着驴缰，一手当胸一横，便像下了一条铁门闩，挡住前面看热闹的人。可是他身子虽挡在驴前，一颗脑袋两道眼光，却时时扭项注在两匹驴鞍上。人家以为他注意鞍上挂着的几件包裹，谁知道他趁此细细鉴赏鞍上的两对金莲，尤其瑶华那对锐利如钩的莲翘，触起前几天鞋剑触唇的一幕，不禁把那条铁门闩的手臂撤回来，摸摸自己的嘴唇，想入非非，连四周闹哄哄的人声、乱糟糟的人头都付诸不闻不见了。

不料他那条铁门闩一撤，衙门口一阵吆喝，皮鞭乱响，人如潮水般汹涌起来。王元超慌扭回头，挺身向驴前一立，两条铁臂膊一分，便像怒涛汹浪之中屹立着一支中流砥柱，纷纷退下来的人波分浪裂般向身后淌去，露出衙门口中间一片空地出来。王元超回头一找甘疯子，踪影全无，心想二师兄何致被人挤散，或者不愿看热闹先在就近找宿店去了。

忽听得头上舜华咦的一声，低低叫他道："你看！你看！"

王元超慌又举目向衙门内看去，只见衙门内甬道上，无数兵役各持刀棍铁尺，抬着一具木笼出来，笼中坐着一个女犯，那木笼却是新打就的，四面笼栅一根根足有碗口粗细。那女犯青帕包头，额前打了一个蝴蝶结，穿着一身纯青的夜行衣服，纤纤玉手同瘦瘦的莲瓣上都带着头号镣铐，面上蛾眉淡扫，脂粉不施，一个圆圆的面孔，笑嘻嘻地坐在笼内，毫无忧色。王元超同舜华、瑶华正看得诧异，蓦地木笼抬出大门当口，人丛内挤出一个虬髯大汉，似乎是醉汉一般，跌跌冲冲横里向军役队内穿过，军役一阵吆喝，那醉汉已在笼前擦身而过。王元超等三人早已看清那醉汉是甘疯子，而且看他走近木笼时似乎同那木笼内女犯暗暗说了一句话，便知其中有了文章，益发要看个究竟。

果然，那木笼抬到门口，前面一对兵勇正在驱逐闲人开道之时，只听得木笼内娇滴滴地喝一声："且住！"喝声未绝，只见她身子一蜷，一阵叮当乱响，手脚镣铐如蝉蜕般一齐褪了下来，接着猛一长身，两手向笼栅外一穿，两下里一分，喝声开！便听得碗粗木栅咔嚓咔嚓几声怪响便已折断两根，一晃身，人已蹿出笼外。她这样褪镣铐、折木栅手段迅速异常，只在一转瞬间。

这班兵役吓得手足无措，四处看热闹的人齐声大喊着："不好了，女强盗跑了！"

这一喊，衙内衙外的兵勇番役个个扬起军刃，鼓噪着把她包围起来。

她却冷笑一声，从容不迫地两足一点，从人堆里飞起身来，像燕子般直飞上照壁顶上，立定身，转面向下一指道："有那个糊涂知县便有你们一群糊涂百姓，俺好好的人偏当作女强盗，真正女强盗你们偏让她轻易逃掉。现在好话对你们说，你们这班糊涂虫谅也不信。你们这个糊涂知县谅也没有能耐捉那女强盗，且待俺同一个朋友商量一下，俺来去光明，既然被你们误打误撞地拉在染缸里，好歹总要分个皂白出来。你们且通知那个糊涂知县，今夜三更时分俺要与他面见，叫他不要怕，现在权且少陪，姑娘去也。"这一声去也刚刚出口，只见她娇伶伶的身躯一晃，便从照壁飞上一家茶楼屋脊，再一晃踪影全无。

这一来，人声鼎沸，章法大乱。押解人犯的兵弁个个身上捏把汗，乖觉的早已飞跑进内报信，愣头愣脑的兀自嚷成一片。霎时间，大街小巷谣言百出，交头接耳。这时双凤姐妹俩早已跳下驴背，同王元超悄悄揣摩那女犯的路数，一时却也猜不透她临走时一番言语是真是假，看得四周的人渐渐散去，仍未见甘疯子露面。王元超恐怕衙门做公的看着生疑，把缰绳一带，同双凤一使眼色，也跟着散开的人走离衙门。

慢慢向前走了一程，正向路人打听宿店，猛地胡同口趋过一个短打扮的人，抱拳笑说道："借问一声，尊驾们同一位姓甘的客官是一道来的么？如果不错，请到敝店歇马便了。"

王元超诧异道："姓甘的客官现在何处？"

那人道："姓甘的客官在敝店看好房子，说是尚有这样行装的三位在后就到，叫敝店差人拦迎，免得路途生疏找寻不着，所以小的奉敝店东的吩咐在此相候。看得尊官们的行色相符，特地冒昧请问一声。尊驾既然认识姓甘的客官，谅不会错误的了。"

王元超仔细，又问明姓甘的相貌服色，果然是二师兄无疑，便欣然叫那人领路。那人拉过牲口，折入路北胡同内。三人跟了进去，那人领到一所八字墙门的大厦门口，两旁粉墙上粉刷着"仕宦行台""迎宾老店"八个大字，跨进门满是高厅大厦，宏壮异常，执事人等也是衣冠楚楚，招待尽礼。引进甘疯子看定的两间屋子，是并排两间的厢房，房内色色精雅。

双凤满心畅适，却未见甘疯子影子，向侍应的店伙一问，才知甘疯子看定房子，在屋内匆匆写了几个字，吩咐了一番话便出店去了。王元超等会意，也不多问，待店伙侍应茶水完毕遂挥手令退。舜华、瑶华从床侧一扇小门通入隔室，两室一样布置，桌上却多了一张纸，拿起一看，原来是甘疯子特地留下的，纸条上写着“有事先出，入晚便回”八个字。

舜华笑道：“看来那话儿颇有道理，否则二师兄绝不至移樽就教的。”

瑶华道：“俺留意她褪去镣铐时使的卸骨法，功夫颇为不小，便是运用软功以后，又使出排山分牛的真实功夫，把两根碗口粗的竖木生生迸断，也算亏她的了。”

舜华道：“这种功夫尚不足奇，倒是她临去的一番话大须注意。如果她句句是实，此地必另有一个女强盗为害闾阎，但不知如何张冠李戴，把强盗头衔套在她身上？最奇像她这样身手，为何被做公的轻易捉住呢？”

王元超听她议论不已，慌摇手道：“俺们初到此地，人地生疏，究不知真相如何。此地又是个客栈，难免没有做公的耳目，还是谨慎一点的好。”

瑶华笑了笑，便不作声。

第三回

扑朔迷离，女昆仑初献身手
稀奇古怪，老官僚全无心肝

舜华却笑道："怕他怎的？如果把俺们也当女强盗捉去，这才是大笑话哩。"

王元超、瑶华听她这样一说，一齐大笑起来，笑声未绝，忽听得窗外一声咳嗽颇为洪亮。王元超等三人闻声，又复回到隔壁那间屋内，却见门外立着一个清瘦的小老头儿，一张高颧通鼻的脸，蓄着两撇八字黑胡，戴着一顶翻沿韦陀金毡帽，帽檐前面缀着一颗比黄豆还大的明珠，光芒四射，身上却又穿着灰布短袄，束上一条二蓝湖绉旧汗巾，巾上挂着一支短短的旱烟袋，下面高统粗布白袜，套着一双寿字挖云双梁厚底鞋，一手提着几件包裹，一手盘着两枚通红光亮的雌雄核桃。

未进门，先自目光霍霍向王元超打量一番，然后慢吞吞地把手上包裹一举，笑嘻嘻地说道："这几件包裹是客官们驴鞍上取下来的，恐客官们早晚要用，特地送进来的。"

王元超慌忙走到房门口接过包裹，却看得这老头儿气度不凡，不像店中杂役，便也含笑点头道："老者无事，何妨请进来谈谈。"

老者略一谦逊，竟自昂然直入，一进房内向王元超、双凤抱拳为礼，呵呵笑道："怪道今天一早鹊来报喜，原来有三位这样豪杰下降。小老儿高兴已极，不嫌冒昧，借送包裹为由特地进来拜识拜识，还请三位宽宥为幸。"

王元超等听他这样一说，心里吃了一惊，慌接口道："在下到灵隐

进香路过贵地，因过江不及，暂宿一宵，老丈称为豪杰未免过奖了。”王元超一面答言，一面已把手上包裹搁在床下，回转身正想同那老者接谈，不料老者指着床下包裹又大笑道：“小老儿一生闯荡江湖，自问双眸未瞎，竟也识得英雄。就是包裹内那口宝剑也早已告诉俺哩。”

原来双凤两口宝剑因为尺寸不长，贴身带着，只有王元超新得的那柄倚天剑，携带碍目，一路用包裹包好拴在鞍上，不料被这老者点破。

王元超同双凤都吃了一惊，正想用话支吾，那老者又抢着说道：“诸位不必惊疑，容小老儿慢慢奉告。俺是本地人，姓来，贱名锦帆，早年江湖上曾送俺一个绰号叫瘦大虫，年轻当口也曾单身匹马，走南闯北了十几年，洗手回乡以后承本县抬举，又做了十几年捕快头儿。仗着平日江湖上朋友多，面子上兜得转，倒也没有失过脚。一直到了五年前将近望五当口，想法退了卯，把一生积蓄撑起了这个小小客栈，生意倒也说得过去。光阴如箭快，现在小老儿已是五十多岁的人了，腰脚也不比从前，只在这点小买卖上照管照管，绝不与闻外事。间或有几个四海英雄来此息足，攀点交情，尽点地主之谊便已心满意足了。

“今天最先那位甘老先生降临，小老儿暗中一留神，着实吃了一惊。平时江湖上的英雄无论识与不识，一经落在俺的眼中，这人本领大小便可揣摩八九。独有那位甘老先生龙骧虎步，竟是生平未见的一个了不得的人物，正要乘机交谈，不料他已匆匆而出。等到三位随后光临，小老儿自然格外留神。不是小老儿故意当面乱诌，像三位同那甘老先生都是俺生平难遇的人物，岂是江湖上意气朋友所能及的，怎不教俺喜出望外？所以借着送包裹为名，急急进来拜望。哪知鞍上有个长长的包裹松了扣儿，溜出剑鞘来。小老儿对于宝剑略知一二，不禁随手抽出一看，又是大大的一惊！平常人哪有这样宝物，便是武艺略差一些的也使不了它，益发认定诸位是非常人了。”

来老头儿一口气说明来意以后，便向王元超等探问帮族。

王元超虽然看出来老头儿并无他意，总是萍水相逢，只含糊其词地说了几句，连三人名姓也不敢实说，只张三李四地报了一阵。来老头儿何等精明，也不多问，只一味添茶添水地殷勤招待了一阵，便也告辞而出。

可是自从来老头儿出去以后，王元超这间房内顿时与众不同起来。店伙们不待王元超招呼，也不等到上灯时候，竟自动调开桌椅，在房内摆设了一桌丰盛精致的筵席，霎时水陆并进，珍馐满案，说是本店店东替客官们洗尘的，王元超连连阻止，已是摆得整整齐齐。可是那位来店东却不进来陪客，意思之间，似乎有女眷在房，不便奉陪，这一来王元超倒弄得没法摆布。

舜华笑道："这位来店东也是个有心人，既然如此，不好十分峻却，倒是席无主人却不便叨扰，再说俺们二师兄尚未到来，也须稍待。"正说间忽听得门外甘疯子呵呵大笑，已挽着来老头儿同跨进房来。

王元超等慌向来老头儿逊谢道："俺们萍水相逢，怎好如此厚扰。"

一言方出，甘疯子破袖乱舞，摇着手大声笑道："有酒有肴，理应叨扰！来老丈也是俺辈中人，不要辜负他一番美意。来，来，来！坐下再说。"

来老头儿大喜，一跷拇指，大声道："甘先生真是快人，三位万勿再谦，俺先敬诸位一杯。"说罢从身旁店伙手内夺过酒壶，向各人杯内一一斟满，便趋向主位。甘疯子也虎躯一矮，坐向首席，王元超、舜华，瑶华只得依次就座。

甘疯子首先笑道："此刻俺一进店门，这位来老丈便倒屣出迎，一见如故，且说预设盛筵相待。恰恰碰着俺是个老饕，听得有酒，忙不迭把主人拉将进来了。"

来老头儿大笑，流水般斟过酒来。甘疯子猛地用手一接酒杯，微笑道："且慢，俺们同来老丈萍水相逢，竟蒙盛筵招待，足见老丈生平好客，豪气凌云，可是俺还邀着一位佳客不久就到。这位佳客与老丈大有渊源，这一席酒倒真凑巧，不过俺这首座，还应让与这位佳客才是。"

甘疯子这里一说，非但来老头儿捧着酒壶摸不着头脑，连王元超、双凤也是不解。

来老头儿愣愣地问道："这位佳客究竟是谁呢？"

甘疯子微笑道："客到就知，且虚左以待，添好杯箸，静候光临便了。”说毕指挥店伙，在舜华上首添设了一座。

这时天已昏黑，来老头儿格外讨好，命店伙在房内点起十几支明晃晃巨烛，光辉满座，格外精神。可是甘疯子并不吃酒，只同来老头儿谈些江湖上勾当，一面谈天，一面时时留神天井外边。

众人看他这样郑重其事，不知道这位佳客是何等人物，尤其是王元超，暗想这位师兄平日眼高于顶，从来不肯这样低首下人，何况连酒也不肯先吃，非恭候那位佳客不可，这真是稀有的事了。

各人胸头正在起了怀疑当口，甘疯子忽向门外招手道：“佳客已到，快请进来。”语声未绝，房内烛影一晃，门外嗖地蹿进一个人来。

众人急看时，只见来人亭亭玉立，却是一个女人，而且就是白日衙门木笼内逃走的女强盗，这时一身装束，还是白天所着的夜行衣着。王元超、双凤等虽然觉得突兀，料得甘疯子与她定是素识，倒也奇而不奇，独有那位设筵款客的来店东，一见进来的女子宛如逢了恶煞，倏地脸色大变，立起身就想退出房外。

甘疯子一抬身，两手一拦，呵呵大笑道：“老丈休惊，俺特地把她邀来，替你们解释误会的。非但解释误会，说起她的身世，同老丈也不是外人。哈哈，你道她是谁？她就是诸暨县包村包天胆包老英雄的千金，芳名翩翩两字，从小生长深闺，不谙江湖勾当，这几天因寻找她的胞兄包立身到杭州亲眷家耽搁几天，回来路过此地，不料你把自己世侄女竟当作女强盗捉起来了。”

话犹未毕，来老头儿额上青筋支支绽露，满头大汗，粒粒显明，瞪着眼，张着嘴，气吁吁地连声喊道：“啊哟！……这……”“这”了半天，伸着颤抖抖的手指着包翩翩说道：“你……你真是包天胆老哥的后人吗？”

翩翩莲步轻移，走到来老头儿面前，先自福了一福，微微笑道：“甘师伯说得一点不错。先父去世时，侄女同家兄尚在年幼时代，几位先父的友好都隔绝多年。今天没有甘师伯提起，还不知来世叔也是先父的好友哩。尚乞世叔恕侄女失敬之罪。”说毕插烛似的拜了下去。

来老头儿忙不迭哈腰还礼，一伸手扶起翩翩，把脚跺得震天价响，喊道："该死！该死！咱愈老愈糊涂，竟把自己人凌辱起来，教俺这张老脸往哪里摆？罢了！罢了！这也是咱的报应到了。"一面说，一面连连挥汗，真有无地自容之概。

甘疯子看他急得这个样子，心里暗乐，谁教你不安本分替官府做走狗？倒是包翩翩看得过意不去，劝说道："世叔且自宽怀，好在侄女已自脱身出来。这事论情，侄女自己也忒大意。现在事已过去，侄女已同甘师伯商量过，还要请来世叔帮忙，替侄女洗刷不白之冤哩。"

来老头儿满面惭惶说道："姑娘你哪里知道，想当年俺同你们尊大人同门学艺，后来又在江湖上同事多年，承蒙天胆老哥看待得同手足一般，江湖上的勾当同身上一点薄艺，一半还是令尊大人指点的。俺饮水思源，怎不惭愧？那时俺从江湖洗手回乡，尊大人业已去世，俺曾到府上痛哭一场。那时姑娘同你令兄都还年幼，从令叔度日，俺看令叔一脸仁慈，家境也颇为富裕，所以俺也放心。一直到这些年，还时时惦记哩。不料姑娘已长得这样出色，却被俺误打误撞地弄出这档事来。再说俺这些年早已不问外事，偏逢着本县张公祖同俺有点交情，一时情面难却，应允帮他一臂之力，捉那女强盗，万不料误把世侄女当作歹人，这事传扬开去，俺一生小名气也都付诸流水了。有这两层原因，教俺如何不痛恨呢？姑娘此刻所说要俺帮忙，只要能够洗清姑娘的声名，小老头儿就是粉骨碎身，倾家荡产，誓不皱眉。"

甘疯子看他一脸诚惶诚恐之色，暗暗点头，知道这人心地不恶，尚是豪侠本色，便呵呵笑道："俺替你邀来这位佳客应该首座么？俺有酒不喝，定要等这位佳客到来，教你这席盛筵师出有名。现在俺可酒瘾大发，有点等不及了。"

来老头儿慌向甘疯子一躬到地道："甘老英雄你这番成全，教咱终身不忘，包侄女是咱自己人，还是您首座为是。时已不早，咱还有许多事要向你请教，快请客坐吧。"

甘疯子笑了一笑，也不再谦让，便替包翩翩向王元超、舜华、瑶华三人引见，舜华、瑶华早已拉住翩翩的手问长问短，亲热非凡。

来老头儿就让翩翩坐在瑶华肩下，同自己主位恰好贴近，又吩咐店伙不准向外面透露风声，众人又重新把盏入席，细斟浅酌起来。席间众人请来老头儿先说这事如何起因，究竟这女强盗做的何种案子。

来老头儿一面替众人斟酒，一面说道："说起那女强盗并不在本县作案，系在对江杭州钱塘县做了十几起巨案，照杭州捕快所说，那女强盗做的案子非常离奇，每逢绅宦人家喜庆日子，女眷们争丽斗富，一身珠光宝气当口，女强盗即大显神通，来去无踪无影地满掠而归，而且总是拣着价值连城的宝物下手。这样做了几次，只把钱塘县一班捕快跑得腿烂，兀自找不出一点线索，连那飞贼是男是女，是独脚还是合伙还不知哩。

"直到月前杭州巡抚的老太太做七十大寿，全省大小官员挖空心思想从寿礼上走一条捷径，各色珍贵寿礼络绎不绝地往巡抚衙门送了进去。外边的人都说这一次不比寻常，那飞贼恐怕也只有光瞪着眼，不敢下手了。巡抚衙门内也知道外边飞贼闹得厉害，内宅贵重礼物堆积如山，不敢大意，从收礼这天起，早已弓上弦，刀出鞘，一班戈什哈同标营的兵勇彻里彻外，昼夜梭巡起来，闲杂人等休想混得进去，这样总以为万无一失了。

"哪知到了寿庆正日的傍晚，正值翎顶辉煌、笙歌迭奏之际，那位老太太把儿子孝敬的一副八宝珈楠朝珠套在二品补服上面。这副朝珠各样什件都是一等的孩儿面的珊瑚、祖母绿的翡翠以及透水的红蓝宝石，这还不算，其中还镶着几颗樱桃大的珍珠，光芒四射，尤为稀世珍品。这位老太太挂着这副朝珠，被各大员的命妇众星捧月般捧在华堂中间受贺，颤巍巍仿佛在云端里一般。等到受贺已毕，开筵听戏，众人恐怕老太太年高受累，一大群丫鬟、女仆又扶进内室，预备吸几口芙蓉福寿膏，长一长精神，好去听戏。不料她大马金刀地向烟榻上一坐，众人正要伸手替她卸下那挂八宝珈楠朝珠时，只听得齐喊一声'哎呀！'便没有了下文。

"那位老太太抬头向众人一看，个个面色慌张，呆立在面前作声不得。她自己兀自不知，还怒叱道：'无用的奴才，快替俺宽了朝珠补服，好好地装口烟让俺接接力。'

“她这样一怒，众人没法隐瞒，才慌慌张张向她胸前一指道：‘老太太的朝珠上哪儿去了呢？’

“她听得吃了一惊，慌低头一看，果然胸前光彩全无。这一吓非同小可，这串朝珠比自己这条老命还看得贵重十倍，登时手足冰冷，急喘上涌，似乎便要寿终正寝。众人大惊，一面替她捶背揉胸，一面分人连爬带跌去见那位巡抚大人。等到巡抚急匆匆进内宅，已听得那位老太太捶胸顿足，如丧考妣地大哭起来，哭声一扬，内外顿时弄得沸天翻地。巡抚一面宽慰寿母，一面传谕属下，立时把全衙封锁，不准一人出入。这时戏也停锣了，筵席也吃不成了，内外大小男女贺客个个心惊肉跳，你看俺，俺看你，哪敢放半句屁？

“可是事也奇怪，那串朝珠众人亲眼目睹在老太太出来受贺时节，明明挂在胸前闪闪放光，怎的一进上房不到半盏茶时就忽然不见了呢？而且接近老太太的人不是自己的子女儿媳，便是常来常往的人员眷属，下人们也只老太太贴身服侍的几个丫鬟仆妇，在这青天白日、众目炯炯之下怎么一忽儿就会不翼而飞呢？再说内外账房堆积如山的礼物件件都是贵物，贺客中人员的眷属哪一个不珠翠满头，怎么一件不丢，偏偏丢了寿母独一无二的八宝朝珠呢？

“众人口里虽不敢出声，肚子里个个都这样思索。这时捕厅标兵、戈什哈全体动员，捧着大令，不管你何等人物，挨个儿要搜查一下。那班女贺客看得苗头不对，一齐走进上房请老太太自己搜查，以明心迹。这样把偌大的巡抚衙门整个儿翻了个身，哪有八宝朝珠的影子？可是好好的一场大寿，这一来弄得瓦解冰消。那位巡抚老太太果然一把鼻涕一把眼泪，哭个无止无休，那一班男女贺客也个个抱着一肚皮怨屈，碍着上官名分，只好垂头丧气等着解严令下，鸦飞雀散。

“当夜巡抚大人只拿属下出气，个个骂得狗血喷头，尤其是钱塘县的县太爷，前几桩绅宦人家的案子还未找着影子，又出了这一场天字第一号血海干系，眼看得这个七品前程断送在这串八宝朝珠上面了，最痛心的，巡抚衙门内礼物当中有他一尊一尺多高赤金麻姑，送进去时在戈什哈手中还花了不少门包，满望借这尊麻姑的金面官升三级。这一来非但枉费心机，还要吃不下兜着走哩。可怜这位县太爷被巡抚结结实实申斥了一顿，还限他会同捕厅，在三天内务须人赃并获。回到自己县厅，同着那位捕头愁眉不展，做了个楚囚对泣。

“那时节，咱们这位萧山太爷也正渡江祝寿，因为同那位钱塘县太爷同年兼同乡，交情素厚，贺寿的一天寄宿在钱塘县衙门内，眼看得这位老同年性命难保，便默然坐在一旁暗暗代为策划起来。说起咱们这位县太爷，同那位钱塘县却有天渊之别。他姓曾，官讳祥麟字仁趾，少年登科，倒是个干练有为、才智卓绝的人物。到了本县任上，官声着实不错，上司也非常器重。”

来老头儿说到此处，甘疯子猛地酒杯一顿，开口道：“嗯！原来是他。”

来老头儿慌问道：“难道甘老英雄也认识他么？”

甘疯子点头道：“且不打岔，你再说下去，以后怎样呢？”

来老头儿提起酒壶又替阖席斟了一巡酒，接着说道：“当时这位曾太爷肚子里打了个底稿，向那钱塘县同捕头开口道：‘事已如此，急也无用。出事当口俺也在场，照俺细想，在失事的前后一忽儿工夫，接近老太太的都是女人。依俺猜度，贼人大半是女的，发现以后立时内外严密封锁，挨个儿细细搜查。那贼人就是有天大本事也难插翅飞去。那串朝珠累累垂垂的一大串，如果藏在身边哪有搜不出的道理，而竟搜查不出来，这样你们就可想到，搜查的时候那贼人依然混在贺客里面，可是那串朝珠却早已藏在预定的秘密地方了。等到搜查完毕，贺客退去，那贼人乘不备时又把赃物取出，跟贺客们混出衙门去了。’

“钱塘县同那捕厅听得果然有理，好像黑暗中放出一线光明，可是一转念：那女贼带着赃物已出巡抚衙门，此刻鸿飞冥冥，偌大一座杭州城哪里去找这女贼呢？岂不是依然大海捞针么？他口虽不言，面上惨淡慌张的神色一望而知。

“那位萧山县微微笑道：‘老同年，俗语说得好，急事缓办，这样剧盗岂是一时半刻所能缉获的？依俺说，你先权且宽怀，慢慢大家想个入手办法好了。’

“钱塘县额汗如流，两手乱搓，说道：‘年兄说得好自在的话，抚宪这样雷厉风行，定下三天期限，你岂不知？怎能缓办呢？’

“萧山县一抬身，在他耳边低说了几句，这位钱塘县登时打拱作揖，宛如遇着救命天尊一般。这当口忽然外边又传进话来，说是抚宪大人传谕，叫钱塘县马上进去。这一下在钱塘县耳朵里又像是一道催命符，又吓得浑身筛糠般抖起来。

“萧山县皱眉道：‘事到如今，只有小弟陪你去走一趟再说。’于是房内那位捕头把两位县太爷送出衙门，兀自不敢回进花厅，捏着两把汗，静候二人回来。直等到初更时分，才见两位县太爷相将进来，一看钱塘县神色，似乎眉头略展，一问所以，才知抚宪召见，因为贺客散尽以后又发现一桩稀奇古怪的事。

“本日贺客女眷当中，有一位到任未久的藩台太太年纪很轻，生得花容月貌，是女客中最出色的人物，而且谈吐应酬，件件来得。巡抚老太太虽是同她初见面，却爱她慧心美貌，十分投契，送客时候老太太还纡尊降贵亲自送了几步，再三叮咛，叫她常来走动。不料这位青年美貌的藩台太太坐上绿呢大轿，前呼后拥地抬回藩台衙门，一群丫鬟仆妇早已在宅门口迎候，等到轿子落地，一窝蜂争前打起轿帘，预备搀扶这位千娇百媚的阔太太时，只齐齐喊声“啊哟！”轿中却空空如也，哪有藩台太太的影子！

“这一下只把那位皤然白发的藩台大人宛如由万丈高楼失脚，一颗心直跳出腔子外去。问起这班轿夫、差弁，却又咬定明明从巡抚衙门坐轿回来中途并未停轿，怎会凭空飞去？

“哪知祸不单行，偏偏这时管藩库几个吏目又慌慌张张地报称，今天各县赋银上兑，点查藩库，忽然发觉失去库银万余两。这一来又把藩台吓得半死！几位细心的幕友却觉得巡抚衙门刚丢了东西，这边又丢了人，而且藩库又发现丢了银，三桩事同日发现，实在太奇怪了。其中有知道东家底细的，说是藩台老夫少妻，原非正配，这位太太新近从勾栏中物色来的。藩台看她口齿伶俐，貌又动人，便叫她出来应酬，马马虎虎充起正太太来。哪知出了这一个大岔子，活像小说中的一阵风被妖怪摄去一般。据几个轿夫说，这位太太是一个娇小玲珑的身体，抬在肩上本来轻如无物，又加太太出门关防严密，轿窗、轿帘下得密不通风，所以一路抬来毫未觉得，更不知抬到什么地方丢失的。

“且不提幕友们议论纷纷，这时那位藩台急得像热锅上蚂蚁一般，在自己太太房内细细一检查，不料又发觉失了许多贵重首饰。这一来把前后情形一琢磨，似乎这位太太并非无端丢失，其中大有道理，说不定巡抚老太太那串八宝朝珠也是她做的手脚。他这样一琢磨，由惊转恨，由恨转怒，而且丢失库银的关系也非同小可，硬着头皮立时坐轿赶到巡抚衙门，自请处分，并请巡抚通饬全省，定要缉获这位逃走的太太才解心头之恨。

“巡抚听得也大大地吃了一惊，想不到这样千娇百媚的太太竟是个女贼！可是这一来，八宝朝珠总算有个线索，立时传谕钱塘县进见，告知此事，一面分头传令水陆各码头，加紧追缉，写明女犯年貌，画影图形，悬诸通衢，务获究办。

“这当口，萧山县曾祥麟一同进见，仗着巡抚素日另眼相待，替钱塘县说了几句好话，请求宽限，一面自告奋勇帮同办理，誓必拿获女贼以报知遇。巡抚也知道这样女贼神没鬼出，不易擒获。素知萧山县曾令干练，难得他自告奋勇，就下密扎，委他主持此事。曾祥麟奉委下来回到萧山，一心想破获此案见好上司，显显自己才干，就想到来老头儿是有名的老捕快，虽然退职告老，如果以礼相聘，用面子拘束，不怕他不应承下来。这位县太爷这样念头一起，俺小老头儿的倒霉厄运就临头了。”

来老头儿说到此处，用手向包翩翩一指道：“嘿，天下也没有这凑巧的事。咱们那位曾太爷亲自驾临敝店，求俺暂时出来一趟，俺也不得不应承下来。不料县太爷前脚才出店门，正逢着这位贤侄女独自到此，巧不过曾县令在店门上轿时又一眼瞥见了俺这位侄女，叫俺到了轿前低低说了几句，说是这年轻女子很像那位藩台太太，叫俺留神。俺送走了曾县令回进店来，包侄女已看得好一间上房，闭门高卧起来。俺看得包侄女一个青年女子，背着一个小小包裹只身独行，一进店门便自高卧，已经起疑，又打开曾太爷自己送来的女贼图形仔细一看，委实同侄女有几分相似，越发令俺起疑。

“当晚，俺就在侄女隔壁黑屋内张看，只见侄女脱了外衫，打开包裹，换上一套夜行人衣着，挂了镖囊，插好一柄解腕尖刀，仍然把外衫罩上，开出门来呼唤茶水。那时俺一看这情形，不是那话儿是谁？心里还高兴得不得了，以为活该要露一次脸。曾太爷刚才来托俺办理此案，竟不用吹灰之力自会送上门来。又看了房内情形，定是待到三更时分，又要在本地做案了，怪不得一进门便高卧养神哩。俺当时便想知会县衙下手，一转念，这样一来不免大动干戈，惊吓了店中客人，妨碍了自己的买卖，默默想个计较，悄悄离开了黑屋了，暗暗在茶水内下了蒙汗药，教店伙送进房去。这一来可苦了包侄女，神不知鬼不觉当夜捆送进县衙去了，俺这张老脸儿也就此丢尽了。诸位请想，这一档事弄到这样结果，教俺以后如何做人？可是俺这位贤侄女，为什么在那个当口换起夜行服来呢？”

包翩翩笑道：“那时老世叔只注意了俺，没有注意旁的客人，其实那位藩台太太也在老叔店内哩。侄女着了老叔的道儿，糊里糊涂捆进县衙，怎不叫那位真贼实犯的女飞贼从旁看得笑掉了大牙，却从此把她惊走了，这才冤枉哩。”

此言一出，众人大惊，只有甘疯子已从翩翩口中探明，坐在一旁发笑。

这可把来老头儿愈弄得闷在鼓里一般，急向翩翩问道：“这事越来越奇，照侄女说，那女飞贼也在小店内，怎的店内没有陌生的女客哩。”

甘疯子大笑道：“这样你就知道那女飞贼非同小可了。老实对你说，女飞贼在你店中当口，乔装成一个翩翩美少年，举动阔绰，你还对他殷勤招待哩。”

来老头儿听得两掌一拍道：“该死，该死！果然记得有这样一个单身客人，还是在今天一早走的，但是贤侄女怎知她是案中要犯的呢？贤侄女换夜行衣，同她又有什么关系呢？”

包翩翩笑道：“家叔在杭州开设了一家绸庄，家兄便在庄内照料，写信来叫侄女到杭州去玩几天，有几家近亲女眷也再三请侄女去玩几天，所以侄女在杭州亲眷家中一径流连了个把月。杭州沸沸扬扬闹着飞贼，前几天又闹着巡抚衙门、藩台衙门几件奇事传在侄女耳朵内，也暗暗料那女飞贼本领不坏，可是与己无关，也不在心上。

“不料在昨天早晨辞别了舍亲、家兄渡过江来，渡江时节，侄女坐的是萧山两人抬的过江轿子，坐在轿内由轿夫抬在渡江船上，两面也是渡江的轿子，贴近一排搁着。（早年钱塘江就是这样景象）侄女右首一乘轿子内被江风一吹，时时透来一阵异香，引得侄女侧身一看，却是一个一身华丽的美少年，见他耳根上贴枚小小的膏药，当时也不在意，以为是纨袴子弟罢了。后来听他向轿夫问长问短，嗓音很刺耳，好像故意放大了喉咙说话，可是尾音总是脱不了女人嗓音，而且不是浙江口音。那时侄女便有点疑惑起来，不免向他多看了几眼，看他眉梢鬓角，越看越像女人。

“后来渡过了江先到西兴埠头打尖，恰巧这人轿子也是同行同止，细看他并无行李，只随手提着一只小箱子。打尖当口，他也走出轿来向点心铺买点食物，留神他步履之间虽然矫捷，总觉异常，尤其是他一出轿子，看到他两面耳根都贴着膏药，哪有这样凑巧，两耳都会同时有病？明明是遮瞒的勾当！那时侄女就有十分料他是女扮男装，却尚未想到那件案子上去。

“直到侄女离开西兴抬进城来，却见他轿子在前，飞也似的抬到世叔店门停下，昂然直入。侄女来时，亲眷们本来叮吁在迎宾客店歇宿较为清净，所以侄女也进店来了。一进店就拣了楼上当阳的一间屋子，无意间在窗口向下打量，蓦见天井下面对楼的一间大房内，黑暗中光华闪闪，急定睛向那屋内望去，只见那假扮男子的人在床前低着头，把一大串宝光闪闪的东西一颗颗拆卸下来，装进另外一个小口袋内，这当口侄女登时想起巡抚老太太八宝朝珠的新闻来，断定这人就是藩台太太无疑。侄女恐被他回头看见，慌忙轻轻把楼窗关好，从窗根内向下张看，又看她拆好珠宝，装了好几个口袋，脱去外面袍子马褂，露出一身紧身排扣夜行衣，腰间解下一条亮晶晶的东西来，似乎是件军刃。她解下这条东西以后，很迅速地把床上几个口袋一一塞进怀内，重新束上这条东西，又加了一条妃色汗巾，巾上又挂上一个豹皮镖囊，罩上袍褂，开门出来，扬长而去。

“侄女不该年轻好奇，暗想这人本领胆量定必高人一等，既然明知她是个女子，不管好坏倒要会她一会。只要同她讲明并不干涉她行为，只求她较量较量武艺，大约她也不至于另生恶意的。侄女存了好奇心，就也把夜行衣服换上，预备到夜静更深，飞下楼去同她会面。万不料螳螂捕蝉，黄雀在后，换好衣服吃了几口茶水，顿时昏天黑地地躺下了，等到醒来，身已在县衙女牢。自己想得又好笑，又好气，本来就要脱身出来，气不过倒要看看这知县再说。哪知这位曾太爷功名心太热，清早把侄女提上去，不由分说就关进木笼，要押解上省去博上官欢心。侄女其余不恨，只恨这糊涂知县并不问清来因去果就草菅人命起来。所以侄女定今晚三更时分，飞进县衙同他理论一下，告诉他那女强盗确在此地，看他如何说法。而且侄女同甘师伯已经商量过，既然事情挤对到侄女头上，不能不找出一个真贼实犯来，洗刷侄女的清白。来世叔是老公事，还得替侄女大大地费神呢。”

来老头儿听到此处，总算满盘清楚，心里也越发难受，而且包翩翩临了说出老公事三个字，不知她是有意还是无意，仅这三个字就把来老头儿挖苦得淋漓尽致，比骂他、打他还凶十倍。

甘疯子看得来老头儿红着脸只管出神，额上汗珠又一颗颗冒出来，微微笑道：“现在诸事不提，只要把女飞贼拿到就八下里都合适。凭俺们这几个人要拿她原不困难，可是有一节，她在杭州官场大显神通同俺们本来无关，那班昏颓糊涂的人也应该有这种人捣乱一下。现在关碍着包侄女名誉，不能不找出真犯来。但是包侄女这样李代桃僵，早已把她惊走。俺们要找她，又从何处着手呢？”

王元超答言道：“这样飞贼与众不同，既然眼见出了包小姐这档事，也许要看个水落石出，还逗留在此哩。”

话犹未毕，外边一个店伙急匆匆进来，在来老头儿耳边嘁喳了几句，来老头儿眉头一皱道：“曾太爷又来找俺，想是白天出了事又没有办法。”

翩翩道：“侄女临走时已说明今晚三更去找这位曾知县，现在来世叔先去，侄女随后就到。有来世叔在旁，免得他惊吓。”

甘疯子道：“说起这位曾祥麟，俺同他是幼年窗友，在官僚中还算不错，回头俺陪包侄女同走一趟，有俺在场他不致再有误会。”

来老头儿道：“这样太好了，他此刻差人来叫俺立时进衙，说不得俺先进来，同他说明这事底细好了。”

于是诸人匆匆用过酒饭，来老头儿先自告辞进衙去了。到了二更时分，甘疯子陪着包翩翩跳上房去，也飞向县衙，房门内只剩得王元超同双凤闲谈这档事，直等到四更敲过，才见甘疯子、来老头儿、包翩翩走进房来。

甘疯子一进房内哈哈大笑道：“痛快！痛快！这位藩台太太的手段真高。”

王元超慌问所以。来老头儿笑道：“俺先到衙内，满以为曾太爷为的白天走失人犯事。哪知出人意外，误拿包侄女的事他竟也知道了。你猜他如何知道？原来俺们在此吃酒当口，那位曾知县正独坐在签押房内盘算这事，忽然眼前白光一闪，铮的一声响，一柄雪亮尖刀插在公事桌上，刀柄兀自颤动不已。这一下把曾太爷吓得直跳了起来，细看桌上时，却是刀上还穿着一张信笺。曾太爷究是个干员，按定心神，一声不响拔下尖刀，拿起信笺看时，只见笺上写道：‘侬惩治贪吏，为小民吐气耳。不意昏眊如汝，张冠李戴，误累好人。如再执迷，将丧汝命。’下面署着一个‘云’字。

“曾太爷一看笺上的话，想起白天包侄女衙前临走的几句话，已觉得误捉了人，可是包侄女这身打扮同破笼飞行的功夫又觉事有可疑，所以慌着把俺叫去问个仔细。俺到衙内把包侄女身世详细说与他听，又把甘老英雄同包侄女随后就到的话也告诉他，他才弄清楚，而且非常抱歉。两人正说着，甘老先生同包侄女已从屋上飘身而下，一会面，曾太爷来不及同甘兄叙阔，先向包侄女连连作揖陪罪，还请到内房，由他太太极力周旋了一阵，然后同甘兄细叙久别之情，临走时还说，明天一早到店拜看咱们包侄女，表示负荆之意。百姓们也可知道包侄女并非飞贼，借此可以洗刷清白。然后再过江去，把寄刀留柬一层禀知巡抚请示。”

王元超道：“这样说来，那女飞贼果然没有远走。”

舜华道：“便是这样举动，也非常光明磊落。”

包翩翩道：“俺也这样想。俺虽然为她受了一次累，总觉爱她这人。可惜她神龙见首不见尾，没法会她。”

众人正这样谈论着，忽见店伙提着包袱，扛着一副华丽的铺陈进来，说是曾太爷差人送还包小姐的随身包裹，又恐店中被铺不洁，特地赠送一副干净被铺来，务请包小姐赏收。

包翩翩道：“何必又要太爷费心。”

来老头儿道：“这也可说前倨后恭。那包袱原是贤侄女的，昨晚还当赃物呈案，说起来惭愧死人。现在俺替贤侄女另外打扫一间屋子，好让你早点安息。”

舜华、瑶华道：“老丈不必如此，让俺们联床共话吧。”

翩翩也愿意三人聚在一起，可以慢慢清谈。这晚翩翩便向双凤讲得十分投契，隔壁王元超、甘疯子也同宿一屋。

第二天清早，瑶华首先下床，一眼瞥见梳妆台上砚台下压着一张信笺，过去一看，笺上写着：“薄命人辱承眷念，感何可言？鱼轩回湖，当图晋谒。”下面又署着一个“云”字，细看字体非常娟秀。

瑶华喜极，回头向翩翩喊道：“快来看，昨晚俺们睡得真香，进来人还不知哩。”

两人一听忙下床过去一看，知道那位藩台太太的把戏，四面一打量，窗户依然好好的，只窗上一层花格短窗脱了闩，想是从上面进来的。三人一阵称道奇怪，隔壁甘疯子等也知道了。

舜华道：“这人还要到太湖找咱们去哩！这一来，翩妹可以决心同咱们一道到太湖了。”

第四回

重峦迭嶂，聚气藏风
云海松涛，探奇索隐

原来一夜工夫，三人讲得分拆不开，双凤想邀翩翩到太湖去，翩翩听得太湖英雄聚会，风景又好，心里也愿意，而且她大哥是少室山人徒弟，所以称甘疯子为师伯，太湖有她师兄弟，也趁此可以会会，此刻被飞笺一引，一发愿意同去了。甘疯子等听得翩翩同去，也非常欢喜。

各人梳洗方毕，来老头儿已匆匆进来向翩翩道："曾太爷今天起了大早，郑重其事地来拜会诸位了。此刻俺已让他在客厅等候，甘老先生陪着包侄女出去见他一见便了。"

于是甘疯子同翩翩走出去敷衍了一阵，把曾知县送走后，回到房内，向王元超等笑道："那位藩台太太真可以。据曾祥麟说，今天一早得到抚院消息，昨晚深夜，巡抚床沿上插着明晃晃的一柄利刃，刃上附着一封信，警告他一切不许追究，否则就要他命。同时那位藩台枕旁也照样来了一手，信内还挖苦他老而无耻。巡抚同藩台果然不经吓，等不到天亮，慌差干人过江来悄悄告知曾县令，叫他赶快罢手，连藩库缺少的银两也由藩台忍痛掏出腰包来弥缝了事。满天星斗竟被她弄得风消云散，这人真可说得巾帼英雄。可惜没有好好的师友导入正轨，弄得东荡西飘，自己称为薄命人，其中定有伤心之史。"

众人听得都点头嗟叹，翩翩道："你看她在昨晚掌灯时在县衙寄柬留刀，又过江去在抚院、藩司两处做了手脚，还要回过江来到俺们房间留个条儿。一夜工夫，东奔西走，如入无人之境，而且处处做得严丝密缝，真也不易。倘然她真能如约见面，俺们定要同她结为挚友，劝她不要走入邪途。”

来老头儿听得暗暗点头，却笑说道：“贤侄女同到太湖果然很好，可是令兄处顺便也要通知一声，免他记挂。再说俺好容易见到贤侄女，也要留你多玩几天。就是甘英雄几位，是俺小老头儿一生难逢的豪杰，也想求诸位委屈几天，让小老头儿尽点寸心。”

甘疯子笑道：“既承相知，后会有期，俺们都有事在身，实在不便久留。今天就要过江去，直奔太湖，将来再叨扰好了。”

来老头儿再三殷殷挽留，无奈看得甘疯子等确有要事，才不敢作声。却在当日又特设一桌盛大酒宴送行，酒罢告别，来老头儿直送到钱塘江边才依依分手。

甘疯子率领着王元超、舜华、瑶华、包翩翩一行五人，带着两匹俊驴，不日到了太湖堡内，自然又是一番热闹。包翩翩初到湖堡，看着许多豪杰，又看得堡内的雄壮形势同太湖的湖光山色，与浙东又是不同，就觉耳目一新，胸襟大畅。尤其那位文君新寡的红娘子倜傥不群，句句合自己脾胃，还有同门的东方豪英气勃勃，少年老成，也说得非常投机。黄九龙当天盛设酒宴为甘疯子等洗尘，这时在席的有甘疯子、范高头、滕巩、黄九龙、王元超、东方杰、东方豪、东关双哑、痴虎儿、舜华、瑶华、红娘子、包翩翩一共男女老少十五位，还有许多堡中的头目济济一堂，也可算得群英雅集。

席间甘疯子、王元超各说别后的事，并问太湖有何新闻。

黄九龙大笑道：“柳摩霄、单天爵已成惊弓之鸟，大约不至于再兴风作浪的了。至于你们在百佛寺见着师父、师母同那艾天翮的事，咱们也统统知道了。因为师父同你们分手后到了灵岩寺龙湫僧师弟处，已有详信寄来，还命咱们选择一宽大幽险的地方，预备邀集海陆英雄，大大地联盟一下，又命咱们设法把飞龙岛宝藏运回湖堡。

“日前俺同范老丈在山内打猎，无意中在万山重叠之处觅着了一处最相宜的山谷，此地人士因为形似葫芦就叫作葫芦谷，将来等两位老人家到来，亲自勘察过再来定夺。倒是飞龙岛的宝藏有点费事，要请二师兄筹划，还有俺同五弟在赤城山虎窝内留藏的一批军器，现在已经派人运到堡中了。”

范老丈也说道：“这几天俺们无事在湖堡左右各处闲游，顺便察看全湖形势。据俺看，将来海陆联盟，群英聚会，眼看湖堡气象隆隆日上，只凭现在堡中几十间房子是住不下的，不如在湖堡左右东洞庭山、西洞庭山建筑分堡，俺柳庄也是水路要口，略一改建也可充作分寨，这样就可容纳不少人，发号施令也容易些。一旦有事，更可作为犄角之势。”

范高头说罢，甘疯子首先拍掌道：“范老丈所见与俺相同，非这样办不可！将来禀明师父就可实行。倒是飞龙岛一桩事要一个熟悉该处地道的作为向导才好。”

于是大家传杯推盏，各抒雄略，一席酒直吃到日落西山才尽兴散席。云中双凤同红娘子、包翩翩四位女杰就在双凤原住的一所院落内，联床抵足。原来范高头父女二人葬婿以后被黄九龙款留在堡内，免得他们回家睹物思人。

自双凤回来堡中越发地热闹，还多了一个天真烂漫的包翩翩，非但范高头稍宽愁怀，连红娘子也渐渐有说有笑起来。大家聚了几天，有一天清早起来，舜华忽然想到堡后葫芦谷去游览一番，包翩翩静极思动，头一个赞成，瑶华、红娘子自然助兴。

翩翩道：“俺们悄悄出去不要被他们觉察，否则黄堡主又要劳师动众，派人护从，反而不能尽兴了。”

瑶华笑道：“这样也好，不过此地门卫森严，俺们四人出去，岂能瞒住他们耳目？”

红娘子道：“这层无须过虑，葫芦谷不必经过前面三重碉垒。听俺父亲说，他们是从堡后出去的。不过从堡后到葫芦谷也有四五十里，一路都是高高低低、人迹罕至的山道，那天黄堡主同俺父亲还捉得一只花豹回来哩。”

翩翩听得越发高兴，两只雪白玉掌脆生生地拍得山响，高声说道：“妹子在舍下时最喜出猎，俺们何妨备着家伙，乘便打一回猎，岂不快活煞人!”

于是四人匆匆各自打扮得周身利落，携着兵刃、弹弓和随身干粮，悄悄溜到后面。走过黄九龙、王元超卧室侧耳一听，甘疯子等正都在黄九龙房内高谈阔论，轻轻蹑足走过，直走到最后一重通堡后山冈的栅门，恰喜栅门大开，并不费事，鱼贯而出。哪知刚出栅门，猛见冈上一块平平的草地上有个人指东击西，蹿高度矮，把一柄剑舞得有色有声。翩翩等吃了一惊，慌停步仔细一看，原来是痴虎儿正在独自练习太甲剑。他新近磨着黄九龙教了几手达摩剑，就废寝忘食地拼命练习，此刻一早起来，又在后面冈上练习了。

他正练得高兴，忽然一转身看见红娘子等四人一齐出来，而且手上、身上个个都齐带着家伙、镖囊。他看得奇怪，收住招式，迎上前来问道：“诸位从未到过此地，今天怎的有此雅兴？想是拣着此地幽静，也来温习温习剑术的。”

红娘子笑道：“你这几手达摩剑进步真快，练得已经很好。不信，咱们两人来对舞一下。”

痴虎儿听得脖子一缩，舌头一吐，笑道：“啊哟！俺的姑太太，俺初学乍练，怎好同您放对？倒是您几位练几手高招儿，俺在旁看看也是好的。”

舜华笑推红娘子道：“时已不早，不要同他逗趣儿了。”说着向痴虎儿一招手道：“兄弟，你认识葫芦谷这条道儿吗？”

痴虎儿先不答话，怔怔地向她们看了半天才笑道：“这条道俺虽没有走过，却听头目讲过，似乎很不易走，可是风景最佳，俺也常想去玩一回，诸位可否挈着俺一同去？”

红娘子不待她说下去，向众人一使眼色，慌答道：“你要同去最好，不过此刻就得走。”

痴虎儿大喜，连那道栅门也忘记关好，便当头放开脚步，向冈下驰去。

红娘子笑道：“这位小兄弟直心直眼，最讨人欢喜。他一同俺们出去，堡内真没有人知道俺们去向了。”一面走，一面又把痴虎儿来历说与翩翩听，翩翩也称奇不止。

这样一路谈谈说说，不知不觉已走过好几重山岭，约莫已走了二十多里山道。忽听得痴虎儿在对面山腰松林内大声呼唤，却看不见人。红娘子等不知何故，一伏腰，各人提起金莲，飞也似的抢入山腰，奔入松林，却见痴虎儿使出幼年行径，爬上一株四五丈高的苍松，骑在一枝弩出的松干上左顾右盼，纵声长啸，四山回响，就像有千百个痴虎儿歌唱一般。看他咧着一张阔嘴，好不快乐自在。

红娘子在松荫下仰面喝道："这么大的孩子还是这样顽皮，快下来！领咱们到葫芦谷去。"

痴虎儿俯着身答道："不瞒您说，俺照着他们所说的方向，走到此地转了几个弯，实在有点模糊了，没法才爬上高处，望个清楚再走。可是一上来，奇奇怪怪的山景一一显露出来，实在舍不得下来。您不信，上来瞧瞧就明白了。"

众人经他这么一说，头一个包翩翩就忍不住，一伏身，玉臂一张，嗖的一声蹿上近身一株长松，攀住横枝，一个鹞子翻身就亭亭立在枝上，四面一看，顿时娇声喊道："妙哉！妙哉！"

下面舜华、瑶华、红娘子被她一引，也一齐纵了上去。四个劲装佳人在一株龙蟠凤舞的巨松上各人占了一枝，松风谡谡，衣带飘飘，宛如一片翠云拥着四个散花仙女，对面骑在松枝上的痴虎儿又像遥拜观音的散财童子。在这晨光熹微、山色苍茫之中，确是一幅奇妙图画。

痴虎儿看她们齐立在一株松树上，高兴得东一指、西一点引她们观看。红娘子等上得树来纵目四眺，果见西北四五里外，奇岩怪壑内骨嘟冒起蒸笼般的白气，愈来愈厚，便铺成一片云海，把对面一座嵯峨高峙的主峰拦腰围成一个大圈，好像天空浮着一顶大箬笠。峰顶像个笠尖，围住的云气像玉色的帽圈。再看云海的下层又夹着一层紫气，这层紫气笼罩着一层层的松岗懈谷，陡壑鸣涧，却像海市蜃楼般裹在濛濛云雾之中看不清切。半晌，东南方朝雾高升，金光四射，射进云海之内立时景象大变。一座云海幻成金光灿烂、奇妙莫测的彩霞，由浓而淡，由淡而无，立时远近重峦叠嶂豁然呈露，森林悬瀑通体分明，而且岚翠欲滴，清气扑人，各人都觉超尘出俗，翩翩欲仙。

红娘子向对面痴虎儿一指，大笑道："看不出他竟能够领略这番妙境。"

舜华道："这种云海只有日光上照或者天气闷郁，山雨欲来的当口才有，可是像那黄山出名的云海以及雁荡、嵩岳等绝顶，却也常常可见。"

红娘子笑道："俺们虽然赏览了云海，可是葫芦谷究往何处走呢？"

话犹未了，对面树上痴虎儿忽又乱指乱嚷起来，喊道："你们看，那边是谁？"

众人向所指的对面山坳内极目望去，才认出对面两山交叉处有道银光闪闪的溪涧，涧旁松根一块磐石，坐着两个人，因相距甚远，两个人小得像三岁小孩一般，其中一个穿着红衣服，恰合那万绿丛中一点红的画意。这边红娘子等正看得诧异，忽见穿红的人昂头四眺，寻找东西的样子，倏地一跃身，跳下磐石，两足一点，像飞鸟般穿入山脚下松林里去了。

一忽儿，只见密杂杂、碧沉沉的林梢上活像有只极大的红蝴蝶，张着双翅在林上游来游去，飞旋不已。半晌翩然飞堕林外，嗖地跳上磐石，依然现出一个穿红的人来。红娘子等看得那人轻身功夫很是可观，而且绝对是个女子，益发觉得奇怪。四人一商量，决意赶过去探个实在，向痴虎儿一打招呼，一齐跳下树来。痴虎儿也手足并用，像猴儿般溜身下树。

包翩翩最心急，首先施展飞腾功夫，　溜烟似的向两人所在跑去，红娘子、舜华、瑶华也跟着赶去。这一来却苦了痴虎儿，虽然从小练就爬山越岭的脚步，总跟不上她们轻身提气的真实功夫，累得他跑得满身是汗，兀自赶不上，一抬头不见她们的影子。

却说包翩翩、红娘子同双凤姊妹宛似弩箭离弦，一路追逐，一忽儿已近两人所在的山脚，抬头一看，大石上两人已闻声立起，跳下大石。看清那穿红的人是个丰姿绰约的年轻女子，上身穿着银红色窄袖对襟短衫，柳腰上束着玫瑰紫的绸巾，挂着一具镖囊，下身兜档扎腿元缎中衣，两瓣金莲套着鹿皮小蛮靴，头上元帕抹额，直压眉尖，益显得明眸皓齿，玉面朱唇。还有一个却是女僧装束，戴着青布观兜，披着茶色衲衣，下面虽然净袜雪鞋，依然显着两只窄生生的改造金莲，面上虽然鸡皮鹤发，依稀还存着当年俊俏模样。

两人一见红娘子走近，那女尼首先合掌当胸，朗声说道："俺母女二人本当趋堡晋谒，不期诸位女菩萨雅兴出游，在此相遇，也算缘分不浅了。"

红娘子等看得两人丰姿不俗，出语不凡，慌一齐敛衽答礼道："此山颇显荒僻，人迹罕至，当湖山口被堡垒封锁，外人益难到此，不知两位从何道来，务望赐教一二。"

穿红的女子听她们这样细问，立在女尼的背后只抿着嘴微笑，两只水汪汪的俊目只管向翩翩直瞧。

女尼笑答道："其中细情，稍缓容略奉告，难得诸位驾临荒山，敝庐离此不远，且请驾临，以光蓬荜，未知诸位肯俯应否?"

红娘子等一听她还在此山内居住，益发莫名其妙。从来不闻山内有人进出，何以突然现出这等人物来？如果不是青天白日，真要疑是山灵花妖了。既然承她邀请，何妨探个实在。四人意见相同，便请她们母女二人引导，恰好这当口痴虎儿喘吁吁也赶到了，那女尼也邀他同往。

于是一行七人由那女尼领路，向山幽内走去，忽高忽低，穿林度涧，一路尽是奇幽绝险的岩壑，往往走到好像无迹可通之处，那女尼轻车熟路，只在危崖石缝内略一转折，便豁然开朗，别有异境。她们母女二人攀藤附葛，蹿上纵下，捷如猿猴，那穿红的女子尤喜同包翩翩手拉手地走在一起，格外显得亲热。

包翩翩屡次想问她姓氏来历，却因走的都是荒僻险境，脚下得步步留神，彼此都顾不到攀谈。这样曲曲折折走了四五里山路，忽然走进一处山谷，两面千仞岩壁巍巍夹峙，中间黑沉沉一片松林，穿进林中，连日光都像遮起一层厚帐，只听得上面松涛怒吼，怪鸟唧唧。度完这片松林，山势又分，显出数百亩广阔的一片荆棘之地。荆棘钩衣，蔓藤碍足，竟无可走之路，又见那女尼先一撩僧袍，身子一起，从一片荆棘上像星移电掣般走了过去，看她两只脚似乎没有沾着荆棘一样，转瞬间已越过一片荆棘。

红娘子知是绝顶的轻身功夫，正待继续一试，又见穿红的女子却换了身法，两足一点，一个海燕掠波的式子从荆棘横身飞去，中途像蜻蜓点水般在荆棘上两足虚点，又飞出四五丈远，只几点便也飞过十几丈开阔的一片荆棘。红娘子、舜华、瑶华胸有成竹，岂肯落后，嗖，嗖，嗖，各展身手，宛似三只翠鸟掠波而过，这时却苦了包翩翩、痴虎儿二人。

在包翩翩一身功夫，要飞越四五丈路并非难事，像这样十几丈开阔的面积却有点望尘莫及，可是瞪眼看着人家过去未免万分惭愧，回头一看痴虎儿，只见他哈哈一笑，一伸手从背后拔出太甲剑，向对面一指道："你们这样飞来飞去总是费事，不如俺来替你们开辟一条坦道吧。"说罢一声大喝，抡起宝剑，不管三七二十一向荆棘丛中直舞过去。

只见三四尺高的荆棘和遍地盘结藤蔓被他一路蛮砍乱削，宛如摧枯拉朽，断葛飘榛，满空飞舞，一霎时竟被生生辟出一条窄道来。话虽如是，他一套衣服也被一路荆棘撕得七零八落，幸而皮厚肉粗，尚未受伤。

包翩翩只得从这条新辟道路红着脸奔了过去，向红娘子等说道："诸位这样功夫实在佩服之至。"

红娘子知道她年轻好胜，慌笑说道："俺在妹子的年纪当口，还赶不上妹子哩！将来妹子多得名师益友，怕不日上竿头。"

那女尼点头道："这话一点不错，武功同文学一样，只怕你不肯用苦功。如果向上前进，是无止境的。"说罢又向痴虎儿道："这位小哥手上的宝剑倒是宝物，这片荆棘中有许多古老藤葛，没有这样宝剑怎能挥砍如意呢？"

痴虎儿听她称赞宝剑也自高兴，便把太甲剑双手献与女尼请她赏鉴。女尼接过剑来，从头到尾细看了一回，忽见柄上镌着太甲二字，顿时大惊失色，慌问痴虎儿道："小哥尊剑何处得来，可否赐教一二？"

痴虎儿道："是俺父亲所赐。"

女尼又问道："尊父是否姓滕名巩，用的是奔雷剑么？"

此言一出，非但痴虎儿茫然，连红娘子等也听得诧异。却又见女尼向那穿红女子笑道："人生聚散，信有前缘。你老太师吩咐的话，万不料在此应验。"

这时红娘子忍不住问道："听你老人家的口气，似乎同俺滕老叔有点渊源，所以识得此剑。"

老尼笑道："说来话长。敝庐不远，且请驾临，容再奉告。此地已是葫芦谷口，敝庐就在谷上，诸位且随贫尼进谷。"说罢当先走去。

红娘子等听得已到葫芦谷，高兴非常，一面跟着老尼，一面纵目四眺。

只见当前谷口危峰峭嶂，摩云插天，中间一线羊肠蜿蜒曲折，都是天然路径，迤逦行去，如进迷宫。抬头一望，巉巉岩壁中奇奇怪怪的古松一株株从石缝倒挂下来，好像几百条怪蟒飞舞而来，森森可怖。这样走了一程，忽然危崖中裂，上架石梁形如穹门，走出这座穹门豁然开朗，一片丰林长草愈望愈宽。如果把这片草木芟除净尽，足可纳千军万马，林外却依然陈嶂围拱，秀峦环抱。

舜华笑道："怪不得黄堡主说此地大有用处，果然是个天然胜境。"

红娘子道："便是把这一片树木砍下来，也可以造厦千万间哩。"

穿红的女子笑道："越过这片丰林山势又合，再进去低洼处，还有比此地大几倍的一片湖水，系各处山头水道汇注之地。出口处依然通着太湖，恰是一所天然的船场。不过现在诸位光降敝庐，毋庸深入，只可留作后游吧。"

红娘子正想启问，忽见那老尼并不走进林去，身子一转，两足一点，嗖地跃上近身四五丈高的一个危坡。穿红的女子领着红娘子等跟纵而上，那女尼已经蹑壁而上。众人一打量这座崖壁，虽有十余丈高，却喜天然筑出一层层石磴，不过只容一人立足，远看去便像附壁而行一般。众人依次走上崖顶，猛见临崖盖着矮矮的两间茅屋，屋后兀自层崖高压，势若建瓴。

那女尼至此，便同红衣女子立在茅屋前，笑容可掬地说道："诸位不嫌卑陋，谨请屈尊一谈。"

红娘子一看，两间茅屋靠着悬崖草草搭就，照外面察看只可容纳一二人，还要低头钻进，哪容得室外这些人？可是从门外望去，幽然深处，好像门内尚有不少房屋一般。既然主人殷殷肃客，只好姑且屈着身，鱼贯而入。不料一进茅屋，宽敞异常，而且四周珠光宝气，炫耀一室，壁衣地毡尽是茸茸兽皮，兽皮满缀珍珠宝石，大的竟如鸡卵一般，小的如黄豆般不计其数，四壁萤火放光，耀如白昼。这一来，把红娘子等吓得目瞪口呆，如在梦里一般，几疑这老尼是妖怪化身。

众人正在骇异当口，老尼同穿红女子掩好蓬门，回身进来，向红娘子等笑道："身居穷谷，无法置备桌椅等物，只好屈就诸位坐谈的了。"说罢首先蹲下身去，在兽皮上盘膝坐定。

红娘子等一看地上五色斑斓的兽皮非常可爱，便也团团席地而坐。

那穿红女子先不坐下，从黑暗处捧出许多新鲜山果放在中间，然后靠着女尼坐下，笑向众人道："不瞒诸位说，连茶具都没有，只好请诸位吃些鲜果，聊以解渴。"

红娘子等暗想：她们母女二人既然设备这样简陋，何以又有这许多奇珠异宝，岂不奇而又奇？各人都露着满脸惊异之色，唯独痴虎儿生平不知珍宝为何物，倒也不诧异，只觉得目迷五色，如入异境罢了。

那女尼一坐下就明白众人怀疑的神色，不等红娘子等开口，微微笑道："贫尼四大皆空，看得世界一切都如电光石火，这一洞珍宝并非贫尼所有，不过代他人在此看守罢了。"又一指穿红的女子向众人说道："倘然身边没有这妮子，贫尼早已飘然远行，不必多此一举了。"

说到此处，女尼神色惨然，闭目叹息道："欲知前世因，今生受者是。欲知未来果，现在作者是。"自己低低念了几遍，忽然双目一睁，宛如一道闪电在众人面前扫了一遍，然后长叹一声道："诸位现在应该知道千手观音同陆地神仙多年反目的一层因果中的主角是艾天翮，诸位当然知道。可是其中波澜翻腾却又关系着一个人，这个人无辜被他们牵入旋涡，受了人世最惨痛的刑罚，变成了世界上最薄命的人。现在陆地神仙夫妇又和好如初了，艾天翮夫妇也变成骷髅了，但是这位薄命人的隐痛兀自深深地刻在心头，而且又多了一个身外之身。可怜这个身外身又是薄命不过，将来正未知如何结局呢？"说罢双目一闭，一颗颗泪珠却从皱纹叠起的眼角上续续夺关而出，穿红的女子也低着头呜咽起来。

舜华、瑶华想起艾天翮临死当口的一番事迹，不禁脱口惊喊道："您老人家难道就是当年飞龙岛的湘魂么？"

老尼一点头，双目微启，眼泪便像涌泉一般直挂下来，穿红的女子益发泣不成声，凄惨欲绝。红娘子、包翩翩早已从双凤口中听过这段事迹，此刻也了然于心，不禁一齐赔了许多眼泪。翩翩原挨着穿红的女子坐下，慌掏出香巾替她拭泪，深情款款地安慰一番。

这时各人都鼻酸眼涩地静默了一会儿，只有痴虎儿看得莫名其妙。

忽见老尼一揾眼泪，继续说道："贫尼三十年前飞龙岛旧事诸位谅已明白。自从离开飞龙岛，灰心到极点，茫茫四海，孑然一身，直飘荡到云贵一带，却也做了许多济危扶困的勾当。不料肚里一块孽根却渐渐大起来，幸而那时一家富厚的人家受过贫尼的微恩，就在那家生下这女儿来。生养以后回想旧事，越发心肠粉碎，便决计落发为尼，青灯古佛，了此一生。生下的女儿就托那家代为抚养，预先替她取了一个名字叫作"幻云"。恰好距那家不远有个准提庵，就在庵中出家，有时仍回去看望幻云一次。

"这样过了半年光景，有一天随同庵中住持到相近山上一座古刹，听远来高僧讲经说法。这位高僧年过古稀，是从四川峨眉山云游到此，到处指点迷途，积修功德。这天听经的僧尼同善男信女上下三四百人，但是年纪轻轻的却只贫尼一人。讲经当口，僧人中有一个凶脸高身的头陀眼光闪烁，时时向贫尼偷看。当时以为良莠不齐，这种不守清规的人亦所难免，也不放在心上。不料讲经完毕出寺下山，又觉凶僧不即不离地跟在身后。这时听经的人们都已分头四散，俺同庵内住持走的却是僻径。那凶僧瞎了眼珠，以为一老一少两个女尼有何能为，便色胆包天，放出下流手段说出不三不四的话来。贫尼那时还是年少气盛，因而声色俱厉地向他申斥了一顿。

"哪知他原是亡命强徒，无非借佛门遮蔽身子，看俺没有好意，仗着地僻人稀，竟想恃强调戏起来。那时凶僧的情形便是个菩萨也要动气，不由俺不使出身手来。他却没有料到俺的武艺，正在嬉皮涎脸挨近身来当口，啪的一声，脸上便着了俺一掌。这一掌把他跌出一丈开外，他居然还能挣扎起来，恶狠狠地从袜统内拔出一柄解腕尖刀，泼风似的着地卷来。这时吓坏了俺庵内住持，两腿像棉花般地直瘫下去。俺一看凶僧也有几分功夫，来势甚猛，便也顾不得住持，喝声“来得好!”待刀临切近，一偏身，右腿起处，喝声着！便把手上尖刀踢飞，趁势旋风一转，左腿又起，向他腰眼一点，饶他牛精似的凶猛也禁不起这一点，立时直矮下去蹲在地，只有喘气的份儿。

“正在这当口，急觉身后人影一闪，嗖地一拳从后打来，俺一个箭步，斜刺里蹿出五步远近，回身一看，嘿，可了不得！只见五六个魁梧凶僧分四面袭来，个个捏拳捋臂，都像有几手似的。当面一个一拳落空，大吼一声，势如奔马赶向前来。俺一转念独龙不斗地头蛇，双拳难敌四手，就算被俺一个个都打胜，俺也没趣，不如回到寺内，向老和尚评理为是。主意打定，虚作应敌之势，三招两着便飞越重围，直向山上跑去。

“这班凶僧似乎知道俺的意思，拼命向后追来。俺刚到寺门口，后面追来的一班凶僧远远撮口作声，发出鬼也似的怪叫，好像暗号一般，立时山门内奔出许多高高矮矮的僧徒，不问青红皂白，呼的一声便把俺围了起来。俺大怒，恨不得掏出当年的鸩羽梅花箭送他们个个归阴，可是皈依佛门以来早已撂在一边，这时想用也办不到。可是怒火攻心，也管不得许多，一咬牙，便指东击西，同他们打得一个落花流水。他们虽然人多，一时却也占不着一点便宜，有几个脓包早被俺打得满地乱滚。可是人越打越多，山门口人声鼎沸，嚷成一片。俺打了不少工夫也难免汗淋气促。

“正在危急当口，那讲经的老和尚、寺内方丈闻声出来，满以为这两人替俺解围，哪知讲经的老和尚吆喝了一阵，众僧满不理会，大约以为他是远道客僧做不得主，又欺他年老。谁知可以做主的方丈偏又贼秃嘻嘻，一味袖手旁观，谅也不是好人。这一来俺真危险万分，工夫一久，将不堪设想。

“说时迟，那时快！猛听得山门口有人高喝一声：‘岂有此理！’就在这一声大喝中，只觉耳边一阵呼呼风响，眼前一双香灰色的大袖大鹏展翅般向人圈内舞了几个转身，里三层、外三层的秃驴个个鸦雀无声，立得纹风不动。

“俺又惊又喜，一看原来就是那峨眉老和尚显的手段，正想近前拜谢，忽又见嗖的一声，人圈外面蹿进一个肥头大耳的和尚来，仔细一看是本寺方丈。

“只见他竖眉瞪目，向老和尚戟指叱道：‘俺们念你远道挂单，好意佛眼相看，不料你这老东西仗着几手邪法儿，帮那妖尼来太岁头上动土。你这老东西也许有个耳朵，打听打听俺普光寺的人岂受你们外路东西欺辱的？看情形你同这妖尼定是一党，也许借着讲经为名，想来谋占寺产。也许……’

“老和尚不待他说下去，大喝道：‘休得胡说！老僧云游天下，偶然在此息足，打听得你们平时为匪作恶，全不像出家人样子，所以宣扬经义，指点迷途。不料你们罪孽深重，辜负老僧一片苦口婆心，此刻仗着人多势众，竟侮辱一个孤身女子起来。你既然身为方丈，不知约束，反而庇护恶徒，越发不像话了。照你们不守清规，玷辱佛门，如果在早几年碰在俺峨眉僧手上，个个都是死数！现在俺已断绝杀戒，从轻发落。如果以后再有这样事情，天下像老僧这种人不知多少，恐怕没有这样便宜了。’说罢，隐在两道寿眉底下两道目光闪电似的直射方丈面上。

“原来这普光寺的僧人本是一班无赖出身，这方丈同几个凶僧还做过落草强盗，也懂得几手武艺，这时看见老和尚一出手便把众凶僧制住，知是点穴法，知这老和尚大有来历。可是平日威风撑着，一时找不着台阶，想跳入人群用话吓一下。万不料唬不住人家，反而被人家正言厉色教训了一顿，益发下不了台。如果用武，自问这点功夫万不是人家对手，并且这许多人被他点住，没有解法，个个都是死路。暗地一打算，只好脸皮一厚，掉转锋头，满面生痛地说道：‘俺道是谁，说了半天，原来您就是俺们朝夕称颂的峨眉老师傅，怪不得有这样大法力。现在长话短说，万事都看在您老面上，请您老也看在菩萨面上，抬抬手儿。好在双方都是误会，并没有真个闹出乱子来，以后小僧从严约束他们便了。’说罢好像没事人似的，扯天说地，瞎恭维了一阵。

“峨眉僧鼻子里一阵冷笑，过去在人堆中挨个儿拍了一巴掌，这班凶僧一个个活动起来，兀自觉得眼花手软，头重脚轻，知道碰着克星，个个吓得倒抽冷气，抱头窜去。

“峨眉僧笑向方丈道：‘老僧在此已打扰了好几天，后会有期，就此告别。’

“那方丈巴不得他离开此地，故意做出挽留神气。老和尚也不睬他，一回头向贫尼道：‘看女菩萨身法不是此地宗派，年纪轻轻何以也如此装束呢？’

“那时贫尼对于那位峨眉僧又钦佩，又感激，听他问到此处，又引起一肚皮伤心，不免泪如雨下，一时答不出话来。

“峨眉僧又说道：‘此地不是谈话之所，且随老僧下山去。’

“于是俺跟老和尚走下山来，那方丈还假惺惺送了几步。两人一到山脚，俺想起庵中住持，四方一找，踪迹不见，想已逃回庵去了。老和尚一到山脚便立定身，盘问贫尼来历。俺早已看得老和尚一脸慈祥，武艺又这样惊人，定是世外高人，便恭恭敬敬地跪下身去，先拜谢解围之德，然后把俺身世统统据实告诉，最后又长跪不起，请求收列门墙，指示迷途。

“老和尚看俺非常志诚，也就点头应允。从那天起，俺回到庵中收拾一点随身行李，又把幻云拜托那家抚养，约定三年以后再去看望。布置妥帖，便跟老和尚到四川峨眉山内，在老和尚所住深山圜瓢相近之处盖了一间茅棚，早夕求教。这样过了三年，非但天性禅悦略有所得，便是老和尚一身绝艺也传授不少。

“有一天俺想起幻云，已过四载，当年有约应该去探望一下，当时禀明师父，求他定夺。他老人家说道：‘你老在此地也非结局，趁此看望徒孙以后，也可云游各处积点功德。你跟俺这些年，功夫也进步不少，江湖上独身云游也可去得。现在俺再赐你一件防身器具。’说罢从内取出一柄宝剑来。这柄宝剑却也奇特，从剑镦到剑锋不过三尺余长，一寸多宽，统体发出紫莹莹的光华，而且柔可束腰，不用时围在腰间便似扣带一般，远行防身最便利没有，剑镦上刻着“紫霓”两个古篆。据他老人家说，从前百拙上人在莽歇山铸成八柄利剑，他老人家居然得到三柄，尚有两柄，一名‘太甲’，一名‘奔雷’，系传授一位姓滕名巩的弟子。所以贫尼看到这位小哥的‘太甲’剑，惊奇起来。”

这时痴虎儿听到这位老尼姑是父亲的师弟，慌地一骨碌跳起身来，扑通一声向尼姑叩下头去，大声道："原来您老人家是俺父亲同门，这几天俺练了几手达摩剑，总摸不着门儿，您老人家看在同门面上，可得提挈提挈。"说罢老母鸡啄米似的叩了一阵响头。

那老尼突然被他横堵里一阵捣乱，也听不出他咕噜什么，慌扶他起身，仍请安坐，笑道："尊大人如果在此，正是幸会。现在且容贫尼讲完了话再说。"

痴虎儿这样傻头傻脑一来，只把幻云、翩翩两人笑得肚痛。痴虎儿满不在乎，阔嘴一张，还要嘟囔，却见红娘子瞪了他一眼，才鼓着嘴，像虾蟆哈气般不作声了。

老尼又接着说道："那时贫尼得了那柄紫霓剑，叩别师父又到云南去找女儿幻云。哪知一到那富厚人家，屋宇人物都变了形象，竟不知搬移到何处去了。一打听左右邻居，才知俺离开幻云以后，那家被群盗明火执炬，烧掠一空，大小人口被强盗杀死的杀死，逃散的逃散，竟弄得风流云散。官厅也马马虎虎闹了一阵虚文公事，强盗至今未捉住一个。当时俺听得吃了一惊，问：强盗不过抢掠财物，何至下此绝手呢？

"那几个邻居变貌变色地叹了一声，四顾无人才悄悄说道：'有人说普光寺内窝藏许多强盗，先用募化为名，强勒那家捐笔巨款，那家一口回绝，便怀恨在心，下此毒手了。'俺一听，想起那天普光寺众僧被俺师父羞辱情形，难保不打听出俺女儿在那家抚养，又加上那家不肯捐募，故而一举两得，下此绝情！如果这样，俺岂不生生害了这一家人？自己的女儿失了踪迹或者已被凶僧仇杀还是小事，这一家良善富厚人家弄得瓦解冰消，这份罪过岂不都在俺一人身上？

"当时听在耳内，一个身子宛如浸在冰窟一般，一咬牙，当夜寻到普光寺，跳进去先寻着那万恶的方丈，用紫霓剑搁在秃驴颈上，逼他招出寻仇实情。那秃驴怕死，一五一十招出来，果然同邻居说的一样，不由俺怒发冲冠，仗着锋利无比的紫霓剑，从方丈起，把全寺大小凶僧三十余口杀得一个不剩，最后一把野火，普光专变成精光寺。这样虽然稍稍出了一口气，可是俺的女儿究竟是死是活还是不明。因为逼那方丈招出实情时，据说当时他四下寻找幻云，竟不知去向，就是那富家几个青年子弟同几个女主人也是不见，杀死的只几个壮男同老人。如果他所说是真，还有一线希望。

“俺从那天起又浪迹江湖，暗地留神那家的子弟同俺女儿的踪迹。云游了两年光景，居然在云南省被俺找着那家主人。据说那晚祸起时，幸而屋宇深沉，家中紧要人物统统从后门逃出，死难的是管账的几个先生同男仆之类。他们逃到省城，因省城也有祖传房产田地，索性在省城避祸。可是那晚俺幻云系由乳母抱着逃出，一阵慌乱不及检点，等到逃离稍远点查人数，单单不见了乳娘同幻云，也曾四处打听，迄无下落。贫尼听得那家劫后尚能团聚已是喜出望外，丢了自己女儿反觉有点漠然。可是从此云游四海，也时时想起幻云，不免到处打听踪迹。这样又过了七八年，兀自大海捞针，毫无消息。

“有一年春天，贫尼从普陀礼佛回到金陵，游览雨花台、秦淮河诸胜，在秦淮河畔看见临河水阁上各家妓院都打起珠帘，妓女们袅袅婷婷靠在水槛上钓鱼的、度曲的、拨阮的，映得一片春波也处处五彩缤纷。那时贫尼看到几个美貌雏妓，便又想起自己女儿来，倘然还在人间，屈指算起来整整也有十五岁了。俺睹物伤情一阵难过，便怔怔地靠在一棵临河的垂杨干上，痴痴地望着河心，舍不得走开。

“正在出神当口，忽见对河桥洞内摇出一只富丽堂皇的花舫来，四周遮阳高高吊起，望见船内笙管迭奏，几个妖姬曼声度曲，侍应着几个大腹贾取乐儿，恰恰船望这岸拢来，离俺不远泊了船，一窝蜂跳上岸。蓦见最后上岸一个瘦怯怯的雏妓，一只手扶在老鸨臂上，一只手捏着一条香巾频频拭泪，蛾眉深锁，泪光溶溶，哭得梨花带雨一般，一步懒似一步地扶上岸来。后事如何，下回分解。

第五回

堕絮飘萍，勾栏怜薄命
帷灯匣剑，官舫隐奇踪

“那雏妓走上岸来，恰好从俺身边走过，俺倒并未觉察。蓦见那老鸨走过身时向俺看了一眼，不知怎的脱口喊声啊哟，刚喊出声慌又咽住，一低头，死命拉着雏妓向一堆人里挤去。

“这一来俺疑心陡起，仔细向老鸨一打量，似乎有点厮熟。猛一转念：她不是幻云的乳娘么？可是乳娘在那时还正二十岁，这老鸨虽然有点相似，看她满身绫罗，一脸杀气，年纪大约也有四十开外，一时倒也难于肯定，而且江南人迷信很深，逢到尼姑便要大惊小怪，往往朝地吐口唾沫，算是解了晦气，这样一想又狐疑不定。

“不料这当口，上岸的人还未走远，猛见那雏妓鬼也似的一声惨叫！也不知道她哪里来的力气，倏地一转身，挣脱老鸨手臂，铁青着脸，挂着两行清泪，一撩衣，提起一对窄窄金莲，飞也似的向俺跑来。那同船的一班人发声喊，转身便追。最奇不过那老鸨，论理这时也应该一同追赶，她却不然，一见这样情形，也是一声怪叫，提起两只扁鱼大脚，发疯地钻出人丛，一直向前跑去，逃得无影无踪。

“说时迟，那时快！那雏妓已跑近贫尼身边，正要张口问她，万不料她头也不抬，倏地掠身而过，两腿一蹬便向河心跳去。俺喊声不好！一跺脚，人已到了雏妓背后，虽然到了她背后，两人都已凌空到了河心，俺一提气，不等她落下身去，夹背一把抓住，随手向空一撩，肉球似的直抛上天空五六丈高。俺自己身子向下一沉，慌又一提气，在水波

上略一沾脚，重又凌空而起，恰好肉球从空跌下接个正着，单臂向胁下一夹，两人同时又往下一沉，堪堪又到水波上，二次里施了推云拿月的身法，身子旋风般一转，单掌一拍水波，横身贴水，直飞到大树底下，一停身，才脚踏实地放下雏妓，看时已两眼紧闭，吓昏过去了。”

老尼讲到此处顿了一顿，她女儿面孔一红，推着老尼咯咯笑道：“娘啊，你只顾自己说得高兴，不怕客人笑话，把女儿说成雏妓哩，肉球哩，越说越好听了。”

老尼笑道：“痴妮子，几位贵客都是巾帼英雄，胸襟阔朗，将来都是你的益友，真个论起来，你还是晚辈哩。（湘魂在百笏岩拜过纫兰为师。）”

母女这样一逗趣，红娘子等已心下领悟，知道此刻讲的是母女重逢的一幕，却听她河心救女的一手功夫不免暗暗惊疑。

包翩翩尤其闻所未闻，忍不住问道：“您老人家这样功夫实在惊人，但不解您救人时既已飞到河心抓住了她，何以又望空一撩，使这位姊姊在空中多翻几个筋斗呢？”

包翩翩天真烂漫的一问，正中红娘子等心怀。幻云躲在老尼身后，哧哧笑个不住，却听老尼微微笑道：“姑娘，你问得很有道理，足见平日用功精细。不瞒诸位说，贫尼对于水里功夫却是门外汉。从前曾听峨眉老师父说过，北方有位老前辈，平日十几丈高楼蹤蹤脚随意上下，却也不识水性。有一天在黄河口摆渡，那时正值秋汛，水流既急，风浪又大，距岸还有七八丈光景，渡船上把舵的人一个失手，船便翻身，满渡船的人都被浪花卷去。独有那位老前辈在船翻身当口，双足一点，便向岸上纵去，刚刚脚尖点沾岸边，哪知黄河沿岸都是松松的沙土，风浪不断地打击，格外不坚实。那位老前辈脚方沾岸人未立定，便听得哗啦啦一阵怪响，十余丈土岸便坍塌下来，一个失足，连人带土一齐卷进汹浪奔流中。只见从波心直蹿上来有十余丈高，无奈是直上直下，蹿不到岸上去，接连蹿了几十下，愈蹿愈低，终于力绝而死。因为人一落水内被水吸住，想横蹿上岸很是不易。

“当时贫尼请问师父，有何法子解救？师父说，功夫真个到了绝顶也是不难，便把一手推云拿月的身法传授于俺。这一手功夫筋节上便在推拿两字，这两字却以气功、轻身为根底。俺师父又说，从前练这手功夫，在长江上流用七片瓦渡过江面，由狭而宽，由七片减至一片都无，便可在水波上游行自在了。贫尼虽然得了这手功夫，苦于根基不深，未能登峰造极。所以那年秦淮河救她时费了许多手脚，兀自两人身上沾着不少水珠儿。

“诸位请想，俺跟纵飞到河心是背着岸过去的，一把抓住人想再转身飞回岸来，实在没有这样大功夫。如果用燕子掠水直向那面飞去，对面却是一座很高的石桥，距河心少说也有十几丈开外，百忙里挟着一个人想飞越到桥上，实在不易。那时急中生智，只好向空撩来，身子一轻，借着水波一点托力飞上去接住人，趁势在空中转了身，然后飞回柳树底下。那时她固然吓昏地躺在地上一动不动，俺也弄得一身是汗。秦淮河是热闹所在，俺这样一显身手，两岸上的人霎时人山人海，家家水阁上也挤满了莺莺燕燕看新鲜儿。

“那时俺还不能断定救的就是自己女儿，总以为妓女跳河也是常事。等到同船几个大腹贾以及一群看热闹的各色人等围拢身来，七嘴八舌地向俺询问，俺也无暇理会，一蹲身，先把地上躺着的女子救醒过来，问她何故轻生，她也只有哭泣的份儿，说不出一句话来，还是她同院的几个龟奴、鸨妇闻讯赶来，想把她背回妓院去。说也奇怪，她却死命拉住贫尼，再也不肯撒手。其实她从小离开贫尼，何尝知道眼前便是亲娘，大约也是母女天性，一半也是天公安排定当，使俺母女重逢。

“俺被她拉住不肯撒手，索性由俺抱她回妓院去，一面走一面打量她面庞，越看越像自己，不禁心头乱跳，难道真个是母女巧遇不成。猛想起幻云从小左掌心有芝麻大二粒朱砂痣，慌腾出一只手把她左掌翻开，一看两颗鱼红小痣赫然在目，部位也一点不错。贫尼这才断定怀中人是幻云无疑。那老鸨也必定就是乳娘，怪不得见着俺喊出啊哟来。最后这妮子挣脱老鸨的手向俺奔来，在老鸨想不到幻云是跳河，以为认着亲娘预先同贫尼约好的，又知贫尼大闹过普光寺，非易与者，所以吓得一溜烟逃去。四面一想，豁然贯通，不觉又惊又喜，又悲又恨，究不知那乳娘怎会当起老鸨，把自己女儿充起摇钱树来。又不知今日幻云为何如此悲切轻生，心里暗暗筹划了一个主意，且不动声色到了妓院再说。

“那时一路上跟着许多人，满耳议论纷纷，幸而没有几步路已到妓院。一进门，院中龟奴看得门口拥满了人，便砰的一声把大门关住，领俺抱进幻云卧室，把幻云放在榻上。这时俺看这妮子楚楚可怜的神色，想起自己一生命苦，连一个女儿也落在这种火坑内，不由得一阵心酸，眼泪夺眶而出。一回头见房门外有人进门，慌极力忍住，用袖揾干泪痕，立起身却见几个忸忸怩怩的妖姬，陪着两个满脸伧气的大腹贾进来向俺陪话道：‘今天幸亏大师傅有这样神通，救花小莲一条小命，连俺们也感激大师傅不浅。但是最奇不过，今天小莲的母亲看见小莲跳河非但不救，反而自己跑得无影无踪，到此刻还找不着她，这不是奇事么？’

“俺心里明白，表面上也连连称奇，却听他们所称花小莲，大约就是幻云勾栏中的混名，正想一步步用话打探，忽见这妮子一骨碌地从榻上跳起来，合掌向大拜道：‘谢天谢地，但愿如从此一去不回，才称侬的心哩。’

“她说了这句话，一个半老鸨妇用手向她一指道：‘小莲，你不要说出这样绝情话来。千不好，万不好，总是你的母亲。你母女既然吃了这碗饭，岂能由你任意胡闹！今天没有这位师傅，你这条小命岂不白白闹丢么？俺劝你以后乖乖的，多听你娘几句话吧。此刻你娘大约看你这样绝情，赌着一口气避开去了，待一会儿想必会自己回来的。’

“幻云听了这番话，小眼儿一瞪，红着脸喝道：‘还说母亲，世界上有这样母亲把自己女儿送入火坑，丢了祖宗十八代的邪霉，还有脸当那一分子亲娘？横竖俺咬定主意，以死相拼！今天死不了，还有明天哩。否则马上跟着这位师傅当姑子去，倒比在此禽兽不如的强胜万倍哩。’

“这一番话倒也说得牙清口白，不亚并剪哀梨。那鸨妇脖子一缩，舌尖一吐，向俺说道：‘师傅，你听听，小孩儿家赤口白舌说出这样话来。俺们这门槛里都像你这般，只好一家子喝西北风了。’说完这话也不等俺答话，一扭屁股，骚形骚气又向窗口立着一个肥头黑脸的大腹贾说道：‘金相公，不是俺多说，看来小莲没有这份福气，您也不必动气，算白疼她一场罢了。此刻她母亲还未回来，犯不着耗在此地受气，且到俺阿媛屋内坐一会儿，待她妈来了再说吧。’边说边挑起湘帘，让几个嫖客到对屋去了。

“这时，俺看情形已瞧料几分，知道幻云年纪虽小，尚有志气，一看屋内已无别人，便向幻云打听跳河起因。原来幻云小时情形也记不清楚，只知道从小在勾栏中长大。近几年她假母亲看她渐渐长大，出落得水葱儿一般，心地又玲珑剔透，视为一株摇钱树，教了一点歌舞便悬牌应征，居然名噪秦淮，博得不少缠头。新近有个姓金的富商，愿花千金替花小莲梳栊，那假母自然趋奉唯谨，一口应允。却不料花小莲寻死觅活，不肯屈从。这天姓金的又同几个嫖友在秦淮河坐在画船，飞笺召花小莲宥酒，当场又谈到梳栊的事。老鸨虽满口应承，怎奈得花小莲守身如玉。不料花小莲越不肯俯就，姓金的越想弄到手，逼得花小莲不敢回院，一上岸便咬牙跳起河来。她自己讲完这番原因，真个跪在俺面前，低声求俺救出火坑，情愿当一辈子姑子。

“那时贫尼本想当场就认了母女，转念事出兀突，并无佐证，不如顺她想当姑子的一条路设法。于是俺假作应允，约她晚上更尽时分，再悄悄退去，同她远走高飞，又再三叮嘱她俺走了以后，无论老鸨回来与否，万不能在人面前泄露出来，否则不能救你出火坑了。花小莲点头答应，俺便故意向院内龟奴、鸨妇等兜搭一回才告辞出院，一径回到自己寓所。先赶早吃过晚饭，预先算清店饭钱，坐在房内暗暗盘算一番。

“店伙掌上灯来，灯光一照，猛又触起心机，一想那乳娘当了多年老鸨，定必老奸巨猾，白天虽然已自惊走，定必躲在别处，差人打听花小莲同贫尼消息。如果打听得俺们母女并未相认，机关尚未泄漏，定必暗暗侥幸。打听得俺走出妓院又必溜回院去，或竟想毒计，趁俺未窥破秘密之先，偷偷把花小莲隐藏起来，也许连夜强逼她逃向别处，这一来俺岂不白费心机？

“这样一想，不敢再候到更尽夜深，慌慌略一整束，背了随身包裹，推说当夜首途，匆匆走出宿店。幸而江宁虽然繁华，街道上商铺住家不比现在，一起更便熄灯闭户，路少行人。俺找了一处僻静地方，飞身上房，蹿房越脊，一口气奔到花小莲院内，隐在对面房脊上向花小莲屋内一看，暗暗喊声侥幸。果然那老鸨已回，却同着几个不三不四的人在灯下收拾箱笼包裹，忙得不亦乐乎，却不见花小莲在屋内。俺心里一急，几乎要拔剑跳下房去。

“忽听院外叩门甚急，呀的一声跑进一个雄赳赳的人来，一进门大声喊道：‘喂，小莲的娘，俺说你越老越糊涂了，这一点小事你就牵丝扳藤，缠不清爽，叫俺在船上干猴急。俺说你……’

一言未毕，老鸨从屋内抢出，低声喝道：‘杀胚，大惊小怪作甚？现在细软已收拾清楚，那手活儿劳你驾，你就进来动手吧。你一动手，俺就上船了。两人一面说，一面便进屋内。俺在房上沉住气，且看他们捣的什么鬼。忽见那人进屋四面一瞧，趋近侧首一张美人榻上，把上面棉被一揭，俺吓了一大跳。你道为何？原来榻上躺着花小莲，两手两脚被他们用绳捆住，嘴上也绑着一条毛巾。借着灯光看她满脸露出咬牙切齿的神气，却苦于喊不出，动不了，只两只挂着眼泪的眼珠时时向窗外远注。那时俺又痛她，又恨这凶妇心狠手辣，恨不得一下子挥剑斩绝。却想到秦淮河热闹所在，妓院栉比，一时不便下手，听他们就要上船，果然不出所料，幸而早来一步，不怕他们逃上天去。索性等她们下船以后一路跟踪，到了荒郊荒野，再下手不迟。只可怜这妮子要多受一点凌辱，恨不得在房上通知她不必惊慌，为娘已经在此了。

“且说那人一揭开棉被，老鸨抢进门便喝道：‘快裹上，门外万一有人来问，推说小莲白天受惊，病势不轻，到大夫家瞧病去了。你记住没有？’

“那人一回头，扮了一个鬼脸，哈哈笑道：‘真有你的，俺就服你这点鬼机灵。可是今天这一捣乱，害俺少灌半斤黄汤，便是今晚你那手满台飞的活儿也施展不舒齐了。’

“一言未毕，脸上啪的一声，早着了老鸨一掌，屋内的人一阵大笑。那人便在笑声中把棉被内花小莲全身一裹，一哈腰扛在肩头，抢出屋来。老鸨左提右挟，几个龟奴相帮扛着箱笼等件，一齐跟着出门，院中几个妓女也掩在背后悄悄相送。贫尼在屋脊上忙也一转身，注定那人肩上的花小莲一路跟去，没有几步路便到河岸。果见岸下泊着一只快艇，船桅上挑着一盏明角风灯。只见人跳下船，钻进舱去，那老鸨、龟奴也把手上物件一齐安置船内，老鸨跟着几个龟奴又跳上岸，悄悄嘁喳一阵，然后老鸨一人回舱内布置一番，船上几个舟子都已点篙离岸，向下流驶去。

“贫尼在岸上不即不离跟了约有四五里路，四面一看，已到荒僻所在，绝无人影，再跟下去便要驶进大江。一打量那船距岸不过五六丈远，两足一跺便蹿上船尾。一起手先把两个掌橹的点翻，顺手抽出竹篙向船孔一插，定住了船，哈腰推开通中舱的舢门，嗖地蹿进舱内。

“那两个老而无耻的狗男女正在对酌谈心，猛见余凭空跳进舱内，只把那老鸨吓得啊呀一声，全身像筛糠般直抖起来，动弹不得。那男的已喝得酒气熏人，仗着酒胆，麻着舌头想抬身而起，却挣扎了半天，砰地又直坐下去。俺一声冷笑，把中间篷窗推开一扇，提起醉汉，扑通一声先掷向河心，又掩好篷窗，回身把地上花小莲脚上捆束、嘴上手巾替她解下，花小莲兀自手脚麻木，挣扎起不来。俺一回身，那老鸨挣命似的直着嗓子喊了一句救命呀，却因为惊吓过度，只哑声儿惨叫了一声，第二声死命也喊不出来。

“俺便用花小莲手脚上解下来的绳子，把老鸨连人带椅捆住，又回身替花小莲手足四肢按摩了一回，待她血脉流动立起身，才对她说道：‘她们怎样把你捆起来？’

“花小莲哭道：‘师傅走后，俺娘……’

“贫尼笑道：‘孩子，难道你还认她是娘么？’

“花小莲脚一跺，哭道：‘她这样心狠哪里是娘？分明是吃人的大虫罢了！’

“俺笑道：‘你且说以后怎样。’

“花小莲又说道：‘师傅走后，她便同她姘头掩进屋来，不分皂白便把俺硬捆起来。俺心里只望师傅早来一步救俺的命，却偷听他们的话，好像怕师傅似的，想把俺带到扬州去改名换姓，暂避一时，也不知道她什么主意，不想师傅神仙一般赶来救俺，真是俺的重生父母了。’说罢，便跪在面前叩起头来。

“俺不禁一阵心酸，掉下泪来，顿足道：‘儿呀，你还在这儿做梦哩。你且起来，看俺处治这个心狠手辣的泼妇，稍停你就明白了。’回身向老鸨叱道：‘事已如此，还有何说？’这时老鸨性命要紧，结结巴巴说了许多哀求的话。

“俺喝道：‘废话少说，快快从实招出拐逃经过，或可从轻发落，如有半字虚言，立时教你死无葬身之地！’

“老鸨身子动不了，只把头乱点道：‘俺说，俺说。’

结结巴巴说了半天，无非说是当初并非有意拐逃。那晚从富家避祸逃出，因被一个匪人诱骗，带着幻云在勾栏中好容易过了许多年才自己赎身出来。看得幻云长得秀丽，人人称赞，才在幻云身上想起发财的主意。可是幻云挂牌应征才只两年光景，并未破身，求你老人家念在十几年抚养成人的一份情谊上，饶俺一条狗命。

不料老鸨刚说到此处，花小莲霍地跳起身来，一把扯住贫尼哭道：‘此刻听她讲的过去事实，原来你就是俺的亲娘。娘！苦命的女儿此刻才做梦醒过来。’说着抱住贫尼大腿，跪在地下，相抱痛哭起来。

“俺们母女哭了半天，那老鸨捆在椅子上似乎也良心发现，眼泪像瀑水般直淌下来。幻云一看她也哭着，大怒，跳起身戟指喝道：‘你也有良心发现的日子。你想想，俺被你白占了十几年母亲身份，这且不提，你不该从小对俺百般折辱。俺这一身除掉面上、手上你要在俺身上发财，不敢下毒手，除手、面以外哪一处没有你的鞭创，像你们当老鸨的比吃人老虎还凶辣十倍！’一边说，一边把衣襟解开，让贫尼看。

“俺一瞧雪白的皮肤上处处都隐隐有深紫的鞭痕。俺本来有从宽发落的心思，这一瞧，怒从心起，喝一声好凶狠的恶妇！右手一起，骈起中食二指向她心窝一点，哧的一声贯肤而入，只见她五官一挤，双眼上翻，俺一退身，手指往回一抽，立时鼻孔口角都流出血来，胸口一个小窟窿也哧哧地往外直漂血花，把幻云吓得躲在俺身后直抖。

“俺对她道：‘痴孩子，为娘在此，害怕什么？看娘把她丢下河去

再说。’

“俺近前解下捆束，推开篷窗，把鸨妇尸身一提，掷出窗外，咕咚一声到水晶宫找她的姘头去了。这一来，诸事都了，却想到后船上还有两个船夫躺着，时候一久便生危险，慌过去一一点醒，也不对他们说明所以，只叫他们连夜赶到扬州，船资加倍与他。这两个糊涂虫也不敢探船中情形，不到天明已到扬州城外。俺在船中同幻云细细一检点，老鸨积蓄珠宝财物真还不少，俺也不客气，拣着携带轻便的收拾了两个包裹，母女分提着，其余便赏了舟子。从扬州起旱，一路仍回到四川峨眉山，却不知俺师父已云游四海去了。

“俺母女二人从此就在峨眉绝顶憩息，整整教了幻云四五年工夫。俺一想幻云年已及笄，绝不能像自己蹉跎一生，于是俺带她下山，先在江湖上历练了一番，却不料因此闹出一桩笑话来。

“原来幻云在峨眉练了四五年武艺已非常了得，一来是幻云天生慧质，颖悟异常；二来由她母亲悉心传授与众不同，四五年工夫便抵得人家十几年的功候。虽然不能登峰造极，可是轻身飞跃功夫已不亚云中双凤。尤其她母亲自己最得意的一柄紫霓剑也一股脑儿传授与她，还有早年擅长的一手梅花箭也教得百发百中。不过梅花箭上的鸩毒不准再用。那时幻云已不是从前弱不禁风的花小莲了，却长得圆姿替月，修眉入鬓，比从前一味林黛玉式的娇丽还婀娜万分。母女下得山来，因为一个尼姑同一个丰姿绝世的少女走在路上未免惹人注目，便把幻云改装了一个少年哥儿，自己也把僧袍脱下，乔装作老仆模样。恰喜幻云落落大方，举动步履之间竟装得十分相像。一路行来，幻云还是小孩脾气，忽想到江宁秦淮河去重游旧地，看看从前小时姐妹们有没有改变样子。

“那天晚上趁着月色，去到镇江对岸瓜州古渡口。夜色沉沉，寒江渺渺，颇为荒寒，俺母女正在赶路之际，忽听前面一阵呼哨，露出一派火光。远远望去，火光所在有许多黑衣凶汉手执刀枪，抢劫江岸一只官船，有几个似已跳上船去。贫尼早先云游四海，每逢这样事情往往拔刀相助，救护行旅，一生也不知做了多少次数。这时又逢这样事情，岂肯袖手旁观？

“幻云年少无知，学了一点功夫也急想卖露卖露，不待贫尼吩咐，早已抢先从腰上解下紫霓剑，便要飞步上去。

“俺悄悄喝道：‘这几个毛贼何必大动干戈，你过去空手吓退他们便了，却不准伤害他们。’

“幻云答应，一面仍旧裹好紫霓剑，一纵身便跳向前去。只见她一俯身，在地上拾了几枚小石子，一声不响便向那班毛贼远远一撒，便听得几个毛贼一声狂喊，个个抱头乱窜，有几个未着石子的知是有人暗算，居然破口大骂。幻云一个箭步蹿进贼人堆里略一盘旋，那班毛贼都像吃灯草灰似的东倒西歪，满地乱滚。俺慌忙赶去喝住幻云，一看那班毛贼手上并无抢劫东西，知是尚未下手，却个个已吓跪在一边，不住地求饶。再向船上一看，船头上也跪着三人，后边一个白胡须老头儿瑟瑟地抖个不住。

“俺喝问道：‘你们没有损失东西吗?’

“哪知这老头子吓昏了，也不答话，只趴在船板上向俺咚咚直叩响头。俺又问了一回，才由前面跪着的两个人有声无气地答了‘没有’两个字。俺笑向这班毛贼道：‘今天算你们晦气，俺们也不伤害你们，去吧，不要再现世了。’

“那班毛贼有如皇恩大赦，一个个爬起身，一溜烟逃得无影无踪。俺们发放了强盗，转身正想慰问船上的人，哪知世界上真有毫无心肝的人！

“俺们一跳上船，忽见那个白须老头儿已俨然坐在中舱，两个当差模样的人收拾被强盗倒乱的箱箧。俺们跳上船看他们似理不理的神情已是奇怪，忽见白胡老头儿向俺们一指，撇着京腔，大声喝道：‘亡命强盗抢劫国家大员万死犹轻，你们怎的不知轻重，擅自纵放要犯，该当何罪?’说到这儿霍地吐出一口稠痰，重又整顿喉咙，拖长了嗓音，喊了一声，‘来啊！快拿本宪衔片，传镇江县立刻进见，顺便把这两个纵盗要犯押送县衙。那班逃去的强徒就在这两人身上着落。’

“他神气十足地这样一吆喝，地上拾掇东西的两个长随腰板一挺，双手一垂，直着嗓子喊了几声喳，喳，身子却不动弹。那时贫尼听得又好气，又好笑，心想世间上竟有这样不通情理的人，倒要看他们一个究竟。可是俺身后幻云几乎气破了肚皮，哈哈一笑，大踏步走进中舱，向老头儿一指笑道：‘俺们经过此地好意替你把强盗赶走，保全你的性命和东西，哪知你这心肝同别人两样。既然如此，算俺们多管闲事，好在强盗走离不远，仍然把那班强盗叫回来让你自己发落好了。’

“幻云这几句话本是有意开玩笑，哪知坐着的老头儿信以为真，以为俺们赤手空拳能够把一群亡命吓退，要招回来也不是难事，顿时面孔失色，全身又瑟瑟地颤抖起来。那两个长随似乎比他机灵一点，一哈腰，在他耳边叽咕一阵。老头子忽然睁开一双母猪眼，向幻云面上呆看了半天。幻云却被他看得心头一跳，以为他看破女扮男装。哪知这人真是官场中的一个老怪物，幻云被他看得动了气，正想喝问，蓦见他一抬身，立时笑容可掬，当头向幻云一揖，接着又趋前一步半膝微屈，一蹲身又恭恭敬敬地请了一个安。这一进一退之间，非但姿势美妙，宛如做戏一般，而且腰脚利落，竟不像白发苍苍的老头了。他蓦地这样一做作，连俺都要笑出来。

“却听他又向幻云拱手齐眉，呵呵笑道：‘今天没有老哥救助，定然不堪设想。兄弟实在感激不浅。先头有几句冲犯的话，因为朝廷体统所关，出于无奈，不能不先公而后私，尚乞老哥包涵。其实兄弟本心非但感激，而又佩服。俺们虽然萍水相逢，云泥悬殊，可是兄弟最恨官僚习气，从此还要同老兄订个忘年之交，求教一切哩。’说毕又是两手虚拦，让幻云上坐。

“幻云究是孩子家脾气，朝贫尼一笑，也不谦逊，朝上一坐，看他捣什么鬼。

“那老头子看得幻云并不介怀，已自安坐，高兴非常，回头向俺一指道：‘这位想是贵管家？’

“幻云不好说什么，略一颔首，他慌向一个长随说道：‘那位管家好好看待，回头须重重犒赏。’

“那长随答应一声便来与俺周旋。俺暗想，这位老怪物倏忽之间已变了三变，逢着强盗时，在船头上吓成刺猬一般；强盗去后，搭起松香架子俨然一个方面大员；等到幻云几句话当头一击，顿时又前倨后恭，截然两人了。人说官场如戏场，大约他在这儿做戏了。一个国家怎禁得这班人如此胡来？俺正在暗想，又听那老头子叫进后艄两个船夫，命他们快上岸传当地地保。

“船夫上岸不久，一忽儿鸣锣喝道的声音由远而近。原来地保得知消息，不敢上船，先一溜烟到镇江县报信，知县听得大员过境在自己地面上遇上强盗，吓得屁滚尿流，慌从姨太太热被窝里跳出来，赶到瓜州渡口来敷衍这位大员。一霎时，岸上舆马喧腾，热闹非凡。那船内的老头子也改扮得羽顶煌煌，神气十足。

“贫尼看不惯这种臭排场，便要抽身上岸。哪知老头子死命拉住，说了无数好话，只求暂坐一回，还有许多要紧的事求教。下船来的官府看得大员这样纡尊降贵，如此优待，也摸不着俺们是何等人物，一齐过来殷殷款留，弄得幻云没法摆布，只好暂坐一边。等到那个官府散去，船上渐渐清静起来，这时贫尼已从船头几个长随口内探出这老头子的官阶来了。

“原来这老头子是旗籍，官名荣寿，号庸庵。在宦海里钻营了许多年，也巴结到三品顶戴，虽然年逾花甲，兀自官兴甚浓。新近钻了一条门路，花了许多造孽钱，居然外放浙江藩台，引见以后便带了两个亲随先自出京，一班幕友随后寻来。这天他路过江宁，想玩玩秦淮河，便从镇江雇了一只官船向江宁进发，不料晚上泊在瓜州渡口遭着强盗。他一生哪里经过这等风浪，便是两个长随素来在京城内当差，也未曾经过这等风险，所以都吓得半死。贫尼又问他现在盗去身安，为何苦苦留住俺们呢？那长随笑了一笑，嗫嚅了半天，似乎想说却又不敢张口，只笑道：‘你老不要心急，一会儿你就明白，好在俺们大人完全是一番好意。’贫尼听得疑惑，且不作声，看他闹什么花样儿出来。

“这时岸上却送下两桌丰盛酒宴来，说是府县孝敬，替大人压惊的。荣藩台立时吩咐在船上摆起酒席，请幻云上座吃酒，另外一席在船头，叫两个长随陪俺吃喝。可是两个长随却要侍候幻云席上，由贫尼一人吃个独桌。贫尼早已荤腥不动，只好看看罢了，却留神看他们说出什么话来。

“里面一席酒到半酣，忽听荣藩台吩咐船上点篙离岸，到河心停泊，以便机密谈心。有两位好汉在此，也不怕强人再来。幻云这时也起了疑，便想发话，俺远远一使眼色，叫幻云不要开口，且看他如何摆布。哪知船泊在河心，荣藩台又殷殷斟了一巡酒，才笑容满面地动问姓氏。幻云却也机灵，捏造一个假名姓，问他有何机密见教？哪知荣藩台虽然这样大年纪竟做得出来，倏地离席而起，向幻云当头一揖，接着单膝点地，直跪下来。幻云大惊，慌跳起身，问他有何见教，何必行这样大礼？

“荣藩台一脸诚惶诚恐的神色，半晌才说道：‘兄弟此次出京，名目上虽然放的是浙江藩台，骨子里却奉有极机密的一道手谕，教兄弟暗地去办的。如果办不好，非但兄弟这藩台做不成，便是这条老命也要断送在这上头。天可怜，神差鬼使逢着老弟这样的人才，又难得老弟有这样的身手。当老弟吓退那班亡命以后，俺早已想借重老弟，故意用话恐吓几句，试试老弟临事的胆量。老弟试想，兄弟活了这么大岁数，在官场上也磨炼了这许多年，难道连人情世故还不懂么？岂有老弟替俺们吓退了强盗，反而有恩不报，无端诬陷起老弟来，天下哪有这情理？无非兄弟故意一试罢了。可敬老弟年纪虽轻，胆气甚壮，侃侃几句话说得俺五体投地。这一来兄弟越发要借重老弟，求老弟救一救这条老命了。’

“贫尼这时越想越奇却不便插口，幻云问道：‘你且把这事说出来，俺们也要酌量一下。能够帮忙的当然效劳，不能也难以勉强。’

“荣藩台笑道：‘老弟这样本领岂有不能的道理。只要老弟肯答应，俺这条老命就是老弟所赐，老弟要俺水里火里去，俺也情愿。’

“幻云一跺脚道：‘说了半天还是这几句废话，俺们做事讲究干脆，俺的大人你快说正经吧。’

“荣藩台拇指一跷，笑道：‘老弟真有你的。你请安坐，俺对你说明便了。’

“于是两人分宾主坐下，荣藩台迭着指头，说出一片话来。原来荣藩台在京城当差颇有干名。因为他是从龙旗籍，越发易得上面信任。这次他钻营了几条门路，本想外放个肥缺，万不料放了浙江藩台，比他希望的还要高几倍。这一喜非同小可，赶忙彻里彻外，点缀得严丝密缝，然后办理引见请训的照例手续。哪知引见下来，一位炙手可热的王爷把他叫到王邸，亲手交下一纸手谕，叫他回去暗暗筹划，限他到任后一个月内立刻办妥，不准泄漏一点风声。而且很严厉地对他说，这次派他到浙江去，完全因为他不是汉人，在本旗中有点干才，所以钦补了藩台一缺，照他官阶实在是个异数。可是上面注重还在这手谕上，你好好涓埃报称，不要自暴自弃。他听了这番训话，捧着密谕，诚惶诚恐回到家来，屏退从人把那手谕封皮拆开一看，吓得他魂飞天外，慌忙重整衣冠，关住房门，调开香案，把手谕供在当中，行了三跪九叩首大礼，然后跪在地上捧着手谕仔细看了一遍。

“这一看，把他钦放藩台的风光冷了半截。你道如何？原来这道手谕的确是皇帝亲笔的朱谕，谕内写着两桩事，第一桩是‘近据两江总督密奏，江浙连境的太湖内踞有大盗黄九龙，密谋不轨，应敕剿抚，以资防范事。该督所奏是否属实，特着该员就近密探湖盗巢穴，准予专折密奏，便宜行事’。第二桩‘近据内库总管太监奏报，失去先帝百宝攒龙珠冠一顶，上有冬珠一百二十颗。又先帝御用古代鸳鸯雌雄宝剑两柄，柄上用金丝嵌成“斫地”“凝霜”字样，两剑合际一鞘，鞘上百宝攒嵌，价值连城。探报此项冠、剑均系一女飞贼所为，现隐迹杭州缙绅家中。朕不欲遽兴大狱，仰该员上体朕意，严密访查，如有迹兆，会同该管督抚，不动声色，人赃并获，解京讯办’。

“这两桩事是天字第一号的难题目，而且那位赫赫王爷还要雷厉风行，限他一个月内办妥，这不是要他老命吗？却又不敢违命，只好硬着头皮，带着两个贴身亲随到浙江来，不期在瓜州渡口碰着幻云母女。他一看幻云母女有这样能耐，就想办那两桩事非求他们帮助不可，所以他死命留住幻云，把皇上手谕也和盘托出，只望两人答应下来。”

第六回

幽谷迎宾，幻云结闺伴
画楼落月，飞燕逞奇能

老尼顿了一顿继道："当下幻云听他讲毕还未开口，贫尼心中已打好主意，走进中舱，在幻云背后一站，代幻云说道：'荣大人要俺们帮忙，也未始不可，不过头一桩去探听太湖虚实倒还容易，只是第二桩有点可疑。上面既知道女飞贼藏匿杭州缙绅家，怎不派杭州县督抚搜剿，倒派荣大人文官来办这桩事，而且那缙绅人家怎会容留飞贼呢？'

"荣藩台朝贫尼看了一看，似乎想说却又迟疑了一回。幻云知道他意思，慌笑道：'大人既然想俺们帮忙，俺们总要问个明白才好下手。至于俺带来这位，不瞒大人说，名义上虽是主仆，其实是俺的师父，俺的本领便是这位师父教的。你这几桩难题非俺师父出马办不了。'

"荣藩台一听，慌立起身，呵呵大笑道：'老弟你为何不早说？使兄弟慢待了这位老英雄，快请一同坐下，可以畅谈。'

"贫尼笑道：'话虽如是，究竟主仆还是主仆，大人请安坐，俺们不讲究这些。'

"荣藩台也是官场中老奸巨猾，这时差不多升官发财全在俺们身上，也顾不到体统攸关，过来竟自添设杯箸，便让贫尼坐在席上。幻云也因贫尼立着心里不安，趁势叫俺坐在身旁。这样一来，贫尼也落得舒服。

"坐下以后，荣藩台才开口道：'尊师说的一层意思兄弟当时也曾想到，曾经在内廷走了许多门路，探出一点原委。原来大内丢失两件宝物当口，在宝库上飞贼留下一只白粉画的燕子。巧不过大内被窃以后不到一月，有一位王中堂是德州人，接到家信，知道家中也闹过几次飞贼，也留下白燕子记号。不但王中堂家中，德州有名的巨绅家内，都蒙白燕子光顾过，不过也有留下记号并不丢失东西的。凡丢失的都是稀世奇珍，独一无二的宝贝。

“据德州几个有名捕快勘出飞贼脚影，说是三寸不到的金莲，所以知道是个女飞贼。最后有一家绅士丢失了一副难得的透水绿的翡翠镯，这回在墙上却留着两句诗：‘蓦尔德州难驻足，且向西湖款款飞。’你听她诗意，不是又飞杭州去了吗？这位王中堂想在皇上面前讨好，便把德州闹飞贼以及抄下诗句统统奏了一本，而且还上了条陈，说是这女飞贼专窃巨绅人家，只要杭州缙绅人家留意，定可拿到手。他这几句话，便把俺坑在里面了，这便是皇上叫兄弟密查飞贼的来因。现在俺想了一个计较在此，不过有屈两位一点，倘蒙两位俯允，兄弟此后一切福命都是两位所赐。两位是顶天立地的英雄，兄弟不敢说图报的话，将来请两位慢慢看俺的心术便了。’

“他这一套话虽然说得动人，焉能动咱们的心？无如贫尼那时别有作用，否则就是他的三品顶戴让与俺们也是不能帮他的。当时贫尼问他究竟是何计较呢？

“他说：‘上面只给一个月期限，如何办得成功？只有说公事里的老法门，来一个宕字诀。可是宕也要宕得很窍，皇上的朱谕岂是轻易宕得的？所以俺把两桩事，只想在一个月内略办出一点眉目来，便可密奏一下，顺便用个请训法子。这一来就可宕个不少日子，俺们也容易着手了。俺想密查太湖同踩缉女贼来个双管齐下，两位先陪俺到杭州，待俺接了印，请这位老师傅乔装乡农到太湖匪巢左右，先不用惊动他们，只要探出一点匪巢情形，使俺密奏内可以铺张便得。一面请这位老弟担任查缉飞贼，可是老弟是个青年男子，那女飞贼专门在缙绅女眷内宅中隐匿，如何进得身来？因此俺想了一条遮天瞒日的妙计，老弟救命救彻，暂时委屈一点，乔装做兄弟的内眷。老弟面目韶秀，扮起女人来谁也看不出来。除去俺带去的两个亲随以外，谁也不让他知道。这样，老弟便可同官绅内眷来往，乘机可以察看有无女飞贼踪迹了。’

“他说到此处，俺们母女二人几乎大笑起来。你想幻云本是女子乔装男子的，他却要把真女子乔装起假女子来，岂不可笑？照说想把幻云装成女子再容易没有，脱下乔装的衣服就成女子的真面目。可有一节，荣藩台认定他是真男子，如果真要再乔装起女子来，下面一双金莲怎样处置呢？绝不能把天巧地设的一双小脚显露出来。

“俺只好对他说道：‘这事恐怕不易，他这双男子脚怎能装得成小小金莲呢？’

“不料他主意来得很快，两手一拍，呵呵大笑道：‘这事在你们汉人自是为难，俺们旗妇哪一个不是同男子一样的呢。他这样一说，事情倒越说越真。幻云孩子脾气，只笑得前仰后合，荣藩台摸不着她笑的缘故，以为教他改扮女人并不动气，十有其九是答应了，也高兴得手舞足蹈起来。

“幻云忽然想起一事，正色问他道：‘你叫俺改扮成女人模样跟你到衙门去，算你家什么人呢？’

“荣藩台大笑道：‘老弟，俺们这事如做戏一样，何必计较于此？只要能够同杭州官绅内眷应酬来往便了。老弟算可怜愚兄暂时屈尊几天，事情一有眉目就可脱却女装，那时愚兄悉听老弟吩咐，老弟要说东，愚兄绝不敢说一句西。可怜俺这几十年宦海风波，饱经忧患，只要这次老弟你助俺一臂，以后早早退休，再下去这副老骨头要断送在这里面了。天可怜俺一生没有缺过大德，今天遇难呈祥，逢着老弟这颗救星，老弟你算积德吧。’说罢，老泪婆娑地又要跪下去，行起大礼来。

“俺们慌把他止住，看他这样乞怜，不禁也心软起来。幻云虽不大乐意，却知道俺另有主意，就也勉强答应。于是一路同行，未到杭州，暗地又改扮成不旗不汉的女子，这就是俺们下山来的一桩笑话，以后情形，诸位大约都已略知俺俩的了。”

老尼讲到此处，红娘子等兀自有点不解。

包翩翩第一个性急抢着问道：“你老人家不是说跟荣藩台去捉女贼，一面又到太湖侦探吗？怎的不到一个月工夫，幻云姊姊就在抚台老太太做寿那天跑出来呢？而且藩台到任以后，杭州缙绅人家正闹着飞贼，等到幻云姊姊一走，人家都疑心到幻云姊姊。这样一看，皇帝手谕上的女飞贼并没有发现，无非幻云姊姊显点神通罢了。”

老尼笑道：“照表面上看来，好像是她一人的手脚，其实张冠李戴，其中还有一个身外之身，说起来颇也奇特有趣。原来荣藩台这次奉命暗地察访皇宫丢失的两件宝物，确有其事。这两件宝物丢失的原因，可以说同那八宝朝珠是一个人做的案子，这人而且是一个小女孩子，是一个江湖上特殊人物。年纪不过十八九岁，性喜独来独往，武功不谈，就是她一身绝技，足可当得神出鬼没四字。在众目炯炯之下，窃取人家宝物毫不费事，非但被窃的看不出她的来踪去迹，连此道的老手也自愧不如。有内行的说，她这一手功夫是乾隆时候鼎鼎大名的方九麻子传下来的。相传这派功夫叫作插天飞，凡这一派传下来的人绰号都有一个飞字，所以她的绰号叫作飞燕。因为她所到的地方有白粉画的燕子，又叫她白飞燕。叫得顺口，人家遂以为她姓白名飞燕了。

“这人也是个奇特之才，贫尼也想会她一会，而且她这次居然在京城皇宫内院取来这两件宝，她定必另有深意。不过一个年轻女子这样胡闹，总不是事，贫尼一片痴心也想劝她一劝。有这两层心意，所以将计就计，借此隐身，在藩台衙门内便是做点手脚，人家也看不出破绽来。

“俺们母女正说得高兴，猛听窗外不远地方有人哧地笑了一声，慌向窗外四面一瞧，忽见对面一株高垂杨顶上立着一个全身灰白的东西，仔细看去却是个瘦小女子。那女子一身夜行衣服实在特别，通体好像贴在肉上一般，偶然一看，好像全身精赤似的。那女子立在树顶一枝软软的柳条上，人与柳条随风荡漾，虚飘飘得像随风化去一般，即此一端，那人的轻身功夫也就可以窥得一二。

“俺们一见那女子便料到是白飞燕了，也一晃身跳出窗外，走到柳树底下，用江湖切口向她一打招呼，她便翩然飞下身来，真像四两棉花一般。俺们逼近细细一打量，才见她穿的不是夜行衣，是用整匹月灰银光贡缎将全身密缠紧裹宛如无缝天衣，头上也包着同样缎帕。看她脸上却同一身服色正正相反，身上白得似雪，脸上却黑得似墨漆一般。虽然黑得如此，眉目间依然英秀非常，尤其是一对剪水双瞳在一张小黑脸上灼灼放光，宛如嵌着两颗水晶明珠，就知与人不同，是从小练出来的。脚下也套着一双白皮小蛮靴，背上斜拴着一个长形包袱，腰巾上也挂着一个白皮镖囊。

“一下地来，就笑说道：‘两位谈话俺已听明，据俺猜想，江湖上传说的飞龙师太定是您老人家了。听两位口吻，这位姊姊是师太的千金，今天在此幸遇，真是想不到的。’（早年湘魂因为从飞龙岛出来，就改名飞龙，江湖上就称为飞龙师太。）

“俺答道：‘白小姐游戏人间，贫尼母女也异常钦佩。这几天还是为着小姐才到杭州来的。接着贫尼便把荣藩台情形同自己意思说与她听。

“白飞燕笑了一笑，说道：‘其实俺到杭州来，想顺便玩一玩西湖，再渡钱塘江去拜访一位老前辈的。既然如此，倒要同他们开个玩笑，看他把俺怎样！此刻来到此地，却因路过镇北瓜州地方，听人传说一个杭州上任去的藩台路过瓜州遇盗抢劫，幸而雇着两个大本领的保镖把强盗弄得落花流水。俺一听这个消息便存在心中，打听藩台今天上任，特地连夜赶来，想会一会那两个大本领的保镖，万不料就是两位在此，其中又藏着这许多转折，倒出俺意外了。’

“贫尼又问她道：‘白小姐想渡钱塘江拜访人，不知拜访的是哪一位老前辈？’

“白飞燕道：‘提起此人真是现在巾帼中独一无二的奇人，便是人人钦佩的千手观音。’

“贫尼听她说起千手观音，慌问她为何去拜访她？

“白飞燕道：‘俺小时就知道这位了不起的人物，一直到现在，屡次想投到她老人家的门下，总是没有机会。一半知道俺这一派不大合她老人家的脾气，不敢冒犯去见她。两月前碰着洞庭帮内的人，谈起千手观音有两个得意女弟子，外边称为云中双凤，非常了得。新近帮着太湖黄九龙把洞庭帮的寨主杀的杀，擒的擒，只一战杀得洞庭帮不亦乐乎。现在洞庭帮首领柳摩霄正在卧薪尝胆，想报此仇，几次邀俺加入他们帮内，俺假作应允，却偷偷溜出来，一心想先会会那云中双凤，然后托云中双凤再引见千手观音。可是俺离开湖南，心里又变了一个主意，特地混迹京城，从大内借了两件宝物再折回南来，想把那两件宝物做个贽见的礼物，聊表俺一片仰慕之忱。半路听得荣藩台遇盗情形，今天赶到此地，正值他接印的日子，不想此刻会遇上两位，这也是幸遇了。’

“俺母女二人听她说话非常爽直，心地也还光明，便请她上楼坐谈。不料她也同俺们幻云一般，年轻好胜的心非常浓厚。她本来打听荣藩台有两位了得的镖师跟着才跳进来，想见个高下。不意碰着俺们母女，虽经俺们说出所以然了，兀是露着跃跃欲试的神气，一想却也不便出口。此刻俺们请她上楼，她笑了一笑问道：‘此地有荣藩台的耳目否?’

“贫尼笑道：‘俺们借着乔装的题目特地同荣藩台说明，在这清静地方住下，闲人倒是没有的。’

“她一听这话，又笑了一笑，指着幻云道：‘这位姐姐得着您老人家亲传，定是了得，俺斗胆想同这位姐姐玩一趟剑，您老人家可肯赏脸?’

“哪知她这一出口，正搔着幻云痒筋。初生之犊不畏虎，不分皂白，竟满嘴应允下来。贫尼想阻止她们已是不及。幻云竟先解下紫霓剑来，她一看见紫霓剑，喝声‘好剑!’便向自己背后甩下一个长形包裹搁在一块太湖石上，解开结扣，取出一件军器来，外面却裹着黄绫，一解黄绫，立时宝光四射，夺目耀睛，原来并非剑光，外面还套着剑鞘呢。

“贫尼一见剑鞘，便知她从大内宝库偷来的那柄雌雄剑了。就凭这八宝攒龙的剑鞘已是稀世之宝。她右手一按崩簧，铮的一声奇响，立时满眼银光乱闪，好像从剑鞘内飞出两条玉龙一般。她却只取了一柄剑，那一柄依然插在鞘内放在太湖石上，贫尼一看她手上的剑，心里就犯了怙惙。

“因为她剑的尺寸光彩确是古代神物，比紫霓剑强得多。倘然她剑术得过高人传授，配得上这柄神剑，两人冒冒失失地一比试，幻云落下风倒不要紧，俺这柄紫霓剑就从此毁了。心里这样一转，慌对白飞燕说道：‘小女初学乍练，岂是姑娘对手?彼此又都是自家人，并不是真砍真杀，不如远远地对舞一番便了。’

“白飞燕笑道：‘您老人家方安，无非向这位姊姊讨教一点罢了。’说毕霍地一退步，剑交左手，一矮身，右手掐着剑诀向眉际一横，笑嘻嘻地娇喊一声请。

“幻云哧地笑了一声，也自微退一步，吐了个门户。这时贫尼最注意的是白飞燕，一看她露出这样身法便放了心，只看她这个比剑姿势，就知她对于剑术没有受过真传，用的是普通剑法。这种剑法不是真的剑术，是用少林单刀法变化出来的。诸位都是高手，毋庸贫尼细说。”

这时双凤等急于听她下文，只笑了一笑，并不掺言。飞龙师太又说道：“当时贫尼看得白飞燕没有受过剑术真传，以为幻云不致于十分落败。哪知天下事不可执一而论，你道如何？那时白飞燕嘴里喝声请，剑光像闪电似的一闪，人已到了幻云面前，身法之快实在出奇。幻云一生未曾经过大敌，起初也看得白飞燕剑术并不高明，未免存了轻敌之心，等到觉着人家身法奇怪已踏进门户来，自然吃了一惊，慌使了一招流水行云的步法，一扭身，剑随身转，斜刺里一个溜步，打算来个鸾凤换巢。哪知白飞燕并不用剑进攻，只把一个虚飘飘的身子像鳔胶似的贴在幻云身后，幻云使尽身法总是解脱不开，连想同她对一对面都不能够。

“俺一看白飞燕这手功夫，是从八卦连环掌脱胎出来的，看她那柄剑依然抱定左手，只用右掌虚按着幻云脑后，让你横跳竖蹦只离不开她的掌心，像一块膏药贴定似的。这一来，幻云早已输到家了。白飞燕虽然好胜却也有点尺寸，倘然她要进一步的话，她那只右掌只要在幻云脑后一使劲，幻云便要好看了。可是她有好胜的心，并没有越礼逞强的心，即此一端，贫尼又爱她又钦佩她。

“那时贫尼一见自己女儿没有法想，慌喝道：‘幻云住手！你不是白家姐姐敌手，得甘拜下风。’

“白飞燕听俺一喝，一转身到了前面，握住幻云的手笑道：‘妹子哪里抵得住姐姐的剑法，不过借此同姐姐游戏一下，聊以藏拙罢了。姐姐不要见怪，妹子在此赔礼了。’说罢连连万福。

“其实她这几句倒是实话，幻云也明白了。这一来，她们两小姐妹倒一见如故，格外亲热了。贫尼本来存心自己也同她玩一下，看她们一亲热倒不好出口了。哪知白飞燕又好胜又顽皮，同俺们幻云活脱无二，忽然一掉脸，又向贫尼笑道：‘伯母，现在俺们姐妹俩订了交是自己人了，您老人家可否教训几手，让侄女开开眼界呢?’

“贫尼心里暗想，这孩子实在淘气，得陇望蜀，竟想占老身的便宜了，顺口答道：‘白姑娘一身的绝艺，老身早已心服口服，也毋庸献丑了。’

“白飞燕认以为真，越发要比试一下。

“贫尼笑道：‘既然这样，姑娘尽管用剑，老身空手陪姑娘玩玩，姑娘手下留神便了。’

“白飞燕心高气傲，一听贫尼空手对敌，慌忙把手上的一柄剑也插入鞘内，对俺说道：‘在长者面前怎敢用兵器放肆?无非请伯母教训罢了。’说毕两掌虚合，下面左膝微屈，吐出一个锦鸡步。

“贫尼一看她亮出童子拜观音的招式，神凝气闲，形若木鸡，便知虽不懂剑术，对于拳术功夫已臻上乘，一望而知。贫尼向她笑道：‘白姑娘出手吧。’

“白飞燕笑道：‘侄女不敢，预备接你老人家的招呢。’

“贫尼一笑，也不露出门儿，随便走近前去用了一招单撞掌，试试她下盘功夫如何。白飞燕的轻身功夫独一无二，她一看贫尼右掌到了左肩穴并不躲闪，却顺着俺的掌风，像一张纸一般飘了开去，贫尼一掌按下宛似按在棉花上面一般。贫尼掌往回一收的工夫，白飞燕已到了俺身后，依然用出同幻云交手的老花样来。贫尼明白这是她们一派的独门功夫，也是她的看家本领，你越闪避得快她越贴得牢，因为她在你背后是以逸待劳，你想转身是以逆攻顺，非落败不可。倘然贫尼未得峨眉老师传授以前遇着她，也是一样落败的，那时俺一觉着她又用起老法子，并不疾闪转身，只向前一个箭步蹿出丈许远，明知她如影随形地粘在身后，你若一转身，她又走在你先头绕到身后去了。贫尼却出其不意，在一个箭步蹿出去以后，脚方点地，倏地又来一个旱地拔葱，本想在空中一转身，用一招鹰隼下击的招数攻她不备。

“哪知白飞燕的轻身功夫真真与众不同，俺蹿起空中，白飞燕一样离地而起，依然在俺背后。可有一节，她好胜心盛，仗着轻身功夫出人头地，蹿起空中比俺高了四五尺。她的本意想在落下来时把俺头上一顶帽子摘在手中开个玩笑，也好趁此表示她胜利。哪知她不起这个好奇心，俺真还一时不易破解，她这一好胜比俺蹿高了四五尺，俺就乘隙而入了。俺一听脑后风声便知她也蹿了上来，而且比俺还高，顿时得计，霍地在空中一扭腰，身子像陀螺般一转，双臂一圈，恰巧她身子从面前落下来，趁势抱住她柳腰。

“她咯咯地笑道：‘生姜到底老的辣，想不到你老人家有这一手，侄女算被你制住了。’

“俺一松手，笑道：‘俺们也不是比拳，差不多同小孩子捉迷藏一般，无非取个笑儿罢了。说起来白姑娘的轻身功夫真是无人比得，将来从这一手功夫里，再把纯正的剑术下一番苦功，怕不是唐朝聂隐娘再世吗?’

“不料她一听这话，笑容一敛，突地向贫尼跪下，凄然说道：‘侄女是一个孤苦无依的女孩子，父母早亡，兄弟全无，恃着一点薄技在江湖上乱闯。想起年纪一年大似一年，左右一个亲人也没，像水上飘萍一般。别人最不济还有个师父或者有几个师兄弟，侄女因为父亲教出来的，所以连这些人都没有。孤鬼似的真真可惨，幸而今天遇着你老人家同这位姐姐，虽是初会，不知怎的，心里好像会着亲人一般。现在侄女不揣冒昧，想拜在你老人家门下求点教训，望你老人家可怜这个苦孩子吧。’说罢，跪在地下，眼泪像珠子似的抛下来。

“幻云同她也是天生缘分，被她这几句话早已说得心酸泪落了。贫尼也是恻然，想起自己年轻逃出飞龙岛时，何尝不是这样？那时肚子里还怀着孕，女孩儿的苦处，有谁能知道呢？比眼前的白飞燕还要凄惨几倍哩。那时贫尼慌把白飞燕扶起，笑说道：‘姑娘不要哭坏了身子，老身一见姑娘也非常爱惜，不过老身从来没收过徒弟。姑娘的本事已经家学渊源，老身这点能耐实在也不配做姑娘的师父。何况姑娘已经存心去拜访千手观音，倘然能够如愿，岂不强胜他人万倍？至于俺们母女既承姑娘不弃，大家一见如故，也不必拘泥名义吧。’

“白飞燕听得半晌不作声，忽然一张小嘴一动，似乎还想说些什么却又不立即出口，霍地跳过去，拉住幻云的手，在幻云耳边叽叽了几句。幻云异常高兴，两人手拉手地走过来，由幻云开口道：‘白家姐姐诚心诚意地要给你做个义女，同女儿做个干姐妹，以后彼此都有个照应，母亲你就应许吧。’

“贫尼方笑了一笑，白飞燕早已插烛似的拜了下去，两姐妹也对拜了一阵。论起年纪，她还长幻云两岁，从此贫尼就收了这个义女了。三人回到楼上又商量了一阵办法，就从那天起，三人一到夜静更深，专门查察杭州几家为富不仁的官绅，由白飞燕显点神通，搜罗了许多不义之财，在藩库里也做了几票。可是贫尼在柴藩台到任十天以后，借着探访太湖为名，先离开了藩台衙门，同白飞燕隐身别处，到了晚上再跳进花园去会幻云。

“后来白飞燕说起云中双凤在太湖，一心想先去会一会，却想搜来这许多财产也要弄个妥当的存放地方，便叫幻云暂时在衙门安坐几天。贫尼同白飞燕到了太湖，一打听才知云中双凤先脚后步离开太湖了，一时不便进谒，却在四处游览之际无意中发现了这葫芦谷内的山洞，而且探明谷底有一条秘道，直通浙江省境的长兴县，中间只隔了一道不十分宽的湖面。由这条秘道到杭州可以省却百余里路。两人一商量，便借这荒谷古洞作为藏宝之所。贫尼带着白飞燕，把她历年得到的宝物统统运来，诸事妥帖，两人再回到杭州。

“恰巧遇上巡抚的老太太做寿，同幻云想好一条计策，教幻云装作藩台夫人进去拜寿，一进巡抚衙门，白飞燕早已乔装成丫鬟模样，躲在巡抚衙门内。趁人不留意时，便混在幻云身边，装作幻云带来的贴身丫鬟，略施手段就把那串八宝朝珠盗到手内，一隐身，飞上屋顶先自出来。幻云也按照预先计划，在半路里飞出轿子，三人会在一处。照贫尼意见，想带着她们回到葫芦谷，白飞燕却一心一意要去拜谒千手观音，幻云也要陪她一道去。贫尼拗他们不过，先自回到葫芦谷。

“不料昨天她们两人忽然又回来了，一打听才知，她们两人都改扮了男子渡过钱塘江，在迎宾老店内出了包小姐李代桃僵的冤事。她们两人一见包小姐为了她们的事受了委屈，就想法子去救包小姐。还未下手，第二天包小姐自己已脱身出来。她们两人知道这桩事起因在迎宾老店的店东来锦帆身上，两人恨他不过，在第二天晚上飞进店内，想把来老头子惩戒一番。不料来老头儿正在同鼎鼎大名的甘疯子还有一男两女在一桌上喝酒。两人伏在屋上不敢冒昧下手，等了一会儿，万不料包小姐也到了，沉住气留神一听，才知其中包含着许多曲折，最欣幸的从桌面上诸人口中听出，两位女子就是早已渴想的云中双凤，那男的也是太湖有名人物王元超。

“白飞燕这一喜非同小可，同幻云格外留神，细细偷听，听得一清二楚才离开客店。又知道席面上的人回太湖的消息，两人一商量，暂先回转太湖，等候云中双凤到来，会过面再定行止。又想到包小姐身上虽然脱身出来，官面上事情还是不了，于是又定了一个主意，两人分头去办。幻云写了几张纸条，两张交给白飞燕分给县衙，还有两张由幻云当夜回到杭州，飞进藩台及巡抚两衙门内寄柬留刀，把这班臭官僚给镇住，然后急急赶回葫芦谷来，等候诸位到来，再正式求见。不料诸位倒先光降草庐，真也算天缘巧合了。”

飞龙师太这样把先后情形统统说明，红娘子、包翩翩、双凤、痴虎儿等才彻底明了。

舜华又问道：“愚姐妹年轻技薄，承蒙白小姐谬采虚声，实在惭愧之至。但是现在怎的不见白小姐呢？”

飞龙师太笑了一笑说：“贫尼托她办理一桩要事，不久就回。贫尼同小女本应该立即跟诸位到贵堡，因为这桩事尚未办妥，只好稍待。今晚贫尼也要出外一趟，去帮白飞燕办理那事，大约一天便可。后天决计率领她们趋堡候教便了。”说毕又掉头向痴虎儿笑道：“老身同尊大人虽未谋面，却是嫡派同门，论年纪，论入门先后，尊大人是俺师兄。回去时烦先致意，后天再同尊大人面谈一切好了。”

痴虎儿不惯谦让，只张着嘴，连喊：“好，好！”逗得幻云、翩翩又咯咯地笑出声来。

红娘子等知道飞龙师太母女另有要事，坐的工夫也不少了，就一齐立起身来告辞，坚订后天之约。飞龙师太也不坚留，送出洞来。诸人退出草庐却不见包翩翩出来，半晌，才见幻云挽着翩翩的手笑着出来。

翩翩向诸人笑道：“幻云姐因为她令堂今晚远出，留她一人在此看守，想留妹子在此陪她一夜，可以谈谈解闷。妹子已经应允，请诸位姊姊先回步吧。回去在甘帅伯、黄堡主面前替妹子回禀一声，后天妹子准邀她们三位到堡便了。”

红娘子等答应一声便飞身下崖，复沿旧路回转堡来。走出葫芦谷外日影已是过午，彼此一路谈着飞龙师太母女的事，不知不觉已走出许多路，距堡后约莫不过几里远了，忽见对面一座山冈上有个人箭也似的飞下山来。眨眨眼，那人已经蹿出冈间树林，迎上前来，双凤早已看清是王元超，两姊妹情不自禁地相视一笑。

就在这一笑间，王元超已走到面前，眼光向双凤姊妹一溜，却对红娘子说道：“诸位大清早就来游山，教俺们四处乱找。后来滕老丈一找痴虎儿也没有了踪影，却见堡后那座栅栏门大开，才知道痴虎儿跟着诸位从堡后进山去了，说不定还是痴虎儿的主意哩。”

红娘子先不答言，朝王元超面上一看，又向双凤脸上一扫，微微笑道：“承您老远地迎出来，实在太不过意了。但是吕家两位妹子究竟不是小孩子，不见得便会丢失的，再说咱还替您当心保护着呢。”

这几句俏皮话把双凤臊得抬不起头来，王元超知道红娘子这嘴说也说她不过，只好采取不抵抗主义，讪讪地笑道：“姑奶奶又说笑话了！小弟倒并不是关心诸位丢失，实在因为俺师母驾临堡来，她老人家一到便问吕家两位妹子，俺们一时答不出所以然来，只好推说踏勘葫芦谷去了。所以咱急急溜到堡后，一路探望着迎上前来。”

舜华、瑶华一听千手观音已经到来，慌拔步就走。红娘子也不敢再开玩笑，大家施展陆地飞腾之术，一男三女就像腾云般赶回去。这一来又苦了痴虎儿，把他一个人丢在后面。他越急越走不快，身子又生得短而阔，一路上山下冈好像滚着一个肉蛋一般，一抬头，红娘子等早已踪影全无，其实她们早已到堡了。

在半路飞行时，红娘子已把遇着飞龙师太母女的事向王元超大概一说，一进后堡一问湖勇们，知道黄九龙、甘疯子、滕巩、东方兄弟、双哑等都在前厅陪着千手观音谈话。各人慌把自己身上的土掸了一掸，整了一整衣冠，解下了兵刃、镖囊，由王元超领着转到前厅。

一进厅门，早见上面居中一把虎皮交椅上巍然坐着神如秋水、清轶梅花的千手观音。只见她穿着一身粗布毛蓝衣服，如果不看面上只看一身装束，活像一个乡村穷婆，谁知道是绝无仅有的奇人呢。一见双凤等一群人踏进厅门，微一抬头，一对老而不涸的秀目神光远注，便觉朗似秋月，湛若春波，却于一段温和风光中，略带严肃之气。

红娘子初见千手观音就觉此人与众不同，想不到偌大年纪还保持着这样清姿秀骨，本拟立即上前拜见，一想应该让双凤先去叩谒。恰好舜华、瑶华已紧趋几步，盈盈下拜，千手观音微一抬手，姐妹俩双双起立，分侍左右。只听千手观音朗然说道："你们到百佛寺去的一节我已知道，此刻从葫芦谷勘视回来，你们看得怎样呢?"

舜华垂手禀道："那地已经甘、黄两师兄详细察看过，确是合宜，此刻同范老伯的姑奶奶偶然从堡后闲游到葫芦谷，却不意碰着几位奇人。"

此语一出，座上黄九龙、甘疯子等都诧异起来，暗想外人怎会进去？忙问吕师妹如何会在那谷里见着外人呢？

千手观音也笑说道："这样他们才称为奇人了。"

舜华笑道："那位奇人同咱们很有渊源，此事说来很长，容俺慢慢细禀。此刻范老伯的姑奶奶一同进来，快请进来，让姑奶奶先进见了再说。"边说边立起身来。

红娘子袅袅婷婷走近前来，花枝招展地拜了下去。千手观音忙起立，伸手扶住笑道："姑奶奶不敢当，快请坐下细谈。"

千手观音一起立，大家都也立了起来。

范高头向千手观音笑道："你怎同孩子们谦逊起来，以后诸事要请你多多照拂呢。"

千手观音笑道："范老英雄有这位孝顺的姑奶奶在身边，也足堪慰娱晚景了。"

红娘子行过礼，一退步，立在范高头椅后。

千手观音笑道："大家不要因我来了拘束起来，一齐坐下，可以谈话，连舜华、瑶华也坐下，免得姑奶奶不安。"千手观音问滕巩道："令郎与敝庐痴虎儿很有一点渊源，听说也在此地，怎的不见呢？"

王元超慌起立代答道："滕老丈的世兄一同到葫芦谷去的，此刻大约也快回来了。"话犹未毕，痴虎儿已腾地跳进厅来，气喘吁吁地向红娘子等一指，大喊道："你们故意开玩笑，仗着本领飞也似的跑回来，累得俺跑出一身臭汗。"

原来王元超告诉她们千手观音驾临，痴虎儿在后面没有听到，故而疑心她们同他开玩笑。

这时滕巩坐在上面，看得自己儿子一进厅大呼大嚷，忙喝道："虎儿休得无礼！老前辈在此，快来叩见。"

痴虎儿睁着两只怪眼向上面翻了两翻，只见当中危坐着一个清秀异常的乡下婆子，他也没有留神平日人家的谈论，兀自不知道上面坐的是谁。幸而黄九龙过去同他低低说了几句，他才一吐舌头，忙不迭三脚两步走上前去，趴在地上，老母鸡啄米似的叩了一阵响头，嘴里叨念道："俺的仙爷爷，你老人家今天才到，快想死俺了。"

这一阵傻话，把一厅的人几乎笑得肚痛。千手观音却非常爱他，一伸手把他扶起，周身端详了一回，向滕巩笑道："令郎得天独厚，宛如一块无瑕美玉，只要武功没有走错路，将来不可限量的。"

滕巩听她夸奖自己儿子，心里这份快活也就不用提哩，忙接口道："小儿愚蠢异常，倘蒙你老人家不惜教诲，真是他的天大幸运了。"

千手观音略一谦逊，就掉头向舜华道："你不是说葫芦谷逢着奇人，究竟是谁呢？"

舜华就肃然立起身，把飞龙师太母女同白飞燕的事自始至终，细细报告一番。

千手观音等她讲毕，微笑道："原来就是湘魂。想不到她能够走入正途，照你所说，她们母女三人很有亲近咱们的意思。不过白飞燕一个少不更事的女子这样胡闹，终非正道，如果想依附俺们派下，应先革面洗心，去掉鼠窃行为才好。”

舜华等只有唯唯答应着，甘疯子却开口道：“师母的训示果然词正义严，倘然她们已知昨非今是，俺们也与人为善，可以不咎既往。”

千手观音道：“人才难得，自然应该这样，不过使她们知道从此就我范围罢了。”

黄九龙也说道：“现在人才济济，日见兴旺，葫芦谷应该早点布置起来。师母要不要去踏勘一番？”

千手观音道：“这事让你们师父来主持就是了。倒是海上一班人，我已命他们几个首领造具花名、饷械、船只、清册以及几处水寨、岛寨、山寨的地图，统统预备完全，随身带来交与你们重新安排一下。这桩事一弄清楚，就没有我的事了。至于我住了许多年的云居山，是近海的一座深幽秀伟的高山，经我布置以后很可作为一个海口寨基，将来不妨派几个人驻在那里，可以管理海上的群雄，遥通声气。天下不久大乱，所以你们师父替你们安排一个可进可退的基业。现在支撑住这点根基，你们师父同你大师兄到来，大家再计划一下，然后逐步做去，不愁不成大业。即使退一步说，我们志同道合，在此自耕自读，做个海外扶余，桃源隐窟，也未始不可呢。”千手观音说毕，众人唯唯称是。

转瞬过了两天，红娘子、双凤正盼着飞龙师太母女到来，忽见王元超跑进房来，笑道：“你们盼的人儿来了，师母、师兄们已迎出去了，你们快去吧。”

双凤、红娘子等大喜，慌忙掠一掠云鬓，整一整衣角，赶到前厅，只见厅前广坪中男男女女围着一大堆的人，包翩翩已拜见了千手观音，给飞龙师太、幻云、白飞燕一一介绍。却见飞龙师太依然灰扑扑的僧装，肩上扛着一支黝黑光亮的禅杖，杖头拴着一个大毡包。幻云披着一件玄色羽缎风氅，衬着俏生生的桃腮眼、芙蓉面，益显得风流绝世，手上也提着一大一小两个毡包。幻云身后紧跟着一个装束特别的黑脸女子，比幻云还要瘦小一点，一副鹅蛋脸好像贴着黑金似的，从黑中生出光来，两条长眉斜飞入鬓，一双凤目精光夺人。虽然皮肤漆黑，却掩不住她珊珊秀骨，奕奕英姿，头上包着一块杏黄生绢，把顶上乌云统统遮住，余绢垂在脑后，打了一个燕尾结，另外齐眉勒着一条大红丝绦，当面丝绦中间压着一颗光芒四射的大珠子，身上披着猩红多啰呢的风氅，露出里面短襟窄袖、紧身银灰夜行衣，下面套着一双鹿皮小蛮靴，两手都提着一个毡包。

包翩翩一见红娘子、双凤出来，忙又拉着白飞燕替红娘子等引见。她们正想叙谈，忽见飞龙师太一回头，向红娘子等含笑点头道："俺们初到贵堡，诸位英雄还未见礼，回头再同姑娘们细谈吧。"说罢，红娘子、双凤慌近前，将她们各人手上的毡包、禅杖代拿过来。

飞龙师太首先抢步到千手观音面前，合掌叫声："师父，您可怜的弟子想不到还能同师父见面。"说毕一脸凄惶，含着两泡痛泪就在草地上跪了下去。

幻云、白飞燕看见自己母亲跪下，忙也在后面一齐跪下来。千手观音蓦而听她叫了一声师父，又这样惨惨地跪在地下，想起从前百笏岩的事来，本来也是筠娘的诡计，湘魂也是上她们的当，以后还因此受了终身之辱，想起前情也觉可怜，忙伸手把她搀起，笑说道："前尘如梦，还提他什么？浊者自浊，清者自清。你总算有根底，有夙慧，能够跳出火坑。现在苦尽甘来，此后步步都是光明坦途。昨天我听她们说起你的事，非常欣幸，以后彼此都是一家人。大家心同道合，不必稍存客气。堡中几个年轻的姑娘都仰仗你辅导她们哩。"

后事如何，且待下集分解。

注：本集天津大昌书局原刊本未见，故用出版时间相近的伪满洲国益新书店 1941 年 11 月版为底本，以 1948 年上海励力出版社版校正缺漏。

第六集

第一回

飞蜂针，紫霓剑，秘岛却敌
五禽戏，化象拳，神功惊人

上集说到飞龙师太就是当年飞龙岛的湘魂，现在与千手观音重行见面，而且听得千手观音这番恳挚的话，大为感动，一齐跟着千手观音走进厅来，重新各人都见了礼。幻云、白飞燕却比众人矮了一辈，包翩翩也想挤在幻云一辈里，众人却因她现在还不能算本派的门下，只以客礼相待。可是包翩翩在葫芦谷同幻云谈了一夜，早已商量好，也想拜在飞龙师太门下，所以众人让座时，她执意坐在白飞燕肩下，跟着幻云、白飞燕也尊一声千手观音为太师父，在黄九龙、王元超面前也叫师伯、师叔。众人因为甘疯子原是长她一辈，也就居之不疑。

这时，大厅内群雄济济，依次列坐，好不威严肃穆。飞龙师太等众人坐定，寒暄已毕，然后向幻云、白飞燕一使眼色，一齐肃然而立，把各人带来的大小毡包重又提在手中，聚在千手观音面前，恭恭敬敬地又一齐向千手观音跪下。众人看她们这样郑重，不知为了何事，大家都肃然起立。

唯独千手观音并不动身，只微笑道：“你们又有何事呢?”

飞龙师太跪在地下，朗声说道：“徒弟自脱出火坑以后的几十年情形和两个徒孙来历，想已蒙师妹们代为禀白。今天徒弟率着徒孙晋谒，幸蒙师父不弃和众位同门盛情招待，心里有说不出的高兴和感激。从此非但徒弟有了归宿，就是两个徒孙也有了依靠，了却徒弟一桩心愿，这都是师父的恩赐，现在徒弟徒孙略有一点孝心，想请师父笑纳。”

千手观音笑向双凤道：“你们过去把你们师姐扶起来，让她们坐下再说。”

双凤姐妹奉命，慌过去把飞龙师太和幻云、白飞燕都扶起纳在座上。飞龙师太感谢了几句又继续说道：“徒弟在葫芦谷隐居多日，打听得堡中几位师兄弟规律精严，并不扰及平民，但是将来英雄聚会，逐渐发展，饷粮一层也不能不预先筹划。恰巧徒孙白飞燕历年在恶绅劣宦家中以及满虏的秘藏财宝，倒也搜罗不少，积起来估计不下百数十万，也可变成巨额的饷款。早几天业已聚在葫芦谷内，现在特地随身带来，悉数奉献堡中，作为徒孙们孝心贡纳之意。此外还有一批是徒弟从前在飞龙岛时，知道铁扇党首领艾天翮夫妇在海底地道内藏有大批宝物，都是他们党中人诡计多端历年攫来的精华，价值数目比白徒孙贡纳的一批还要多几倍。前几天徒弟偶然想起，这种不义之财何妨移作正用？因此徒弟偕同白徒孙悄悄到了飞龙岛，费了两天工夫才从地道内找到这批宝藏。

“说也凑巧，幸而早到一步，否则这批宝物已落他人手中了。因白飞燕徒孙系照徒弟吩咐，先到飞龙岛察看地道进出之路同海底有无堵塞情形。因为白徒孙从小炼成异眼，可以暗中视物并且可以透视海底，所以命她同办此事。不料等到徒弟随后赶到岛中时，正逢着白徒孙在岛上同一僧一俗舍死忘生地争斗。那一僧一俗本领颇为了得，白徒孙全仗轻身功夫，闪展腾挪，工夫一久定是不堪设想。徒弟赶上挡住一僧一俗，问起原因来，才知那僧装的名叫天觉，俗装的叫作尤一鹗，原是艾天翮的徒弟。据他们自称，奉艾天翮遗命保守此岛，并且艾天翮死的时候说明岛中有秘藏宝物归他们两人平分，所以特地赶来寻取，你们不自量力想来偷盗秘藏，须放着俺们两人不死。

“那时徒弟听他们口吻支吾得很，即使他们真是艾天翮徒弟，这种不义之财也不能让他们取去。而且这一僧一俗满脸邪气，绝不是正路人物，如果这些财宝落在他们手中，越发助长他们的凶焰。当时双方越说越僵，便又翻脸争斗起来。那天觉僧使的两柄戒刀倒是宝物，施展开来，发出荧荧的光华，功夫也着实不弱。尤一鹗用的还是他们铁扇党的老规矩，只用一柄二尺多长的钢骨折扇，专门用擒拿法取人穴道，也很有点斤两。那时徒弟解下紫霓剑，便同他们周旋起来，白徒孙仗着双股雌雄剑，远远替徒弟压阵，借此略略喘息。

“这样战了半天，一僧一俗得不到半点便宜，自知宝物难以到手，又急又恨，尤其是俗装的尤一鹗凶猾狠辣，忽地跳出圈去，一回身，右手一扬，便接连飞出两支袖箭，直取徒弟前胸。在徒弟本意原想赶走他们了事，不料他们拼命纠缠，施出毒招儿来，说不得只好给点他们厉害瞧瞧。身子一闪，避开袖箭，正想挥剑进取。恰好白飞燕徒孙远远看得明白，自己也还想过来，一看尤一鹗施出暗箭来正中心怀，慌把双剑向地上一插，暗从豹皮囊抓了一把乌头半月飞蜂针，一个箭步蹿近丈许远近，举手向二人一扬，喝声着！

“徒弟一听脑后喝声便知白飞燕也用暗器，想阻止已是不及，只见天觉僧和尤一鹗同时喊声不好！叮当一声怪响，两柄雪花似的戒刀掉在地下，天觉捧着胸直蹲下去，那尤一鹗似也受了伤，连蹿带跳，没命地逃走了。徒弟却责怪徒孙不应该下此毒手，因为她这种乌头半月飞蜂针是她们祖传下来最厉害无比的一种暗器，用纯钢打就，小得像绣花针一般，不到半寸长，针尾附着一个很小的半月牙形也是锋利无比。成就以后，必须把所有飞蜂针倒在贮乌头毒药的铁锅内炼制三七二十一天，便可应用。打在身上一经逢着穴道，针上毒气便可跟着气血流行，不到半月这人便废。如果打着致命穴道，这时毒血攻心，难以救药，而且这种针顺风撒去，无论针头针尾碰在敌人身上都能受伤。

“那时徒弟一看天觉僧蹲在地上动弹不得，慌走近前去，替他解开衣服一看，原来胸口同手腕脉上都中了一针，替他一一取下，立时命白徒孙身上带着的祖传独门解药倾出一点来，用唾沫调和替他敷在创口上，又舀了一点泉水和上散毒丹药灌下。沉了半晌，才见天觉僧慢慢活动过来，兀自打不起精神，一声不响，拼命似的一步一步向岛下沙滩边逃去。徒弟远远一望，原来沙滩停着一叶小舟，只看见天觉僧爬上小舟，立时飞也似的向海面驶去了。徒弟回身一看，两柄戒刀留在地上，便同宝物一起带来。白徒孙在大内宝库中得来的一柄双股雌雄剑，比戒刀还要高出万倍，白徒孙因为自己不懂剑术，留着无用，特地奉献两位吕家师妹，聊表她一片钦慕之忱。那两柄戒刀白徒孙爱它趁手，留作自用，徒弟已应允了她，现在一齐请师父过目，好请黄堡主、王师兄等将宝物点收存库。"说毕把地上聚着的大小毡包一齐解开，那柄双股雌雄剑同蓝荧荧的两柄戒刀也放在旁边，顿时光华万道，熊熊地照射满厅。

千手观音向甘疯子等道："艾天翮手下徒弟究竟没有正派的人。明明艾天翮遗言把这批宝藏送与咱们作为他的忏悔，尤一鹗、天觉僧竟想从中取功，先下手为强起来。哪知天网恢恢，偏有她们不谋而同，先一步赶到岛中，替俺取了来。可见万事都有定数，不能勉强的。"

千手观音这番话，众人明白底蕴的自然知道，只有飞龙师太和包翩翩等听得不解，经双凤向飞龙师太低低说明所以才恍然大悟，知道这批宝物原是艾天翮遗言送与湖堡的，算不得自己的功劳，不过有尤一鹗从中一捣乱，却又显得不为无功了。

当下千手观音着实奖励飞龙师太一番，便命甘疯子、黄九龙、王元超等一一点收，编号存入库中，待众人到齐再定办法。那柄雌雄剑就连鞘赐与双凤姐妹，两柄戒刀自归白飞燕佩用。这事料办清楚，黄九龙便遵命派了东方杰、东方豪、东关双哑四人由滕巩率领着，另外拨了二百多湖勇带往葫芦谷，斩荆伐木，建造房屋作为内堡，一面把柳庄范高头原住的房屋也修葺一新，备做海上首领来堡的客馆。又在堡内布置几间净室，预备陆地神仙、钱东平、少室山人等住所，千手观音、飞龙师太、包翩翩、白飞燕、幻云等便在双凤、红娘子住的一所院落内憩息。

诸事就绪，不多几天陆地神仙率领着龙湫僧、高潜蛟到来，各人都来参见，自然又是一番热闹。这时的高潜蛟却与拾蛟卵的高潜蛟不同了，经龙湫僧朝夕指导，非但彬彬有礼，对于武功也已略具门径，比较痴虎儿尚胜一筹，只是天生的淳朴谨厚之态还是照旧，同王元超、黄九龙久别乍逢，自然格外亲热，众人也爱他谨厚，都也说得上来。而且据龙湫僧说，师父也爱他，已行过拜师之礼，新近还亲自传授他几手绝艺，不过据师父说，高潜蛟不宜剑术，轻身功夫也难望到上乘，只可从拳术上下功夫，以后便叫他在堡中跟三师兄、五师弟练习练习，几年下来也可自成一家。众人听他已列墙门，越发亲热起来，便叫他六师弟。这样，堡中一天比一天热闹起来，只等大师兄同海上首领到来，便要举行联盟大会。

可是，其中却急坏了一个人，众人都谈天说地，非常兴高采烈，只有王元超面上一样有说有笑，肚子里却比别人多了一个鬼子。你道为何？原来他自从百佛寺回来，从甘疯子口中探出自己与双凤婚姻一事已是千妥万妥，师父、师母一到，满望他们老人家对众人一提，便挂灯结彩地举行大礼。哪知这几天都忙着大会的事，绝口不提此事。最可恨甘师兄装聋作哑，像没事人一般，冷眼看双凤姐妹整天整夜地陪着幻云、白飞燕、包翩翩等，不是游湖便是玩山，弄得说不上体己话，看情形大约要在大会以后的了。事不关心，关心则乱，他自己闷在肚里，谁也不知道他的心事。

有一天晚上，他在师父、师母面前侍立了一回，等到他们两位老人家打坐入定，他悄悄地溜了出来，转过前厅，并不回到自己房中，信步向厅前广坪中走去。恰好一钩新月挂在当头，广坪上寂无一人。正在举头望月痴痴地立着，忽听出身后莲步细琐，一回头，心头蓦地一跳！原来是瑶华穿着一身便服，一个人悄悄地急步而至，一见王元超回过头来，也不作声，玉腕一扬便飞过一件东西来。王元超吓了一跳，以为她无缘无故地放出莲子镖来，一闪身，再哈腰拾起那件东西，一看原来是个纸团，正想开口问她，不料瑶华只微微一笑，一转身，飞也似的跑向厅内去了。

这当口，又听得厅侧一堵矮墙的月洞内哈哈一阵大笑，涌出许多人来，当头是甘疯子，跟着范老丈、黄九龙、痴虎儿等。王元超一见他们来了，忙把纸团塞在怀内迎上前去。

甘疯子一见他一人在此，向王元超一指，呵呵笑道："老五，俺看你这几天有点精神恍惚，说话也懒得说，大约有点心事吧。"说罢两道浓眉一扬，向范高头一挤眼，惹得众人大笑。

王元超无话可答，只好掩饰道："二师兄不是神仙，怎知小弟有心事哩?"

范高头也大笑道："千里姻缘一线牵，万事都有定数，一毫勉强不得。这其中俺同甘兄也沾光不少，可以多痛饮几场，说不定月下老人还有几条赤绳，不知系在哪一位有福郎君哩。"

王元超听得话中有话，又见黄九龙昂首望天，也有所思一般，心里未免疑惑，却不敢多问，恐怕自己露出马脚来。

甘疯子笑道："老五，你一个人在此痴想，不知此刻又发生一段美满姻缘，你还蒙在鼓里呢。"

王元超急问道："小弟才从师父房里出来一忽儿工夫，怎的又生出这档事呢？又是哪一位呢?"

甘疯子大笑道："这叫作，快的还有快的。你不用急，你的还是你的，绝没人夺你的。"

范高头笑道："俺对你实说吧，飞龙师太对于你三师兄非常钦佩，看他没有家室，想把幻云匹配与他，却因辈分差了一辈，不敢冒昧出口。哪知你们师母圣明不过，早已看出飞龙师太心事，暗地里早同你们师父商量妥当，你们三师兄也应该有个好帮手才好。倘然飞龙师太的女儿嫁与你三师兄，她也可安心住在堡中帮助一切。虽然她也算你师母门人，究竟不是正式拜师，无非一句话罢了，何况飞龙师太已上岁数，将来女眷住在堡中也少不了这么一个人。此刻你出来，俺们进去，你师父、师母便把此事向你三师兄说明。你三师兄虽然素不主张娶妻，出于师命也不敢违背，何况幻云小姐品貌武功都不在云中双凤之下，足可配得上你三师兄，这一来，这头亲事便又告成。而且你们师父、师母说明，在联盟大会以后，两起婚礼同时举行，这也是你们师兄弟的一番佳话。俺们当然要多扰你们几坛喜酒的了。"

说毕，王元超大喜，忙转身向黄九龙一躬到地道："小弟实在不知新近发生此事，理应替三师兄道喜。"

黄九龙一面还礼，一面皱眉道："愚兄实在不作此想，自问年纪也比幻云小姐大了许多，辜负了人家青春。不过师父、师母主意愚兄也是明白，无非搜罗人才，光大门户起见，使愚兄不能不仰体上意。俺一辈子心都在救世济人上面，哪有闲情做这等儿女私情的勾当，希望她们将来也要体仰俺们志向，做一个巾帼英雄才好哩。”

黄九龙说罢，甘疯子、范高头一齐把手拍得山响，大赞道：“老三毕竟高人一等，师父把全堡放在他一人肩上，毕竟巨眼识人。玩话是玩话，正经是正经，俺们可以说一句，老五也是这样胸襟，应该不会来个失足千古恨，愿两位跳出美人关头，步上英雄大道。”

王元超一听这些话，明白甘疯子完全对自己说的，不禁剑眉微剔，朗声说道：“二师兄、范老丈这番金玉良言自当永远铭记，如有违言，当如此月。”

甘疯子破袖一扬，拇指一竖，大喝一声道：“好！这才是俺的好兄弟，俺听得非常痛快，走！俺们一齐步月而行，到湖头买醉，痛饮一场何如?”

范高头、黄九龙、王元超齐声称好，便挈着痴虎儿迤逦出堡，直出三重碉垒向湖边行来。

走到市杪酒家，拣着一处靠湖水阁坐下，酒家内店东同伙计们本是堡中注过册、入过湖勇队伍的，谁不认识这几位人物？而且知道绝不像别的山寨强赊硬欠，反而大把银子的犒赏，所以一逢甘疯子踏进门去，连屁眼里都笑出来，不待吩咐，拣着好酒好菜流水般送上桌来。

众人一面喝酒，一面凭栏望着湖上的月色，好不潇洒。忽见远远水面上露出几道帆影，渐渐地由小而大，由隐而显，浮出三只张帆的外江船向这面驶来。

范高头遥指道：“这种船式近地少见，定是海上几位首领得着你们师母的命令，赶来赴会了。”

说话未了，一阵銮铃响处，一个湖勇在店门口翻身下马，跑到众人面前垂手禀道：“奉命请堡主们快回，说有贵客到来。”

黄九龙笑着向甘疯子道：“海上首领们的船只未靠岸，何来贵客？少不得俺们回去一趟。只是二师兄同范老丈的酒兴打断，未免煞风景了。”

甘疯子破袖一拂已自立起身来，范高头却掏出一锭银子，当的一声掷在桌上，呵呵大笑道："走，明天再来找补酒兴便了。"

众人一阵大笑，便叫湖勇先回。众人一出酒店，迈开大步一会儿回到堡内，走到后院一看，原来大师兄同少室山人到了，正同陆地神仙、千手观音谈着。众人进去彼此寒暄一阵，范高头等未见过面的自有一番客套。

大家依次坐定，只听钱东平向甘疯子等说道："这几年奉师命游历两广等处，同众位师弟疏阔不少，此番得信赶回，得知堡中日见兴盛，贤豪毕集，高兴之至。便是愚兄在两广也结识了许多俊杰，有几个英豪已经收服了许多人心，屯集了许多兵马，只待羽翼一丰便要大举。看情形，五六年后天下定必大乱，那时节俺们遵着师父的教训，会合天下的英雄，合力驱除鞑子，恢复汉室江山。万一不能如愿，弄成一个涂炭生灵、无补实际的局面，俺们也要见机行事，犯不着玉石俱焚。

"愚兄这番话，因为此刻师父、师母早已把天下大势从先天易数参究过一次，知道五六年后天下必定大乱，但是能否直捣黄龙，扫除血腥，还在崛起的英雄能否收服全国人心的根基上，所以俺们在这将乱未乱的当口，应该早早培植一个可进可守之基，才是万全之策。此地太湖在承平之际，自然是一处相宜的地方，可是到了大乱用兵之时，太湖四通八达，易进难守，必须另外找一处一夫当关万夫莫敌的深山陡壑，才可以开辟一个海外扶余，再不然做个世外桃源也未始不可。"

甘疯子笑道："大师兄计虑周密自然是万全之道，不过天下事虽是天数，亦在人为。也许满虏气数已尽，可以痛饮黄龙呢。"

陆地神仙听他们师兄弟议论风生，不觉哑言笑道："汝等且把目前的事安排妥当，人事不能不尽，天命亦不能故违。俺早已替你们安排好一个妥当处所了。天下可救则救，不能救，便跳出是非场，做个自了汉，这也是古圣贤达则兼善天下，穷则独善其身的道理。"

钱东平笑道："师父说早已安排一个好去处，究系何地呢?"

陆地神仙笑道："那地方俺早已同你们说过，便是云贵两省交界万山层叠中的一座莽歇崖，到现在俺收服的两只灵猿还照旧看守在崖上。

那莽歇崖终年人迹不到，而一派钟灵毓秀之气，说它是个仙乡福境也未始不可。俺同你们师母等到你们海陆联盟以后便要隐莽歇崖上，尘世间事付托你们，将来你们还照俺的训论做去。如果命数难挽，你们师兄弟便可联袂来崖，同做一个乱世逸民，参究自己性命天人之理，何等快乐！俺同你们师母先去几年，算替你们预先安排，如果你们真个到来，还要乐不思蜀哩！”

陆地神仙这一番话，钱东平头一个喜容满脸，少室山人也连连点头。甘疯子、黄九龙、王元超却正在兴高采烈上头，并不十分注意，范高头也是老当益壮，痴虎儿是不识不知，大家只知他们二老要远远地离开他们，未免有点怅惘，却又不敢劝阻。

这天过去，第二天海上几位首领带着许多有能耐的头目果然到来，便由千手观音发令，叫他们在柳庄客馆安息。又隔了几天，葫芦谷已经开辟竣工，陆地神仙、千手观音一同率领着门人去到谷内踏勘了一番。看得谷中辟出百十多亩一片大空场，上面搭起庐棚，预备做会场之用，谷底也盖起几十间大小房子，备做守谷湖勇们的驻所。陆地神仙看了很是满意，回到堡中，择好一个黄道吉日举行此事，又授范高头、滕巩、飞龙师太三人先到谷中，布置会场应用的东西，斟酌好仪式执事的单子，一切布置停当，只等吉日到来。

却说王元超自从得到幻云匹配三师兄的消息，益发高兴异常。晚上偷偷地把怀内瑶华的纸团拿出来一看，原来也是为黄九龙、幻云的喜信暗暗送递消息的，看完了纸团，噗的一口把灯吹熄正想上床，忽然窗外梧桐树上沙沙一阵风响，便蓦然一响，一个鲤鱼打挺下床来。

原来功夫到家的人略微一点风声也分得出动静来。因为窗外这阵风由上而下并不是真风，是一个人由树上跳下的衣角风，连带着树叶也微微震动起来。当王元超跳下床，悄没声息地一个箭步蹿到窗口，一矮身探头向外一看，却又绝无动静。

半响，嗖的一道黑影从窗前墙脚直蹿上树顶上去，王元超急回身从枕边抽出倚天剑，把窗一推，随势跳出。忽听树上有人低声喊道：“五弟，你上来。”

王元超一听是黄九龙声音，一个旱地拔葱蹿上树梢，只见黄九龙穿着睡衣，蹲在枝杈上向他说道："俺回到房中头刚着枕，便觉瓦上有人，趿着鞋慌出来上树一看，却无踪影，难道俺听错了么？照理也没有这样大胆的人自来送死的。"

王元超悄声道："小弟听见的却不是屋上，是听出这株梧桐上有人扑下地，随后又看见一条黑影飞上树来，随后的飞影大约是师兄的身影，但是那奸细既然下地，何以又不见呢？"

黄九龙一听，吃了一惊，说道："照你这样说，今晚定有奸细了，俺们快下去搜寻。"说罢两人跳下地，黄九龙在先，王元超在后，走下台阶向厅旁库房走去。

这时库房不比从前，满贮着奇珍异宝，派了东方杰、东方豪两弟兄率着几个得力头目看管。不过这几天却因葫芦谷内也有他们两兄弟的执事，到晚上两人轮流着回一个来驻守，今天晚上却是东方杰宿在库房内，几个头目睡在门外廊下。

黄九龙、王元超刚走近库房门口，还差四五十步远近，猛然库房外面火光一闪，一阵芳烈的香味迎面扑来，黄九龙大喝一声："好贼子，敢到此地来施诡计。"

喝声未绝，王元超早已右手仗剑，左手掩着鼻子，一个箭步当先抢去。却见库门外院子中间，嗖，嗖，嗖，飞起两条黑影。王元超两足一点蹿上墙头，便见两条黑影一溜烟似的飞上厅脊。王元超回头一看黄九龙没有追来，猜不出是何意思，恐怕奸细逃走，在厅屋上脚步一紧，追向前去，直追出将近堡门前面，兀自无人阻挡。可恨前两个贼人脚下也很有功夫，心里一急，大喝一声，剑光舞成一大圈，用出内功正宗的玉女剑术，人随剑势，像闪电似的连人带剑凭空飞起，强向两条黑影背后刺去。

前面逃的两条黑影似也觉得难以抵挡，喊一声"不好！"随势一个筋斗翻下地面。哪知这两个奸细慌不择路，跳到下面脚未踏稳，忽听得身边巨雷地一声大喝，猛一吃惊便扑通、扑通两声巨响，两人同时一阵麻木，兵器撒手，一齐跌在地下，立时涌出许多人来，众手齐举，捆个结实，灯笼火把霎时照得里外通明。

王元超跳下屋来一看，原来下面黄九龙、甘疯子笑嘻嘻的依然赤手空拳地立着，十几个湖勇们却兵刃雪亮，看守两个在地上捆着的奸细。王元超一看奸细面貌，原来不是别人，却是在百佛寺见过的艾天翮徒弟，一个是天觉僧，一个是尤一鹗。跳下屋时，被甘疯子、黄九龙出其不意，一个服侍一个点了麻醉穴，已同死去差不多了。

王元超笑向黄九龙说道："我正疑惑三师兄怎的没有追上来，原来预料贼人必逃到此地，暗暗地从下面知会了二师兄在此邀袭个正着。这两个奸细大约还是为了那批财宝而来的，也可算得利令智昏，凭他们这点能耐也想来捋虎须，真也太不自量了。"

甘疯子大笑道："犯不着为这两个奸细惊动师父、师母，就把他们用蛟筋捆起来软禁着，天明后请师父发落便了。"

黄九龙道："我看这两个人的功夫也到了中乘，却做出这等下流事来，竟用起熏香，把库门外几个湖勇熏了过去，大约库房内的东方杰也着了道儿。如果他们不到后院，也险些着了他们的诡计。依我看，他们不但想偷库中宝物，不定还想行刺我们哩。照我说，一剑一个，结果了干净，说不定师父、师母念着艾天翮临死的嘱托，轻轻地放了他们，再到各处去害人哩。"

甘疯子道："话虽如是，到底应该禀明师父才是。"

于是湖勇把两个奸细换上了蛟绳，全是捆成馄饨一般。这种蛟绳坚韧异常，专门对付有功夫的人，想用气功像同平常绳子一般挣断是办不到的。湖勇们捆好以后，甘疯子过去各人踢了一脚尖，两人立时醒了过来。天觉僧一见自己捆得施展不得，便破口大骂起来，尤一鹗只一味冷笑。黄九龙喝声"扛进牢去！"顿时由十几个湖勇簇拥而去。

这里黄九龙等走进库房一看，果然东方杰兀自在床上睡得像西去一般，慌用冷水喷醒他，房内的湖勇们也照样治醒，个个如梦方觉。东方杰一听出了岔子，面上讪讪的，心里却把两奸细恨得切骨，恨不得赶到牢内一刀一个，戳个透明窟窿，幸喜一检点库门内并未少东西，却因这一闹，全堡都已惊动，一个个从睡梦中跳起来，只有千手观音、陆地神仙没有出来，只打发一个湖勇知会黄九龙等，不必难为奸细，问明有无别情，劝导一番释放便了。

黄九龙一面起身答应，一面却对甘疯子道："师兄，你看这事怎么办？如果随便一放，难保他们不再来薅恼，尤其是那尤一鹗，老奸巨猾，同金陵单天爵、醉菩提和洞庭湖柳摩霄已是一党，加上艾大翩一班徒弟、徒孙正派的很少，难免不与他们合成一气同俺们对敌。如果这样，想起来实在难以轻放，可是师父的命令又怎敢违背呢？"

这时飞龙师太虽然在葫芦谷料理一切，幻云、双凤等却在堡内，此时也闻信赶来，一听黄九龙因释放奸细踌躇，不等甘疯子答话，抢着道："这也不难，遵着太师父的意旨留他们两条活命，把他们的功夫废掉，教他们以后不能兴风作浪便了。"

她这样一说，众人都明白她的主意，是仿照江湖上处治穷凶极恶的法子，用利刃把受刑人的左右足跟后面的两条总筋挑断。这两条筋贯通全身，一经挑断，就是有天大本领也施展不出来，轻身飞越的功夫越发不能做到了。这刑罚虽弄不死人，却比砍头还要狠毒，把一个人活生生地变为废人，施于有功夫人的身上，一旦把多少年苦练出来的功夫轻轻废掉，岂不比死还难受？起初这种私刑只江湖上听得到，后来衙门内捕快也用这种刑罚来对待积案的盗贼，但是也因为这种刑罚主意太毒，恐怕结怨遭忌，也不敢常用。此刻幻云一说，却非常合黄九龙心思，连声赞成。幻云一听他在众人面前大声赞好，想起自己婚姻，不觉面孔一红，姗姗地躲在双凤背后。红娘子从旁看得清楚，向双凤一推，彼此发出会心的微笑。

却听甘疯子笑向黄九龙道："你们这一位的主意高是高极了，但是被师父知道也要遭申斥的，明天俺自有法子！保管释放以后不再薅恼便了。"

众人不知他葫芦里卖的什么药，大家谈了一阵也各自散去，依然归房安寝。

到了第二天，黄九龙到后院向陆地神仙、千手观音请示处置奸细的办法。

千手观音道："依我看，这种人到后来终是恶贯满盈，恶性终难更改，早除灭了他们，百姓少受一点凌辱。"

陆地神仙笑道："你的话未尝不是，但是照他们目前的行为还不至于如此，就是叫官府去办也不至于要他们性命的。如果照放虎归山来讲，他们这点本领也显不出多少神通来，权饶他们一次初犯，从轻释放便了。俺也懒得去问他们，你们商酌去办好了。"

黄九龙应命出来，同甘疯子、范高头、王元超等一商量，就聚集男女众英雄在大厅上依次列坐，喝命湖勇带奸细听审。厅下湖勇轰雷似的一声接应，霎时从监牢里捆上天觉僧、尤一鹗来，众人一看，两人已折磨得如猱头狮子一般，四五个彪躯大汉喝一声"进去"，便把两人脚不沾地地直拥到黄九龙面前，两旁齐喝一声："跪下！"

天觉僧凶目一瞪，放开破竹般喉咙大喊道："山野草寇，休得擅作威福，要杀便杀，罗汉爷誓不皱眉。"

黄九龙冷笑一声道："亏你也称佛门弟子，你师父尸骨未寒，便把你师父遗言置诸脑后。你们要知道，你们师父将这批财宝奉献俺们，完全是天良发现的举动，我们岂稀罕这点财宝，无非替他赎罪罢了。至于我们在此的行为是不是山野草寇，外边自有公论。我们的抱负说与你们听，也是对牛弹琴。你们既然轻举妄动，被人生擒，只怪你们自己太不量力。现在我们要你们两人性命无非举手之劳，但是我看你们一身功夫也是不易，这样自己轻生未免太不值得，你们死去师父的面子也被你们丢尽了。我现在看你师父面上，权饶你们一次初犯，放你们一条生路。如果你们还不知悔，放走以后，再来无理取闹，那时擒住，休怨俺们心狠手辣！"说毕，便向左右喝一声"松绑！"

不料天觉僧发了牛性，瞋目大喝道："老子生有处，死有地，谁稀罕你们假惺惺的释放！快快替老子送上西天，再过几十年，老子再同你算账！"

他这一发牛性却急坏了旁边一声不哼的尤一鹗，慌连连向天觉僧使眼色叫他不要多嘴，免得送命。无奈天觉僧气得眼也红了，哪理会得到这些地方。可是他们两人这样情形，上面座上的甘疯子早已看得一清二楚，胸有成竹，破袖一甩，向左右喝一声："且慢松绑，把两人直搭出堡外去，俺来替你们送行。"

尤一鹗一听送行这句话，立时脸色大变，向黄九龙道："既承你们释放，俺们当然感激，从此绝不再来便了。我们这位师兄生性鲁莽，诸请原谅一点，我来劝他出去便了。"

黄九龙一声冷笑，并不搭理，一摆手，四五个湖勇喝声："走！"把两人直叉出去了。

甘疯子倏地立起身，向众人道："我打发他们去了便来。"

黄九龙会意笑道："师兄辛苦了。"说毕，甘疯子大踏步走了出去。

走到堡外抬头一看，湖勇们簇拥着天觉僧、尤一鹗立在对面照壁底下。甘疯子笑嘻嘻过去，伸出蒲团般的巨掌，冷不防先从尤一鹗背后，在腰眼里扑的一掌。尤一鹗手脚捆住，焉能躲闪，猛地机灵灵一个寒噤，已是实坯坯地着了一掌。这一掌不要紧，可把他一身点穴功夫都化得烟消云散了。这种功夫是内家独得之秘，陆地神仙门下也只有钱东平、甘疯子得此秘传。

当时尤一鹗着了这一掌虽然不痛不痒，却已知道不好，只大喊一声："罢了，罢了。"

不料甘疯子又一转身，举起掌来正待向天觉僧如法炮制，猛一转念此人无非是个莽夫，也没有什么大后患，便笑了一笑道："便宜你吧！"向湖勇们喝声，"松绑！"便七手八脚地把两人周身绑束解开，齐声笑喝道："快走，快走，下次再来没有这样便宜了。"

天觉僧兀自气咻咻地想破口大骂，忽然一眼看得尤一鹗垂头丧气，簌簌地掉下泪来，天觉僧连连顿足道："师弟，你把我们脸丢尽了！想不到你平日何等威风，怎么到了这儿变成这样脓包？简直小孩子般撇起酥来了。俺算上你的当，悔不该同你来这一趟。"

尤一鹗一听天觉僧说出这样话来，益发羞愧交并，一言不发，一转身直向堡外走去。天觉僧也不由得跟在后面，走出三重碉堡。甘疯子暗暗命几个湖勇监视在两人后面，自己立在堡外呆了半晌，差去的湖勇回来报道："那两人一先一后走到湖边，那俗家装束的猛然向湖心便跳，却因身体软绵绵的，跳得不远，被后面的和尚夹脊抓住。只见他们两人抱头哭了一场，那和尚指着堡内大骂了一阵，才寻着一只渔舟，一齐渡过去了。"

甘疯子呵呵一阵大笑，正想回身进内，忽见照壁后面急匆匆转过一人，一身行装，扛着一柄雨伞一个包袱，一阵风似的向堡门赶来，后面还跟着许多看守碉堡的湖勇。甘疯子看得很诧异，立定身留神一瞧，不觉咦的一声，呵呵大笑道："幸会，幸会，真想不到你会驾临，也不知哪一阵风把你吹到这儿来了？"

那人一见甘疯子在堡门外，紧趋几步，一抹满头大汗，气喘吁吁地说道："甘老英雄，多日不见，小老儿浑想不已，所以特地来湖拜谒，顺便看看俺那位包侄女。"

原来此人就是萧山迎宾宿店的店东来锦帆，后面跟着的碉上湖勇看得甘疯子认识，也就不声不响地回身看守碉堡去了。当下甘疯子拉着来老头儿走进堡内，直领到厅上与众人相见。

黄九龙等一看来老头儿神色慌张，无故到来，便觉得其中定有事故。大家寒暄一阵，请他坐下细细一谈，才知来锦帆到来果然不出所料，还是杭州抚台将军等一班官僚用威权逼他到太湖来的。

因为荣藩台弄巧成拙，事后觉悟知道上了幻云母女两人的当，在他揣测，还以为皇上特旨捉拿飞贼也许就是她们两人。杭州官绅们的窃案和自己藩库内的银两还不大要紧，只有特旨着他身上查缉的钦案如何弥缝得过去？只急得他在藩台衙门内废寝忘餐，坐立不安。哪知有一天晚上又发现了床前留刀寄柬，巡抚衙门内也照样来了这一手，把几个大官僚吓得屁滚尿流。偏偏福无双至，祸不单行，没有几天工夫，杭州驻防的将军也奉到八百里加急密旨，叫他会同荣藩台同巡抚各员办理此案。荣藩台也同时奉到偃王爷的密札，大大训斥了一顿，如果再不破获，立刻摘去顶戴，发充军台效力。

这一来把荣藩台那条老命生生便要急死，幸而巡抚比他阅历略胜一筹，又去请到那位萧山县太爷来磋商办法。萧山县回来又去请教来锦帆。来锦帆一听题目越来越大，慌一口回绝。哪知萧山县秘密地在巡抚、将军面前把来锦帆三字说了出来，还上了一条绝户计，说如果要他出力，必须恩威并用。于是巡抚连夜用军令把来锦帆提过江去，却用好言抚慰，命他上太湖来探听幻云这班人的行动，倘然能够解获来省，非但重重厚赏，还立时保举一个大小前程，一面却把来老头儿家小统统软禁起来，作为抵押。这一来，来老头儿只有硬着头皮到太湖来了。

“俺明知上面官厅不怀好意，最可恨萧山那位县太爷只知自己巴结上司，升官发财，把俺一家老小都卖掉了，看来做官的没有一个好人。可是俺生生葬在里面如何解脱得来？只有拜求甘老英雄同黄堡主救俺一家，非但俺至死不忘大恩大义，就是俺一家老小也感激不尽的。”来锦帆说罢，眼泪儿簌簌落下，突地伏下身，趴在地上向众人直叩响头。

甘疯子呵呵大笑，一伸手把他扶起纳在座上，大笑道：“俺的老掌柜，你这手黄盖苦肉计似乎用得不大合窍。你如果想俺们替你解这个死结，保你平安无事或者可以。如果凭官厅一条苦肉计想弄真赃实犯，好让萧山县官升三级，这就梦想了。”

甘疯子这样一说，来老头儿霎时面色如灰，全身筛糠般直抖起来。恰好这时包翩翩在后院闻来老头儿到来，同双凤、幻云、白飞燕、红娘子等走出厅来，刚走到屏风背后，听得来老头儿、甘疯子对答的话，明白来老头儿的来意，一挺身，转过屏风走到众人面前，向来锦帆说道：“侄女在屏后已听出老叔为难情形，这桩事细究起来都由侄女身上而起。侄女跟老叔上杭州见了官厅，一口认住，便没有老叔的事了。”

包翩翩这番话原来是小孩子天真烂漫的主意，无非看得来老头儿愁眉苦脸，一时心有不忍罢了。哪知这番话比打还凶，来老头儿益发受不住了。你道为何？包翩翩并非案中人，头一次已来了一手李代桃僵，在江湖义气上讲来，只怪来老头儿年老洗手的人，忽然又贪名图利起来。此刻包翩翩随意一说，不是明明又挖苦来老头儿吗？来老头儿一听包翩翩的话，简直难过得答不出话来。

猛然包翩翩面前人影一闪，幻云、白飞燕立在中间，笑向甘疯子说道："看来这桩事俺们两人还得到杭州一趟才行，免得这位老先生从中为难。"

来老头儿一听两人口吻，急抬头向她们一看，却不认识。甘疯子冷笑一声道："俺的老掌柜你瞧清楚没有，这位便是内宫钦犯，这位便是荣藩台的假太太。两位要犯都在你而前，你是此中老手，应该怎样你想主意吧！"

甘疯子的口锋越来越凶，只把来老头儿弄得置身无地。

黄九龙、王元超知道自己二师兄素来看不起这种人，来老头儿一进门又说出官厅押起家小的一番老调儿，越发不以为然，所以当面挖苦了一阵。

黄九龙看得过意不去，笑道："这小事一桩，何必焦急？来老丈远来不易，敝人应该稍尽东道之谊，如果来老丈真个甩开朋友交情，专讲公事的话，俺们倒不便招待了。好在来老丈退职多年，此番也是没法，俺们也要原谅来老丈的苦衷。"黄九龙刚说到此处，陆地神仙同少室山人飘然出来，众人一齐离座起立。

包翩翩在来老头儿耳边低低说了几句，来老头儿吓得一身冷汗。一看陆地神仙这样神仪莹澈，光华照人真像神仙一般，情不自禁地矮了半截，捣蒜似的叩起头来。陆地神仙一摆手，王元超便把来老头儿从地上扶起，代为禀白一番。

陆地神仙回顾少室山人道："你看这事应该怎样办才对？"

少室山人笑道："这种事江湖上早有例子，也用不着本人出马，随便派两位了事的人跟这位来掌柜报案去，销了来掌柜的差使，来掌柜脱了这层千斤干系，以后如果还乐意再管闲事的话，那就自讨苦吃了。便是这层干系脱卸以后，在来掌柜自己也要想个退步才好。至于跟去的两个人如何回来那就不用管，俺们自有法子的。俺这话，不知道来掌柜意下如何？"

来锦帆吃了多年江湖饭，岂有不懂这番话的意思，慌恭而敬之同少室山人作了个长揖，然后说道：“承道长训论，小老儿感激异常！倘蒙诸位英雄赏个面子让俺脱了是非，以后小老儿自有办法，绝不再出来现世，能够在家中了此余年已是诸位的恩赐了。”说毕又叩下头来。

陆地神仙笑了一笑，向甘疯子道：“你们酌量派两个人跟他去便了。”说毕便同少室山人扬长出厅，自去游山玩水去了。

第二回

葫芦谷，水陆联盟
莽歇崖，仙踪偕隐

这里甘疯子把来老头儿拉起来，呵呵大笑道："俺是个有话便说的人。老实对你说，只怪你自己枉活了这些年，竟上了萧山县的当。如果换了别的去处，不懂交情不念你年老，来到虎口还有你命在么？现在这话丢在一边，既然远道来此，咱们且痛快喝一场再说。"

来老头儿这时被众人说得一颗心七上八落，哪有闲情喝酒，却又不敢多说。包翩翩、幻云、白飞燕等人却暗地同黄九龙商量了一阵，黄九龙却不让她们去出头露脸，把东关双哑暗地叫来在一边，低低吩咐了一番，双哑连连点头，自去准备不提。等到甘疯子等款待了来老头儿一番酒饭之后，来老头儿起身告辞，却不知跟去到案的究是哪两位角色，又不便启问。

黄九龙知道他的心意，大声笑道："君子一言，快马一鞭，来老丈尽管独自先回去，俺们派去的人早已动身在杭州城外某客栈恭候老丈了。老丈到了那客栈，只管用上刑具解去销案，其余的事你就不用管了。咱们本应该多留老丈盘桓几天，无奈老丈公事在身，不便冒昧款留，只好改日再驾临的了。"

来老头儿将信将疑地走出堡来，别了众人，急急赶回杭州来。一到杭州城外，远远便见那客栈门口立着两个短小精悍、一身华服的人，一见来老头儿走近跟前，两人双手一抱，便从手中递过一张字条，来老头儿一看，字条上只写着"二人便是"四字。来老头儿会意，慌一同走进客栈，极力应酬了一下，那二人却只微笑，终不答言。来老头儿不知他们是哑巴，还以为是黄九龙的命令，只好先将两人安置在客栈中，自己急匆匆走进城中，邀了许多精明干练的捕快，备了刑具家伙赶出城来，先备了一桌丰盛酒肴请东关双哑大嚼一顿，酒毕，然后抖出刑具来，东关双哑彼此一笑，伸手就刑，随随便便地由来老头儿同许多捕快拥进城来。

这一来，顿时哄动了满街的人，都说萧山有名的老捕快捉了江洋大盗回来了。男男女女、扶老携幼，谁也要见识江洋大盗是不是三头六臂，见识见识老捕头来老英雄怎样的人物。及至来老头儿簇拥着东关双哑过去，众人指指点点，露着疑惑的脸色，都说凭这两个猴精似的人敢做出这样泼天的事来，这位来老英雄也不过是一个平常老头儿。

且不提满街纷纷议论，单说来老头儿这一面走，一面却捏着两把汗，心里只扑通扑通地乱跳，冷眼看东关双哑当先带着脚镣手镣，叮当叮当的一路乱响，两颗头博浪鼓似的两面乱瞧，便像没事人一般。来老头儿心里明白，善者不来，来者不善，回头到了巡抚衙门不知做出什么把戏来，自己这层干系怎样才能平安脱卸，这条老命简直悬在他们两人手上。正在这样心口相问，忽然左边人堆里冲出一个人来，往来老头儿身上一靠，向右边人堆里直闯进去，转眼就不见了踪迹。来老头儿被这人一冲，几乎跌倒，正想破口大骂，猛觉手上被这人塞进一点东西，抬头一看却已不见这人去向，急向手中一看，原来是个纸团，慌偷偷扯直纸团一看，只见上面写着寥寥几句话。来老头儿不看则已，一看到这几个字，吓得两手冰冷，知道堡中另外还派人跟来，如果不照纸条写着去办，自己性命定必难保，除出这条路确也没有第二条路可以保全自己的身家，一跺脚，主意打定，向前走去。

这时已是傍晚时分，大家走不到一箭路，猛然马蹄响处，泼剌剌卷到一队人马，举着两盏气死风灯，当头一个军官捧着令箭，大声吆喝道：“抚台大人有谕，速提要犯听审！”

原来捕快中早已有人到抚衙报信，抚台一听大盗提到，大喜！慌知会将军，立时在大堂摆设两座公案，预备人犯一到，连夜会审，拔了一支令箭叫几个戈什哈飞马跑来，火速护解人犯，投案听审。来老头儿恐怕当街决撒，慌向东关双哑耳边低低说了几句，趁势迎上前去，同马上几个戈什哈招呼了一阵，然后一阵风似的簇拥着两个要犯直趋抚衙。

一进衙门，只见从衙门口直达大堂，亲兵、番役刀枪雪亮，火燎灯笼耀如白昼，密层层摆得风雨不透，好不威武。来老头儿一进衙门，先教戈什哈到公案前禀明。自己趁这点工夫，百忙里三脚两步向就近杂货店买了一点东西塞在怀中，急匆匆回到东关双哑身旁。正听得大堂口暴雷似的喊了一声堂威，接着连喝“带要犯上堂”，一声一递传下来，直到大门口。

来老头儿这时宛如自临法场一般，慌掏出萧山县的密札，带着几个伙计，跟着两个戈什哈拥着东关双哑，火杂杂抢到大堂口滴水檐前。来老头儿当先走进大堂，双膝跪下，双手高举萧山县密札同自己缮就的禀单，口中高声报道：“萧山县退役捕头来锦帆奉谕捉到钦案大盗两名，投案缴差。”

高唱毕，上面喝一声“起去，候赏”，便有值堂的兵役走下来，把来老头儿手中的密札、禀单取去送到公案上，抚台朱笔一动，左右又齐喝一声“带要犯!”这一来便没有来老头儿的事。另有一拨番役忽地赶来，推着东关双哑直趋公案，不料这一班番役像吃灯草灰般，蜻蜓撼石柱似的休想推动得分毫。东关双哑相顾一笑，冷不防戴着脚镣，呛啷呛啷直到公案前，屹然立定。

这一来，上面坐着的将军同抚台大惊失色，几乎惊得直立起来，勉强拿起惊堂木一拍，喝声“跪下!”左右有几个亲兵恃着有几斤蛮力，一阵风分两边抢过来，冷不防一齐举腿，分向东关双哑腿弯横扫过去。两个犯人头也不回，脚跟微一垫动，大腿向后一绷，只听得啪嗒、扑通几声怪响，两个亲兵宛似肉弹般凭空飞了起来，直滚落到大堂外滴水檐前，跌得筋断骨折，躺在地上。

立时大堂上一阵聒噪，个个吓得望后倒躲。来老头儿这时已担着心，立在一边看两人的动静，满以为就要决撒，哪知跌了两个亲兵、一阵骚动以后，两犯依然笑嘻嘻地卓立不动。但是上面巡抚、将军两位大员哪见过这个阵仗，早已吓得说不出话来，却只伸着手，向来老头儿乱招，意思之间，你捉来的大盗别人降不下，还是你来制伏。

不料巡抚那只手还未放下，东关双哑掉头向外一瞧，微一点头，两人就在这当口，一蹲身，一伸腰，咯噔、咯噔几声怪响，两人脚镣、手铐便一齐折成几段掉在公案卜面，一伸手从怀中拿出一封信来，顺手向公案桌上一丢，啪地齐一跺脚，嗖，嗖，嗖，便像两只飞鸟般从人头上直飞出大堂外去，在甬道上一垫脚，轻身又飞上大堂屋顶，一转瞬就不见了两人踪影。这一番动作何等骇疾，大堂上上下下，个个惊得目瞪口呆，作声不得。

半晌那位将军同巡抚才惊魂还窍，方要呼喊，忽又听得大堂旁边扑通一声巨响，一声大喊："痛死我也!"这一来，又把将军、巡抚吓得泥塑木雕一般。亲兵番役们急向喊处看时，只见大堂角落里白雾迷漫，一个人在那儿满地乱滚。奓着胆去一看，原来是萧山捕头来锦帆，不知何时被人用石灰撒瞎了两眼，痛得满地乱滚乱喊。这一来，大堂上又骚扰得不成样子，连追捕逃走要犯几乎都忘记了。

还是跟将军来的一个守备上堂禀道："要犯逃走不远，赶快请抚宪下令，闭城兜拿要紧。"

将军同巡抚如梦方醒，颤巍巍地掣出一支令箭递与那位守备，结结巴巴地说道："全仗老……老哥大才，调……调动标……标营去搜查，赶快……赶快，这……是钦犯，非同儿戏。"

那守备令箭在手，立时长了威风，大踏步走下堂，自去调兵，趁此借着搜查为名，又好向商民借题骚扰去了。

这里大堂上没有了要犯，当然只有退堂，但是公案桌上还有要犯遗下的 ·封信，巡抚按定惊魂，同将军一齐把信拆开来一看，登时又吓得瘫在座上。半晌，才你看我，我看你，连呼"怎好？怎好？"原来信内没有别话，只写着"如果再不知趣，立时取尔等首级不贷"。将军同巡抚彼此脑袋一缩，连爬带滚，退回花厅互商办法去了。只苦了来老头儿，由他伙计扶回萧山去，自去将息。

萧山县得知这个消息慌来看视，据来老头儿自称，两犯逃走时候正想飞身上前捉拿，不料另有埋伏的凶盗用石灰撒瞎了他两眼，既然眼瞎，此后无法再替公家帮忙了。萧山县虽然有点疑惑也无可奈何，只好放还他去，极力抚慰他一番。从此来锦帆双目失明，算保全了身家性命。其实用石灰撒瞎了两眼，虽然是自己动手，却是按照半路得到的纸团上所写的计策，咬牙忍痛做的，接下去都是黄九龙、甘疯子等布置好的计划。表面上似乎毒辣一点，但是要保全来老头儿身家性命，也只有这条道儿，否则要犯逃走，官厅仍然要来老头儿去捉的。至于官厅方面以后有无别人出来同太湖作对，替官厅出力，那又是另一问题了。

且说太湖黄九龙得到东关双哑回去的报告，已知杭州方面的一切情形，知道一时不会再生枝节，却也不甚放心，仍旧派了两个精明头目到杭州坐探官厅动静。这里却已到了水陆联盟的黄道吉日。

这天葫芦谷内群雄聚会严肃异常，一切礼节虽然仿照山寨开大香堂的成规，骨子里却有点不同。在谷中幔天席棚内排着好几层大供桌，上一层设着天地神祇的牌位，中一层第一座牌位便是明室崇祯皇帝，两旁依次排着许多殉国的忠臣义士，下一层便是本门内家祖师张三丰的神位，两旁依次排列着本门前辈英雄如张松溪、王征南、黄百家、单思南以及吕元、吕四娘、张长公等都在其内。牌位前面供着大牢、少牢、清酌、时馐，然后宝鼎焚香，莲炬托烛，好不威仪肃穆，神光如在。

大家鸦雀无声地肃候了一忽儿，猛听得赞礼的高唱一声："排班就位，主祭者升堂。"

唱毕，棚前乐声大作，钟鼓齐鸣，便听得环佩锵锵，衣冠峨峨，主祭的陆地神仙穿着明代的深服玄裳，峨冠朱履，雍容徐步而来，后面跟着陪祭的少室山人、范高头、滕巩和千手观音、飞龙师太，也一例穿着明代衣冠，最后分着男左女右，男的钱东平为首，领着甘疯子、黄九龙、龙湫僧、王元超、高潜蛟、东方杰、东方豪、东关双哑、痴虎儿以及海上首领霍雕等等，女的红娘子为首，领着吕舜华、吕瑶华、幻云、白飞燕、包翩翩雁翅般走进棚来，依次立定，再由几位纠仪的把与祭的水陆大小头目都在后边一层层排班立定，然后鼓声再发，钟声再起，三通鼓罢，司礼的又高唱起来，按着礼单程序，举行过祭神之礼，一直到读毕祭文，作乐送神以后，主祭的陆地神仙同陪祭的少室山人等转过身来，面南而立，由陆地神仙朗声宣布水陆联盟的要旨，与此后在本门下同舟共济、驱除鞑靼、待机而动的一番慷慨陈词，说到精辟激越之处，个个举臂大呼，声撼山岳。

陆地神仙笑容满面，微一举手，便又肃然静止，接着司礼的又捧起一卷纸来，写着本门的规约，从头到尾地读了一遍。读毕，下面春雷似的暴应了一声“遵命!”便有几个精细的湖勇赤着两条臂膊，只披着一件旗子布的背心，火杂杂地抬着一具大盆进来，摆在陆地神仙面前，盆内满贮着金黄艳艳、热气腾腾的美酒，盆边挂着许多椰瓢。又有几个湖勇左手各提着一只喔喔乱啼的白羽冠人雄鸡，右手握着明晃晃牛耳尖刀，来到酒盆边，一齐提起白鸡，刀光一闪，各个了账，都把鸡血滴在酒盆内，然后带着死鸡俯身退出。陆地神仙先自举手提起那椰瓢，向酒盆内舀了一瓢，略一沾唇便放下退后，接着，陪祭与祭的众人各个依次饮毕，这便是歃血为盟的大典。这一幕过去，司礼的便高唱礼成，这才算大典完毕。接着就在谷内杀牛宰马，大飨会盟与祭的各路英雄，霎时间满谷笑语如潮，都是猜拳行令之声。也有当席舞剑弄枪、各献绝艺的，也有酒酣耳热、曼声高唱，各个披肝沥胆，豪气凌云。唯有红娘子等一班女英雄却与众不同，悄没声地把一席酒筵移到飞龙师太母女栖息的崖上那座古洞内，开怀畅饮起来。

原来这时，这座古洞与前不同了，已由飞龙师太、滕巩两位老同门趁着布置葫芦谷时节，乘便把这所洞穴也改造了一下。洞口原有的蓬庐拆去，改建了一座扇形的玉石屏，洞口的藤蔓荆榛都已斩除干净，在洞上面一块镜面青石上刻着飞龙洞三个大篆字，纪念飞龙师太首先寻着此洞之意。恰巧黄九龙名字中也有龙字，仿佛象征着湖堡龙兴之象。洞口两旁还设着两个石鼓，玉石屏后环着洞口又移植许多苍松翠柏，真有天仙洞府之概。洞内经双凤、白飞燕等布置，明净幽雅，可坐可卧。最奇这样深奥洞府并不十分黑暗，从前因被珠光宝器交映，看不出天然光线，现在发现洞顶石钟乳累累倒垂之间，却透射进日光来。起初一看，不知从何来？仔细一搜查，才知洞顶玲珑剔透，都是细孔，而且这种细孔直透洞外，日光空气都可曲折射入，如遇风雨却吹不进来，也可算得天造地设了。

红娘子、双凤等早已把这座洞府看成宝贝一般，无事时大家常到此地聚谈。今天群雄大会便移席进洞，几位女英雄兴高采烈，吃得好不尽兴，正在推杯交盏之间，蓦地从洞口跳进一人，大笑道："你们躲在此地高乐，也不看看榜去。此刻听俺爹说，几位小姐派到什么飞龙岛、芙蓉岛还有什么山、什么岩去，都是现成的仙府，偏俺没有这好福气去开一开眼，只有将来求诸位挈带挈带的了。"

红娘子一看进来的人是痴虎儿，听他夹七夹八说了一大套，摸不着头脑，其中只有幻云和双凤已知他说的意思，幻云便向众人笑道："前几天祖师爷同黄堡主和家母等商量好，因为现在水陆英雄在堡中聚在一起不是办法，预备在各省要紧所在设立分寨，湖堡算作发号施令的总机关。各处分寨分派主要人物驻守，无事时互通声气，唇齿相辅；有事时秉承湖堡号令，或聚或分，步骤如一。这原是一个极好的办法，此刻想已分派停当，张榜出来了，可惜飞龙岛这样好地方俺也没福跟去。"说到此处，不禁面孔一红，低下头去。

红娘子心中了然，知道她不久同黄堡主结婚，当然不会派到外面，将来双凤当然也与王元超在一起，只有自己孤鬼似的不知派往何处。想起自已惨死的丈夫，何等痛心。眼看人家花团锦簇，一对对地结婚，自己一个孀妇夹在中间未免老大没趣，反不如远远同老父派到别处去，免得触目伤怀。想到此处，一腔心事，哪有心情再吃下酒去，便立起身来推说看榜，同痴虎儿走了出去。席上她这一走，白飞燕、包翩翩好动不好静，也立了起来，一齐出去了。

红娘子同痴虎儿一齐跳下层崖，到了葫芦谷内，一抬头便见棚前悬挂着一张黄榜，榜上标着几处地名同分派出去的主要人名及一班辅佐的名字，开首就写着：

太湖总堡黄九龙主之，幻云、东关双哑为辅；

太湖柳庄分堡范高头主之，红娘子为辅；

太湖葫芦谷分堡滕巩主之，子痴虎儿为辅；

百笏岩甘疯子主之，东方杰、东方豪为辅；

飞龙岛飞龙师太主之，包翩翩、白飞燕为辅；

灵岩寺龙湫僧主之，高潜蛟、霍雕为辅；

芙蓉岛王元超主之，吕舜华、吕瑶华为辅。

每一处又写明统率头目若干、喽卒若干，把海上各路头目喽卒分派匀妥，支配于飞龙师太驻守的飞龙岛、王元超管辖的象山港、芙蓉岛。这芙蓉岛原是双凤之祖吕元隐居之地，早已布置停停当当，此次千手观音把这芙蓉岛派王元超等驻守，原是人地相宜，双凤自然格外欢迎。而象山港到云居山也非常相近，千手观音如果同陆地神仙远隐莽歇崖，这云居山只剩一对老虎同几个道婆，当然也归双凤等管理。当下红娘子等看完了榜，知道自己同老父仍居柳庄，均归旧主，倒也相宜，而且常常可以到堡中同幻云谈天也不寂寞。看完了榜正想转身，只见双凤等也来了，大家看了一阵，心里都自暗喜。唯有包翩翩、白飞燕觉得这几天大家热辣辣地聚在一块，好不兴头，忽然分散似乎依依不舍。

众人正在榜下纷纷谈笑，忽见范高头同甘疯子走来，见他们正在看榜，甘疯子笑道："你们姐妹虽然暂时分别，每年太湖总堡照例定有一年聚会四次，大家依然可以见面，就是平时也可互相来往。俺的百笏岩与飞龙岛更是相近，地道再一打通，就成一家般了。"

红娘子笑问道："榜上怎的不见大师兄同少室山人的名字呢?"

范高头道："他们两位与众不同，责任也比别人来得大。大师兄是奉命到两广联络当地各路英雄，待时而动。少室山人是云游北方，专门探听满廷举动以及洞庭湖单天爵各人的行为，随时与太湖总堡通消息，所以他们两位并不在榜上列名，一半也是机密之意。"范高头这样一说，众人才明白。

红娘子又笑道："今天水陆联盟大会完毕，还有一场联婚大礼在何日举行呢?"

甘疯子大笑道："这联婚两字下得有趣。"此言一出，把在场的双凤同幻云说得面泛朝霞，一齐扭过脖颈，远远走开了。虽然远远走开，却故意放慢了脚步，拉长了耳朵，想听甘疯子究竟说出哪一个日子来。无奈甘疯子同范高头等一味诙谐百出，海阔天空地谈讲，并没有那句下文，一赌气索性走开了，却不见了幻云，只剩自己姐妹二人，一面走，一面喁喁私谈。走了几步正想转过山脚，猛不防山角那面也转出一人，抬头一看恰恰是王元超独自款步走来。一见她们姐妹俩顿时笑容可掬，躬身相迎，双凤一见是他，面孔一红，立又不是，走又不是，只有敛衽为礼。

王元超看她们两人面上有点讪讪的不好意思，知道刚才看了榜上的缘故，一看四面无人，就低低说道："三师兄婚礼即在后日举行。"

在王元超说这句话，一语双关，因为原定两批婚礼同日举行，说了三师兄一面，就同说自己一般。不料双凤姐妹一听后日就要结婚，日子这样紧促，虽然与俗人不同，到底总要预备一点，这样晴天霹雳突如其来，姐妹俩未免愣愣地立住，一时说不出话来。王元超肚内雪亮，慌忙接着说道："小弟已蒙师父、师母明谕，我们举行婚礼与众不同，所有习俗、繁文缛节一扫而光，到时戎装佩剑，交拜天地和本门祖师神位就算了事，仪式非常简单，我们一切不用预备，而且因为他们两位老人家急于同赴莽歇崖，所有派赴各处的人们也预备在我们婚礼后各归汛地，就是我们到象山港、芙蓉岛也应急急前去整理一番，还有拨归我们管辖的一班海上人物也难从缓，所以我们婚礼非急急提前不可。"

双凤听王元超彻底说明，心里方始坦然，但怕有人撞来不好意思，匆匆立谈数语就各自走开。过了几日，黄九龙和幻云，王元超和双凤就举行婚礼，大飨士卒，而且奉着陆地神仙、千手观音的命令，把库中许多银子犒赏水陆的喽卒。虽然婚仪简单，可是上上下下欢声载道，全堡都是喜气洋洋。至于黄九龙、王元超两批夫妻当然可以用如胶似漆一语表过，种种琐碎情节无关大体，也可不必多费笔墨。

且说陆地神仙、千手观音两位老夫妇看得堡中大事告竣，将众人召集，重行叮嘱一番，就飘然远赴云贵交界的莽歇崖，双双偕隐，参修道术，做一对世外仙侣去了。

这里堡中第一批钱东平和少室山人也同诸人分手，各自分途向南、北云游，然后分派各处的飞龙师太、甘疯子、龙湫僧、王元超等也一批批地各归汛地，暗暗培植根基，拱卫太湖。这样过了几年，太湖的威名当然远闻四海。好在那时清廷正值暮气深沉，各处盗匪蜂起，一班官厅只知保全禄位，剥削百姓，哪敢到太湖去捋虎须？因此倒也相安无事。

这时候单说高潜蛟，在灵岩寺跟着龙湫僧用了多年苦功，早已练成了全身武艺。龙湫僧喜他天性纯厚，尽心传授，名虽是师兄弟，其实同师生一般。不过高潜蛟无论怎样用功，对于飞纵跳跃本领和内宗剑术，却限于天赋未能深造，但是对于拳术却是得心应手，已到了炉火纯青的地步。

有一年太湖湖堡召集各处岛寨、分堡的首领，大家照例聚会讨论几桩大事，高潜蛟当然也在其中。大家久别重逢，杯酒联欢，当然兴高采烈。这时包翩翩也从飞龙师太学会了许多惊人功夫，同白飞燕等在座上，听众人谈论起各人功夫来，不觉兴致勃勃，离座而起，一撩衣裙，拔出佩剑当筵舞起一套峨眉剑，端的宛若游龙，翩如惊鸿，倏徐倏疾，忽现忽隐，舞到后来，满厅剑光灼灼，寒风飕飕，座上众人看她初学能够如此，已经难能可贵，不禁拍掌称好。包翩翩就在这一忽儿卓然抱剑立定，面不涌色，气不发喘，笑容可掬地说了一声献丑，姗姗地依然入席。

黄九龙笑向高潜蛟道："六弟这几年大有功夫，何妨一露身手，使俺们一开眼界呢？"

高潜蛟笑答道："小弟这点毫末之技怎敢班门弄斧？大可不必献丑了。"

甘疯子点头道："善藏若虚，即此一点，便见六弟功夫定已到家。"

龙湫僧笑道："彼此都是自己人，你何妨一试，谁还笑话你不成呢？"

高潜蛟兀自一味谦逊，禁不得众人齐声催促，没奈何立起身来，慢慢走到席前，抱拳向席上众人拱了一拱，笑说道："小弟后学初进，蒙几位师兄赏赐了几手功夫，虽然也练了许多年，恐怕手笨心拙，学得没有到家。趁此机会斗胆练几手，请诸位指教指教，也可长点能耐。”说罢，略把前襟向上掖起，退了几步，便屏息凝神，不徐不疾地练出一套平生最得意的神功化象拳来。

这套神功化象拳讲到初学时的架势只有三十六手，到了神而明之便可随心所欲，变化无穷。据说从前汉朝华佗氏五禽戏是按照虎、鹿、熊、猿、鸟的一举一动创造的，所以有熊经鸟伸之说，后来少林宗派从五禽戏脱化出来，变为一百七十三手的五拳。怎叫作五拳呢？便是龙拳练精，蛇拳练气，虎拳练力，豹拳练骨，鹤拳练神五种，这五拳是少林镇山之宝。但是一代代传下来，因为龙拳最难练，非从内功入手不可，没有相当的天才是练不到家的，因此便逐渐失传，五拳只剩四拳了。不料陆地神仙是天生奇才，从幼年时便已软硬兼工，内外并绝，却把这最难练的龙拳也参悟出来，而且把武当的内功化而为一，独创出这套神功化象拳。怎叫作化象呢？因为陆地神仙到了晚年，学究天人，神行超迹，悟出少林的五拳虽然很有道理，还嫌拘泥形迹，以为一个人自有万灵的本领，何必去学禽兽的样子？华佗熊经鸟伸无非为下乘说法，如果功夫已臻上乘，自有超于象外之妙，所以名为神功化象拳。

席上众人细看高潜蛟练这套拳，真有周身夭矫如龙之妙，看他一气贯串约莫已练到二百多手以外，一手有一手的精妙，确值得称奇赞美。席上除五师兄以外，真还看不透高潜蛟这几年已练到这样地步，便是五位同门虽然同一师父，却各有所长，所学也是因人而施，并不一致。这趟神功化象拳只有龙湫僧练过，却也料不到高潜蛟今天在众人面前整套地练来，比平日又高超了不少，可见他平时暗地里不知怎样地苦心揣摩，昼夜苦练，听得众人齐声大赞，自己也觉得光辉异常，慌笑喊道：“五弟，够了，够了，快来喝一杯酒，休息休息吧。”

他这样一喊，高潜蛟才慢慢地收住招式，依然卓立在原地方，面上笑嘻嘻的，向众人作个连环大揖，然后还席坐下，笑说道：“小弟献丑，务请各位包涵。”

黄九龙执起酒壶，向他杯上满满斟了一杯，亲自拿起酒杯送在他唇边，笑说道：“我们大家都要恭贺一杯，这一杯是我特地敬你的。”

高潜蛟推辞不得，直着脖子喝了一杯，大家也举杯相照。

王元超笑道："俺同六弟在宝幢铁佛寺初见时，便知六弟姿质不凡，定能造就。今日一看，果然两眼不瞎，可是话又说回来，没有四师兄替师父尽心指授也无法这样猛进的，俺们也应该恭敬四师兄一杯才是。"

此言一出，大家又连声道是，各人吃了一杯，举杯相照。

龙湫僧笑道："阿弥陀佛，罪过，罪过，出家人怎能吃这许多荤酒，不如免此一杯吧。"

甘疯子大笑道："你这酒肉和尚，这样的门面话谁来信你？快干了这一杯是正经。"

龙湫僧无奈，只好勉强陪了一杯。这时滕巩、范高头都在座，却不理会众人说话，两人只顾向席前地下指点，众人看得诧异，一齐伸起头来跟着两人的指点看去，原来高潜蛟练拳过的几块二尺见方的地砖上印着许多清楚的脚印。

滕巩指着脚印道："高兄功夫真了不得，你们看，在地砖上印几个脚印并不稀奇，难得的脚印并不多。虽然练了二百多手，进退之间还是丝毫不失尺寸，可见平日用功之深。"

飞龙师太道："这一来，把这留下的脚印不要毁掉。有人要练这手功夫，只要照这脚印去练，比拜师还要事半功倍哩！"

大家一想，各个抚掌称妙，第一个痴虎儿便嚷着要练。

滕巩笑喝道："你是贪多无得，百学难精，这是练功夫的大毛病。"

黄九龙笑道："这几年虎弟也练得大有可观，达摩剑同峨眉剑都有几层功候，尤其腿上功夫无人及得。"

双凤笑问："腿上功夫如何，可否让俺们开开眼界呢？"

痴虎儿早已心痒难搔，巴不得有人让他露几手，在众人面前风光风光。双凤这样一说，早已霍地跳起身来，大踏步向门外走去，回头向众人一招手道："是，是，是！且看我的。"

众人大笑，离座而起，走出厅外，且看他怎样施展。

众人一到厅外，只见广坪四周种的松柏桃杏之类都已长大，绿荫满枝，树荫底下地上钉着整整齐齐的三十余根柏木桩，只有二尺许露出地面，每一根柏木桩足有碗口粗细，众人都以为他要踢桩了。哪知他一个箭步蹿上第一只桩上，独足立定，一足上翘，显出朝天一炷香的姿势，却见脚下的桩很快地向地下钻去，一霎时把上面二尺许长的桩头尽没入土中。他等到桩头没到同地面一样平，忽然又一跳，跳上第二只桩上去，却又换了一个姿势，只用足尖一点，趁势一个翻车筋斗，依然两只脚尖立在桩头上。可是经他这一个筋斗翻过来，那二尺长的桩头很快地也没入土中了。他这样一连跳了七八根柏木桩，每一根桩上必换一个花样，把七八根桩都没入土中。众人见他这手功夫很是不易，便知是他父亲教的先天一炁混元功，非从童子功入手不可，能够练到这样实在也不易了。众人自然齐声交赞一番，滕巩乐得嘴都合不拢来。

痴虎儿一听众人大赞，正想把其余的桩木再施展下去，猛见白飞燕在后面一声娇喊道："虎弟稍息，俺也来陪你玩玩。"话到人到，众人只眼光一晃之间，便见没入土中的几根桩上有一个人影像蝴蝶般飞来飞去地飞了几转，一根根没入地面的柏木桩依旧一根根透出土来，依然二尺多长露在地面。

原来白飞燕看得痴虎儿在众人面前露脸，自己把主意打定，先用自己独到的轻身功夫在上面飞了一遍，然后在倏来倏往之间伸下玉臂，用鹰爪力把没入地面的木桩一根根拔了出来，而且拔得不长不短，同原来一样。众人一见她出奇制胜，慧心独运，也齐声道好。

甘疯子道："她在飞行之间用出鹰爪力来确是不易，我们有这样人才，将来何愁大事不成！这几年，大师兄偶然回来说起两广中已有许多豪杰，暗地收服民心，招军买马，囤积粮草，待时而动，而且发动就在眼前。大师兄就在那边主持帷幄，一到长沙我们就起来响应，现在我们就要一步步预备起来。至于少室山人在这几年中也探得北方满廷虚实，其中空虚已极，所虑只在几个汉大臣死不要脸地还向满室尽忠，但是汉臣手中大都没有军权，也不足虑。现在少室山人从北方回来，已到浙东诸暨包村，在他徒弟包立身家中勾留。"

甘疯子说到此处，包翩翩也接着说道："侄女昨天接到家兄包立身来信，说是少室师傅在寒舍大约要多耽搁几天。因为敝乡包村在万山重叠之中，形势非常，是一个天然寨基。一村都是包姓，也有八百多户，各户壮丁经先严指导拳棒，各个都有几手防身本领。现因为各处山头都有强盗出没，公举家兄为首，设立包村团练公所，倒也部署得法，井井有条。家兄所以请少室师傅多留几天，多传授几手绝艺，以便保卫乡村，信内还要侄女回去帮他哩。"

甘疯子笑道："你还不知其中实情呢！少室山人留在包村虽然为的是指导令兄，但还有一桩要紧的事，俺这里也有信来同俺商量。"

黄九龙等齐声问道："他究竟为了何事要同师兄商量呢?"

甘疯子道："你们都知道从前师父说过，百拙上人在莽歇崖铸炼八柄利剑带下山来，游踪所至，拣着合宜地点分埋起来，以待后世有缘的人。照师父先天易数推算，这八柄剑都应该聚在太湖我们这帮人手内。照现在算起来，已有四柄剑在我们手上，便是滕老丈的奔雷、痴虎儿的太甲、五师弟的倚天、幻云弟妹的紫霓。尚有四柄未来，其中一柄贯日剑在洞庭湖柳摩霄手上，三柄尚未出现。"

王元超说道："三师兄的白虹剑是师父自己铸的，果然不算。不过弟妇舜华、瑶华分用两柄合股雌雄剑也是宝物，也许就是百拙上人八剑之一呢。"

甘疯子笑道："你哪里知道，她们的雌雄剑是宋元以上的古物，剑镦、剑鞘是后人装饰献媚朝廷才加添上去的。便是这两柄剑名也是后人妄造，绝非那剑原名，也绝非百拙上人八剑之一。因为百拙上人所铸的剑都用细铁精华炼就，质地略有不同，可以辨得出来。前几天少室山人从包村差人赍函与俺，说是他在浙东一带游历，偶然看到距包村几十里外绍兴山阴所管剑灶村山内，在星月光下透出几道剑气直冲霄汉，定有宝剑埋在山内。也许白拙上人未出现的三柄剑要在该处出世了。且那剑灶便是战国时代欧冶子为越王勾践铸成干将、莫邪两剑之所，山川秀丽，灵气所钟，原是极好的藏宝之所。因此他写信来同俺商量，教俺派几位到剑灶村去，暗地寻找埋剑之所，以符师父八剑聚会之言。便是俺们几个人内尚没有称手军器的，也可借此宝物，相得益彰，光大我们门户，想那剑气通灵，也是应运而出的。"

这一番话，没有宝剑的人各个跃跃欲试，头一个包翩翩抢着说道：“侄女原欲禀明诸位师伯、师叔，回去看一看家兄，趁此去寻剑也是一举两便，就请甘师伯派侄女去吧。”

甘疯子点头道：“你去倒也人地相宜，还有哪一位愿去？”

高潜蛟想起剑灶村是生长的故里，先人坟墓多年没有祭扫，自从那年误打误撞出去打猎，碰着四明山掘蛟的一档事，不期时遇着王、黄两位师兄，学成一身本领，屈指一算，整整在外混了七八个年头，何妨趁此机会回去一趟，看看父母坟墓。主意打定，便挺身出来，向甘疯子说道：“小弟原是剑灶村的人，平日时时刻刻想回去看一看祖宗坟墓，因为自己正在用功头上，不敢因此分心，现在既有这个机会，可否派小弟同去寻找一番？万一找着了宝剑，在小弟自己却用不着这样好剑，像小弟一知半解的剑术也委屈了这宝物，所以小弟心中并未想得。万一被小弟得到，决计拿回来送与咱们门下剑术高明的几位，这一层小弟可以预先声明的。”

甘疯子知道他是心口如一的人，便说道：“一物一生各有前缘，丝毫勉强不得。你说的不愿意得此宝物，现在谈不到。既然你要去看看先人坟墓倒是正理，准定派你们两位去便了。不过你们两位对于剑气恐怕看不出来，就是看得出剑气而不知剑气从何处透出，怎样挖掘出来也是枉然！少室山人虽然懂得，一人也难下手。现在这样办，你们两位先分途进行，包侄女回到包府听少室山人指挥行事。六师弟回去权且隐身下来，随后俺亲自跟踪你们前往，来指导你们挖掘法子好了。”

当下议定，高潜蛟同包翩翩便动身赴包村和剑灶村去了。欲知后事如何，且看下回分解。

第三回

曹娥江弹指惩凶
华严寺隐身戏敌

诸位总还记得本书第一回所说绍兴剑灶村吴壮猷中举的时候，有个管家长工高司务，从吴壮猷进秀才时已经到了他家，在吴家低首下声地做了两年长工。这个高司务谁也知道便是高潜蛟了，但是像高潜蛟一身本领从太湖出来，原奉着甘疯子、黄九龙等命令来到剑灶村寻觅百拙上人的宝剑，乘便也看看自己父亲的坟墓，怎会在这家做起长工来，而且做了两年多呢？这其中又包含着许多曲折在里面，不过作者在此先点明一事，然后再从上回接写下去，使读者们可以回忆一下，便能一气贯串。

闲话少说，且讲高潜蛟、包翩翩在太湖一起动身时，甘疯子叮嘱高潜蛟道："包侄女虽系武艺在身，究是女流，就烦你送她到了包村再回剑灶村去。"

高潜蛟答应下来，两人便迈步起程。不日渡过钱塘江，走入萧山地界。

包翩翩想起来锦帆来，同高潜蛟一商量，两人便向迎宾客栈走去。包翩翩原在迎宾客栈住过，依稀认得路径，没有多时便已找到。一进那条胡同，便见客栈大门两旁还像从前一般写着"迎宾老店"四个大字。

高潜蛟领着包翩翩昂然直入，柜上迎出人来，高潜蛟一问起来店东，那几人一齐摇头叹息道："来店东早已故去了！"

原来这店也换了东家，现在已不是来家买卖了。包翩翩想不到自己在飞龙岛学了几年武艺，来世叔竟已作古，想是两眼瞎后，心里又悔又闷，活活悔死了。想起前情，不免盈盈欲泪，一看日色还早，两人便又转身出来上路。

正走之间，猛听得銮铃交响，对面官道上尘起处泼刺刺跑来几匹高头大马。马上为首一个大汉斜顶着范阳毡笠，披着敞襟玄缎夹袍，眉如漆帚，目似鹰胆，一脸黑麻罩着一层腻滋滋的油光，后面几个也是凶眉脸的人物，一路放开辔头，横冲直撞地冲来。高潜蛟、包翩翩一侧身便让在道旁。那马上为首的大汉一领丝缰向两人身前跑过的当口，忽然咦的一声，目不转睛地向包翩翩直瞧，跑出几丈开外，兀自听着马上一班凶汉打着江湖黑话，说了几句无礼的话。

包翩翩虽然不懂黑话，可是神色之间岂有看不出之理，早已心头怒发，恨不得赶上前去给他们一个厉害尝尝。但是高潜蛟谨慎小心，极力阻住，对她说道："这种狗也似的人，我们何必与他们一般见识，误了我们行程？"包翩翩经他一劝也就置之度外。

两人又走了一程已来到曹娥江岸，恰是个热闹市镇，距诸暨包村却还有百余里路程。两人一看天色已晚，就在市梢一家宿店拣了两间干净房子憩息下来。这家宿店房屋只两进，店东唯有龙钟老叟、两幼孙供侍应。高潜蛟、包翩翩分住在对面两间屋内，中间一间是个过堂，并无门户。

高潜蛟嘱包翩翩在店守候，自己到镇上买点食物回来充饥。无奈包翩翩童心未退，定要陪高潜蛟一同出去，到县市上游览一番，高潜蛟拗她不过，便把随身包裹搁在房内，拽好房门，叮嘱了店东几句话，两人一齐出店，向镇上款款走去。

一到镇上业已灯火齐明，两旁酒楼、商店排得密层层地，来往行人也是不少。高潜蛟随意买了些馍馍和肉物之类，正想转身回店，猛见街上一群酒醉汉子敞着胸脯，划着之字步，唱着村歌，一路胡嚷冲近前来。为首一个醉汉一眼看见包翩翩，蓦地咦的一声，瞪着一双鹰眼立住腿直瞧，后面两三个汉子鬼头鬼脑地一齐凑在那汉子左右，嘴里胡说八道地说出不中听的话来。

包翩翩起先并不理会，忽见醉汉中头一个便是路上碰见的马上麻脸汉子，这时又做出这种情景来，顿时柳眉倒竖，杏眼圆睁，便要发作。高潜蛟一看情形不对劲，慌忙一手提着食物，一手向前一拦，口内笑道："妹子，我们回去吧。"

包翩翩明白他的意思，是阻止她不要同这班无赖争气，心里一想，忍住气，一低头，也不答言，跟在后面便走。哪知那班醉汉兀该倒霉，一撮鸟嘴，一声呼哨竟跟了上来，跟在后面兀自评头论足，啾唧不已。这时非但包翩翩万分忍受不住，便是谨厚老成的高潜蛟也觉这班醉汉闹得太不像话，但是抬头一看已到了宿店门口，那老店东已在门口颤巍巍地迎上前来，高潜蛟趁势一拉包翩翩，紧趋几步，步进店门。却听得背后老店东向那班醉汉赶着大爷、二爷一阵乱叫，接着就往里让，那班醉汉竟大模大样地直摆进来。这一来，高潜蛟眉头一皱，暗地先向包翩翩一瞧，只见她铁青着脸，小鼻管里不住地冷笑。

高潜蛟肚里暗说，今天非糟不可。事情已挤对到这地步，只可看事做事，慌向包翩翩一笑道："包妹随俺来。"说罢走进过堂，又一步跨进对面包翩翩屋内，先把手上东西向桌上一放，回头一看包翩翩已跟了进来，便悄悄说道："贤妹且安坐在此充一充饥再说，万一这班无赖来讨死，自有愚兄打发他们。"一语未毕，就听得院内脚步杂沓，那班醉汉已一路胡嚷着进来了。

老店东赶着一个醉汉叫冯爷，哀求似的说道："贵人不踏贱地，今天难得冯爷们儿光降，且请到老汉店堂内坐吧，待老汉奉献一杯茶水。"

就听得庭心啪嗒一声，似乎一个无赖打了一个飞脚，却有一个粗声粗气的醉汉高声喝道："谁爱喝你的苦水？俺们奉着老方丈的命，说你欠着寺里房租已拖欠了几个月下来，老说没有买卖进门。现在俺们亲眼看见一对狗男女钻进门来，还有何说？"

老店东没命地哀求道："冯爷明鉴，两位客人才进门，还没看到银的颜色是白的还是黑的，叫老汉怎样拿得出来呢？请诸位爷台上复老当家，宽许老汉一天，明天好歹奉纳上去，求诸位可怜可怜老汉吧。"老店东一面说，一面全身瑟瑟抖个不住。

哪知这班无赖醉汉之意不在钱，满不听他这一套，哈哈大笑道："你真是死心眼儿的老头儿，那间屋子里的小娘们有的是银子，叫她出来，俺们替你向她多要些宿费，不是这个结儿解了么?"

老店东听他说到女客身上去，顿时恍然大悟，明白这班无赖是借题发挥，并不是真来要房租，心里暗想，这班人无法无天，什么事都做得出来。时候已经不早，万一有个三长两短，如何是好？这样一转念，比向他要房租还着急几倍，慌忙恳情赔揖，说了无数好话，想把这班凶煞敷衍出去。哪知有几个醉汉绊住了老店东，有几个就想迈步往过堂内直闯。

这当口忽听得堂内一声冷笑，人影一闪，阶上便现出一个娇小玲珑的包翩翩来。

原来老店东在院子向一班无赖哀求的情形和哀求的话，句句都被高潜蛟、包翩翩听在耳内。那几个无赖一进院子说出一对狗男女的时候，早已把包翩翩气得火星直冒，禁不住谨慎小心的高潜蛟极力拦住。等到此刻，几个无赖想往内直闯时，包翩翩嗖的一个箭步蹿出屋去。

高潜蛟慌跟踪出来，只见包翩翩立在阶上，一手叉腰，一手指着院子内几个无赖，娇声娇气地喝道："你们这班混账东西，姑娘俺在路上早已瞧出你们不是好东西！像你们这班狗也似的人，姑娘俺也犯不着理你们，不想你们瞎了眼的混账东西胆敢寻上门来讨死！现在姑娘在此，你们敢怎样?"

这一番痛骂在包翩翩自己想来，以为词严义正，无以复加，哪知道这班醉汉平日本是无事生非、打降讹财的混混儿，这几句不痛不痒的话连面皮也不会红一红的，何况眼前立着水葱似的人儿，黄莺似的声儿，包翩翩越骂得厉害，他们越听越高兴，个个斜甩着贼眼、涎着鬼脸，越一步步凑近前来。

只有其中为头一个老店东叫他冯大爷的这个人，绰号叫作冯铁头，是曹娥镇上出名的一个恶霸，江湖上结纳了几个亡命之徒，镇上也有不少狐群狗党，不但懂得几手拳脚，尤其是头上练过几年油钟贯顶，能够把一块磨盘大石掼上天去，掉下来用头迎个正着，啪一声石块粉碎，头皮一点不伤。有许多无赖都被他这颗硬头降伏，因此都称他为冯铁头。镇上一提起冯铁头三字，个个吓得大气不敢出，而且冯铁头新近又得了一个靠山，越发凶焰十丈，看见头面略整的女子就要惹起是非来。白天同几个无赖骑着几匹马到萧山去游玩，半路上碰着包翩翩，原已垂涎欲滴，不料回到镇上又被撞见，跟到寓所来。

这时包翩翩一挺身出来，侃侃地痛骂了几句，冯铁头心里也犯了一阵怙惙，暗想平常女子哪有这个气派，但是仔细一打量，娇滴滴小鸟似的一个人儿，瘦怯怯嫩藕似的臂，俏生生水红菱似的小脚儿，背后立着的汉子也是憨头憨脑的一个乡下人儿，也未见得有多大神通，像这样的外来雏儿还不是就口的馒头，难道被她三言两语就吓住了不成？这样心里一转，便两手一拦众人，仰天打了一个哈哈，凶睛一瞪，一迈步走近台阶儿，狂笑一声道："俺的小姑娘，你也不打听打听曹娥镇上冯铁头的大名儿。依俺说，你赶快趁风收帆，叫你背后的傻哥儿脖子一缩，夹着屁股滚得远远儿。你乖乖地陪大爷喝杯酒，唱个小调儿，大爷一高兴，也许赏个千儿八百……"

下面的字还未说出，猛听得包翩翩背后焦雷价一声大喝："狂奴休得无礼，看掌！"

话到，人到，掌也到，只听得噼啪一声脆响，冯铁头的左颊上早已结结实实着了一掌。这一掌又把冯铁头打得一个发昏，铁塔似的一个身子突、突、突往后直掼过去，身后正有一个红眼歪鼻的同党首当其冲，被他身子一撞，啊呀一声往后便倒。不料后面还有一个晦气的老店东正急得像热锅上蚂蚁当口，冷不防被红眼汉子一个后仰，扑通一声压个正着。两人一倒，那冯铁头便扎手舞脚地压在他们两人上面，顿时像粪蛆一般纠结了一堆。

阶下还有四五个无赖，一看头儿吃了这个大亏，愣头愣脑地大喊一声，直奔高潜蛟扑来。这时包翩翩正想出口闷气，不待高潜蛟出手，早已双足微点，跳下台阶，喝一声："来得好！"

玉臂一分，两个无赖早已向左右直跌出去。迎面一个看得风头不对，正想转身跑掉，包翩翩何等迅捷，金莲起处，正踢在那个屁股上，啪的一声，把他整个人像气球般踢得凭空飞上屋檐。巧不过破屋檐上正有一个晾东西的铁钩荡在外面，他跌上屋檐又骨碌碌滚下来，哧的一声衣服裂开，恰恰被那具挂钩钩住，整个身子就悬空横挂在屋檐口，只吓得他魂灵儿直冒，没命地喊“俺的妈呀!”两个平跌出去的无赖大约也跌得不轻，伏在地上只有哼哼的份儿了。

唯有那冯铁头冷不防吃了一掌，虽然打得金星乱迸，恰喜跌在人堆上，挣扎起来，把头像博浪鼓似的一阵乱摇，猛一抬头，凶睛一瞪，大喊道:“暗箭伤人，算得了什么?今天冯大爷同你没有完。”说罢，居然啪的一跺脚，使了个旗鼓，指着高潜蛟喊道:“小子，你来，你来!”

包翩翩闻声一回头，猛见冯铁头这副怪象，几乎要笑出声来。

你道为何?因为这时冯铁头半边面孔黑里泛紫，肿得像猪尿泡一般，大约这一掌打得他半边麻木，自己兀自不觉得，还要摆个纸老虎，惹得包翩翩又好气又好笑，就要赶过去收拾他，却已被高潜蛟抢在先头，立在冯铁头面前，笑嘻嘻地说道:“你且看看你们几个同伙是什么光景?依俺说，你趁早不要现世，还不如乖乖地把你同伙扶回家去休养休养，比什么都强。”

原来冯铁头真个被一拳打昏了，闹了半天，连屋檐挂着一个、地下躺着两个，还有被他压在底下的几个，直到此刻被高潜蛟一提，才用一只没有打坏的眼四面探了一下。这一下看清，立时心里扑通一跳，急得冷汗直流，知道今天碰到硬角儿扎手货了。最难受的自己兀自摆着一个纸老虎的架子，无论如何也不好意思收回来，而且平日冯铁头的威名，镇上谁不知道，这样出去，以后只好遮着脸走路了。冯铁头这时心里那份难受也就不用提哩，而且他四面一弄清楚，半边肿的脸也同时又热又痛起来了，痛得他眼泪都要掉下来。

高潜蛟看他这副怪象，忍不住笑道:“还想什么心事?快替俺滚吧。”

不料这一句话却把冯铁头平日的凶野性子又撩上来，心里一横，喝一声:“不是你，就是我!”

猛地把头一扎，两足一垫劲，疯牛似的向高潜蛟胸前撞来。这一手原是他的看家本领，以为手脚不如人家，这颗头也许可以保全一点面子，趁人家不防当口，抽冷子一下扎去，也许得手。哪知他主意虽妙，禁不住人家是个大行家，说时迟，那时快，一颗铁头还没有到人家胸口，却被高潜蛟微一侧身，一转身，左臂一舒，随势一圈，正把这颗铁头夹在胁下，右手骈起两指，略微运了一点内劲在他头顶上轻轻敲了那么两下，冯铁头杀猪般地喊了起来。

高潜蛟笑道："原来铁头也不过如此。"边说边又弹了一下。

这一下冯铁头可真受不住了，只觉自己头顶迸裂似的，满眼金星直冒，而且项颈夹在人家胁下，宛如一柄大铁钳把他钳住，渐渐往里收缩，气都吸不过来，眼看就要送命，吓得他没命地求饶道："我的祖宗，我的老祖宗，你手下超生吧，俺们也不敢了。"

高潜蛟一眼看得老店东和两个醉汉兀自在地上喘着气乱滚，好容易挣扎起来，一看四面情形，又吓得一齐跪在地下，向高潜蛟、包翩翩乱拜，替冯铁头等求情。照包翩翩意思还要惩治一下，高潜蛟却不愿做得忒狠，一松手，扑通一声，冯铁头一个狗吃屎跌在地下，忍着痛，满面含羞地爬起来便往外跑。

高潜蛟笑喝道："站住!"

冯铁头已是惊弓之鸟，这一喝又吓得他一哆嗦，慌立定身转过来。

高潜蛟笑道："亏你做一个狐群狗党的头儿，自己得着命就想一溜了事，难道你不要伙计们吗?"

冯铁头没法，又回过身来，同那个没有跌坏的同伴把地下躺着的伤汉一人一个扶了起来，抬头一瞧屋檐上挂着的一个，却你看我，我看你，没有法想。

包翩翩看了这种脓包相，禁不住冷笑一声，一耸身便飞上屋檐，再一俯身，轻舒玉臂，就把挂着的汉子用两指钳住衣领，脱出钩来，随手向庭心一撩。这一撩，众人大惊，高潜蛟不慌不忙一迈步，举手一托便轻轻托住放在地上。老店东慌跑过去扶住那汉子，已是蔫头耷脑，面如白纸，这样三人扶着一个活似看病似的扶了出来。老店东好容易把这班凶汉扶出门外，又向冯铁头讲了许多好话，赔了许多不是，然后哭丧着脸回到院子内，一见高潜蛟、包翩翩便捶胸顿足，大哭起来。

这一来倒把他们二人吃了一惊，不知他为了何事这样伤心。

高潜蛟再三问他，他遂说道："客官们哪知道这曹娥镇上的事。这班凶煞今天虽然吃了客官们的亏，怎肯甘休？况且这班凶煞新近还得撑腰子的人，此刻回去必定弄出事来。客官们强煞是个孤身汉子。俗语说得好，强龙不斗地头蛇。客官们不如赶快动身，远离这是非之地。老汉已是望七的人，死在他们的手上也不算什么。"说罢又抽抽噎噎地哭了起来。

包翩翩一跺脚，喝道："老人家休得惊慌！既然如此，俺们倒要多耽搁几天，会一会这曹娥镇上的人物了。万事有俺们替你做主，绝不教你吃亏便了。"

高潜蛟问道："你且不要啼哭，这班人究竟是何路数？替他们撑腰子的人究竟是谁？有多大势力？你且讲来，俺们自有办法，绝不叫你为难便了。"

老店东抹着眼泪哭道："客官们哪里知道，俺们这曹娥镇从南到北也有三四里路长，镇上少说也有五六百户人家。在镇的南梢，靠着曹娥江岸有一个极大的寺宇，叫作华严寺。据古老传说还是南宋时代敕建的，寺内有三百多间瓦房，一百多位僧人。自从三年前来了三位大有来历的和尚到了华严寺内，不到一个月光景就做了寺内方丈。据人传说，这和尚是江宁单军门的好友，本省的大官也常同他来往，因此势力煊赫。镇上商民谁也要当他佛爷看待，有几户官绅还时常到他寺里去，同他称兄道弟，巴结上司般巴结他，因此这和尚就做了曹娥镇上的天字第一号人物。

"还有人说，这位方丈一身好功夫，寺内二百多位僧人现在也都换了他的亲信党羽，都有几手拳棒功夫。每待更静夜深，江边一班渔户常看到三山五岳的人物，像飞鸟一般飞进庙去，也不知庙中干什么事。但是这位方丈面长面短，我们也没有见过，只听人传说，这位方丈并不是好路道，镇上许多恶霸流氓像冯铁头等，便投入寺内做了他们走狗。自从这位方丈到来，距镇四五十里以外时常听说官绅人家的小姐和民间有姿色的少妇无缘无故会把人丢失，隐隐约约听到是这寺里做的把戏，因为在镇北头也有一家宿店，也是寺里的房屋。

“去年冬天，有一家路过的富商带着一众家眷，因为江中风雪太大就带着家眷到那宿店住了一宵，不知怎的，住了一宵就把那富商千娇百媚的一位姨太太丢失了。那富商人生地不熟，虽然在地面官府上递了一张禀帖，也弄得毫无结果，只有认了哑巴亏，垂头丧气地回去了。但是镇上一班多嘴的人都悄悄传说是冯铁头做的引线，被寺里的僧人做了手脚去了。”老店东说到此处，猛然一个寒噤，用手一掩嘴唇，回头向后一看，好像背后有人似的吓得哆嗦起来。

高潜蛟、包翩翩正听得有点意思，忽然看他做出这副神情出来，不知为了何事，包翩翩忍不住问道：“怎又不说下去呢?”

老店东颤巍巍地说道：“客官们哪里知道，今天老汉也是不得已尽情说了出来，只要客官们无事，老汉这个年纪死在他们手上也不足惜的了。”

高潜蛟知道话中有话，越发催着他快说。老店东一跺脚，唉的一声先叹了口气，忽然说道：“是非都为多开口，俺也管不了许多了。那富商丢姨太太的一档事，镇上人便疑心到华严寺里的和尚。哪知头一天多嘴的人说了几句，是晚这人就被人杀死，抛入江中去了。从此以后，镇上的人再也不敢提起这事，看见冯铁头等也越发敬如鬼神了。”

高潜蛟、包翩翩听到此处，一齐口中哦了一声道：“原来如此。这样我们倒真要多耽搁几天了。”

老店东一听这话，顿时急得满头大汗，连连哀求道：“客官们前程万里，何苦为了别人的事惹火烧身? 再说老汉这条老命虽不值钱，还有两个小孙儿在面前，叫俺怎放得下呢?”说罢竟抽抽噎噎地又哭了起来。

包翩翩不作声，一转身，进房去拿出一锭元宝来，约莫也有五十两重，立时递与老店东道：“你有了这些银子，也可以带着你两个孙子到别地方生活去。你如果害怕的话，你先暗暗逃走，让我们在这儿住几天便了。”

老店东手上捧着争光耀目的元宝，几乎疑惑在做梦，半晌作声不得，猛然喜极而跪，扑通跪在地上，朝着包翩翩老母鸡啄米似的叩了无数响头，手捧着元宝立起身来，颤巍巍地说道：“老汉活了这大年纪，想不到世界上竟有两位这样的好人。老汉本是诸暨包村人，因老汉故去的妻房是此地人才入赘在此的。哪知到了现在，非但老妻早已去世，连儿子媳妇都一病身亡，只剩下老汉同两个幼孙在此苦度光阴了。”

包翩翩一听他是包村人，笑道：“你还想回包村吗？”

老店东道：“说起来，老汉在包村也有村支亲族，在包村最有名的包立身还是老汉的近房侄子哩。”

包翩翩啊呀一声，慌向老汉福了福，道：“这样说起来真是一家人了，侄女就是立身的妹子呀！”

老店东又惊又喜，立刻把两个孙子叫出来，命他们叩见包翩翩。

这时高潜蛟笑道：“现在时已不早，既然你们是一家人，越发好办了。依我之见，老丈也不必立刻逃避，有我们在此，不必害怕。现在我们这样办，今晚三更时分俺一人到华严寺内去探一个落实来。如果那方丈确是害人的凶物，我们就见机行事把他除掉，以免一方受害；如果没有这回事，我们依然走我们的，包老丈准定同我们一块儿走好了。横竖明天就可分晓，也无非多耽搁了一晚的工夫罢了。”

包翩翩道：“好，我们准定如此。不过到了晚上，我也同你到寺里去看一看。”

高潜蛟点头应允。于是老店东在包翩翩房内点起灯火，又到街上买了点饭米小菜回来，整治好了端进房来。高潜蛟也把桌上馍馍、熟食摊开来，老店东同他两个孙儿一起吃。

老店东兀自不肯坐下，包翩翩道：“现在是一家人了，你又是我的长辈，何必如此？快坐下来，我们还要谈正事哩。”

于是三人和两个小孩吃过了饭，收拾好桌面，包翩翩、高潜蛟依然拉着老店东坐在房内，细问那华严寺的情形。

正谈得高兴，高潜蛟猛听得屋瓦上微微的一声响，倏地一抬身，噗的一口把灯吹灭。

包翩翩也把包裹内一柄宝剑抽出来，却回身在包店东耳边悄悄嘱咐道："你不要害怕，尽管在此坐着，不要作声。"

包店东不知为了何事，只吓得全身发抖起来。这一忽儿工夫，高潜蛟已赤手空拳飘身出房，在过堂暗处一矮身，向对面屋上一看，便见一人浑身纯青，背上插着亮晶晶的一把钢刀，狸猫似的伏在瓦脊上。一忽儿又听哧的一声，从这边屋上又跳过去一个人，也是一身青，手上却提着一把鬼头刀，过去同那伏在对面瓦脊上的人附耳不知说了什么话。

这时包翩翩已出来，一见屋上有人，忍不住霍的一个箭步蹿至院内，抬头喝道："何方小辈敢来薅恼，快快滚下来领死！"

喝声未绝，猛听得屋上巨雷似的喝一声："看老爷的法宝！"

便见哧哧两声，两道白光向包翩翩面上射来。包翩翩剑交左手，身如旋风般一转，右手一起，奇巧地把两支钢镖一齐绰在手内。钢镖接住，黑影一闪，屋上人早已跳下一人来，举刀就剁。

包翩翩一转身，随势剑交右手，向上一横，逼住来刀，喝声："贼子通名，姑娘剑下不死无名之鬼！"

来人哈哈一笑道："成亲时节通名未晚。"

包翩翩大怒，玉臂一翻，一个顺手推舟直向来人脖子抹去。那人一退步，运刀如风，便同包翩翩大战起来。高潜蛟看清包翩翩交手的人功夫颇也不弱，却因注意着屋上还埋伏着一个人，不便过去帮助，正想蹿上屋去，先把那人制住再说。

哪知心里刚一动念，屋檐口刀光一闪，哧地飞下一人来，举刀夹攻包翩翩起来。

高潜蛟大怒，一跺脚，从过堂中直蹿院子内，一矮身，双拳一摆就向最后飞下的人攻去。那人觉得脑后风声，霍地一回身，一看灰扑扑的一个村汉竟凭着赤手空拳打将入来，以为这人定是急得命都不顾了。那贼人看出便宜，把一柄雁翎刀一挺，一迈步便向高潜蛟当心刺来。高潜蛟哈哈一笑并不后退，待刀临切近，霍地一闪身，刀便落空，刀光向左胁外过去，就在这一刀刺空、贼人身子望前一俯之际，高潜蛟骈起两指向贼人腰后只一点，就听得当的一声响，单刀落地，贼人一个狗吃屎跌在地下便起不来了。

在这风驰电掣的一刹间，那边使鬼头刀的贼人原非包翩翩敌手，一看同伙遭擒，格外心惊胆颤，不待高潜蛟近前，慌不迭虚掩一刀，飞上屋檐逃走。包翩翩一纵身，上屋便追。高潜蛟恐怕她一人有失，也跟踪跳上。

两人一上屋脊，贼人已不知去向。四面一看，这所宿店因为在市镇尽头，同别家的屋顶并不连接，而且一面是江，两面是荒野荒田，就是靠市镇一面也在三四丈外才有房屋。

高潜蛟道："咱们人地生疏，还是不追为是。"

包翩翩一想，在市镇提刀追人也不是办法，说了一句便宜这个贼子，也就一同跳下屋来。

一看地下躺着的贼兀自像死去一般，高潜蛟道："这贼子被我点了晕穴，一时不会醒转，我们且回房看一看包老丈，他们一老两小早已吓得半死了。"

包翩翩一笑，先自跳进中堂，还未进室先高叫道："两位小弟弟不要怕，贼人已被我们赶跑了。"

包翩翩这样一喊，房内却静悄悄的无人答应，包翩翩、高潜蛟都以为他们吓得作声不得，两人一迈步走进房内，猛地一股血腥气味冲入鼻管。包翩翩喊声"不好!"却因房中灯火先已吹灭，一时看不出所以然来。高潜蛟一抬头，又见床后的一重后窗却已开着，吹进野风来，可是巧逢着这天晚上无月无星，窗外也是黑漆漆的，透不进光来。高潜蛟慌三脚两步在四面寻摸火种，却不料脚下被一件东西一绊，几乎直跌出去，忙俯身一摸，摸着毛茸茸的胡子，而且还沾了一手湿哧哧的东西。

高潜蛟吃了一惊，明知出了事，却不料包翩翩也惊喊道："不好了，他们被贼人害死了！他们一老两小都杀死在地上了。"

包翩翩惊喊之际，高潜蛟已寻着火种，把桌上一盏油灯和一支红蜡一齐点明，便见地下赫然倒着一个老店东，两个孙儿。老店东喉上还插着血污的一柄牛耳尖刀，两个小孙子身上也是一人一个血窟窿，兀自汩汩地流出血水来，流了一地。

这一番惨状，高潜蛟、包翩翩虽然见多识广，一身本领，也是伤心怵目，不忍再看。

包翩翩掩面哭道："这三人还是我的本族，却不料都被我一人害了。万事都从我身上起，我虽不杀伯仁，伯仁由我而死。"说罢，又咬牙顿足道："我不杀尽这班贼子，替死者报仇，誓不回家。"

高潜蛟双眉紧皱，叹了口气道："老的老，小的小，同贼人有何仇恨？竟忍心下这样毒手，世界上还有好人过的日子么？但是两个贼人一擒一逃，并不见第三个贼人，到房内行凶的又是哪一个呢？"

包翩翩含泪向后窗一指道："来的贼人定不止一个，我们地理不熟，一时大意，没有顾到这窗外，却生生把这一老两小性命送掉了。"

包翩翩猛然想起院了里还躺着一个贼人，柳眉一竖，倒提宝剑便向房外走去。

高潜蛟慌忙把桌上烛台拿在手中，也跟出门外，一见包翩翩正举剑向地下贼人刺去，高潜蛟心里一急，大喊道："包妹且慢，愚兄还要审问他哩!"

包翩翩猛一转念也自觉悟，便收住剑，一俯身把贼人提进中堂来。高潜蛟先把手上烛台放在中堂破桌上，再从房内寻了一根粗绳，把地下躺着的贼人反剪二臂，连手带脚一齐捆缚停当，捆缚之际，无意中把贼人头上包巾拂下，却露出一个受过戒的光头来，细看这贼人面目，獐头鼠目，颧骨猴形，一派奸凶之相。

这时包翩翩也把院子里贼人掉的那一柄雁翎刀拿进堂来，指着贼人道："看他这副贼相定是华严寺内的凶僧，逃走的一个当然也是贼秃无疑的了。"

高潜蛟笑道："且待俺来问他一个仔细。"说罢一蹲身，随手向贼人胁下一点。

那贼人猛地手脚一动，哎呀一声睁开一双鼠目，骨碌碌四面乱瞧。

高潜蛟喝道："做了出家人还不安本分，胆敢黉夜持刀行凶，谅你有多大能耐，也想来此捣乱！现既被擒，快从实招来，到此何为？何人所使？你们同党共有几人？杀死此地店东老小的是谁？快快招来，我们或可放一线之恩，饶你一条狗命。如有半字虚言，立时叫你身首异处。"

高潜蛟喝毕，包翩翩早已举起钢刀架在贼和尚脖上。

那贼秃一看自己已被人绑在地上，房内一股血腥味儿直冲出来，肚内明白，同伙杀了店东逃走，自己难逃公道，兀自硬着头皮喊道："老子坐不改姓，行不改名，小猢狲朦胧僧便是！要杀便杀，不必多言。"

高潜蛟冷笑一声道："像你这种三分不像人，七分不像鬼的无名小卒，也配口出狂言，真也太不自量了。"一面说，一面平舒两指向贼秃寸关尺的脉上一钳。

那贼秃顿时痛得腕臂欲折，冷汗直流。咬着牙忍了一回，无奈手腕上愈掐愈紧，全身筋络都痉挛起来，比死还难受万分，实在吃不消了，直着脖子大喊道："我招了，我招。"

高潜蛟手指一松，喝道："快讲！"

那贼秃痛得全身麻木，半晌才说道："俺们到此系奉华严寺的方丈所差，说是此地有一男一女两个过路客商，男的叫俺们当场刺死了，女的捆进寺去，待方丈自己发落。俺们也不知道你们同俺们方丈有何怨仇，原是冯铁头到寺来报告的，便是俺们到此，也是冯铁头做的引线。"

包翩翩一跺脚道："这样说来，从后窗掩进来杀死一老两小的定是那万恶的冯铁头，被俺拿住时，定把他碎尸万段，才泄俺心头之恨。"

不料包翩翩心里一恨一跺脚，那小猢狲朦胧僧可受不住了，原来包翩翩手上一柄雁翎刀还点在朦胧僧脖子上，而且刀锋正对咽喉，包翩翩心里一恨，身子一动，那刀锋何等快利，自然而然地刺进小猢狲脖子里去了。

小猢狲大喊一声"饶命！"包翩翩才觉得，慌把刀提开，小猢狲咽喉上已刺进一寸多深，哧哧地直冒鲜血。

高潜蛟怕他立时就死，慌一俯身，提着贼秃耳朵喝道："你们方丈是谁？快说。"

小猢狲朦胧僧业已两眼上翻，堪堪待死，被高潜蛟一提耳朵，一撼身子，有气无力地说了一句"醉菩提"，这三个字的声音却不从口里出来，是从脖子下发出来的，而且声音小得像蚊虫一般，说出了这三字以后，四肢一蜷，喉头又嗡的一声，便真个死去了。

高潜蛟知道包翩翩无意中手上一动，刀锋深入，刺破喉咙自然难活了，但是小猢狲临死说出方丈是醉菩提，不觉呵呵大笑道："踏破铁鞋无觅处，得来全不费功夫。想当年俺奉三师兄、五师兄的命，带着太湖号旗到灵岩寺寻找四师兄，经过赤城山被醉菩提狭路相逢受他凌辱，幸而三师兄、五师兄随后赶来，否则俺真要不堪设想了。不想经过这许多年，这贼秃驴又在这曹娥镇上胡作非为了。既然这样，我们倒要会他一会。可惜这位老店东已死，没有做向导的人，但是他说过，那华严寺在市南梢尽头，也容易找得到的。现在我们且把这几具尸首料理停当再说。"

包翩翩道："我们没有掘土的家伙，一时怎能把这几具尸首埋起来呢?"

高潜蛟一想，确实有点为难，如果用兵器起砖掘土，就在院内埋藏，这一耽搁天已快亮，也不用到华严寺去了，两人因此左思右想，实在想不出妙法来。

两人正在中堂商量之际，忽听对面屋上有人大声喝道："深更半夜谋财害命，该当何罪?"喝声未绝，嗖地跳下一个人来。

高潜蛟、包翩翩大惊，一齐蹿出堂外看时，只见一个虬髯大汉左臂夹着一人，向他们呵呵大笑道："你们商量的好主意，俺都听明白了。"

两人仔细一瞧，俱各喜出望外，原来甘疯子到了。他胁下夹着的人也不是别人，正是从后厅掩进来，刺死老店东祖孙的冯铁头。

高潜蛟、包翩翩慌躬身施礼，笑问道："二师兄怎的知道俺们在此，又把这贼徒拿住呢?"

甘疯子一笑，先不答言，左臂一松，冯铁头扑通跌在地上。高潜蛟、包翩翩俯身看时，冯铁头已七窍流血死在地上了。

甘疯子笑道："这样脓包也来现世。"便向高潜蛟、包翩翩说道："你们走后，俺也随后动身，一路慢慢行来。今天到了此地天色已晚，先在镇上一家酒店喝了几杯，沿路贪看江边夜景，向这面市梢走来。我也不知道你们还勾留此地，无非想找一处干净宿店罢了。不料我看得江岸几只渔船灯火荧荧，一家老老小小都在船头传杯交盏，吃得非常快乐，一股酒香兀的扑上岸来，引得我馋涎欲滴。我不管好歹，掏出一锭银子铛地掷进渔船，便跳下船去做个不速之客。

“不料这家渔船上一个老头子也是杯中同志，且个性豪爽非凡，赶开子女，竟同俺在船头上痛饮起来。几杯入肚，那老头子满腹牢骚便开了话匣，把镇上华严寺醉菩提怎长怎短讲与我听。我一想，醉菩提怎也在此？想是单天爵那面没有他存身之地了，否则另有歹主意也未可知。当时我只听那渔翁信口开河，直吃到三更时分，那渔翁醉得仰天合地，一头钻进舱中竟自呼呼大睡。俺觉得也非常有趣，便又掏出十几两碎银送与渔翁的子女们，纵身跳上岸来。

“不料月黑星稀竟走差了路，不知怎的绕到这屋后来了。猛见屋后竹园内跳出一个人来，俺一看神情不对，随手一撩便把他夹在胁下，正想问他，忽又听得屋中有兵器相击声音，便夹着人从竹园内纵上屋来，正看到你们两人追失了贼人跳下屋去。俺一见你们还逗留在此，便知其中另有文章了，且不下来，听你们讲些什么。万不料你们因为醉菩提而累及了此地店东，再不料你们杀了人，我也无意中把这人生生夹死了。”说罢呵呵大笑不止。

于是三人走进中堂，包翩翩从房内搬出几张破椅子来，彼此坐下，高潜蛟便把冯铁头见了包翩翩起的祸因，怎长怎短说了一遍，又说到几具尸首没有法想，预备到华严寺会会醉菩提的话也说个仔细。

甘疯子略一思索，猛地一抬身，说道：“好，我们一块儿上华严寺去。你们既然动了手，又逃走了一个徒党，醉菩提一肚坏水，定不甘休！准定我同你们去走一趟。此地几具尸骨我有法子，你们且把随身行李收拾利落，在屋上等俺便了。”说罢从怀内取出一瓶药粉来，用指甲挑了一点，分弹在房内屋外几具尸首上。

包翩翩吃惊道：“甘师伯用的是化骨丹么？但是……”

甘疯子道：“俺知道你的意思，在你以为，用化骨丹对待好人似乎惨一点，其实不然。一个人死了以后总要化为尘土的，好人与坏人的分别不在一具臭皮囊，完全在灵魂上。其中道理玄妙得很，你们还不到领悟的时候。”

甘疯子这样一说，包翩翩自然不敢多说，但是在这说话之间，包翩翩、高潜蛟一看地上几具尸首已渐渐缩小，缩得像初生小孩子一般，最奇衣服并不变化，活似蝉蜕一般铺在地上。

包翩翩用剑一挑衣服，轻如无物，一会儿连缩成小孩般的形体也模糊难辨了，最后地上毛发全无，只剩了一摊黄水，到房内一看也一般无二，同时化掉。

甘疯子拾起一柄雁翎刀，把几具化掉尸首上面的衣服挑在一起，再用火烧得一缕不剩，然后把化骨丹塞在怀内，笑向高潜蛟道："我从来不用这些东西。最近飞龙师太亲自制炼了十几瓶送到堡中。我看得此物也有用处，便带一瓶在身上，不想来到此地就用着它了。"

包翩翩笑道："原来是我们师父的东西。甘师伯不知道，这化骨丹也不是飞龙师傅的，原是白飞燕从北京大内中偷出来的。据白飞燕自己说，还有许多奇怪的药物，连制造秘法的书都一齐拿来。据她说，皇宫内苑的嫔妃和太监无恶不作，常用这东西杀人的，所以侄女一见就认识。"

高潜蛟笑道："我正奇怪，这种东西我还是第一次看到，怎的你能一见就叫得出名呢？原来其中有这些曲折，这就无怪其然了。"

甘疯子笑道："时已不早，我们快走吧。"说罢，先自一纵，飞上屋面，高潜蛟也飞身而上。只有包翩翩立在房门口，对着房内愣愣地出了一回神，暗暗地掉下几点眼泪，才走出中堂，跳上屋来。

三人施展夜行飞腾之术向镇南华严寺奔去，一忽儿到了南头市梢，只见江边矗立着一座十二层的高塔，塔前便是巍峨大殿。大殿四周飞楼杰阁，一层层的建筑辉煌异常，塔后又包围着几百间大小屋宇。从外面打量这所华严寺，虽比不上天台灵岩寺的崇焕伟大，却与宝幢铁佛寺相仿，且比铁佛寺装饰得金碧华丽，大约醉菩提花言巧语，从远近官绅处募捐重修的了。

甘疯子等三人纵上华严寺围墙向内一看，正见大殿内灯烛辉煌，耀如白昼，拥出许多人来，因为相距太远看不清面目，只见许多光头中有十几个短衣扎袖、青布包头的人，同已死的朦胧僧一般装束，却见这十几个人背上都插着明晃晃的兵刃，火杂杂向山门外走出。

高潜蛟低声道："这班人定是得着逃回去秃驴的报告，又仗着人多，赶到宿店去打回头阵的。"

甘疯子道："让他们去扑一个空，我们不要被他们望见，就此直捣巢穴，找醉菩提去。"说毕，甘疯子领头，三人又回身跳落墙外，鹭行鹤伏地沿着围墙走了一箭路，约莫已到大殿后面，复又一齐跳上墙头，低头一看，下面一片漆黑。

甘疯子眼光一拢，用神细看，才分辨出大殿后面还套着两层殿宇，后面房屋都被殿屋遮低，所以看不出灯光来。甘疯子一伏身，哧地飞上殿脊，高、包二人也跟踪飞入，又跃过几层屋脊才见下面高高低低的僧寮内，一颗颗灯光像繁星般从门窗内映射出来，一道曲折的走廊挂着一盏盏明角风灯。

猛听走廊尽头托、托、托、铛、铛、铛，敲着更锣，一声一声地从大殿面前敲过来。

甘疯子道："俺们不如飞上走廊，跟敲更的进去，便可得着醉菩提所在。"

不料甘疯子还未动身，又见走廊内火炬通明，人声杂沓，从外一拥走进许多人来。

高潜蛟远望过去，头一个身躯伟壮、高视阔步的和尚便是醉菩提，后面跟着无数光头，都是面目狰狞之辈。甘疯子、包翩翩未曾见过醉菩提，经高潜蛟暗地一通知，三人悄悄飞上廊顶，一起伏下身暗听。

下面人声渐走渐近，只听醉菩提高声说道："想不到那两个外路雏儿竟也有几手，连朦胧僧也跌翻在他们手内。偏俺今晚有贵客到来，否则俺也要跟他们去看看，那两个东西究竟是何路道。"

后面有人抢着说道："你老人家望安！割鸡焉用牛刀，就是他们铁打的金刚也禁不住俺们人多手众，何况去的十几位师兄都是俺们寺里数一数二的，保管手到擒来，朦胧僧定也一块儿回来的了。"

下边的人一面说，一面向内走了进去。上面甘疯子等三人也亦步亦趋跟着进去，只见下面一班人长廊走尽，醉菩提忽然叫他们立住，吩咐道：“今天来的这位贵客非同小可，我们有许多机密要事商量，你们不听呼唤不要进来。你们去叮嘱今夜上班的当心一二，他们回来时在二殿内休息，等我出来主张便了。”他吩咐毕，一班秃驴个个诺诺连声，向后退了出来。

忽又听醉菩提回身说道：“你们叫一个人来，吩咐厨房预备好上等酒肴，快送进俺的静室来。”下面又是喳喳几声，却见醉菩提大袖一扬，走进一重月洞门内去了。

第四回

宝剑化龙，翩翩诱敌
长篙点雪，步步凌空

甘疯子知道高潜蛟轻身功夫差一点，权且伏在廊上，等下面一班秃驴分头散尽，才拉着高、包二人向前飞行，从长廊尽头跳上月洞门墙上，向内一看，原来门内是个花圃，居然也有几迭假山，几株古柏，颇为清幽。从假山后面露出几道灯光来，隐隐从屋内发出笑声。甘疯子首先跳下，越过假山，向高、包二人一招手，二人跟踪而下，只见假山后面又显出几楹微微的楼房，楼上楼下灯光通明，楼前阶下鹄立着两个佩刀的青年和尚，楼上中间的窗户齐开，看出醉菩提正同一个道家装束的对坐谈话。甘疯子眉头一皱，计上心来，拉着高潜蛟附耳数语，便一撩衣襟，两足微点，像青烟似的直上楼顶。这一手不要说阶前立着的两个和尚白瞪着眼看不出来，便是包翩翩自以为轻身功好，很有几层功候，此刻一看甘疯子从百步以外斜飞上楼，比鸟还疾，比棉花还轻，真可说来无踪，去无影，实在有点望尘莫及。

高潜蛟慌暗暗知会了包翩翩，两人便一左一右，借着树木的遮蔽慢慢溜到楼屋两边。包翩翩也蹿上屋去，高潜蛟却不敢直上楼檐，恐怕有点动静被人察觉，先纵上了一株同楼侧接近的古柏，纵了上去后，狸猫似的蹲在树上静观楼中动静。

这时下面几个香火和尚搬进一桌酒菜来，送到楼上又退出去了，楼上高谈阔论，吃起酒来。楼下两个青年和尚蹲在台阶上，却像石狮子一般，一边一个竟抱头打起磕睡来了。高潜蛟向上一望，却看不见甘疯子、包翩翩的动作，心想俺何不如是如是，于是轻轻溜下树来，转到正面楼下，蹑足走上台阶，冷不防两手一分，向两个青年和尚腰下一人点了一下，这一来，两个青年和尚依然纹风不动地蹲着，却一时半时醒不了的。

高潜蛟把两人点了睡穴，正想进屋去，蓦觉身后有人，一回头却是包翩翩，只听她悄悄说道：“甘师伯在楼上已看清楚楼中道装的不是别人，正是洞庭君柳摩霄。且已听得他们两人讲的话与俺们很有关系，特地叫俺下来知会一声。甘师伯另有主意，叫俺们两人把一僧一道引到寺外便没有俺们的事了。”

高潜蛟笑道：“他这是什么主意?”

包翩翩笑道：“甘师伯定有妙计在胸，把他们引出来只我一人就够用了，你先在外边等我吧。”

高潜蛟一想，这样我不是白来一趟？一转念，忽又向包翩翩耳边匆匆一说，包翩翩连连点头，高潜蛟便独自退到月洞门口，一纵身出外去了。这里包翩翩一翻手，从身后掣出宝剑，先向睡得死人一般的两个青年和尚开刀，只略略一挥，便掉下两个光头来。

包翩翩一俯身，拾起了　个脑袋，走下台阶，猛地一纵身跳上窗口，随手把脑袋向席上扔去，娇声喝道：“贼秃驴，贼妖道，请你们吃个新鲜菜儿。”这一来楼中立时章法大乱。

你想醉菩提正同柳摩霄红烛高烧，杯酒联欢，做梦也想不到窗外扔进一个鲜血淋淋的人头来，而且奇巧把人头扔在席中间一碗红烧鱼翅上面，壳通一声，血汁、汤汁飞溅两人满头满脸，两人都是老奸巨猾也吓得直跳起来，慌一口把烛吹灭，向外一看，只见窗外一个娇小玲珑的女子身影一晃两晃，已向外飞去。

醉菩提这时面上真有点挂不住，大吼一声，提起一支禅杖跳出窗外，再跳落楼下平地，飞也似的直向月洞门奔去。

不料那女子兀自立在墙上，向醉菩提一招手道：“贼秃，死在面前，还敢追来?”

醉菩提一听此言，猛地愣神一看，还猜不出这女子是何路道，却听背后一人喝道："何处女寇，胆敢来此讨死？快通上名来，俺剑下不死无名之辈。"

包翩翩借着月洞门口几盏风灯的光，映到醉菩提背后一个人的脸上，只见这人一张长长的削瓜脸，两道眼光倒也闪闪有神，穿着一身道装，顶着一具黄梁木道冠，便知是洞庭君柳摩霄。却见他身上并未带着兵器，还信口开河地说着剑下不死无名之辈的话，不觉暗自好笑，便也高声娇喝道："谅你们这点毫末之光也敢口出狂言，你家姑娘既然敢单身到此，岂惧你们这些狐群狗党！有本事尽管施展出来，姑娘可要少陪了。"说毕一转身，两臂一张，一个白鹤掠云势，便向前面长廊飞去。

醉菩提有了柳摩霄在身旁，胆子顿壮，一振镔铁禅杖，飞身而上，急急追来。柳摩霄自然也一同追赶，幸而包翩翩飞行功夫很是不弱，换了高潜蛟真还被他们追过头去，诱不出寺去了。这时，长廊上一逃两追，早已惊起全寺众僧，各个抄起家伙，上屋的上屋，搬梯的搬梯，立时喊声震地，火把耀天。

恰好包翩翩已逃到山门围墙上，一翻身便跳落寺外，脚方立定，墙上已立着柳摩霄，大喝道："贱婢还不束手就擒，等待何时？"

包翩翩一声不响，拔脚就跑，向江边奔去，谨照甘疯子预嘱计划，背着寺镇，直向南头大道上奔去。回头一看，后面柳摩霄飞也似的赶来，最后醉菩提领着一班秃驴呐喊而来。包翩翩脚步一紧，箭也似的又飞行了一箭路程，抬头一看，前面一座不十分高的山岭，岭脚密杂杂的一片树林，知道甘疯子嘱咐的地点就是此地了，便奔到林下，霍地转身立定，略自一按心神，举目向前观看。

柳摩霄身法果是不凡，两只长袖宛如一只长翅膀的怪鸟，转瞬飞到眼前，相离丈许远近现出身来，用手一指，呵呵大笑道："贱婢，你还逃向何处？你以为逃入深林俺便不追了？哈哈，你也不想想这是什么地方，你就是上天入地，俺今天也要擒住你才罢手。你如知趣的，乖乖地束手就擒，道爷不为己甚，念你年轻无知，可以替你向寺内方丈讨个情，饶你死罪。否则，哼，哼，道爷可就要动手了。"

包翩翩喝道："休得胡言，看姑娘宝剑取你首级！"话到，人到，剑到，顿时剑光霍霍，一个猿猴献果的招数向柳摩霄咽喉刺去。

柳摩霄喝声："来得好！"慌一退步，反手向背后掣剑，不好了！背后坐卧不离的一柄贯日剑竟不知在何时丢失，只剩一具空鞘了。柳摩霄这一惊非同小可，自己成名全仗"倚天""贯日"两口宝剑，那口"倚天"剑在太湖被甘疯子击落，只剩一口"贯日"剑，行坐不离，带在身边，明明记得在寺内楼上吃酒并未摘下来，难道跳出楼窗时掉落不成？他正在惊得神魂出窍，心乱如麻，可是对面包翩翩的一口宝剑岂容他胡思乱想，在他一愣神当口，包翩翩趁势一纵身，呼呼一声怪响，剑光像月阑一般向柳摩霄顶上绕去。

这一手疾似雷电，换一个真还送了性命。幸而柳摩霄也是数一数二的人物，一看剑招太快，一时已来不及躲闭，自己又是赤手空拳，只好一矮身，在地上一滚，滚出一丈许远才逃了命。虽是如此，在他矮身之际，只听哧的一声，顶上一具黄梁木道冠已连着发根削去，若剑锋略低几分，便会把他的天灵盖揭去。这一下把柳摩霄吓得一身冷汗，一时又恨又急，又羞又怒，登时野性勃发，一跺脚，大吼一声，凶神般赶将过来。

包翩翩看他来势甚猛，但见他依然赤手空拳也不惧他，却把一柄剑使得光华闪闪，遍体梨花。哪知这次交手，柳摩霄却使出看家本领了。头一次因为看得包翩翩是个小女子，有何能耐？满不放在心上，不料一疏忽便吃了大亏。此时怒气上冲，恶胆横生，恨不得一口便把敌人吞下肚去，双掌一分，竟自钻入一片剑光之中。包翩翩同他走了几个照面，已觉得柳摩霄确非无名之辈，自己仗着一口宝剑同他赤手空拳周旋，非但占不到便宜，而且掌风飒飒，来势非轻，竟然招招都是煞手。如果被他一掌打上，立时送命！不得不处处留神。

无奈柳摩霄毕竟棋高一着，两掌翻飞，愈来愈急，愈战愈勇，实在难以招架。而醉菩提也领着许多秃驴赶到，如果恋战下去，决难讨好，慌觅着一个破绽，奋勇向后一跃，逃入树林。柳摩霄岂肯让她逃走，一个箭步蹿入林内，却已不见包翩翩的踪迹，正向四面搜寻，忽然哧哧几声怪响，柳摩霄大喊一声"不好"，慌不迭掩面逃出林外。不料脚下慌忙，又因黑夜还掩着面，正与赶进树林的醉菩提撞个满怀，到底柳摩霄功夫高深，把醉菩提撞得直跌出林外去。

众人慌把醉菩提扶起，向柳摩霄问道："道爷这样匆匆出来，端的为了何事?"

柳摩霄依然掩着面，一手乱摇道："我们快回去，此地逗留不得。"

醉菩提闻言吃了一惊，慌从别人手上夺过一个火把，去到柳摩霄跟前，把他掩面的手一拉，用火一照，顿时个个齐声怪叫起来。你道为何？原来柳摩霄一张削瓜脸上霎时长出了无数绿毛，足有两寸多长，而且满面一缕缕的血水顺着绿毛直挂下来。

醉菩提惊得怪喊道："柳兄为何弄得这副模样?"

柳摩霄连连跺脚道："快走，快走，回寺再说!"

醉菩提这时心惊胆落，慌不迭拉着柳摩霄拔腿便跑，众人自然一窝蜂跟了回去。

不料正奔到寺门前，只见那边如飞地抢过一窝人来。醉菩提一看，正是自己派去捉人的那班手下，一问所以，只见那为首几个喘吁吁地说道："我们奉命到了包老头儿店内，跳进墙去四面一搜，一个人影不见，只见房内外地上几摊臭黄水，院子内又有焚化过的一堆衣服灰，不知何故。我们人既搜寻不着，想是畏罪逃走，一时没法再找，只好回来。万不料一出店门，猛见一条黑影蹿入咱们人丛内，只见他两臂一分便跌倒了几个，被他夺过一把刀去，又刺死了一位师兄。俺们正想围住他，却见他哈哈一笑，冷不防把夺去的刀向人丛中一扔，俺们一见亮闪闪的刀脱手飞来，只好闪躲一下，这一闪避便被闯出围去，连纵带跳，逃得不知去向。俺们无法，只好暂时先回来报告。"

醉菩提一听这些话又是一惊，一跺脚，恨恨地说道："闹了半天，吃足了亏，连贼人姓名、来踪去迹都没有弄明白，将来这个仇如何报法？再说这事传扬出去，我们还能在此站脚吗?"

众人被他说得你看我，我看你，作声不得。

柳摩霄本已举步进了山门，一听这话，慌又回身向醉菩提道："你且不要性急，我已知来人路道，且到里面，我自有主意。"

醉菩提一听这话便不作声，领着众人进了寺内，先派了一拨人再到包老头儿店外，连夜把杀死的几具尸首掩埋起来，免得被人看破，吩咐以后，才进后院静室来看柳摩霄。

只见他自己动手，已把面上绿毛拔净，敷上随身带来的药散，细看桌上拔下的绿毛，原来一根根都是碧绿的松针，也不知怎样会长在柳摩霄面上去的，不禁咄咄呼怪。

柳摩霄冷笑一声道："太湖贼子欺人太甚，我誓必洗此耻辱。"

醉菩提吃了一惊，问道："难道今晚来的贼人和包老头儿店中的事，都是太湖帮做的手脚吗？"

柳摩霄恨恨道："谁说不是！连俺一柄贯日剑也被他们偷去了。"

醉菩提慌向他背后一看，果然只剩了一个空鞘了，越发吓得直冒冷气，悄悄地说道："这一来，我们的踪迹又被他们知道，此地千辛万苦打成的基业又要成了画饼了。"

柳摩霄霍地一抬身，喝道："休长他人志气，灭自己威风！一不做，二不休，俺从此聘请四海能人，同他们决一雌雄。如果胜不了他们，俺誓不为人了。"

醉菩提想了一想，又说道："太湖几个贼子俺们差不多知道，今晚来的那女贼似乎不是太湖中人，道兄何以见得定是太湖的人呢？"

柳摩霄叹了一口气道："俺自闯江湖以来何曾见过敌手？万不料在太湖遇着内家宗派的甘疯子，把俺一柄倚天剑夺去还不难受，生生把俺一世英名丧在甘疯子手上。那时如果没有甘贼在场，让他黄九龙凶狠也不放在俺心上。这几年来，俺卧薪尝胆，全在甘贼一人身上。最近已探得陆地神仙夫妇双双远隐修道，不预世事，太湖的事全是甘贼等主持。只要把甘贼除掉，余不足惧了。万不料我们时时探访他们，他们也时时暗探着我们，即是今晚的事，你想，现身的一个小女贼也没有什么大能耐，而且明明在我们眼前，怎会身外化身，偷走我背上的贯日剑？再说，能够在我背上神不知鬼不觉地偷去，此人功夫定是高我一筹，你这样一想，便可明白来者不止女贼一人，除出太湖内家宗派的人也没这样大能耐。这还不算为证，我在树林与那女贼战时，早已看出女贼虽也有点功夫，绝非我的敌手，所以大胆追进林去。哪知万恶的凶贼预先埋伏在松林上面，运用内功，把摘下的松针当作梅花针的暗器，向俺面上射来。幸而俺见机得快，退出林来，否则两眼要保不住了。你想，能够把松针当作暗器使，这是何等功夫！俺料定这班人必是太湖贼类，也许甘老贼隐身其中。因为俺洞庭与太湖表面上已算和解，老贼何等奸猾，所以不敢露面出头，只在暗中取巧了。”

醉菩提两手一指，光头乱点道：“柳兄明鉴如神，一定所料非虚。这样说来，我们讨论的那桩事定也被他们窃听去了。现在柳兄两柄宝剑都已失去，一时没有趁手兵刃，这样越发不容稍缓了。”

柳摩霄两眼一转，徐徐说道：“我自有道理，明天我立即回洞庭去布置一下。你这儿暂时可以相安无事，我料他们还没有窥破寺里秘密，一半他们也是路过此地，误打误撞地被他们撞着罢了，好歹等俺回来再定行止。”

于是两人商量妥当，第二天，柳摩霄便空身回湖南去了。

现在再说当晚包翩翩跳进林内当口，一回头见柳摩霄追进林来，慌不迭又向树林深密处所钻了进去，没有走得几步，猛听得背后有人啊呀一声，回头一看，却见柳摩霄抱着头，飞也似的蹿出林去，又听林外一阵鼓噪，火光乱晃，竟落荒逃走了。

包翩翩不解，翻身又走出林来，看见那班凶僧远远一簇火光向华严寺退去了。包翩翩正愣愣地痴想，猛听得半空哈哈一声狂笑，从松林顶上飞下一个人来，一见却是甘疯子，而且手上还拿着欺霜赛雪的一柄宝剑，一见包翩翩的面，便跺脚大笑道：“痛快，痛快，今晚这手买卖做得利市十倍，活活地把那牛鼻子气死了。”

包翩翩笑问道：“侄女正在不解这班僧道为何退得这般迅速哩？”

甘疯子笑着把手上的宝剑一举道：“百拙上人的八剑，又是一柄来了。”

包翩翩惊讶道：“这柄剑大约是柳摩霄硕果仅存的一柄贯日剑了，但不知师伯用何手段取得这样轻巧？”

甘疯子道：“俺叫你们诱他们出外，主意便在这柄剑上。一僧一道跳出楼窗追你时节，俺便在柳摩霄身后，乘他纵下地去，俺便轻轻巧巧地取到手中了。剑既到手，俺便从寺后绕道到这林内等候你们到来。明知你战他不过，特地在林上等候。却也不便现身，随手拔了一把松针当作暗器，且请牛鼻子吃点小苦头，叫他知难而退。话虽如是，柳摩霄见多识广，定然推测是我们这一派人干的了。”

两人正在谈论，蓦见远远一条黑影如飞而至，近前一看原来是高潜蛟，彼此见面一说，俱各大笑。

包翩翩道：“我们本来去探寺内劣迹的，这一来却离了题。”

甘疯子笑道：“且不管这些小节目，俺已听得醉菩提、柳摩霄两人谈论与俺们此番出来大有关系。原来他们也不知从何探得消息，也知道剑灶村剑气冲霄，两人商量想去搜寻，现在牛鼻子又把自己的贯日剑丢失，越发要急于搜掘了。这一来正不知鹿死谁手，我们应该捷足先登为是，免得被他们占了先去。但是从何处着手，宝剑究竟埋藏何处，此刻我也没把握，必须会着少室山人才有下落，不如我们三人就此动身，先到包村再说。”

当下三人商量停当，连夜动身，渡过曹娥江向诸暨县进发。

不日到了包村，会着少室山人和包立身。甘疯子等一见包立身长得魁梧奇伟，英武异常，包村设立的团练也井井有条，布置得法，尤喜地势峻险，万山丛迭，天生的一座山寨基业。这时包翩翩回到家中，兄妹见面自有一番亲热，却又指挥村丁殷殷招待甘疯子、高潜蛟、少室山人等。

大家聚谈了好几日，甘疯子已从少室山人口中打听出剑灶村剑气虽然发现了几次，照少室山人推测距离宝剑出世日子还远，但是必须有人在剑灶村守候才好，万一被柳摩霄预先得去，又要费许多手脚。因此两人商量了一阵，决计先命高潜蛟装作乡农回乡去隐身守候，又一面授他察看剑气、搜寻藏剑所在的方法，又叫他随时暗暗地通知包村和太湖，以便到了相当时期，由甘疯子或少室山人亲自到来帮他搜掘宝剑。计议停当，高潜蛟便要领命动身回自己乡去。

这当口，正值年根岁末，连天降起大雪来。在包翩翩兄妹主意，殷勤款留高潜蛟，叫他在包村过了年再回去，禁不住高潜蛟动了乡思，眼看故乡没有多远，想起父母坟墓多年没有祭扫，便决计别了众人，冒着风雪回剑灶村来了。他归心如箭，恨不得一脚就到故乡。

这天，他离开包村，不管风雪载途，连夜飞也似的到了绍兴城外，尚未天亮，却因官道上漫天无际的大雪，雪光映得像天上罩下了一层月光一般。他忽然看见江边沙滩下埋着一支撑船用的长竹篙，岸旁却没有船只，只远远江心内飘着几扇乌篷，想是夜来雪大风急，江阔浪高，坏了一只过路船，所以篷也飘了，篙也丢了，也许江内还葬送了几条命，但是他拾起这支长篙却得了一个雪地飞行的主意。他常看到甘疯子等在雪上飞行可以不着痕迹，他有了这支篙却也一样飞行无痕了。你道他这个笨主意如何使法?

他拿起那支长篙四面一看，一个人影都没有，便照着官路一条雪道用篙一点，把整个身子凭空向前飞了过去足有五六丈，那支长篙依然在手中。再一点，又照样飞越五六丈，这样别开生面的踏雪无痕，哪消多少功夫早已到了自己故乡了。在下写到这，要请读者们回想一下本书第一回开首所说，高司务失踪了七八年，冷不防在一年冬天大雪的清晨，在他一间破屋子里出现了。同时绍兴城外到剑灶村的一条官道上发现了怪脚印，沸沸扬扬传到剑灶村，当一桩奇事讲，这一个闷葫芦一直到此才看破，读者们到此也可以明白是怎样一回事了。

现在首尾交代明白，在下仍可以接着第一回所说，高司务回到家乡便隐身在本村，吴壮猷进秀才直到他中举，高司务高潜蛟在吴家足有两个年头。这两年高潜蛟不惜隐身厮养，读者当然也明白他完全为了寻找宝剑的缘故，也是少室山人、甘疯子叫他这样做的。

高潜蛟在吴家做了两年长工，一点没有露出痕迹，吴家上上下下没有一个不赞扬他。他却暗地里按照少室山人和甘疯子嘱咐的秘法，剑灶村周围的山内寻了个遍，到了晚上又时时到神剑剑气冲出来的地点。无奈宝剑是个神物，找了两年依然没有头绪，直到吴壮猷中举开贺这一天晚上彗星出现，众人正留神天上的彗星，却不料高潜蛟另有所见，无意中在吴家后园一座枯井内看出一道细如白丝的烟缕游走出来，在井栏边略一蜿蜒，便直上天空，散作一片白云，由浓而淡，由淡而灭，一霎时便已无踪。高潜蛟大喜，知道寻了两年的宝剑原来近在咫尺。最喜既然在此枯井中，不愁外人瞧见，柳摩霄、醉菩提这班人也万难搜寻到此。便想着要设法通知包村少室山人和太湖甘疯子，以便一同挖掘古井中的宝剑。

哪知就在这天晚上，白天乔装过路郎中的一个贼人越墙而进，幸而高潜蛟早有预备，来了个以逸待劳，把那贼人捉弄得昏天黑地。最巧甘疯子又在这当口来找高潜蛟，从梧桐树上跳下来，把贼人吓得屁滚尿流，连爬带滚扑出墙外。（都是第一回的事）后来高潜蛟介绍甘疯子给吴壮猷见面，大家坐下喝酒细细一谈，吴壮猷是甘疯子的年侄。这一席话，直应古人说的“与君一席话，胜读十年书”了。

你想在下笔也写秃了，墨也写枯了，他们三人对喝、对谈最多不过谈了个通宵达旦，可是在下这部《虎啸龙吟》写了两个年头，足足有五六十万字，这个大圈子也算兜得可以了。

闲话少说，还有一点余波待在下写了出来。

且说那晚高潜蛟把他一生经历连带甘疯子等几位师兄前前后后的事以及自己隐姓埋名的目的一一说明以后，吴壮猷才统体明白，自己懊悔有眼不识英雄，幸而平日对待这位高司务并没有拿出少爷身份了，否则何以为情？想到此节，慌慌立起身来，毕恭毕敬地朝高潜蛟拜了下去，口内还说：“这两年委曲人才，罪过之至，务乞海涵。”

高潜蛟慌忙把他扶起笑道：“我的少爷，这是我自己愿意如此。再说我是个打猎的苦小子出身，替你府上做个长工也不辱没了我的身份。何况我们这一类人毫无有世俗之见，敬的是忠臣孝子，做的是除暴安良，虚伪的礼节何必去计较短长呢？”

甘疯子这时酒也喝得有八成光景，那坛状元红也装入他一人肚内去了，却拍着手呵呵笑道：“老年侄，你是中了举想一路飞黄腾达的人，今天碰着我们这种人，在你定有一种奇妙的念头，以为古人书上说的武侠郭解之流便是我辈，其实此中大有分别。果然剑仙、侠客处处都有，今古相同，但是其中派别甚多，也有邪正之分。比如今晚你们捉住的过路郎中，你们以为他到你府上来偷一点财宝的，其实他并不是为财宝来的，无非替柳摩霄做手脚罢了。”

高潜蛟哦了一声道：“原来如此，师兄何以见得是柳摩霄的党羽呢？”

甘疯子道：“你在此两年，兀自找不着宝剑所在，那柳摩霄何尝不派他党羽在此地四处找寻呢？说也凑巧，今天我从包村少室山人那边到此，是从山路走来的，将走到此地村口的金鸡山顶，猛见从这屋子后园内冲上一道白气，同时西南角上又发现一颗彗星，好像这道白气同那彗星遥遥相应似的。本来彗星是兵象，剑气也是一种兵气，本有吸引之力，可是山下一班居民个个鼓噪，指点着彗星胡说乱道，谁也没有留神那股剑气。独有一个过路郎中，一个人立在山冈上，对着此地屋子呆呆出神。

“俺一看他便觉有异，暗暗从他身后走去，却听他喃喃自语道：‘柳道爷法眼真高，果然在吴家屋内，今晚我先去探他一探再说。’

“我一听到这话，越发瞧料十二分了，故意同他开个玩笑，冷不防口中唱着歌，一步三摇地往他身前走去。他骤然看见我这副怪模样，惊疑不定，慌慌地蹿入树林逃走了。我料他今晚一定到来。他越墙而进时，我早已在他身后，见他本领有限，知道你克制得住，便在树上看你们玩把戏。本来想擒住他问个详细，转念让他报与柳摩霄知道，俺也不惧怕他们。”又向吴壮猷说道：“现在宝剑既在府上枯井，说不得要叨扰府上几天，未知老侄台肯俯允否？”

吴壮猷慌笑道：“年伯说哪里话来，像年伯这样英雄请也请不到，不要说几天，恨不得终身长侍年伯求教一点学问，才对心思呢。年伯不嫌委屈，务请多逗留几天，而且小侄还有一桩心事要请年伯玉成才好。”

甘疯子道：“有何心事呢？”

吴壮猷笑了一笑道：“上天兵象已见，不久劫数将到。像小侄读几句死书有何用处？何况老父远在云南。这种时局，第一要全身远害，大之能够保家卫村，所以小侄一听到两位今晚所说，便存了一个冒昧念头，想拜在高先生门下，学一点防身本领，未知两位肯收留这个不成材的弟子否?”

甘疯子呵呵大笑道：“好一个有见识的青年！有志者事竟成。待我们宝剑到手，我准教我们六弟留着教你便了。”

高潜蛟慌说道：“师兄这话还且斟酌，像小弟这点本领怎能收徒?况且上面几位师兄尚且不敢擅自收徒，何况小弟呢!”

甘疯子笑道：“你只知其一，不知其二。我们不愿收徒，完全是得不到接替薪传的人才。至于随便教人家几手防身本领，或者人家已有根底，从旁再一指点一点诀窍，这样徒弟可以说不计其数，但是照我们的宗派讲起来，便算得正式收徒，譬如你虽一样拜在师父门下，却没有得到师父多少真传，便算不得一派相传的弟子。但是你所学一身内家拳派，却大可以物色几个好子弟传授他们。因为你的拳法除出我们一派的几个人以外，可算天下独门拳法，如果能够光大门庭，你就可为这派拳术之祖，于我们面上也有光辉。我们这位年侄虽然是个手无缚鸡之力的文人，却生得骨肉停匀，英姿挺伟，很可以练习这派拳法，也许还青出于蓝而胜于蓝矣。”说罢大笑不止。

高潜蛟被这位师兄独断独行地一说，倒弄得开口不得，偏逢着吴壮猷是个玲珑剔透的少年，一听甘疯子说他大可练武，顿时心喜翻倒，一想拣日不如撞日，不要错过这个机会，遂立起身，向高潜蛟纳头便拜，一迭声叫起老师来。高潜蛟被他突然地一来，真有点摆布不开，只有把手乱摇，连说慢慢商量，哪知吴壮猷早已在地上礼数周详，八拜而起。

甘疯子哈哈大笑道：“两年长工一夕变为老师，奇谈，奇谈。”

高潜蛟也想得好笑起来，吴壮猷却正色道：“我现在师生名分已定，此刻草草行礼，明天禀明家慈，趁众亲友在此，还要整治酒席，请老师同师伯宽饮几杯，舍间上上下下也可从此改了称呼。”

甘疯子道：“这也是应有的事，但是我们这样长谈竟忘记天亮了。你们看外面梧桐树上已透出晓色来了，依我说，老侄台可以安息了，我同六弟就在这椅上略一打坐，便可以度此一宵。”

吴壮猷笑道：“真也奇怪，往常略睡得晚一点便觉精神不济，今晚通宵长谈反觉神旺气足，毫无倦意。古人说人逢喜事精神爽，真一点不错，今天小侄真畅快极了。但是小侄此刻想到那个偷儿，照师伯说是来探看宝剑出没处所，何以看见几百吊钱就偷走呢？”

甘疯子笑道：“这就叫偷无空手，总脱不了鼠窃行径而已。也许故意这样做作，掩人耳目的。总言之，这人是柳摩霄部下可以断定了。依我揣想，柳摩霄如果知道我们已在此保守，越发大队人马齐来，而且此番到来，仇深似海，怨结如山，定必以死相拼，也许邀集狐群狗党来同我们一决雌雄。此事非儿戏，我们这位年侄是个斯文一脉的人，此地又是书香世第，安分乡村，万一因为我们被那班亡命惊扰一下，或者出点乱子，叫我们如何过得去？”

高潜蛟听他这样一说，仔细一想，果然危险之至，不禁眉头打结，在房中来回大踱，焦急起来。吴壮猷原也听他们说过洞庭湖帮与太湖帮结仇的始末，万一有点风吹草动，遭了池鱼之殃，如何是好？一时真有点提心吊胆，却又不敢露在面上。

哪知甘疯子早已把他们两人心思猜透，用手一指两人，呵呵大笑道：“你们两人不用杞人忧天，俺早已算定了。不过时已紧急，我得连夜动身到包村去邀少室山人、包翩翩到此。第一步，赶紧把宝剑掘出，了此心愿；第二步，使洞庭帮知道宝剑已由我们取去，用激将法子使柳摩霄一班人尽管到太湖明战交锋。横竖这口怨毒迟早要决裂的，何妨指定日期，大家各显武艺比较一下，拼个强存弱亡。我料柳摩霄不比没志气的寇盗，这几年他处心积虑也不止一天，他定赞成的。可是时机紧急，柳摩霄闻信，定即汹汹而至，我们应该赶快下手才是。所以事不宜迟，我得立刻上包村去，明天早晨便可回转。老年侄不必惊慌，只管安心高卧。有甘疯子在此，绝不叫他们动你府上一草一木。”说罢破袖一扬，也不等高潜蛟开口，竟微微一笑，立起身来，说声：“俺去也。”话音未绝，人已穿出窗外，梧桐树上飒飒一阵风响，两人赶到天井中已没有了甘疯子的踪迹。

吴壮猷这一宵忽惊、忽喜、忽奇、忽忧，仿佛做梦一般。两人回到屋内，你看我，我看你，半晌说不出话来。在高潜蛟心内，虽信得过自己师兄主张绝不会错，可是吴府世代忠厚人家，哪经过这种阵仗，自己同吴府已有深厚感情，万一有点闪差，如何对得住人？他这样一转念，所以也愣愣地发起愁来了。

还是吴壮猷壮胆说道："师父，你老人家且莫发愁，弟子想甘师伯智勇兼具，必有妙计。现在弟子就陪师傅在此安息几个时辰，等到天亮再作道理便了。"

高潜蛟摇手道："我一宵不睡毫无关系，今天想不到带累你熬了整宵，你是经不起的，快去养养神。明天起来，老太太那边且不要提起，免得她老人家担惊。好歹等俺师兄到了再说，索性把今晚的事也瞒过。此刻俺把桌上残肴盘碟收拾干净，你只管睡你的。"说毕，又连连催吴壮猷去安睡。

吴壮猷被他催得没法，只好走进里间房内，胡乱睡在床上，其实他心里七上八下的，何尝能够安睡片刻，却听得房外高潜蛟来往踝蹿，把桌上东西一一归了进去。一忽儿村鸡报晓，天也亮了，便一骨碌跳下床来。一出房门，便见高潜蛟在他房门外一把太师椅上，闭目盘膝坐在上面。吴壮猷心内明白，知道高潜蛟恐他害怕，特地挡在房门保护着他，暗暗钦佩这位师傅，真是忠心侠胆，始终如一。

他以为高潜蛟睡熟了，想蹑着脚步，从椅子边溜出房门，不料他一举步，高潜蛟便张目道："时候还早呢，再睡一会儿养养神吧。"

正说着，忽听前院大门外嘭嘭叩门声响，看大门的几个人都已起来，迷迷糊糊地说着话，呀的一声，似乎已开了门同外面人答话。

高潜蛟侧耳一听，猛地跳下椅说道："了不得，他们脚步真快，他们已来了。"一面说着，匆匆端好椅子，拔步向书房外走去。

吴壮猷兀自摸不清头路，慌也跟了出去，走到大门相近，已见高潜蛟陪着一群人进来。

头一个便是甘疯子，并着走的还有一个体貌清癯羽士装束的人，后面紧随着一位丰姿绰约、面目姣好的少女，少女身后又有四个彪形大汉，虽是乡农装束却看得出异样来，其中有个扛着一个长长的大蒲包，似乎兵刃之类，心里未免突地一跳，暗想事情真有点凶险。挡不住中间的少女容光照人，一团喜气，又禁不住自己眼光，向那少女从上到下看个仔细，恰好那少女一双秀目，秋水为神，也是直射过来，慌一低头，赶近几步向甘疯子兜头一揖。

甘疯子呵呵大笑道："我们来得这样快，定然出你意料之外，其实这百余里路，在我们看起来不过四五里远，将来你也能如此的，现在我替你引见引见。"

说着，便替少室山人、包翩翩一一介绍，彼此又是一番寒暄。

甘疯子又向四个彪形大汉一指道："这四位是包村有名的好汉，包小姐特地带来保护府上的。"

吴壮猷慌连声道谢。少室山人回头向四个大汉道："你们就在这厅上坐着，回头吴府上自有管家们招待你们。"四汉诺诺连声，便退向厅下去了。

这里高潜蛟、吴壮猷把甘疯子等迎入书房，高潜蛟回身出来，依然行着高司务的职务，指挥下人们供应茶水糕点。吴壮猷百忙里又进去向母亲、妹子匆匆一述所以，他的妹子娟娟一听外边来了这样的一位女客，喜得拉着母亲赶向外厅来迎接包翩翩。

吴壮猷翻身来到书房向甘疯子说明家母、舍妹迎接包小姐的话，翩翩一听，慌立起身来笑道："理应拜见伯母。"便举步出房，同女眷们到上房互叙寒暄去了。

这时，大清早来了这几位奇特的贵客，有红髯公似的甘疯子，飘飘欲仙的少室山人，丰姿绝世的包翩翩，还有厅上虎豹似的四个壮士，把吴家上上下下和几家亲友看得莫名其妙，便是吴壮猷的母亲、妹子也只略知大概，对于高司务的变化还蒙在鼓中。等到包翩翩一进内房，同吴壮猷妹子娟娟说得投机，私下里拉在娟娟闺房内两人细细一谈，经包翩翩说明所以，才又惊又喜，明白一切。

再说书房内，甘疯子向吴壮猷说道："昨天晚上我们提议的办法，我同这位少室道长商酌妥当，今晚三更时分我们便在尊府后花园挖掘宝剑。那时也不用劳动尊纪们，我们带来的四位壮士便足够用，只要预备一点掘土的家伙好了。"

吴壮猷应道："家伙现成，遵命办理便了。"

说话之间，高潜蛟已指挥下人们摆上一桌精致的早餐，另外还给甘疯子又备了几壶美酒。

吴壮猷笑道："师父怎的又自己劳动起来？"

高潜蛟笑道："你不用管，暂时掩人耳目，免得他们失惊道怪，反而不妙。"

甘疯子、少室山人都笑道："这样办是对的。"

于是主客入座，席上甘疯子道："我们已经定下计策，宝剑到手以后，你这位高老师同包小姐率领着四个壮士依然在此保护你府上内外，我们便在今晚动身回太湖去调度一切。"说毕，甘疯子又在破袖内抽出一卷纸来，递给吴壮猷道："这是个招贴，请你派几个妥当的人在两头村口和金鸡山分贴起来，使洞庭帮的人们一看招贴便知怨有头，债有主，不致在此生事了。"

吴壮猷接过招贴一看，张张写着一样的话，只寥寥十个字：剑已化龙去，有胆入湖来。高潜蛟知道这两句话暗含着此地宝剑已由太湖黄九龙取去，不服的只管到太湖去，明明是顾全自己，调虎离山的计策，不觉向甘疯子道："师伯深虑周密，真使小侄佩服。"

甘疯子道："话虽如是，难保洞庭帮一班亡命之徒无理取闹，所以仍旧使我们六弟同包侄女等在此保护，比较放心一点。"

吴壮猷连连道谢，便起身外出，选了几个精明的下人叮嘱一番，叫他们立时把招贴分头贴起来，一面又送走了几批亲眷，然后到上房同他妹子娟娟暗暗说了详细情形，叫她好好看待包小姐。

娟娟微微一笑道："妹子理会得，妹子同包家小姐恰好年龄相同。人家文武全才，妹子实在羡慕得很，恨不得常留作个闺中良伴才好哩。"

这几句正中吴壮猷的心思，却又不便再说，慌调转口风，托付妹子叫厨房安排内外两桌丰盛酒席，款待甘疯子、少室山人、包翩翩等，一举两便，又算拜师的酒馔，另外又备了一桌供应四个包村壮士。

娟娟连声答应，自去提调。这里吴壮猷又到书房内来陪甘疯子等，大家谈了半晌已到中午，内外摆设盛筵，吴壮猷提起精神来应酬甘疯子等，内里娟娟也同包翩翩谈得十分投机，相见恨晚。

正在内外欢聚当口，猛听得大门外一片木鱼声敲得震天价响，木鱼声中又夹着一片吆喝的声音。众人听得诧异，吴壮猷正想指挥下人出去看个明白，忽见一个工人捧着一只右手，哭丧着脸，跑到席前说道："此刻不知哪里跑来一个邪僧，硬在我家门内坐在地上，把木鱼敲个不休，口口声声要我家化个大缘。我们向他好好地说，叫他离开此地，不料这个贼秃驴凶眉凶目的，全然不睬。我一时性起推了他一下，哪知贼秃驴有邪法，身子铁铸似的休想动得分毫。不知怎的，我推了他一下，一霎时这只手臂肿了起来，痛得要命，慌跑进来通知少爷替俺们做主。"他一面说，一面那只右臂格外粗了起来，肿得像吊桶般，只痛得他忍不住哼出声来。

吴壮猷大惊，少室山人笑道："不碍事，我先替你治一治便好了。"说罢走下席来，笑嘻嘻把那工人一只右臂托在左手上，举起右手，只用两个指头，在工人右臂上从上到下捏了几下，随手在工人背上拍了一下，说："好了。"

说也奇怪，工人低头一看，果觉痛肿全消，自己把右手抡了几下，同好时一样了。

甘疯子笑道："哪里来的野秃驴到此撒野，待我出去惩治他一下。"

少室山人慌拦住道："你不能出去，这贼秃早不来，晚不来，偏在这时来薅恼，也许是洞庭帮的人看见了招贴，先来探听动静的。现在我们宝剑还未真个到手，你如出去一露脸，今晚便要生出是非来了，不如请高兄依然装着吴宅工人出去，把他赶走便了。"

高潜蛟便立起身来，好在他依然穿着平常做长工的衣服，倒不用乔装，少室山人又在高潜蛟耳边低低嘱咐了几句，高潜蛟唯唯答应，便向席上人笑道："诸位慢慢吃酒，小弟去去便来。"

吴壮猷一时好奇，也想跟去见识见识自己老师怎样打发凶僧，却碍着自己是主人，不便离席。恰好内房也得知消息，屏内一阵莺声呖呖，包翩翩已走了出来打听情形，少室山人一述所以，包翩翩年轻好胜，而且娟娟一同出来躲在厅屏后，包翩翩便要自告奋勇，在娟娟面前卖露能耐。

少室山人却明白，门外凶僧能够借力打人是少林铁布衫的功夫，包翩翩不是凶僧敌手，便极力阻止，一挥手道：“高潜蛟快去，你们如果要看看他怎样打发，不妨暗暗去偷看一下。”这一句话使得席上的吴壮猷、屏后的娟娟都跃跃欲试，偏是包翩翩活泼得紧，跑进去一把拉住娟娟便闯了出来，席上的人只好起身为礼，娟娟略一敛衽便被包翩翩拉出去了。

甘疯子向吴壮猷道：“我们两人用不着主人劝酒，早已自斟自饮，老侄台何妨也去看个稀罕儿呢，你老师的真功夫也可趁此见识见识。”

吴壮猷大喜，立起身来告了罪，也向大门口走来。

这时，高潜蛟已迈开大步走出大门外面，一见吴宅许多工人和门外台阶上看热闹的村中老幼围得水泄不通。吴宅工人们一看高司务出来，便七嘴八舌向他诉说，高潜蛟只含笑点头，分开众人，见那凶僧是一个披发头陀，闭目盘膝坐在门槛内，挡着进出路口，面前摆着斗大的一个铁木鱼，兀自敲得怪响。仔细一打量，那凶僧生得豹头环眼，兽鼻鸢肩，束一道日月银箍，披一领灰布密行棉衲，坐在地上便像半截黑塔一般。那木鱼似乎是生铁铸的，约莫也有几百斤重，被他敲得乌光发亮，手上拿着一根铁锤，分量也是不小。

高潜蛟肚内暗想，这贼秃面生得很，也许不是醉菩提一路，不如好言遣去再说，便走近一步，向那凶僧言道：“喂，大师傅，你云游四海，吃的是十方，到我们这小村来募化一点也不算稀罕，但是你老人家大清早硬坐在人家大门口挡路，又恃着一点小功夫伤了俺们伙计，这可不是佛门弟子的行为了。你不要看轻了这小山村，俗语说得好，强龙不压地头蛇，依我说，不要耽误你工夫，如果要募化一点残羹冷饭，俺便去匀一点出来结个善缘，你就和和气气吃完上路，到别处官宦人家募化去，比什么都强。喂，老师傅，你说俺这话对不?”

第五回

莽头陀，俏佳人，争强争弱
布奇门，设巧计，擒贼擒王

高潜蛟这样一说，自以为软硬兼全，可以打发他了。哪知凶僧一听这些话，猛一张目，射出两道凶光，向高潜蛟周身上下一打量，呵呵大笑道："拣日不如撞日，走千家不如走一家，冲着你这几句话，洒家在这门内募化定了。谁稀罕你这残羹冷饭！你也做不了主，快去通知你家主人出来，洒家特地到此，要同这吴家结个大善缘。什么叫强龙，什么叫地头蛇，俺们出家人一概不懂！如果这门内有地头蛇的话，洒家倒要看看，这条蛇能吃人不能吃人。"说罢一阵冷笑，又闭着眼，敲起木鱼来。

原来这凶僧虽然眼光厉害，却看不透高潜蛟，因为高潜蛟兀自穿着一身灰扑扑的工人衣服，虽然长得雄伟，却又天生成一副忠实面目，凶僧哪里瞧得出来？

但是高潜蛟被这凶僧冷言冷语地抢白了一顿，不禁有点气恼，也是一声冷笑道："听你这口气有点成心，我倒要问你个明白，你特地上这儿来，究竟要募化的是什么呢？再说你宝刹在哪里？法名叫什么？你对我说得明白，我也可以替你向上面去回，死敲那木鱼当得什么呢？"

那凶僧突然凶睛一瞪，大声道："你问俺吗？好，洒家非别人，就是湖南岳麓寺摩诃僧。千里迢迢专程到此，也不募化吴家黄的金、白的银，也不募化稀罕的宝物，只募化吴家后园一口枯井，而且募化的是今天的枯井，到了明天就不稀罕了。现在对你实话实说，你快去通知你家主人便了。”

凶僧这样一说，门外的高潜蛟、门内窃听的包翩翩、吴娟娟、吴壮猷齐吃了一惊，暗想少室山人所料非虚，果然这凶僧道路不对。在场的吴家工人和门外挤着看热闹的老老少少却以为和尚疯了，天下哪有募化枯井的出家人。

台阶下几个乡农忍不住笑喝道：“你这和尚不是成心捣乱吗？出家人募化一口枯井有什么用处，难道你能扛着一口枯井回湖南去么？”

众人你一言，我一语说了一阵，凶僧全然不睬，格外使劲地把木鱼敲得震天响。

这时高潜蛟已万分忍耐不住，暗自运用功劲，只一举步，一伸臂把凶僧衣领提住，下面左手一托，喝一声：“出去！”

那凶僧始终把高潜蛟当作吴家下人，没有防备他陡然来了这一手，经高潜蛟一提一托，禁不住整个身子像肉弹般从众人头上向门外空地上抛去。

看热闹的众人也不防高司务做出这手把戏来，大家诧异喊了一声啊呀！慌又回过头去看那凶僧跌坏没有。不料凶僧真不含糊，被高司务从门内抛到门外，足有好几丈远，落下来却依然好好立在地上，而且一落地，地上好像有弹簧似的，嗖地又从空场上飞进门内来，笑嘻嘻地立在高司务高潜蛟面前。

当时他飞回来时，众人一低头，又是一声“啊呀”，这声啊呀却表示出替高司务担心的神气来了。却见凶僧立在他面前，仔细看了又看，猛地大笑道：“原来你也有点玩意儿，洒家倒失敬了。冲着你，把募化的事先搁在一边，咱家先请教你几手。来，来，来，外面有的是空场。”说罢一哈腰，拾起斗大的铁木鱼，一迈步向门外走去。

众人看他凶煞似的出来，早已波分浪裂地向两旁闪避，让他大摇大摆地走下台阶，立在空场上，放下木鱼和那棒槌，向门内招手道：“来，来，来，是好汉用不着藏头露尾。”

一语未毕，门内一声娇喝道：“野秃驴休得逞能，俺来也。”

众人一听不是高司务的声音，却见门内飞出一朵彩霞般的人来，落到空场现出身来，却是个丝鬓红颜、锦衣绣带的少女。这一来非但众人眼花错乱，连耀武扬威的摩诃僧也愕然不解。

原来高潜蛟同摩诃僧问答之间，门内窃听的包翩翩早已柳眉直竖，玉牙咬碎，等到高潜蛟出手一抛，摩诃僧依然飞回，说了几句不中听的话，在门外大吹大擂起来。高潜蛟却涵养功深，依然慢吞吞的，不动声色，但是里边这位包小姐万分忍耐不住，一半是气傲志高，一半是初生之犊不畏虎，因此一鼓作气，一声娇喊飞了出来。

这时，门外空场上一个凶煞似的莽头陀，一个娇小玲珑的少女，眼看就要龙争虎斗起来，这样奇事剑灶村可算是开天辟地的第一遭，顿时轰动了全村，呼的一声，老老少少把吴家门口围成一把栲栳大圈。最奇的众人兀自不认识吴家有这么一位小姐，两只眼睛都盯在场中两人身上，嘴上又胡说八道地乱猜一阵。

正在这众人喊喊喳喳当口，猛见门内又跳出一人，急急分开众人，挤入场中，高声说道："包小姐金枝玉叶，犯不上同这种人动手。再说割鸡焉用牛刀，还是让高某来打发他。"

包翩翩尚未答言，那摩诃僧大笑道："便是你们两人齐来，何足惧哉！且住，既然明战交锋分个高下，且通上你们的姓名来。"

高潜蛟笑道："我是吴家的长工，人家叫我一声高司务，就是我的名字了。至于这位小姐，不是此地人，偶然在吴家做客，人家是大家小姐，绝没有向你报名的道理。现在诸事休提，你吃的是十方，我是吃一家，管一家。咱们平日无怨少仇，今天你无理取闹，不由我不出来多事。现在咱们这样办，我是个乡下老憨，无非略知一点点拳棒，当然不是你的敌手，但是不见高下不死心。再说咱们这山乡僻村难得见着你这样高人，替你接接招也可以偷几手高招儿。"

摩诃僧用手一指，喝道："你既然出来替你主人担当，应该有个着落的话，这样废话说他则甚？譬如交手以后，你输了怎样？"

高潜蛟大笑道："这还用说么？我输了，当然任凭你向吴家募化那口枯井便了。如果你输了呢？"

摩诃僧道："如果你赢得了我，我非但不向吴家募化，从此不进剑灶村一步。”

高潜蛟高声喝道：“好！在场的众位都是见证。”

四面人们都高声应道：“我们都在此见证。”

胆小的却又低声喊着：“高司务，你要小心啊！”

这时，摩诃僧却把腰间一条布条解下，脱下了外面一领棉衲，露出短衣，随手把脱下衣服放在地上木鱼边，微一退步，凶睛一瞪，单掌当胸，现出少林派交手的规矩来。

高潜蛟恐怕包翩翩争先下场，慌也把衣襟掖起，却不吐露内家拳派的招式，只随意双手一拱，道声：“请。”

这一个请字方出口，猛听得霹雳般一声大吼，摩诃僧一个箭步，早已挥动蒲扇般的铁掌如雨点般斫将进来。高潜蛟看他来势甚猛，掌带风声，知道不能轻敌，又预知他有铁布衫的功夫，默运内劲，看关定势，随势对解，只一味同他游斗，并不进攻。转瞬之间，两人你来我往，已走了一百多招，并未分出胜负来。看的人哪懂得这些功夫，只看得眼花缭乱，口张气促，个个都替高司务捏一把冷汗。

独有包翩翩立在一旁，冷眼看那凶僧愈战愈勇，擒、拿、点、斫，招招都向要害，确也厉害非凡，不禁暗自喊声惭愧，幸而没有出头，万一稍微疏神，失败在凶僧手上，以后如何见人？却又替高潜蛟着急，虽看得高潜蛟尚能应付，却是保守的多，进攻的少，如何胜得人家？一时却又不便帮助他，心里比交手的人还用神，两只杏眼直勾勾盯在四条臂膊上。

这当口，猛见摩诃僧霍地向后一纵丈许远，他两臂一振，全身骨节咯咯一阵山响，两只出火似的凶睛突出像鸡卵般大，斗鸡似的盯住高潜蛟，却一味蓄势窥机，并不逼近身去。

高潜蛟明白他是默运内劲，预备用毒招儿，想一发制人，又转念这秃驴功夫不弱，在少林派中定是一等的角儿，如果这样斗下去，一时不易制胜，非用绝招不能制住他，不觉存了个诱敌法子。故意一声断喝，大踏步赶将近去，左手一晃他眼神，右掌一吐，便是一个单撞掌的招式，向摩诃僧左肩穴推去。

摩诃僧大喜，以为这一下便可置他死命，喝声：“来得好!”双肩一错，两臂齐伸，想用阴阳手锁住来掌，下面便同时抬起腿来，向致命所在踢去。

哪知高潜蛟一晃一推都是虚招，等他肩头一动，霍地一侧身，步法一变，便已转到摩诃僧身后。摩诃僧吃了一惊，慌一退步，转身迎敌，哪知高潜蛟迈开流水步法，一个身如风车似的绕着他乱转。一转瞬间，摩诃僧身不由已地跟着高潜蛟的身子转了许多圈子，倏忽之间只觉眼光错乱，四面八方都是高潜蛟的身影。

摩诃僧大惊，猛然悟出敌人走的是八卦方位，使的是内家八卦拳，一转念间又转了几圈。摩诃僧心中一急，蓦地口中一声怒吼，两足一跺，凌空直上，半空身子一横，一个飞鹰掠食的招式，猛向高潜蛟当头扑下，这一下，高潜蛟也暗暗吃惊，想不到这秃驴居然急中生智，能够脱出八卦拳的牢笼，慌一矮身，使了一个乌龙扫地，用腿平扫过去。摩诃僧真也可以，身正立定，只足尖一点，向后纵出丈许远。高潜蛟性起，喝一声秃贼休走！话到掌到，又向摩诃僧斫去，摩诃僧也自怒火十丈，铁臂一挥，两人又打在一起。

这一次，两人都使出全身本领，拼个你死我活。无奈高潜蛟的确不凡，使出内家绝艺，一个身子宛同棉花一般，使出来的掌劲却又似泰山一般，让他摩诃僧厉害，使尽铁布衫的功夫也占不到半点便宜，眼看渐渐气喘吁吁，精疲力尽，就要失败，忽然人圈里一声吆喝，哧的一道白光，斜刺里向高潜蛟身后射去。

说时迟，那时快，白光离高潜蛟身子还有尺许光景，忽然当的一声响，白光消失，却见一支铮光耀眼的钢镖插在土内，镖尾还系着短短的一条白绸子。这时高潜蛟被这声响一惊，早已跳出圈外，却见包翩翩已飞身跳出圈外，搜寻放镖的人去了。

那摩诃僧趁此抓起棉衲、木鱼，指着高潜蛟喝道：“时已不早，权让你多活一刻，晚上再取你狗命。”说罢，头也不回挤出人丛去了。

高潜蛟心里记挂着包翩翩，又觉凶僧另有党羽，事情叵测，只好让摩诃僧借着机会逃去。

这时围住的人们一阵捣乱，又纷纷议论起来，也有抓住高潜蛟打听凶僧路道的，也有问他哪里学来这手好拳脚。高潜蛟哪有心情理会？三言两语遣开众人，拣起地上的那支飞镖，急匆匆来寻包翩翩，却见吴家一个工人近前来说道："里面那位道爷请你回去，有要事商量，包小姐也已进内去了。"

高潜蛟听得包翩翩并没追人，放了心，便匆匆进门。

回到客厅，一看厅上甘疯子、少室道长、包翩翩、吴壮猷正在谈论凶僧的事，高潜蛟进去笑道："小弟无能，竟被他轻轻跑掉了。"

甘疯子道："这事且不提，倒是今晚有点麻烦了。"

少室山人接口道："这凶僧果然不出我所料，是柳摩霄派遣来的，来的且不止一人，可惜没有看清楚暗地发镖的是谁。"

包翩翩道："眼看那贼头陀不济了，却不防飞出这支镖来救了他。当时我看高师叔无暇顾及背后，慌随手发了一弹把镖打落，接着跳出人圈子去找发镖的人，可恨这些看热闹的人像掐了头的苍蝇般乱起哄。那贼子趁势一混乱便找不着他踪影。"

高潜蛟慌向包翩翩谢道："原来包小姐暗助一臂，否则真有点难以兼顾，但是那凶僧临走说了一句晚上再来或者是真的，今晚我们要当心才好。第一不要耽误我们取剑的事，第二不要使吴宅担惊。"

少室山人笑道："你不用担忧，我同你师兄已商量妥当了。而且在摩诃僧走的当口，已暗派包村的几位壮士暗暗跟踪去了，不久定有回报，且看他们来了多少党羽再细细计较。"

高潜蛟唯唯答应着，却用眼打量吴壮猷，见他面上虽极力矜持着，却遮不住惊慌的神色。本来一个文弱书生哪经过这种阵仗，在门口看得高潜蛟同摩诃僧龙争虎斗已是惊心动魄，一听晚上尚有凶险的事情，哪得不担忧受怕，何况内里有年高的老太太、娇滴滴的妹子呢。高潜蛟看他这样神色，也是捏把汗，一时又想不出万全之计，不禁也眉头打起结来了。

甘疯子同少室山人看得暗暗好笑，却说道："六弟，你且把手上镖拿来我看。"

高潜蛟因心中有事，真个把手上捏着的飞镖都忘记了，一听甘疯子问他，慌把一支镖送过去。

甘疯子一看镖尾一条绸子上写着天觉两字，呵呵大笑道："原来他也来了，怪不得不敢露面呢。"

少室山人、包翩翩、高潜蛟闻声都一齐凑近去一看，才知道这飞镖是艾天翮大徒弟天觉僧的。

少室山人道："这样看来，同流合污一齐同我们干上了。也好，越来得多，越好！索性一网打尽他们，来个总算账。"

话犹未毕，两个包村来的壮士跑得满头大汗，走进厅来报告道："我们四人分散开来盯那凶僧的梢，却见他飞也似的跑到金鸡山背后一所山神庙前，早有两个和尚等着他，其中一个瘦猴似的也同摩诃僧一样装束，也是个披发带箍的头陀，却比摩诃僧还要长得凶相。摩诃僧一见他们便大声嚷道：'好他娘的晦气！洒家真不信吴家工人有这样好功夫，如果没有天觉师兄给他一镖，真还有点招架不住。'

"那光头的大笑道：'你还信他是工人哩，他这一路身法、拳法俺从旁看得清楚，明明是内家宗派，不是太湖的贼子是谁？那旁边立着的少女却不知是谁，如果没有她来一弹，保管吃着我的镖，不死也得个透明窟窿。姑且让他们多活几刻，一忽儿柳道爷、单将军们到来，再同他们算账。让他们再铁打身子，也禁不住咱们人多。'

"那猴儿精似的头陀也笑说道：'照今天情形，甘疯子等并不露面，也许真个已取了宝剑走了，留这一男一女替吴家壮胆便了。回头不管他怎样，先拿这两个狗男女出气。'"

这人喘吁吁地报告到此处，包翩翩忍不住喝道："休得胡说！谁教你把骂人的话也一五一十说了出来？"

少室山人笑道："他照样说给我们听，何必怪他。你且说下去，以后还说什么呢？"

那个包村壮士给包翩翩一喝，吓得结结巴巴说不出话来，想了半天才说道："以后，那个光头的又说道：'可惜今天俺师弟尤一鹗没有来，否则今晚也让他出口气，稍泄飞龙岛之恨。'

“猴儿精的头陀问道：‘令师弟听说从飞龙岛回来就出家做道士，入山隐去，可是真的？’

“光头的叹口气道：‘我这位师弟，心高气傲，精明强干，一生不曾吃过亏。自从受了那甘疯子的凌辱，便赌气独自走得不知去向。有人说他在峨眉隐身修练，不知是真是假，也许特地去练成绝技，雪此人辱，也未可知。’

“三人说到此处便一齐走进庙内，以后就探不出情形来，便转身回来了。可是我们还有两位兄弟私下计议，从水路迎上去，探一探贼头陀口中说的人有无到来，再来报告。”

少室山人道：“这样很好，你们且去休息休息，今晚要撒网捉大鱼哩。”

两人一笑退出。

甘疯子呵呵大笑道：“今晚倒好耍了，想不到在此地同他们清算总账，最奇义天翩、柳摩霄、单天爵三个魔头的党羽都合在一起，而且单天爵自己也来了。他们报说还有一个猴儿似的头陀，俺猜不是别人，定是到太湖做奸细的飞虎头陀，只是摩诃僧三字却没有听到过。这秃驴是湖南人，也是洞庭帮无疑的了。”

少室山人笑道：“俺早已听到单天爵这几年在江宁因为靠山已倒，自己私通盐枭、勒索民财种种劣迹被一位御史狠狠地参了一本，便倒了下来。幸而仗着钱可通神，保全了性命，只落得革职永不叙用的处分，大约一肚皮的恶气没处发泄，也要同我们拼命了。这种人留在世上，总是祸根，如果不来则已，来则保管他有来路无去路。”

包翩翩、高潜蛟齐声问道：“听你两位口气好像成竹在胸，已布下了天罗地网似的，何妨说出来让我们也痛快痛快，让吴少爷也可以放心。”

甘疯子同少室山人相视一笑，只说：“少停，便对你们说，此刻天机不可泄露。”

吴壮猷也被弄得莫名其妙，却又不便多问，包翩翩最心急，忍不住说道：“两位师伯功夫高深，自然不惧他们，但是古人说得好，‘投鼠忌器'，万一今天晚上一班亡命之徒成群而来，我们仅仅四人，连带了四个凑数也只八人，顾前顾不得后。内里那位老伯母还有我新交的娟娟妹子是受不住惊吓的，略有闪差，把那班亡命碎尸万段也抵不过来。"

包翩翩这几句不客气的话，正是高潜蛟想说不敢说的，吴壮猷非但不敢说，而且不敢露在面上的。现在包翩翩和盘托出，两人好像喝了两杯透骨沁口的甘露，这一份痛快难于形容，直瞪着眼睛，等着甘疯子、少室山人回答出怎样的话来。

哪知少室山人朝甘疯子微微一笑道："如何？偏是她的心急。"说了这句，笑向包翩翩道："你所虑的难道我们想不到么？你要知道，今晚的局面是尚智不尚力，无论时间匆促，万万来不及向太湖调人，就是调得人来，如果在吴府上能枪对枪、刀对刀大战一场，你想想吴府上弄成怎样结果？连一村的安分乡农也要吓得屁滚尿流，以为我们在此造反哩！柳摩霄等一心夺宝剑，报前仇，他们当然不顾一切，可是我们岂能胡乱来？所以我们要想个万全之策，只有智取，不能力敌了。这样一说，你们就明白了。"

包翩翩等一听这些话，肚里暗想道："明白是明白，但是你们究竟用的怎样一条妙计，依然没有说出来呀。"

他们肚里这样叨念却不便说出来，你看我，我看你，依然是个闷葫芦。

这当口，甘疯子大笑而起，向包翩翩、高潜蛟一招手道："你们跟我来。"

两人不知何事，跟他到了书房内。甘疯子便把预定计划悄悄说了一番，又吩咐他们两人照预定计划，分头进行，不得有误。两人唯唯应着，一同又走了出来。吴壮猷一看高潜蛟面有喜色，尤其是包翩翩活泼泼、喜滋滋地转过屏风，向内房去了。

高潜蛟走到吴壮猷面前，笑道："请你万安。师兄们已定下极妙的计策，用不着动刀执杖惊动府上，此刻因为机密起见，不能同你细说，请你原谅我们。"又嘱咐他道："今晚到内房同老太太、小姐一房去睡，免得在此担惊。上上下下的人也早早熄灯睡觉，关严门户，不要出来偷看。内房便由包翩翩在屋上巡护，外面由我查察，其余都是少室道长、甘师兄和四个包村壮士的事了。现在我要去预备应用的东西，暂时少陪。”说罢出厅去了。

吴壮猷虽然还疑惑不定，但是相信这位老师是靠得住的，而且也明白他们恐怕泄露机密，所以坚不说明，也就略宽愁怀，得便回到内房。

老太太诸事不知，还蒙在鼓中，又问了一句：“听说门前来了野和尚被高司务赶走了，可是有这事？”

吴壮猷一看老太太全然不知，明白妹子娟娟不许下人声张，没有给母亲知道，也就含糊着答应了一句，便来寻他妹子。一到娟娟闺房外面，包小姐正在房内同他妹子谈得好不兴头，一见吴壮猷到来，两人起立相迎。

娟娟笑着问道：“妹子平日早说过，咱们高司务不是平常人，今天果然真人露相了。那一位道长同甘年伯听说还要了得，便是这位包姐姐也是巾帼英雄，今天真是难得，蒙诸位英雄下降，妹子斗胆要拜这位姐姐做师父，却被包姐姐推卸，答应将来替妹子介绍一位了得的女师父。此刻我们叙年庚，包姐姐长我一岁，我们已结拜为干姐妹了。”

吴壮猷听得，口上连声道好，肚里暗暗诧异，她明明知道今晚凶险得紧，怎么一点不惊慌，却从容不迫地结拜姐妹起来。

这时包翩翩笑道：“令妹对我们行径已略知大概，便是今晚的事她也略知一二，一到上灯当口，两位同伯母合住一房，早点熄灯闭户，由愚妹在屋上看守，保管没事。令妹虽是琐琐裙钗，眼光见识胜人十倍。将来倘能得一明师传授武艺，比愚妹定强十倍哩。”

吴壮猷谦逊一番退了出来，仍回到前厅来，却不见了甘疯子、少室山人，一问下人们，说是由高司务领着从夹巷同到后园去了。

原来大厅旁边有一道夹巷也可以通到，不必经过上房，吴壮猷匆匆赶到后园。却见园门紧闭，从门缝里觑着少室山人领着高潜蛟和两个包村壮士在一株槐树底下围着一口枯井，东指西点，不知说些什么。甘疯子却远远地跳在对面墙头上，背着身观看园外一座土山的树木。

半晌，甘疯子飞身下来向少室山人不知说了什么话，少室山人向墙外土山脚根密杂杂的竹林抬头一望，连连点头，便见高潜蛟指挥两个包村壮士拔出腰刀，跟着甘疯子一齐跳出墙外去了。吴壮猷吃了一惊，不知他们拔刀跳出墙去为了何事，再看园内，少室山人独自一人不住地向四面墙脚打量，一忽儿在井栏周围一步一步地绕个圈子，嘴上喃喃自语，不知说的什么，又从南到北，从东到西，活似丈量这块园地似的来回又走了几遭，蓦地在墙脚边拾了一支枯竹竿，在地上横七竖八地画出各样线条来。看他凝神注意，一面探着步，慢慢地走一步，便在地上画一道痕迹，不多工夫，把满园土地上画成曲曲折折、若连若断的花纹，把园外张望的吴壮猷看得莫名其妙。再向园内地上的花纹仔细一看，似乎遍地画的痕线有点像易经书内太极九宫之象，再一看却又花样繁多，愈看愈糊涂起来，究不知少室山人捣的什么鬼，在地上画了这些有什么用意。

此时却听墙外竹林内叮叮之声大作，又夹着一阵阵咔嚓咔嚓之声。原来墙外那座土山和山脚的竹林都是吴家的产业，吴壮猷听得伐竹的声音，兀自以为家中工人在那儿采竹竿用，一时也不在意，只留神看那少室山人再捣出什么把戏来。却见他丢掉了手上竹竿，不在地上画花样了，只见他拽起了道袍，把长袖向上一挽，骑马势蹲在井边，两手扶住井口栏圈，只一撼，便见井栏下四面泥土都拱了起来，再一换手，一手把住井口，一手托住井栏，轻轻喝声“起”，便把约有千斤重的一个大石井栏掀了起来，搁在一旁。

这一来，把吴壮猷吓得吐出舌头，半晌缩不进去。这样神力如果不是亲眼目击，说出去谁也不会相信的。吴壮猷一面惊奇，一面哈着腰，一面张眼贴在门缝上，越发要观个究竟。

不料夹巷尽头处一阵脚步声响，一个工人引着两个包村壮士奔近前来。这两个壮士便是分途向水路去侦探消息的，这时想已探得消息回来报告了。吴壮猷一看他们到来，只好直起腰让他们叩门。一忽儿呀的一声，少室山人开门出来，一见吴壮猷，向他微笑道：“我们无端惊扰，反客为主，实在太显得不对了。此刻吴兄亲眼见着我们这种举动，越发惊疑莫测。其实本应早早告诉足下，无非防着走漏风声。好在一到晚上，吴兄自可明白，只有诸事请海涵的了。”说罢呵呵大笑。

吴壮猷一听，心里突地一跳，暗想听他口气，明明知道我在门外偷看，我一声不响，他怎会知道的呢？这种人实在神妙不测。我们这种书生真是坐井观天，不知天下之大。这样一转念，正想措辞回话，却已见他向两个壮士问道：“你们探得消息没有？”

只听两壮士答道：“俺们向水路走出村口五六里路，迎着一只外江飞沙红船，船内坐着三个异样装束的人，一个是长面道士，一个是魁梧老和尚，还有一个却是肥头肥脑、黑胡倒卷、衣裳华丽的官绅。另外三个舟子，一张风帆，两支飞橹，箭也似的顺水驶来。俺们一看那船有异，翻身又跟踪回到村来，见那只船在村外，船上三个人一齐跃上岸，也不带从人，也不进村，径从村后一条山路匆匆走上去了。俺们一打听本村的人，敢情那条山路直通金鸡山顶，想是到那破庙里与那同党会作一路去了。”

少室山人点头道：“好！你们两人且进园去，跳出对面那座矮墙，帮他们砍竹。”

两个壮士答应了一声便奔进园去，后面立着一个工人正看得莫名奇妙，吴壮猷知趣，慌举手一挥，叫那工人出去，复吩咐道：“外面有人打听咱们家里情形，谁也不准漏一点口风，你快去知会他们。”

那工人答应着退出。

少室山人笑道：“吴兄天分真高，将来也是我道中人，但是尊纪们可以放心，早已由高潜蛟预先叮嘱过了，现在请吴兄同进园去，看我们做点把戏如何？”

吴壮猷巴不得有这一声，两人相继入园，却已见高潜蛟、甘疯子同几个壮士扛着一大捆青竹竿，一个个跳进墙来。甘疯子一个人便肩两大捆，怕不有七八十支长竹竿，竹梢上竹枝、竹叶都已削得精光。

甘疯子放下肩上竹竿，细看地上画的纹路，连连点头，笑向少室山人道：“这玩意儿除去我们大师兄，就要算你了。我虽粗知半解，其中正奇生克之理总有点弄不上来。今天用着这玩意儿，妙在一半是虚，一半是实，让他鬼灵精的柳摩霄也逃不出俺们掌握。此刻据那后来的两人报告，照形状推测，长脸的是柳牛鼻子，僧装的是醉菩提了，那官绅装束的人恐怕就是革职的单天爵。”

少室山人道：“我也是这样猜想。他们既到，势在必行，我们早点预备好，免得临时慌促。”说罢，在地上一捆的青竹竿内抽出一支来，用手量定了尺寸，向高潜蛟低低说了一番话，便同甘疯子、吴壮猷一齐走出园来，只留高潜蛟和四个壮士在园内不知做什么把戏出来。

三人回到厅上，吴壮猷重又洗盏烹泉，分敬香茶。正这样谈着，猛然吴家一个工人匆匆引进一个英武大汉，背着一个包袱，一身急装，满脸泥土，一见少室山人、甘疯子倒了便拜。

甘疯子急问道：“咦，你怎样来的？怎又知道我们在此呢？”

那人拜罢起来，恭声答道：“侄徒奉九龙师叔的命，特地先到包村，问明此处地点便即赶来。”说罢从怀内掏出一封信来，送与甘疯子。

少室山人便指给吴壮猷道：“这是敝徒东方杰，才从太湖来。”

两人慌互相见礼，寒暄一番。

一面甘疯子便把信笺取出来，同少室山人并肩观看。原来黄九龙信内写着，如果宝剑到手，急速邀集本派人马，一齐回太湖商量要事。因为最近接到大师兄钱东平从两广来的密札，写明两广各路英雄已召集了十几万人马，不久兴师义举，向北发动，从两广到长江一路水旱英雄都密谋响应，所有计划都是钱东平运筹帷幄，所以通知太湖人马早为预备，两广人马一到长江便可崛起等话。

甘疯子同少室山人看毕，相视点头，却把手上的信一团，丢入口中消灭痕迹了，却向东方杰笑道：“你来得正好，今晚这里还有一幕把戏，此事一了，明日我们便一齐回湖便了。”

东方杰慌问何事，少室山人略述所以，东方杰喜不自胜，笑道：“徒弟长久没有发利市了，想不到今天误打误撞，到了此地又遇着这班恶魔。今番擒住他们捆到湖堡，正可预备着做祭旗的牲礼。”

他这样一说，少室山人慌视之以目，东方杰会意，便不敢作声了。这时吴壮猷坐在一边听着他们的话，看着他们的举动，真应了一句俗话，“丈二和尚摸不着头脑”。却在这时已到正午，里边吴娟娟指挥厨娘整治好一桌精致酒筵送出厅来，另外弄了几样可口小菜，自己陪包翩翩杯酒谈心。

吴壮猷在厅上一见酒馔到来，忙指挥工人们在厅上调桌抹椅，肃客入席，一面叫人到后园请高师傅入席。不一时，高潜蛟进厅来，扛着一个乌油油四尺多长的一个扁长匣子放在地下，先和东方杰寒暄几句，后向甘疯子、少室山人笑道："小弟已遵命布置妥帖，在井底掘了四尺多深便发现了一个铁匣子，却是精铁打就，四面毫无开闭之处，也不知当年怎样铸就的，其中想是那话儿了。"

少室山人、甘疯子都离席下来，蹲在地上用指在匣边叩了几下，铮铮然发出一种金石之音，其声清越，余音悠远，许久方止。

甘疯子向吴壮猷道："这就叫'匣剑作龙吟'了。"

吴壮猷这才知道匣内就是宝剑，忙也俯身细看，只见那匣子在井底埋了这许多年，一点没有水锈痕迹，依然乌油油的，耀目争光。

少室山人道："这个匣子也非凡铁所铸，定是百炼精钢。"

吴壮猷道："这样天衣无缝的铁匣如果击破撬开，未免可惜。"

甘疯子笑道："这是当年百拙上人的巧思，八剑铸成之后，定是看炉内尚有余铁，特地铸成此匣留给后人。若把这匣子再入炉熔化，也可铸成一柄上上的刀剑哩！就是把它撬破也没有关系的。现在事不宜迟，我们先设法取出宝剑来，大家赏鉴赏鉴。这一席酒便可作为庆贺宝剑的喜酒，正合古人说的'看剑引杯长'那句话了。"

少室山人笑了一笑，从腰间摸出一件东西来。众人看时，却是六寸长，亮晶晶、白森森的一柄匕首，非金非石，不知什么东西铸成的。少室山人举着那柄匕首，笑着对众人道："我这柄匕首不是夸口，比那匣中宝剑还宝贵哩。不论精钢宝玉，切斫如腐。最奇的如果把它浸在清洁的山泉内，过了一昼夜却又软化如棉，可以随意捏成各种物件，原是唐猊犀麟一类异兽的角做成的，还是二十年前在昆仑山上得的，今天正用着它来开这匣子了。"

众人称奇不止，少室山人便拿着匕首在匣子一头上划了几划。说也奇怪，那匣子一经匕首画上，便如纸糊一般，在一头上裁下一块正方形的铁板来，这块铁板一裁下，便见匣中水银似一道寒光，闪闪地射将出来，独有吴壮猷还觉着一股冷气，中体欲噤。高潜蛟把匣子那边一掀，便似两泓秋水般流将出来。

少室山人和甘疯子每人一柄拿在手中，却俯身再向匣内一望，口中咦的一声，道："只有两剑，八剑尚缺其一，又向何处物色呢？"

少室山人笑道："不必多虑，八柄已来了七柄。剑是灵物，同气相感，不怕那柄不来。"说罢把两柄剑并放在席上。

众人细看时，只见两柄剑长短参差，都没有剑鞘配着。一柄脊高锷细，自镦至锋通体纯钢铸就，拙朴无华，不过二尺多长，近镦处镌着"守拙"两字；一把通体二尺八寸长，平脊阔锋，光可鉴发，剑镦镂就极细花纹，隐隐篆着"琼光"两字。

甘疯子笑道："你们且评一评两剑高下。"

高潜蛟道："同一冶炉铸就，同是一人所制，如何分得出优劣来？"

少室山人笑道："这倒不然，譬如一龙九子，子子不同。一个胞内的弟兄尚且性质各别，何况一炉冶出的宝剑。依我看，这两柄剑斩金截铁，果然同一犀利，但是在我们手上运展起来，长不如短，'琼光'不如'守拙'。'琼光剑'锋芒外露，刚多柔少，'守拙剑'英华内潜，炉火纯青。诸位不信，只要留神两剑散发出来的光华便各自不同。'琼光'略微带一点闪蓝之光，'守拙'却同烂银一般，毫无杂色，即此可以辨别炉中功候。"说罢，又把两剑远远分开，指着"守拙剑"说道："你们仔细看，一经分开，两剑的光彩便分明不同了。"

甘疯子拍手大笑道："道兄高明，所见甚是。但是今晚我们两人倒要试试新，借重这两剑哩。"

少室山人笑道："我细看这两柄剑，尚未饮过人血，也没有经人施展过，便同新出炉的一般。照理新出炉的剑要饱饮人血的，俺却希望今晚不要流血才好。"

众人笑了一阵，依然把两柄剑放在席前，大家就座畅饮起来。饮至半酣，包翩翩在内室闻得宝剑出土，慌三脚两步跑到前厅来，瞥见东方杰在座，略一询问，便把两柄剑捧住，细细鉴赏一番。

却听甘疯子道："今天一过申刻，诸位都照预定计划，各司其事。"又一指东方杰道："加上你，帮助他们两人做个游击巡回的职务，园内的事你们不用顾虑，由我们两人指挥包村四勇行事便了。"叮嘱毕，高潜蛟、包翩翩、东方杰唯唯答应。

大家吃完了饭，正预备各自休息休息，养养精神，晚上好对付单天爵、柳摩霄那班人，忽听大门外面一阵喧哗，吴家工人引进两个白发农夫来，向吴壮猷和众人唱个无礼喏，颤抖抖地说道："启禀少爷得知，金鸡山山神庙内来了一班不三不四的人，其中也有绅士，也有道士，也有带发的头陀，也有光头的和尚，都是凶眉凶目的人物。据那绅士说，是来游山带看地穴风水的，他们带着行厨，就在山神庙内高饮起来。一忽儿，一个猴子似的头陀带着一个外路船上人进村子，打听得此地没有酒买，便挨家瞎闯，要强买一坛好陈酒和几只肥鸡。村里人看他们不三不四，便没有好气应付他，有几个还知道上半天给高司务打走的恶头陀也是一帮人，越发不睬他们。那头陀讨了没趣，咬着牙，恶狠狠地回山神庙去了。因此村子里几个年长的私自商议了一下，教俺俩来通知少爷一声，如果那班人真不是好路道，在俺村子里逗留着做出一点歹事来，便请少爷命高司务留神一点。万一有事，俺们鸣锣为号，全村壮丁齐心出来，帮着高司务捆住他们，送向县里去，也教他们知道，俺们剑灶村不是好欺侮的。"说罢垂着手，静等吴壮猷回话。

这时，厅上席散人未散，高潜蛟正在吴壮猷身旁，便接过来朗声说道："难得诸位乡亲齐心，如果那厮们真个做出手脚来，只听俺们这里一有举动，诸位也不用真个上阵打仗，只要齐声呐喊着，助一助胆气便好了。倘然那厮们没有事，诸位也不要去惹他们，免得生出是非来。"

吴壮猷也说道："这样最好，两位老乡长且吃杯水酒，坐坐去。"

那两老者慌拱手作揖，告辞而去。

这里大家又谈了一阵剑灶村风俗淳朴，犹有古人守望相助之义。如果有人组织一个团练公所，也不亚于包村哩。大家谈了一阵便各自散去。包翩翩回内宅，甘疯子、少室山人、东方杰回到书房，盘膝打坐，调息养神。只吴壮猷满腹狐疑，一心记挂着后园的把戏，趁此甘疯子等不在跟前，死命拉着高潜蛟，左一个师傅，右一个师傅，非要引他到后园去看个明白才安心。高潜蛟被他弄得没法，只得同他到后园来。

一进园门，便见四个包村壮士在门口蹲的蹲，坐的坐，各人腰间挂着绿鲨皮的刀鞘，插着刃薄背宽的朴刀，一见高潜蛟，都笑嘻嘻地站起来。

高潜蛟道："诸位辛苦，用过午饭没有！"

众人齐应道："已吃过了。"

这时，吴壮猷两只眼珠早已骨碌碌地向园中察看，只见遍地插着二三尺的青竹竿，竿端一律斜削成枪锋似的锐利，满园一望，森森然刀山一般，竟一步也难插足。从竹竿缝内望进去，那口井依然好好地安上石井栏，看不出掏掘过的样子，再一细看，却见枪林似的竹竿内，东南西北四方都有几十支较长的竹竿对列着，便像一重重门户似的，其余也没有异样的地方了。

吴壮猷拉着高潜蛟悄悄问道："有这样锐利的竹竿遍地插着，如果有人想从墙外跳进来，足未着地早已肚裂肠穿，死在竹枪尖上了。"

高潜蛟摇头道："不是这个意思。有能耐的人，真是刀山也一样可以跳下来，行所无事。这是少室道长高深独得之秘，不要说我是个一窍不通的人，便是学问深博、武艺惊人的高手，对于这种巧侔造化的神技也是难测高深的。

"我听过俺师兄们研究此道，叫作遁甲八阵图，汉朝诸葛武侯在四川瞿塘急湍奔流的中间留下几堆石子，一直到现在兀自屹立中流，不受奔流冲荡。据说一到风雨晦暝的当口，那几堆石子间风云蓊起，雷电交轰，真有千军万马之势。便是风清日朗的日子，早晚也有烟云出没，倏忽变幻之奇，这就是武侯遗留的八阵图，人人所知道的，但是据俺师父陆地神仙说来，当年诸葛武侯的八阵图还没有学完全哩。"

吴壮猷听得出神，慌问道："难道这园内插着的竹竿，也就是八阵图吗？"

高潜蛟笑道："怎么不是？你看看这许多青竹竿毫不为奇，倘然把你摆在里边，包你左旋右转，弄得头昏脑涨，转一年也出不来。我也不知其中有何奥妙，只听他们说过，其中主门有八，一重门占着一个字，叫作休、生、伤、杜、景、死、惊、开，这八个字每一个字都有极妙的作用和变化。摆阵图的人必定要预先斋戒沐浴，按四时、化五行、合三才、布九宫，算得停停当当，还要参用六丁遁甲，算定生克奇门，然后方能下手设阵。”

吴壮猷不信道：“照师傅这样说，不是仓促之间所能摆设。何以少室道长在倏忽之间，便画下地线图样，叫师傅立时设立起来呢？”

高潜蛟大笑道：“我的少爷，你还在鼓里呢。不瞒你说，我在府上两年，光在这园内守候剑气也不知费了多少心血哩。便是少室道长也时常从包村到此，来的时候都在深更半夜，跳进园来同俺相会，把这块园地的四至八道，丈量得清清楚楚。那时用意并不在对付洞庭帮上面，全因为开掘宝剑也须布置一下，宝剑通灵，每与地气吸引，可以在地中自在游行，古人延陵剑合就是这个道理。到了这几天，恰巧洞庭帮到来，少室道长一举两用，重新更改一下，摆下这一座奇门颠倒八阵图。你我不懂得其中巧妙，当然看不出所以然来，一到晚上贼人到来，自然有鬼神不测之机，天地造化之巧。”

吴壮猷疑信参半，笑着说道：“这种虚无缥缈的道术古人虽然也有记载，我们儒家总当它是异端邪说，不足为训的。”

高潜蛟不禁面色一整道：“你是下帷苦读、足不出户的书生，也难怪你不信，便是我初听师兄们说到神乎其神的当口，俺也一百二十个不信。后来听到他们入情入理的细细譬解和几次亲眼目击，才知天地之大，绝不是你们坐井观天能够测度的。

“有一次，四师兄对我说，这种学问同僧道及江湖术士专讲迎神役鬼、拘魂摄物的一种左道邪门完全不同，全从一册易经上推演出来的，其中以精气神为主，运化到天地、阴阳、生克变化之中，然后发生出无穷妙用来。因为这种学问非尽人可学，自古到今，传人无几，我们看不透其中奥妙，自然当作异端邪说了。孔老夫子也说过，‘假我数年以学易’，如果那册易经没有天地造化之理，阴阳开合之奇，何致连孔老夫子都看得这样郑重呢？我一肚皮草包，又是笨嘴笨舌，说不出一个大道理来，你是学有根底的人，将来有机会定可以了解的。”

第六回

虎啸龙吟，描写些英雄人物
墨枯笔秃，消磨了岁月闲情

吴壮猷听他说了一大篇，暗暗称奇，想不到他也能说出这样话来，真是近朱者赤、近墨者黑了，当下连声答道："老师的话一点不错，我一个株守家园的年轻人，怎能推测天下之大？想不到我有这样奇遇，能会着这样奇人，将来全仗师傅提携的了。"

这时高潜蛟被他左一个师傅右一个老师连珠般奉承上来，也只有却之不恭受之有愧了。

两人说了半天，园内既然无法进去只得转身回厅。

高潜蛟道："此刻无事，甘师兄等正在调息养神，毋庸我们陪他们，你大可到内房休息一下。昨晚一夜没有睡好，趁此休养休养，我还要布置一下旁的事情哩。"说毕匆匆出厅去了。

吴壮猷一夜未睡，确也有点支持不住，便依言进内休息去了。他昨夜熬了一夜，又讲了一夜的话，第二天强提精神勉做主人，又从清早到晌午周旋在甘疯子、少室山人之间，耳所闻，目所见，都是稀奇古怪、出生难遇的事，一颗心忽惊忽喜，忽忧忽乐，再不得闲，可算得出世以来没有比这天还劳苦、还兴奋的了。所以不睡则已，一睡下来立时呼呼大睡，人事不知。

哪知等他一觉醒来，霍地坐起张目一看，床前墨黑，天日无光，吃了一惊，自语道："咦，奇了！难道我睡了这许多时候，已经入夜不成？"

这话方出口，蓦地伸过软绵绵、香馥馥的一只手把他的嘴掩住，一人悄悄说道："快不要作声，他们正同贼人交上手哩。"

吴壮猷一听是他妹子娟娟的声音，又听见贼人已经到来，吓得半晌说不出话。许久方悄悄问道："母亲睡了不曾？贼人又在何处？你怎的又在此地？"

娟娟听他说话上句不搭下句，颤抖抖的，连床帐都瑟瑟地晃动起来，知道他睡得迷迷糊糊，骤然一听吓成这个模样，忙低低笑慰道："亏你是个男子汉，我还不怕呢。包姐姐仗着明晃晃的宝剑，天神似的立在咱们屋顶上，怕怎的？母亲被我哄得早已安睡，一点也不知道今晚的事，此刻大约正睡得香甜哩。我服侍母亲睡了以后，遵着包姐姐吩咐，不回楼去，把内外灯火一齐熄灭，便到此坐着。也不想睡，也不知道贼人来与不来。刚才包姐姐跳下来，在窗外悄悄通知我说，洞庭帮贼人已到，叫我们不要作声，嘱咐完毕，咻地又飞上屋顶去了。"

原来吴壮猷睡的所在便是他母亲的后房，只差一层板壁。当下吴壮猷听得娟娟这样一说，又悄悄问道："此刻什么时候了？"

娟娟答道："大约已四更时分。"

兄妹不敢再说话，恐怕惊醒隔壁睡着的母亲，只侧耳细听，初时静悄悄的，听不出动静来，猛地远远一声呼叱，顿时起了一种咔嚓叮当之声，却又渐听渐远，一时又静寂了。

且不提他们兄妹躲在房内暗自担心，却说高潜蛟、东方杰、包翩翩三人一到初更时分早已飞身上屋，各守汛地，静候贼人到来。甘疯子、少室山人却从容不迫，依然在大厅上秉烛闲谈，直到一更敲过才一口吹熄烛光。甘疯子带了守拙剑，少室山人携了琼光剑到了后园，却不在园内憩足，只吩咐四个包村壮士如此如此，径自跳出墙外，走上土山，拣了两株最大的松树，各自携带宝剑飞身上了树巅隐身而坐。却喜一轮寒月照彻山沟，踞高四望，一览无遗。

直到四更时分，隐隐听得村中一阵犬吠，一霎时便见土山脚下几条黑影一溜烟似的奔近来。一到墙下，现出四个身穿纯青夜行衣、各带兵刃的人来，却看不出其中有道装僧装。因为各人头上都包着黑帕，只见为首一个一俯身，拾起一颗石子哧地掷进墙去，一忽儿四人都飞身上墙。半晌却没有跳进墙去，似乎现着迟疑之色。

忽有一人发话道："三位留意，这神鬼阵图却瞒不过俺，何足为奇？这样看来，反可证明宝剑决计尚在井内，特地设此鬼阵，以为无人敢进，连人也没留着一个，真真可笑。须知也有识货的，三位随俺来，此地得手，再到前面同他们会合罢了。"说毕，嗖、嗖、嗖，都跳进墙去了。

甘疯子在树上听出发话的便是柳摩霄，心里暗笑，谅你老奸巨猾，今天也难逃公道！你自以为识得八阵图，须知这八阵非同寻常，初看阵形虽同八阵图一般，那其中以奇门遁甲为主，八门含着八八六十四卦，腾挪颠倒，变化万端。除非你不跃下去，一经跃入阵中，重门迭户，随魔生障，休想出得阵来，便暗暗同少室山人一打招呼，一齐跃下树，悄悄说道："他们似分两路进来，白天探得共有六人，此地进圈的只有四人，听他们口吻，定有两人到前面去了。"

少室山人笑道："此地进阵的四人已在我们掌握之中，先让他们在阵中左旋右转，绕个昏天黑地再说。甘兄可以到前面去助他们一臂，免得高潜蛟、东方杰等多费手脚，也免得惊动内房女眷。由我一人在此看守，回头再在园内会齐便了。"

甘疯子说一声好，便飞步下房而去。

却说高潜蛟提着一根檀木齐眉棍，东方杰横着一柄金背大砍刀，站立在大厅屋脊上四面瞭望，只等贼人到来。直等到四更时分，听得远远犬吠，便觉有异。东方杰先自跃上大门屋顶，伏着身向来路探望，正一探头，不料背后嗖地跃过一人，举刀便砍。

东方杰猛觉脑后金刃劈风，便知贼人暗算，忙趁势在瓦上向下一滚，一个鲤鱼打挺又立起身来。还未立定，一柄明晃晃的戒刀已向下三路砍来。东方杰大怒，喝声来得好！舞起金背大砍刀奋勇敌住，趁势细看敌人，只见他一身夜行装，青布包头，玄绸裹体，身躯雄壮，面目狰狞。两人也不搭话，一味哑声儿厮杀起来。可是来人一柄泼风似的戒刀上下翻滚，刀法精奇，刀沉力厚，越战越勇，竟有点难以招架，只得步步向后倒退。

在东方杰主意，自忖难以力胜，想诱他到厅屋上同高潜蛟并力捉住。不料一进一退战到厅屋上面，只见高潜蛟也正同一个瘦小精悍的贼人打成一片。原来东方杰同人在门楼上交手时，高潜蛟早已看见，正想飞身去帮同交手，还未举步，瞥见咻地一道黑影从厅侧书房棚顶上纵了过来。

高潜蛟倒提齐眉棍，双足一点迎上前去，喝声："贼子通名，好领死!"

那人一声冷笑道："小辈何人，难道还不识你家佛爷飞虎头陀的大名吗?"

高潜蛟哈哈笑道："原来就是太湖做奸细、赴水逃命的贼头陀，不要走，吃吾一棍。"呼的一声一个枯树盘根式，一支棍向敌人脚踝横扫过去。

飞虎头陀真也厉害，两足微点，向上一纵便轻轻躲过，一扭腰，人像旋风般一转便从腰间掣出一条蛟筋藤蛇棍来，同时也到了高潜蛟侧面，呼呼一声怪响，那条藤蛇棍像怪蟒出洞般直奔过来。高潜蛟看他兵器特别，不敢怠慢，施展开赵太祖三十六手洪门齐眉棍法，同飞虎头陀打在一起。但是飞虎头陀手上的蛟筋藤蛇棍也是棍法出众，毫无破绽，又系硬中带软，有时随手一掣便当作软鞭使用。高潜蛟虽功夫精深，却因在屋面上，下步未稳，未免略形减色，因此两条棍你来我往，战了多时只打得个半斤八两，难解难分。

这时厅上四人打了两对，早已惊动了内楼上抱剑卓立的包翩翩，远远看得东方杰步步后退，只遮着招架，再遮延一会儿定要落败，自己要保护内眷，恐怕尚有余党，又不敢轻离楼面，心里焦急万分。正在忍耐不住，忽见前厅左角上蓦地起了一道电光，直奔东方杰与敌人之间，还未看清，蓦听得一声惨叫，两人中倒了一个，骨碌碌滚下厅檐去了。

包翩翩大惊，忍不住拔剑一纵，飞到厅脊，却见东方杰、高潜蛟夹攻一个披发头陀，兀自战不倒他，两条棍、一柄刀如风驰电掣绞在一处，那道电光却又不见。正想加入战团，帮助两人，猛地一道白光从庭心冲上屋檐。包翩翩急定睛细看，才认出是甘疯子，手上横着那柄守拙剑，闪闪光华射出老远。

甘疯子一现身便喝道：“你们闪开，今天是他们恶贯满盈之日，待我来送他回老家去。”

飞虎头陀一见甘疯子便像耗子见了猫，急思逃遁，无奈被东方杰、高潜蛟缠住，急切里脱不得身，心里一急，趁着甘疯子说话众人分神之际，大吼一声，使出全身功劲，把一支蛟筋藤蛇棍用一个撒花盖顶的招数荡开了檀木棍，斫开了大砍刀，斜刺里将身一纵，便想翻过屋脊逃走。哪知身未立定，甘疯子烂银似剑光一挥，似蛇芯一般向身后刺来。喊声不好！慌一伏身，随手把藤蛇棍向后一甩，人随棍转，一个玉带围腰向甘疯子拦腰击去。

甘疯子鼻子哼了一声，把剑向棍上只一撩，哧的一声，半截藤蛇棍直像飞蛇一般不知飞到哪里去了。这一下，真把飞虎头陀吓得魂灵出窍，手上只捏着三尺不到、二尺有余的一条断棍，急转身向左一纵，不料忙不择路，未看清左边是包翩翩立的处所，候个正着。未待他立定，一上步，一紧手中宝剑，向他上身平刺过去，这一下出其不意，万难闪躲，好个飞虎头陀，一咬牙，仗着全身金钟罩功夫，猛一鼓气，索性挺胸一迎，只听得哧的一声，那柄剑竟未刺入，却向旁边滑了过去，把他上身黑绸密扣小褂划了一道大口子。

这一来，包翩翩大吃一惊！非但震得玉手微痛，而且剑锋滑过一边，一个留足不住，身子向前一倾，几乎同他撞个满怀。凶恶的头陀还想逞强，乘包翩翩向前一倾之际，举起断棍当头盖下。这一下却也险到万分，如果被他捞着一下，立刻就会玉殒香消。

说时迟，那时快，高潜蛟一支棍、东方杰一柄刀早已同时并举，向左右里攻进来。

飞虎头陀怎敢怠慢，急急掣回断棍，左架右拦，支吾应战。此时包翩翩安定惊魂，也奋力把他围住，恨不得一剑结果这个恶头陀。这时飞虎头陀手上只剩了半支断棍，有本领也没处使用，两只眼又防着甘疯子，哪里还敢恋战？再一看同来的摩诃僧踪影全无，先时一声惨叫料定是着了道儿，凶多吉少！想到这儿，心胆俱裂，留神四处却喜甘疯子不知何处去了，暗念此时不走，更待何时！无奈前后左右三件兵器裹得风雨不透，身上被剑刺、刀击、棍打，不知挨了多少下，上身、下身的衣服已撕成一条条的，随风飞舞。如果不是金钟罩功夫，早已变为肉泥，虽然如是也难持久，功劲一泄便要难逃公道，只急得他怒吼连连，汗如雨下，像疯狗一般却只脱不了身。

高潜蛟一面交手，一面留神，见他汗流浃体，气喘如牛，便知他精疲力尽，金钟罩的功夫已破去了大半，便暗自运劲，把棍法变化，乘包翩翩、东方杰攻他上盘之际，猛地把棍一收一吐，棍棍蹈虚袭隙，点向要害所在。飞虎头陀略一疏神，高潜蛟一个怪蟒吐芯，向他裆下一挑，喝声着！只听他牛也似的怪吼一声，一个身子随着棍头撩向半空，扑嗒一声跌在庭心，便不动弹了。

三人一齐跳下去，只见厅下阶前还有一个死尸仰天躺在血泊中，胸口一个小窟窿兀自汩汩地流出血水来。高潜蛟把他头上包巾去掉仔细一看，说道："这人便是白天的摩诃僧。"

东方杰道："这头陀武艺不亚于飞虎头陀，没有甘师伯出其不意地赏他一剑，真还敌不住他。"

包翩翩道："甘师伯游戏三昧，忽然而来，忽然而去，此刻又不知何处去了。"

高潜蛟道："当然到后园去了。他看我们战了许久，没有发现第三个贼党，定然都困在八阵图内了，我们且到后园去看个究竟。"

东方杰、包翩翩称是。高潜蛟仔细又看了一看飞虎头陀的死尸，见他四脚八叉地躺着，连后脑都跌出脑浆来了。于是把两具尸首一起叠在墙角阴处，然后三人一齐上屋，飞身到后园来。

三人不敢造次，一到后园墙头且不现身，隐着身子，伏在相连的屋角上往下细瞧，都暗暗称奇起来。原来此时天上一轮寒月照彻全园，只见园内满地竹竿森森，矗立同白天一般，却不见一个人影。非但贼人不见，连少室山人、甘疯子以及四个包村壮士都踪影全无。三人看得奇怪，情不自禁地一齐跳入园内，信步走入竹竿门内。意思是想穿过阵图，跳上那边墙头，再看看墙外土山上有无人影。

万不料三人步入阵图，跨过几重门户以后，只觉满眼漆黑，伸手不见五指。三人一阵瞎摸，只觉门户越走越多。明知是竹竿插成的阵势，东南西北也不过几丈方圆，无奈越走越糊涂，两手乱摸竟摸不着一支竹竿，好像走入一片荒野一般。

最奇起初三人虽不能近身，互相问答还听得出声音，到后来高潜蛟一连问了几声，竟不见东方杰、包翩翩回答，独自瞎子一般乱摸，不禁心慌起来，自己懊悔不迭。明知这阵图奥妙无穷，怎地忘记所以，自己撞了进来？而且三个人一齐撞入其中，明天被人知道，岂不笑死？真是作法自毙了。越急越没有法想，两只腿不停地走，也不知走了多少路，昏昏沉沉的不知经过多少时候，猛听得耳边一阵大笑，被人拉住一只手，脚不点地地跑了几步，又听得耳边喝声站住！眼前陡然光亮一闪，便见少室山人站在自己面前。

少室山人背后立着包翩翩、东方杰，四面一看，自己已立在阵图外面，许多青竹竿依然清清楚楚地直立着，几乎同做梦一般。少室山人同包翩翩、东方杰你看我，我看你，都大笑起来，自己也禁不住哑然失笑。

包翩翩金莲一顿道："我今天算尝着这八阵图滋味了，我们贸然进去，总以为自己人不要紧，哪知这玩意儿不认人。"

包翩翩这样一说，少室山人跺足大笑不止。

东方杰哭丧着脸道："我才倒霉呢。三人失散以后，我满眼都是白茫茫的似云似雾的东西，苦的是脚底下又一脚高，一脚低，好像在棉花上走路一般。心里一迷糊，好像一脚踏入陷坑整个儿掉了下去，又像万丈深似的更起不来了。后来似乎有人在臂上轻轻一提，提上陷坑走了几步，便见着我师父了。现在我明白定是跌入那口枯井了。"

包翩翩道："咦，这又奇了。我在阵内又同你不一样，起初你们两人说话俺还听见，后来声音渐远，似乎隔开了好几丈，心里一急，大声呼唤你们皆不理我，我又惊又恨，不管三七二十一向上一纵，以为这块园地白天早已看清楚，不难从上面跳越阵外。这一跳，自以为跳得很高、很远，定然在阵外了，哪知一落到地上，非但满眼漆黑，不辨东西，而且满耳风涛澎湃之声，好像一个身子漂浮海洋当中，这一下真吓得我寸步难移。幸而不多辰光，有人暗中递过了一支细竹竿，像瞎子弄明杖似的把我引出阵外，顿时天地晴朗，才知师父来引我出阵的。我兀自头脑昏昏，一忽儿师父又把师兄和师叔先后引出来了。”说罢，各人大笑。

高潜蛟也把自己情形一说，问少室山人道：“怎么三人在阵中所遇又不一样？”

少室山人笑道：“现在无暇谈这些事，时候不早，你们快跟我来。”说罢当先领路，又把他们三人引入阵中。

说也奇怪，这一次有少室山人领导，一入阵中毫无异样，只几转便上了那边墙根，少室山人又领他们跃出围墙，向山上走去。一到山顶松林内，只见地上寒鸦浮水般捆着四个人，旁边堆着几件兵刃，由四个包村壮士围守着。

甘疯子却在不远一块磨盘大石上盘膝而坐，一见少室山人领三人到来，指着高潜蛟等笑道：“那飞虎头陀经我削断了蛟筋藤蛇棍，我知你们三人定能制得住他，这件功劳让了你们，所以我脱身回到后面来了。此刻那凶头陀想已涅槃了？”

高潜蛟一说所以，又问地上捆着的想是柳摩霄、单天爵等，不知有漏网的没有？

甘疯子指着少室山人大笑道：“到了渔翁手上还有漏网的吗？今天真可算得一网打尽了。我从前厅别了你们回到此地，便同他们上墙头，像看戏般看着柳摩霄等像掐头苍蝇似的在里面乱闯，横一迸，竖一跳，耍狗熊似的耍了一阵。醉菩提、天觉僧首先跌入井内，不知我们在枯井下早已埋伏着四个包村壮勇，预备好坚固的绳束，掉下去便捆个结实。只有柳摩霄、单天爵兀自在阵内瞎撞，由少室道长跳下去，容容易易地在两人身上拣着不致命的穴道一拍一点，便也躺下人事不知了。这才唤出井中壮勇，捆上了柳摩霄、单天爵，又把井中捆着的两人也提了上来，也给他们点了穴道，一齐运出墙外提到山上。你们不看地上捆着的人都像死了一样吗？都给他们点了昏睡穴，到了明天此刻才能醒转哩。

“现在我同少室道长已商量妥当，柳摩霄等不是有一只飞沙外江船泊在江口吗？我同道长和东方杰带着四个包村壮勇连夜把四人运回太湖去，免得天明以后吴家合村中的人看得骇异。你同包侄女暂留吴家，再待后命。”说毕，便吩咐四个包村壮士赶到吴家厅前，把两具尸首搬来，在此掘坑埋葬，灭了痕迹，一面又命高潜蛟、东方杰跳进墙去，把园内摆阵的竹竿连夜拆去，索性弄得神鬼莫测，不留一点痕迹。

少室山人笑道：“果然这样巧妙，但是拆掉摆阵的竹竿还得我自己去才好。你且在此稍候，待我事毕一同下船不迟。”

甘疯子点头应允，便指挥四个包村壮勇去讫，少室山人也领着高潜蛟急跳进内去。

待了一忽儿，诸事办毕。甘疯子、少室山人、东方杰带着守拙、琼光两柄宝剑，督着四个壮勇，分扛着四个俘虏，便下山寻着江口那只飞沙外江船跳了上去。船上几个舟子经东方杰轻轻几句话，便吓得屁滚尿流，奉承不迭。

高潜蛟、包翩翩送到江岸，少室山人吩咐道：“你们两人对吴宅主人善为致意，说我们不便久留的缘故，只可不别而去。我一到太湖，是否再回包村定然有信通知你们。”

当下，彼此略一叮嘱便扬帆而去。高潜蛟、包翩翩两人又回到土山上，把地上堆着敌人留下的几件兵刃一齐捡起，回身纵进吴宅。在前厅台阶下细细查勘一番，却喜地上血迹已被包村壮勇打扫干净，只有两截藤蛇断棍、一柄戒刀还丢在地上。高潜蛟顺手也把两件兵器捡起放在厅角。这时大功告成，天也渐渐发晓，往时吴家的工人们这时也要起来做活，这天却内外阒静无声，你道为何？

原来高潜蛟等奔前奔后闹了一夜，虽则仗了八阵图把六个魔头毫不费事地拿住，可是前厅同飞虎头陀、摩诃僧一阵剧战岂无动静？在高潜蛟等虽不敢大声吆喝，而飞虎头陀、摩诃僧杀得兴起时，免不了大声疾呼。尤其摩诃僧中剑时一声惨叫以及飞虎头陀被高潜蛟一棍撩起半空，从半空又跌落厅下时也够震天动地的了，何况在屋上棍来刀往，咔嚇叮当之声响个不绝呢。吴家工人们在白天察言观声，也有点怀着鬼胎，一到晚上经高潜蛟一一吩咐，叫他们不要出来走动，越发提心吊胆。到了真个交手时节，各人躲在房内，听得这种可怕声音，胆战心惊，一夜何曾闭目，到了天色发晓外边没有动静，还自不敢出来。便是吴壮猷兄妹也是越听越怕。只有前面那位老太太倒睡得香甜酣适，天刚透亮，她老人家起身得早，却已咳了几声，慢慢预备起床。

这时，包翩翩已到后房向吴壮猷兄妹悄悄说知一夜情形，现在风平浪静没有事了。吴壮猷听得母亲已睡醒欲起，慌忙出房通知下人们起来侍候，自己便到前厅同高潜蛟相见。高潜蛟同他略说大概，把打死两个头陀的事隐瞒不提，已吓得他变貌变色，听得甘疯子等去得这般快，却出意料之外，恐怕高潜蛟也要别去，便再三叮嘱不要远去。内里娟娟也把包翩翩死命留住，两人便权在吴家盘桓，静候太湖之命，趁此也把武术入手功夫教给吴壮猷兄妹，按下这边不提。

且说甘疯子、少室山人、东方杰一行人等押着四个俘虏，不日到了太湖。黄九龙等接进堡中，知道宝剑已得而且生擒柳摩霄等，皆大欢喜。先把柳摩霄等严密监禁起来，然后盛设庆功酒筵，替少室山人、甘疯子等洗尘。范高头、红娘子、滕巩、东方杰、东方豪、痴虎儿以及东关双哑等都一齐在座，开怀畅饮。

席间黄九龙谈起大师兄钱东平已辅佐两广英雄洪秀全、石达开等，督率着十几万人马，已把广东、广西几处要地占据，把清廷人马杀得落花流水，声势大振，不日分道北上，招讨满虏的檄文已驰布中外。清廷弄得手忙脚乱，各处山寨也都纷纷响应。这几天大师兄差几批心腹人到来，叫我们预备妥当，到时揭竿而起，所以请少室道长、二师兄回堡来，大家商量个步骤，做好准备。

甘疯子首先开言道："我们师父、师母两位老人家虽然深隐高蹈，可是临别时候一番话大家总还记得，非但替我们定了进取之策，还替我们留下了退步。他老人家这样深谋远虑，当然眼光远到。便是这次我们大师兄来信，虽则叫我们预为布置，却叫我们暗暗进行，须等到他们军马到了长江时才可发动，即此一端，便可见大师兄谨慎从事的主意。因为兵革一动，如火燎原，有进无退，非要旗开得胜、马到成功不可，稍有蹉跎便成骑虎难下之势。因此现在我们先以庆贺八剑为名，聚集芙蓉岛、飞龙岛、灵岩寺等心腹同盟暗暗集议一下，定个妥当预备办法，把军火饷粮以及招添人马等等办法都一一想妥，然后散会分头进行，将来到两广义师直达江浙之际，只要此地总寨一发号令，立时可聚集起来编成一支劲旅，响应他们了。”甘疯子侃侃而谈，众人无不称是。

少室道长笑道：“甘兄主意果然不错，不过八剑只有其七，还有一柄尚无下落，要说庆贺八剑，似乎美中不足。”

滕巩道：“这也不难，我们无非借此名义，遮掩外人耳目罢了，何妨选一柄别的宝剑充数呢?”

红娘子忽然笑吟吟地说道：“事有凑巧，前几天我接到芙蓉岛云中双凤来信，说是新近得到一柄宝剑，端得名贵非凡，剑名“绿萼”，却没有说出得剑缘由。何妨就用这柄剑凑成八剑，管它是谁铸的呢。”

少室山人笑道：“也许便是百拙上人所铸八剑之一也未可知。那就差人知会她们，在聚会前早几天到来好了。”

当日便差干练头目，分头到飞龙岛、芙蓉岛等处通知聚会日期，并请王元超夫妻速带“绿萼”剑先期来堡，商量要事。不料差去的头目刚出门，第二天早晨王元超和云中双凤径自到来，另外还跟着一个白面黑须的道士，黄九龙等都不认识，只有滕巩、甘疯子、东方豪三人看得有点面熟，却一时记不起来。经王元超介绍，才知这道士不是别人，原是艾天翮关门徒弟衢州尤一鹗，众人一听是他，未免有点愕然。此时尤一鹗面上留着几绺长须，一身青布道袍，同在江宁相见时截然不同，故而难以认了。

尤一鹗看得众人疑惑，明白从前彼此水火，一旦相见一堂，自然难免诧异，不等王元超解释，连连向众人稽首道：“贫道已是方外之人，从前种种已如隔世。此番拜谒诸位英雄系奉钱军师之命而来，从两广海道到此，便道过象山港外，先行拜谒王居士说明底蕴，再请王居士一同晋谒，免得诸位误会。现在请诸位先看一看钱军师的信札便知道了。”说罢，贴身取出一封信来交与甘疯子。

甘疯子和众人细细一看，只见信札内写着尤一鹗种种情形。

原来尤一鹗在峨眉山出了家几年，便云游四海。到了广西，适值洪秀全兴兵起义，尤一鹗雄心勃发，便也加入，却好拨在钱东平帐下听候调遣。钱东平看他武功不错，才可大用，颇为信任。两人说得投机，尤一鹗把以往身世一字不瞒地说了出来，并且立时悔悟，从前误入漩涡同太湖生了嫌隙，请求钱东平替他代向甘疯子释嫌修好。钱东平看他确实一片诚心，便也应允。尤一鹗高兴异常，从行囊中取出一柄宝剑来献与钱东平，说是在峨眉山所得，剑名“绿萼”，系斩蛟辟邪的宝物。钱东平仔细一赏鉴，却认得是百拙上人八剑之一，知道太湖正在力求八剑聚会，便也收下。

隔了几天，洪家兵马发动，钱东平身为军师，自然忝与帷幄，为军中主要分子。所有各省响应埋伏的各路英雄都列名册，由军师设策指挥，偶然在名册中看到湖南洞庭湖首领柳摩霄、江宁单天爵都列在其中。仔细一想，柳摩霄虽然同太湖仇视，可是义师北上首取湖南，洞庭帮一队人马正可作为内应。私斗事小，举义事大，应该设法使洞庭帮同太湖和解才好，便想了个主意，同主帅洪秀全一商量，由洪秀全填了几个密札，自己也备了一封详函，暗地叫尤一鹗带了“绿萼”剑，由海道先到芙蓉岛，见了王元超说明此事，再由王元超陪赴太湖，解释宿怨，同心征讨满虏。

王元超一听是大师兄手谕，连忙一同前来，连云中双凤也跟着到太湖了，这便是信札内容，并且叫甘疯子等好好招待等话。当下甘疯子、黄九龙等把信看毕，不觉面面相觑，心里踌躇起来。因为新近柳摩霄等在剑灶村自投罗网，已经留在湖堡这一档事钱东平不知所以，大师兄虽是一番好意，以举义为重，但是柳摩霄等受尽折辱，未必甘休！如果按照信内所说放他们出来，万一他们私仇不解，依然怨深似海，岂不放虎容易缚虎难吗？

甘疯子、黄九龙一番为难情形，王元超初到也是不知底蕴，尤一鹗越发惘然，还是少室山人开言道：“尤道长初到，还不知此地近事，便是我们元超兄也尚不知哩。”接着便把剑灶村一夜的趣剧都说了出来。

尤一鹗听得吃了一惊，暗想陆地神仙门下果然名不虚传，竟有这样人才，难怪洞庭帮屡次受辱了，当下挺身而起，笑嘻嘻地说道："既然柳摩霄、单天爵诸公都在此地，而且贫道的师兄天觉僧也在其中，这事只有贫道一力担当，且用三寸不烂之舌，到监禁所在向他们把公私利害透彻解释，好歹要把从前彼此怨结解开，言归于好，大家同仇敌忾，以举义为重，只不知诸位英雄信得过贫道否？"

黄九龙正色说道："本来我们毫无成见，都因柳道长、单天爵一再无理取闹，只好与他们周旋一二。现倘蒙尤兄从中调解，他们真个能够冰释前嫌，我们无不乐从，何况大师兄手谕在此，尤兄又远涉南洋，专程来此呢！"

甘疯子破袖一甩，浓眉一扬，大声说道："我辈落落丈夫，一言既出，绝无反悔！不然柳、单等已在我们掌握之中，何必再费口舌呢？只望尤道兄善言调处好了。"

尤一鹗察言观色，看得黄九龙、甘疯子出言磊落，举动光明，也自暗暗钦佩，不免赞扬几句，便欲请黄九龙派人，陪赴监禁所在去见柳摩霄等。

黄九龙又道："尤道兄远来不易，且请薄饮几杯，权当接风，饮后再去会面不迟。好在柳、单诸位虽然被我们监禁起来，我们抱着宁人负我、我不负人的宗旨，一日三餐依然好好供应他们，毫无痛苦，尤道长一见就知。"说罢举手一挥，早已设起一席盛宴，请尤一鹗首座。尤一鹗抵死不肯，说是现在钱军师帐下，早晚承钱军师指教，不啻师生，诸位同钱军师既是兄弟，便是贫道长辈，焉敢僭越。

甘疯子呵呵笑道："尤道兄虽则虚衷谦抑，但你奉俺大师兄的命令而来，又担着极大责任，我们敬你便是敬俺们大师兄一般。何况道兄远道初来，岂有不分主客之理？不要再谦，快请坐下吧。"

经甘疯子这样一说，理由充足，尤一鹗没法再逊，只好告罪坐下。席间谈些义军发难情形和湖堡近事，王元超又把绿萼剑抽出来，大家鉴赏一番。经少室山人鉴定，确是百拙上人所铸，在新得的守拙、琼光伯仲之间，想不到最后一柄宝剑从几千里外归来，彼此谈谈说说，开怀畅饮。

等到席散以后，尤一鹗掏出几封密札，由黄九龙亲自陪到监禁柳、单所在，却不进去，由尤一鹗一人缓步走入。抬头一看，只见监牢外面是山石叠成的一所石窟，里面点着一盏琉璃灯，迈步走进窟内却是一步步向下的石级，拾级而下又是一条隧道，四面也是山石垒成。隔十几步便有两个魁梧大汉挺矛对立，一种阴森之象连尤一鹗这种人都有点不寒而栗起来。知道湖堡的房子都是依山建筑，这座监牢是利用山洞筑起来的。走尽了这条百余步的隧道，才见当路竖着手臂粗的铁栅，当中锁着一具大铁锁，栅外有四个大汉，也执长矛守着，栅内黑暗暗的却看不见什么。尤一鹗暗暗点头，心想，这样坚固牢狱本领再大十倍也逃不了，无怪柳摩霄等束手无策了。正这样想着，栅外四个大汉似乎已得到堡主命令，不待尤一鹗开口便拿起钥匙，开了大锁，开了栅门，让尤一鹗进去。

尤一鹗一进栅内，一看依然是一条短短的地道，却有一丈多宽，两面竟是天然的石壁，上面支着木板。向前一看，明亮非常，露出一重门来却关得严严的，这条地道内并无看守的人。尤一鹗走到门口一看，这座门外并不加锁，轻轻一推便推进去了。不料这一推，却出乎意料之外，只见里面很大的一间屋子，光华灿烂，铺设整齐，一排设着好几个床铺，有四个人或坐或卧，很悠闲地住着。一见尤一鹗，一齐跳起来，八只眼珠一齐盯在尤一鹗面上，一种惊奇忧喜兼有的神气都满布面上，又像迷路的小孩忽然碰着亲爹娘一般，一时竟说不出话来。

原来柳摩霄、单天爵、醉菩提、天觉僧四人自从在八阵图内迷迷糊糊被擒，又加上点了穴道，被甘疯子等捆到湖堡推进这座地牢，把他们一个个解开绳束，放在床上，又给他们在房内桌上预备好许多饮食以及起居动用的东西，然后一重重关闭出来，派人守在栅外。等到他们张开眼来，各人都好好地睡在床上，而且都睡在一间屋内。这间屋内虽在地道的深处，四面石壁上都有通空气的小孔，却嵌着几盏油灯，光线还非常充足，骤然一看，好像四面壁上挂着一颗颗极大的夜明珠。因为这种油灯嵌在壁内，外面一层却用圆圆的一层琉璃罩住，宛似一颗明珠。柳摩霄等骤然醒来，景象大异，疑惑是在梦里，你看我，我看你，谁也猜不透这是什么缘故，也不知怎的四人都会在此地床上睡觉，只记得在剑灶村跳下吴家围墙就迷糊得人事不知了。

柳摩霄把前后情形一琢磨，不禁大惊失色，明知上了人家大当，凶多吉少，却又奇怪四人手脚都无绳束捆绑，慌忙在屋内四面打量一下。四壁都是天生岩壁，竟似深山里的古洞石屋一般，一间窄窄的一重生铁门也不知有多厚，任你拳捶脚踢，休想动得分毫！四人昏昏沉沉的还以为吴家有这样的地窟哩。大家商量了一阵，竟无脱逃之法，而且各人又觉饥饿异常，一眼看见桌上堆着吃喝的东西，顾不得有毒无毒，狼吞虎咽地吃了再说。大家吃饱了肚皮，又钻隙寻缝地想了一阵法子，实在无法可展，只好死心塌地地坐下来慢慢设法。

最难受的是不见天日，分不出是白天还是晚上，只石壁上几盏琉璃灯昼夜不绝地亮着。每日那扇铁门中间露出一个小方洞，有人送进饮食来，想问送饮食人几句话，像哑子般睬也不睬。这样把柳摩霄等四人昏天黑地地困了几天，直到尤一鹗进去，好像天上掉下宝贝似的，大家围住尤一鹗，问他怎的也进来了，是不是也上了他们的当，被他们捉住了。

尤一鹗一面摇头，一面打量四周，不住点头，知道黄九龙说的没有亏待他们确是真话。论理委实柳、单等自讨苦吃，便把自己来意和外面情形详细说与他们听，又把公私利害婉转恳切地说了一番，然后取出洪秀全密札交与柳摩霄、单天爵。尤一鹗苦口婆心地说了一阵，他们才明白竟被他们捉到太湖来了。

这时柳摩霄听了尤一鹗的劝说，自己一想，这几天性命都在人家掌握之中，如果黄九龙要下毒手，早已没有命在。看这几天饮食不断，一点没有凌辱举动，可见黄九龙等存心不为已甚，而且洞庭帮同两广义军有密切关系，黄九龙的大师兄钱东平又掌握义师大权，将来自己都要听他调遣，如何再能同他们结下怨仇？但是自己在湖南也是一个魁尖人物，受了这种折辱，将来如何见人？这两重心理交战许久，竟委决不下。单天爵又是一般思想，不管如何办法，只要暂时能够逃出他们掌握，将来终有复仇的机会撞在自己手上。醉菩提、天觉僧两人完全以柳、单意旨为进退，讲不到有一定主见。

当下尤一鹗看柳摩霄等低头思量，一时回答不出话来，早已把四人心理洞如观火，料得柳摩霄尚有几分豪侠之气，只有单天爵在官场混了多年，其心叵测，便是柳摩霄同太湖成仇也是他暗地挑拨出来的。

这样各人沉寂一回，尤一鹗正想再开导几句，蓦地柳摩霄一跺脚，毅然说道："义军北指，专待我们洞庭帮助他们一臂之力，时机紧迫，我也不能以私废公。现在既然钱军师出头了事，又蒙尤兄跋涉万里来替我们和解，我也不能一味固执，可是这样叫俺出去是不行的，我情愿死在他们手上。"

尤一鹗早已明白他的意思，不等他说下去慌抢着说道："既然两家解释开夙怨，自然相待以礼，彼此都是光明侠义的英雄，当然对于柳兄等有一番相当的礼貌。此刻小弟来此，无非先来充个调人罢了。"

尤一鹗这样一说，柳摩霄才无话可说，却向单天爵问道："单兄意下如何?"

单天爵似乎露着极勉强的口气，冷笑道："全凭柳兄做主好了。"

柳摩霄听他的口吻，昂头若有所思，猛地仰天打了一个哈哈，朗声说道："大义当前，岂能顾全小节？尤兄你准定回复他们，俺柳摩霄问心无愧，绝不记念前仇，其余俺就不能做主了。"

这话一出，忽然门外有人呵呵大笑道："好一个问心无愧！柳道长果然名不虚传，英雄气概，佩服！佩服!"

房内众人一愣之间，便见两人迈步进房，向柳摩霄兜头一揖，哈哈笑道："这几天冒犯道长，特来请罪，便请众位出去好畅谈一切。"

众人急看时，却是甘疯子同黄九龙。这一来非但柳摩霄愕然不知如何是好，便是尤一鹗也觉出于意外，不禁格外佩服起来。

当下柳摩霄只有趁此收帆，说了谢罪的话，尤一鹗趁此从中调和，便觉和平之气充塞主客之间。由黄九龙、甘疯子领路，便请柳摩霄等四人先到别室沐浴，然后同到厅上与少室山人等相见，而且立时摆设盛宴，殷殷相待。从此洞庭帮与太湖帮总算暂释前嫌，互相和好了。

当天柳摩霄等接了义师密札，别了黄九龙等回洞庭湖布置一切去了。尤一鹗的责任已了，事情紧急，也告别回去，向钱东平复命。

这里甘疯子、黄九龙等到了各处分寨聚会这一天，把百拙上人八柄剑高供在议事厅上，那八剑就是：倚天、贯日、奔雷、太甲、守拙、琼光、绿萼、紫霓。厅内外都满布一桌桌的酒宴，大家开怀畅饮，共庆八剑聚会之喜。这时在剑灶村吴家的高潜蛟、包翩翩当然也回到太湖参与盛会。

到了晚上，黄九龙却把几位重要首领集在密室，商量响应义师的计划，商量妥当以后，某人主办军火，某人主办饷粮也一一分派停当，第二天便各个领命而散。

隔了几天，黄九龙派了两个头目，把“倚天”“贯日”两柄宝剑装在一个精致匣子，到洞庭湖送与柳摩霄。这一下，柳摩霄喜出望外，格外敬畏黄九龙的气度，慌也派了两个分寨寨主，督率着喽卒，挑着许多贵重礼品同洞庭土产到太湖报礼。两边信使往还，比前又亲热了几分。后来，洪秀全义军乘着破竹之势到了长江，柳摩霄率领了洞庭湖一支水军着实出力不少。黄九龙这边率领着养精蓄锐的一支人马，在钱东平麾下也建了不少奇功。

在下因为洪杨时代的逸事早已有人编了许多说部，毋庸在下再来饶舌，可是洪秀全到了定都金陵，志骄意盈，部下军纪荡然，百姓便不像初举义旗时般信服了。又加上内部自己残杀起来，钱东平一看难成大业，真被自己师父料着，便暗地在军师府同甘疯子、黄九龙等商量一番，向洪秀全上了一个“兴王十策”。这十策句句金玉，宛如砺山带河的先决条件。无奈洪秀全被群小包围，成了一个高拱的傀儡，虽有擎天玉柱的钱东平，也弄得意懒心灰，前功尽弃。兴王十策毕竟一策也没有见诸实行。

钱东平重新详参河洛数理，知道满人气运未终，犯不着玉石俱焚，暗暗地把太湖一支百战百胜、千荡千决的劲旅调到远处，给资遣散，自己同一班师兄弟飘然远隐，去得不知踪迹。有人说是陆地神仙亲下莽歇崖，把他们带到云南去了，从此军中便不见这班豪侠之士，在下这部《虎啸龙吟》到此也无事可写，就此宣告结束。（终）

注：大昌书局版虽有第六集预告但未见实物，故据上海励力出版社 1948 年版校对。

附录：

朱贞木小说年表

武侠小说			
书　　名	出 版 商	单行本出版时间	备　　注
铁板铜琵录	天津大昌书局	1940	后改名《虎啸龙吟》并沿用至今
龙冈豹隐记	天津合作出版社	1942.11—1943.10	
蛮窟风云	京华出版社	1946	又名《边塞风云》
龙冈女侠	上海平津书店	1947	又名《玉龙冈》
罗刹夫人	天津雕龙出版社	1948.05—1949.12	
飞天神龙	上海元昌印书馆	1949.03	
炼魂谷	上海元昌印书馆	1949.03	《飞天神龙》续集
艳魔岛	上海元昌印书馆	1949.03	《炼魂谷》续集
五狮一凤	上海育才书局	1949.12—1950.01	
塔儿冈	上海正华出版社	1950	
七杀碑	上海正气书局	1950.04—1951.03	未完
庶人剑	上海广艺书局	1950.08—1951.03	未完
玉龙冈	上海民生书店	1950.10	即《龙冈女侠》
苗疆风云	上海正华书店	1951.01—1951.03	
罗刹夫人续集	上海正华书店	1951.04	疑雕龙出版社版亦有
铁汉	上海利益书店	1951.06	题“通俗小说”,仍为武侠套路
谁是英雄	不详	不详	仅见于预告,或许从未出版
酒侠鲁颠	不详	不详	仅见于预告,或许从未出版
龙飞豹子	不详	不详	仅见于预告,或许从未出版
历史小说			
闯王外传	上海元昌印书馆	1948.12—1950.06	
翼王传	上海广艺书局	1949	借名之作,朱同意
杨幺传	不详	不详	仅见于预告,或许并未出版

续表

其他小说			
郁金香	上海元昌印书馆	1949.05	社会小说,抗日题材
红与黑	上海元昌印书馆	1950.11—1951.02	社会小说,煤矿题材
附　　注			
碧血青林	不详	不详	仅1944年《369画报》中提及,并未出版
千手观音	香港出版	1950—60年代	《虎啸龙吟》中部分内容
云中双凤	香港出版	1950—60年代	《虎啸龙吟》中部分内容

图书在版编目(CIP)数据

虎啸龙吟. 第二部 / 朱贞木著. －－ 北京 ：中国文史出版社，2021.2

(民国武侠小说典藏文库. 朱贞木卷)

ISBN 978－7－5205－2144－4

Ⅰ. ①虎… Ⅱ. ①朱… Ⅲ. ①侠义小说－中国－现代 Ⅳ. ①I246.5

中国版本图书馆 CIP 数据核字(2020)第 142509 号

整　　理：顾　臻
责任编辑：薛媛媛

出版发行：**中国文史出版社**
社　　址：北京市海淀区西八里庄路 69 号院　邮编：100142
电　　话：010－81136606　81136602　81136603（发行部）
传　　真：010－81136655
印　　装：北京新华印刷有限公司
经　　销：全国新华书店
开　　本：720×1020　1/16
印　　张：22.25　　　字数：312 千字
版　　次：2021 年 2 月第 1 版
印　　次：2021 年 2 月第 1 次印刷
定　　价：69.80 元